Rita Mae Brown & Sneaky Pie Brown

Rache auf leisen Pfoten

Rita Mae Brown
& Sneaky Pie Brown

Rache auf leisen Pfoten

Ein Fall für Mrs. Murphy

Roman

Ins Deutsche übertragen
von Margarete Längsfeld

Ullstein

2. Auflage August 2001

Der Ullstein Verlag ist ein Unternehmen der
Econ Ullstein List Verlag GmbH & Co. KG
www.ullstein-verlag.de

Titel der amerikanischen Originalausgabe:
Pawing Through the Past

Amerikanische Originalausgabe 2000 by Bantam Books, New York

Das Werk erscheint im Ullstein Verlag

Satz: MPM, Wasserburg
Gesetzt aus der 10,5 P Janson
Druck und Verarbeitung: GGP Media, Pößneck
Printed in Germany 2001
ISBN 3 550 08335 1

Cindy Chandler gewidmet,
einer wunderbaren Frau.

Personen der Handlung

Mary Minor Haristeen (Harry), die junge Posthalterin von Crozet. Sie wurde in der Highschool-Abschlussklasse in zwei Kategorien zur Besten erkoren: als Erfolg versprechendste und als sportlichste Schülerin

Mrs. Murphy, Harrys graue Tigerkatze, besonnen in kritischen Situationen, aber auch kess

Tee Tucker, Harrys Welsh Corgihündin, Mrs. Murphys Freundin und Vertraute, ein zuverlässiges, couragiertes Geschöpf

Pewter, Market Shifletts unverschämt fette graue Katze, die jetzt bei Harry und ihrer Familie lebt. Ihre hohe Intelligenz steht gewöhnlich im Dienste ihrer Selbstverliebtheit.

Pharamond Haristeen (Fair), Tierarzt, ehemals mit Harry verheiratet. Er möchte Harry zurückhaben.

Susan Tucker, Harrys beste Freundin. Sie nimmt kein Blatt vor den Mund. In der Highschool-Abschlussklasse wurde sie zur insgesamt besten Schülerin ihres Jahrgangs erkoren.

Olivia Craycroft (BoomBoom), eine dralle Dilettantin, die Harry ständig zur Weißglut bringt. Sie war in der Highschool-Abschlussklasse die bestaussehende Schülerin.

Cynthia Cooper, die junge Stellvertreterin des Sheriffs, die sich gerne unkonventioneller Methoden bedient, um Verbrecher zu überführen.

Sheriff Rick Shaw, ein engagierter, zuverlässiger Staatsbediensteter. Er ist vielleicht nicht der einfallsreichste Sheriff, aber gewiss der beharrlichste.

Tracy Raz, ehemals bester Footballspieler des Staates Virginia, der zum fünfzigsten Highschool-Jubiläum nach Hause kommt und seine Romanze mit Miranda auffrischt.

Chris Sharpton, neu in Crozet. Sie stürzt sich sogleich ins Stadtgeschehen, in der Hoffnung, Freundschaften zu schließen.

Bitsy Valenzuela, eine gesellschaftlich aktive Frau, die Chris in ihren Kreis aufnimmt.

Big Marilyn Sanburne (Mim), die unbestrittene Queen von Crozet, die zuweilen ein grässlicher Snob sein kann. Sie kennt den Lauf der Welt.

Little Marilyn Sanburne (Little Mim), das Ebenbild ihrer Mutter, sehr zu ihrem Leidwesen.

Charlie Ashcraft, ein berüchtigt erfolgreicher Frauenverführer. Er wurde von seiner Highschool-Klasse zum bestaussehenden Schüler gekürt.

Leo Burkey wurde zum witzigsten Schüler gekürt.

Bonnie Baltier wurde zur witzigsten Schülerin gekürt.

Hank Bittner wurde zum begabtesten Schüler gekürt.

Bob Shoaf wurde zum sportlichsten Schüler gekürt und spielte später als Cornerback bei den New York Giants.

Dennis Rablan, zum insgesamt besten Schüler gekürt, ist heute Fotograf. Er hat sein Erbe durchgebracht und gilt als Versager.

Miranda Hogendobber, die Letzte, aber nicht Geringste auf der Liste: Eine äußerst tugendhafte Frau mit gesundem Menschenverstand. Sie arbeitet mit Harry im Postamt.

1

In dem vergeblichen Bemühen, die feuchte Augustluft zu bewegen, drehte sich der riesige Ventilator träge an der Decke. Mary Minor Haristeen, von ihren Freunden Harry genannt – und alle waren ihre Freunde –, kritzelte Ideen auf einen gelben linierten Schreibblock. Susan Tucker, ihre beste Freundin, Mrs. Miranda Hogendobber, Harrys Mitarbeiterin und gute Freundin, und Chris Sharpton, eine attraktive Frau, die neu zugezogen war, saßen am Küchentisch; alle hatten ihre Highschool-Jahrbücher vor sich aufgeschlagen.

»Wir hätten diese Besprechung lieber ins Postamt verlegen sollen.« Susan wischte sich den Schweiß von der Stirn.

»Staatseigentum«, sagte Miranda.

Susan lachte. »Genau. Staatseigentum, von meinen Steuern bezahlt.«

Harry, die Posthalterin im Städtchen Crozet, Virginia, erwiderte: »Okay, dort ist eine Klimaanlage, aber denk bloß mal, wie viele Stunden Miranda und ich in dem Kasten schuften. Ich hab keine Lust, auch noch meine Freizeit da drin zu verbringen.«

»Sie haben doch eine Klimaanlage in Ihrem Haus.« Miranda sah Susan auffordernd an.

»Schon, aber die Kinder feiern gerade eine Pool-Party und ...«

Harry unterbrach sie. »Du bist weggegangen, während eine Party im Gange ist? Die lassen euch keinen Tropfen Alkohol übrig.«

»Meine Kinder wissen, wann sie aufhören müssen.«

»Gratuliere«, lästerte Harry. »Das heißt noch lange nicht, dass anderer Leute Kinder wissen, wann sie aufhören müssen. Hoffentlich hast du die Bar abgeschlossen.«

»Ned ist zu Hause.« Susan wandte sich wieder dem aufgeschlagenen Jahrbuch zu; für sie war der Fall hiermit erledigt. Ihr Mann wurde mit jeder kritischen Situation fertig.

»Warum hast du das nicht gleich gesagt?« Harry schlug ihr Jahrbuch auf derselben Seite auf.

»Wieso? Es ist viel amüsanter, dich sagen zu hören, was ich zu tun habe.«

»Oh.« Harry beugte sich betreten über das Jahrbuchfoto, das sie als Erfolg versprechendste Schülerin ihres Abschlussjahrgangs zeigte. »Ich kann's nicht glauben, dass ich mal so ausgesehen habe.«

»Sie sehen noch genauso aus. Haargenau.« Miranda zog Harrys Jahrbuch zu sich heran.

»Machen Sie ihr bloß keine Komplimente, sonst wird sie noch eingebildet.« Susan wandte sich an Chris. »Bereust du es schon, dass du uns deine Hilfe angeboten hast?«

»Nein, aber ich glaube nicht, dass ich viel beitragen kann.« Chris lächelte; ihre Hand lag auf ihrem eigenen Highschool-Jahrbuch.

»Also dann, zur Sache.« Harry straffte die Schultern. »Ich bin bei unserem zwanzigsten Ehemaligentreffen für die Sonderkategorien zuständig. BoomBoom Craycroft, unsere unerschrockene Vorsitzende« – Harry sprach mit einer Spur Sarkasmus über die Leiterin der Jubiläumsfeier –, »möchte Fotos von den Jahresbesten der Abschlussklassen, wie sie heute aussehen. Meine Aufgabe ist es, mir für diejenigen, die keine Jahresbesten waren, andere Sachen auszudenken. Das ist nur gerecht. Ich meine, es gibt nur zwölf Jahresbeste der Abschlussklassen, jeweils eine Frau und ein Mann. Das macht zwanzig Leute von hundertzweiunddreißig, ein paar mehr oder weniger, da einige von uns auf mehr als einem Gebiet zu Jahresbesten gekürt wurden.« Harry hielt inne, um Luft zu holen. »Wie viele waren Sie in Ihrem Jahrgang, Miranda?«

»Sechsundfünfzig. Zweiundvierzig leben noch, wenngleich einige davon vielleicht auf dem letzten Loch pfeifen. Meine Aufgabe für das Ehemaligentreffen ist leichter.« Miranda kicherte; ihre Hand ruhte auf dem abgegriffenen Einband ihres Jahrbuchs von 1950.

»Ihr hattet es gut, weil ihr kleine Schulen besucht habt. Ich war auf einer Gesamtschule. Die war riesig«, bemerkte Chris, und ihr Jahrbuch bestätigte dies, da es dreimal so dick war wie Harrys und Susans oder das von Mrs. Hogendobber.

Susan stimmte ihr zu. »Ich denke, wir hatten es gut, aber damals war uns das nicht bewusst.«

»Wem ist so was schon bewusst?« Harry klopfte mit ihrem gelben Bleistift auf ihr linkes Handgelenk.

»Wohl kaum jemandem. Nicht, wenn man jung ist. Wir hatten viel Spaß.« Miranda, eine Witwe, deren Kopf voller glücklicher Erinnerungen war, nickte.

»Okay, kann ich loslegen?« Sie nickten, und Harry las vor. »Dies sind Vorschläge für Kategorien, um die anderen einzubeziehen: Am weitesten gereist. Die meisten Kinder. Die meisten Ehefrauen …«

»Das können Sie nicht machen.« Miranda kicherte.

»Warum nicht? Darauf folgt ›die meisten Ehemänner‹. Zu schade, dass wir keine Kategorie ›die meisten Affären‹ einführen können.« Harry hob die Augenbrauen.

»Krass«, sagte Susan trocken.

»Reimt sich auf Spaß.« Harrys Augen blitzten. »Okay, was hab ich noch? Am meisten verändert. Versteht sich natürlich im positiven Sinne. Ich kann niemanden raussuchen, der sich hundert Pfund zu viel angefressen hat. Und – äh – mehr ist mir nicht eingefallen.«

»Harry, Sie sind doch sonst so einfallsreich.« Miranda wirkte überrascht.

»Sie ist überhaupt nicht einfallsreich, sie ist nur gnadenlos logisch. Das muss man ihr allerdings lassen.«

Harry ignorierte Susans Feststellung und wandte sich an Chris: »Wenn man neu ist in einem Ort, dauert es lange, bis man die Beziehungen der Leute untereinander ausbaldowert hat. Ich sage nur, dass Susan, die von Geburt an meine beste Freundin ist, sich bemüßigt fühlt, auf meine Schwächen hinzuweisen.«

»Harry, Logik ist keine Schwäche, sondern eine Tugend«, widersprach Susan. »Aber wir sind knapp an Kategorien.«

Chris schlug ein Clubfoto in ihrem dunkelgrünen Jahrbuch auf. »Voriges Jahr war mein zwanzigstes Schuljubiläum. Wir haben unter anderem die Clubfotos nach Leuten durchgesehen, die das, womit sie auf der Highschool glänzten, zu ihrem Beruf gemacht haben. Zum Beispiel, ob jemand, der im Latein-Club war, Lateinlehrer geworden ist. Das ist ein bisschen weit hergeholt, aber nach einer Weile greift man nach jedem Strohhalm.«

Harry zog das Buch zu sich heran; die jungen Gesichter des Cheerleader-Clubs starrten ihr entgegen. »Wo bist du?«

Chris zeigte auf ein großes Mädchen in der hinteren Reihe. »Damals war ich nicht blond.«

»Das sehe ich.« Harry las die Namen unter dem Foto, fand Chris Sharpton. Sie schob ihr das Buch wieder hin.

»Dann haben wir noch etwas gemacht, was ein bisschen Schnelldenken erforderte. Wir haben Karten in Kursivschrift mit den Namen der Mitschüler beschrieben. Sah hübsch aus. Wenn die Betreffenden in keine von den anderen Kategorien passten, haben wir uns Sachen ausgedacht wie Tom-Cruise-Double – irgendetwas, das ihnen das Gefühl gab, was Besonders zu sein.«

»Gute Idee«, lobte Miranda.

»Dann haben wir herumtelefoniert. Ihr wisst ja, nach der Highschool zerstreuen sich die Leute in alle Winde. Die von uns im Komitee waren, haben alle aus unserer Klasse angerufen, mit denen sie noch Kontakt hatten. Dann haben wir die gefragt, mit wem sie Kontakt hatten und was sie über die Leute wussten. Auf diese Weise haben wir Informationen gesammelt wie etwa ›größter Einsatz für die Gemeinschaft‹. Das wird nach einer Weile stressig, aber es ist wichtig, alle einzubeziehen. In letzter Minute haben wir sogar eine Karte mit ›unverändert‹ beschrieben.«

»Chris, das sind super Ideen.« Harry war dankbar. »Es ist großartig von dir, dass du uns hilfst. Dabei ist es nicht mal dein Schuljubiläum.«

Chris lachte. »Ich bin nicht so großzügig, wie du denkst. Susan hat mit mir gewettet, dass sie mich auf dem Keswick-Golfplatz um drei Schläge schlägt. Weil ich verloren habe, muss ich euch helfen.«

»Und wenn du gewonnen hättest?«

»Dann hätte Susan mir zwei Buchsbaumsträucher vor mein Haus gepflanzt.«

Seit sie vor vier Monaten nach Crozet gezogen war, hatte Chris sich darauf verlegt, ihr Anwesen in der Wohnsiedlung Deep Valley zu dekorieren und gärtnerisch zu gestalten. Für Leute unter vierzig, die nach Albemarle County zogen, war Deep Valley ein Magnet.

Die kontaktfreudige Chris hatte sich bereits mit ihren Nachbarinnen angefreundet, ganz besonders mit Marcy Wiggins und Bitsy Valenzuela, die beide mit ehemaligen Mitschülern von Harry verheiratet waren.

Harry stieß einen Pfiff aus. »Klasse Wette.«

»Ich hab dir doch erzählt, dass ich beim Golfen Fortschritte mache«, prahlte Susan. »Aber Miranda, ich glaube, Ihnen haben wir noch gar nicht geholfen.«

Miranda lächelte zaghaft. »Wir haben andere Erwartungen als Sie. Beim fünfzigsten Highschool-Jubiläum ist man heilfroh, wenn man noch alle Gliedmaßen bewegen kann. Wir haben Freude an gutem Essen, Geschichtenerzählen, Zusammensitzen. Ich vermute, wir werden Hufeisen werfen und tanzen. Ganz gemächlich.«

»Organisieren Sie das alles ganz allein?« Chris mochte es nicht glauben.

»Mehr oder weniger. Ich muss ein paar Leute zusammentrommeln, die mir beim Dekorieren zur Hand gehen. Ich werde es einfach halten, weil ich einfach bin.«

Bevor jemand einwenden konnte, dass Miranda nicht einfach war, kam Mrs. Murphy, Harrys schöne Tigerkatze, durch das Tiertürchen gestürmt.

»Was hast du denn da?« Harry, die mit dem Schlimmsten rechnete, stand vom Tisch auf.

Pewter, die fette graue Katze, folgte sogleich durch das Tiertürchen, und Tee Tucker, Harrys Corgihündin, stürzte hinterdrein und stieß die Katze ins Hinterteil, was ein Fauchen hervorrief.

Susan nahm die Tiere ins Visier. »Ich weiß nicht, was sie hat, aber alle wollen es haben.«

Mrs. Murphy flitzte durch die Küche ins Wohnzimmer, wo sie sich hinters Sofa hockte, während Pewter auf die große geschwungene Polsterlehne sprang.

»Egoistin!«

Die Tigerkatze antwortete ihrer grauen Anklägerin nicht, weil sonst der Maulwurf, an den sie sich vorsichtig herangepirscht hatte, aus ihren Fängen gesprungen und entkommen wäre.

Harry kniete sich hin. »Murphy, das hast du gut gemacht. Das ist ein Riesenmaulwurf. Der könnte sich glatt bis China durchgraben.«

»Sie hat ihn nicht allein gefangen«, klagte Pewter laut. *»Ich hab den anderen Ausgang versperrt. Mir steht die Hälfte von dem Maulwurf zu.«*

»Ich hab auch mitgeholfen«, tönte der Corgi.

»Ha!« Pewter war anderer Meinung.

»Danke, dass du mir die Beute gebracht hast.« Harry griff vorsichtig hinters Sofa, streichelte Murphy und packte dann den erschlafften Maulwurf im Genick.

Die Kinnbacken der Tigerkatze klappten auf. *»Maulwürfe sind gefährlich, weißt du. Wilhelm von Oranien, König von England, musste sterben, weil sein Pferd in ein Maulwurfsloch trat. Er hat sich das Schlüsselbein gebrochen, und dann bekam er Fieber.«*

»Blaustrumpf.« Pewters Pupillen wurden zu Schlitzen.

Mrs. Murphy tänzelte in die Küche und würdigte ihre Kritikerinnen keines Blickes.

»Entschuldigt mich, meine Damen.« Harry ging nach draußen und legte den Maulwurf hinter den Holzstoß. Sowie er auf dem Boden war, huschte er unter die Scheite. »Typisch

Murphy. Das Genick hat sie dir nicht gebrochen, Kleiner. Sie hat dich mir zum Geschenk gemacht. Sie wollte wohl, dass ich dich verspeise.«

Als Harry zurückkam, sagte Chris naserümpfend: »Ich verstehe nicht, wie du den Maulwurf anfassen konntest. Das könnte ich nie. Dafür bin ich zu zimperlich.«

»Ach, wenn man auf dem Land aufwächst, denkt man nicht drüber nach. Man tut's einfach.« Sie zeigte auf Chris' Jahrbuch. »Lake Shore, Illinois, muss eine ganze Ecke vom Land entfernt sein.«

Chris lachte. »Allerdings.«

Susan, die in ihrem Jahrbuch blätterte, gluckste. »Ich bin schon ganz aufgeregt wegen diesem Schuljubiläum. Ehe wir's uns versehen, ist es Oktober. Die Zeit verfliegt.«

»Sag das nicht. Es macht mich eh schon ganz nervös, die Chose organisiert zu kriegen«, brummte Harry.

»Vielleicht macht dich der Gedanke nervös, die vielen Leute wieder zu sehen«, sagte Chris.

»Mich macht es genauso nervös, sie wieder zu sehen, wie es sie nervös macht, mich wieder zu sehen. Was werden sie denken? Sehe ich aus wie ...« Susan hielt inne. »Also, sehe ich älter aus? Werden sie erschrecken, wenn sie mich sehen?«

»Du siehst fabelhaft aus«, sagte Harry, und sie meinte es ehrlich. »Außerdem lebt die Hälfte aus unserer Klasse immer noch in Rufweite. Alle wissen, wie du aussiehst.«

»Harry, wir sehen die Leute ja kaum, die nach Richmond gezogen sind – Leo Burkey zum Beispiel. Rufweite hin oder her.«

Harry stützte ihr Kinn auf die Hand. »Leo Burkey ist bestimmt wie immer, gut aussehend und hart gesotten.« »Hey, den würde ich gern kennen lernen.« Chris, die Single war, lächelte.

»Hat er zur Zeit keine Frau?«, fragte Harry Susan.

»Das dürfte BoomBoom wissen.«

»Bestimmt.« Harry lachte. »Miranda, wir tun überhaupt nichts für Sie, aber ich bin froh, dass unsere Jubiläen zusammenfallen. Wir können mit dem Skatebord durch die Flure flitzen und uns gegenseitig besuchen.«

»Sie denken wohl, ich kann nicht Skateboard fahren«, sagte Miranda herausfordernd.

»Das habe ich nicht gesagt!«

»Aber gedacht.« Miranda zwinkerte. *Wart's nur ab*, dachte sie lächelnd.

»Es ist ungerecht, dass sich alles um Murphy dreht«, jammerte Pewter und sprang auf die Küchenanrichte.

»Es dreht sich nicht alles um mich, aber ich hab einen frischen Maulwurf mitgebracht. Du bist bloß eifersüchtig.«

»Ich bin ungeliebt«, trällerte Pewter in den höchsten Tönen.

Harry stand auf und holte eine runde Plastikschüssel mit frischer Katzenminze aus dem Schrank. Sie rollte die Minze zwischen den Fingern, sodass das himmlische Aroma freigesetzt wurde. Dann legte sie die Stückchen auf den Fußboden, und Pewter stürzte sich darauf, dicht gefolgt von Murphy. Tucker bekam einen Hundeknochen, der sie glücklich machte.

Ein kurzes Glucksen von Pewter lenkte aller Augen auf sie. Von Katzenminze berauscht, lag sie rücklings auf dem Fichtenholzboden, ihr Schwanz wischte langsam hin und her. Mrs. Murphy lag auf der Seite und hielt sich die Pfoten vor die Augen.

Miranda lachte. »Glückseligkeit.«

»Ich liebe die ganze Welt und alle, die auf ihr leben«, miaute Pewter.

Murphy nahm eine Pfote herunter – *»Ich auch«* –, dann hielt sie sich wieder die Augen zu.

»Das dürfte sie ruhig stellen.« Harry schenkte allen Anwesenden Eistee ein und setzte sich wieder hin. Mrs. Hogendobber hatte selbst gebackene Butterplätzchen, Gurkensandwiches und frisches Gemüse mitgebracht.

»Wisst ihr, dass das Küren von Jahrgangsbesten heutzutage auf manchen Schulen als politisch nicht korrekt gilt?« Susan nahm sich ein Sandwich.

»Warum das denn?«, wunderte sich Miranda.

Susan wies auf den Sektor mit den Jahrgangsbesten, für jeden eine ganze Seite. »Zu elitär. Es kränkt die anderen.«

»Das Leben ist ungerecht.« Harry hob leicht die Stimme. »Das hätte man spätestens in der Highschool lernen können.«

»Da ist was dran.« Chris schüttelte ihren glatten blonden Pagenkopf. »Ich erinnere mich, dass ich heiße Tränen vergossen habe wegen etwas, das mir heute belanglos vorkommt, aber ich habe gelernt, dass es immer Enttäuschungen geben wird und ich da durch muss. All die Gefühlsaufwallungen, die einen beim ersten Mal durchströmen. Wie verwirrend.«

»Das ist immer noch so.« Harry trank ihren Tee. »Bei mir jedenfalls.«

»Sind noch alle aus eurer Klasse am Leben?«, fragte Chris Susan und Harry.

»Zwei haben wir verloren«, antwortete Susan. »Aurora Hughes« – sie schlug die Seite mit den Begabtesten auf und zeigte auf ein gertenschlankes Mädchen im langen Kleid in den Armen eines jungen Mannes, Hank Bittner, der Zylinder und Frack trug. »Sie ist ein Jahr nach dem Schulabschluss an Leukämie gestorben. Wir waren alle auf dem College, und ich habe heute noch ein schlechtes Gewissen, weil ich nicht bei ihr war. Aurora war so ein liebes Mädchen. Und sie war wirklich begabt.«

»Und wer noch?«, fragte Chris.

»Ronnie Brindell«, erwiderte Harry, weil Susan sich gerade ein Plätzchen in den Mund gestopft hatte. »Er soll in San Francisco von der Golden Gate Brücke gesprungen sein und einen Abschiedsbrief hinterlassen haben. Ich kann es immer noch nicht glauben. Ich hatte Ron gern. Unvorstellbar, dass er – tja, was kann man zu Selbstmord schon sagen?«

»Hier.« Susan schlug die Seite mit den beliebtesten Jahrgangsbesten auf. Ein schlanker, etwas weichlicher junger Mann saß mit Meredith McLaughlin, deren Augen vor Vergnügen blitzten, auf einem Karussell.

»Er sieht nicht deprimiert aus.« Chris betrachtete das Bild. »Es heißt, er war schwul und konnte nicht damit fertig werden.«

Auch Harry betrachtete das Bild. »Er war ein netter Junge. Aber die harten Typen haben ihn fürchterlich gequält. Schwule Schüler müssen es auf der Highschool schwer gehabt haben, nur wurde damals nicht darüber gesprochen. Sie müssen täglich gepiesackt worden sein, das wurde natürlich alles unter den Teppich gekehrt.«

»Ja, ich weiß. Bei uns in Lake Shore war es genauso. So was gab's wohl in allen Schulen. Es ist wirklich traurig. Sich vorzustellen, dass er von der Brücke gesprungen ist.« Chris schauderte.

»So wird der Herr für den Bedrückten zur Burg, zur Burg in Zeiten der Not.« Mit einem Vers aus dem 9. Psalm schloss Mrs. Hogendobber das Thema ab.

»Wer weiß, was für Geheimnisse rausflutschen werden wie Kastenteufel?«, grübelte Susan. »Alte Wunden könnten aufreißen.«

»Susan, es ist ein Highschool-Treffen, um Himmels willen. Keine therapeutische Sitzung.«

»Okay, das vielleicht nicht, aber es ist mit Sicherheit eine Bühne, wo Vergangenheit und Gegenwart vor aller Augen aufeinander prallen.«

»Susan, das sehe ich nicht so. Wir kennen diese Leute.«

»Harry, wann hast du Bob Shoaf das letzte Mal gesehen?« Susan sprach von dem Spitzensportler ihrer Klasse, der später Profifootballspieler wurde.

»Im Fernsehen.«

»Glaubst du nicht, dass ihm das zu Kopf gestiegen ist? Diese Jungs brauchen bloß mit den Fingern zu schnippen, und ruckzuck kriegen sie alles, was sie wollen, Frauen, Autos, Annehmlichkeiten aller Art ... Er ist bestimmt nicht mehr derselbe alte Bob.«

»Der hört sich ebenfalls faszinierend an.« Chris machte große Augen.

»Er hält sich für faszinierend. Er war immer eingebildet,

aber er sieht gut aus und ist bestimmt reich. Diese Typen kassieren unwahrscheinlich hohe Gagen.« Harry seufzte und wünschte sich, ihr würde ein bisschen Geld in den Schoß fallen.

»Vielleicht hat er alles verpulvert. Vielleicht leidet er unter Depressionen. Vielleicht ist er impotent.« Ein diabolisches Grinsen breitete sich auf Susans Gesicht aus. »Geheimnisse!«

»Sie hat sicher Recht. Bei unserem zwanzigsten Ehemaligentreffen sind Leute, die auf der Highschool ineinander verknallt waren, zusammen davongeschlichen, Ehen gingen in die Brüche, alte Rivalitäten lebten wieder auf. Es war wirklich heftig. Amüsiert habe ich mich trotzdem.« Chris lächelte schüchtern.

Susan wandte sich Harry zu. »Charlie Ashcraft!«

»Nie und nimmer, selbst wenn er der letzte Mann auf Erden wäre!«

»Du hast mit Charlie geschlafen. Das ist dein Geheimnis.«

»Ist nicht wahr«, protestierte Harry.

»Mädels.« Mrs. Hogendobber tat schockiert. Sie lebte lange genug mit den Menschen dieser Generation zusammen, um zu wissen, dass sie Dinge direkt aussprachen, die man in ihrer Generation nicht ausgesprochen hatte. Sie war sich immer noch nicht sicher, ob das klug oder unklug war.

»Weißt du, Harry, wenn das, was Chris gesagt hat, auch auf uns zutrifft, kommt auf dem Ehemaligentreffen alles ans Licht.«

»Du bist ja total bescheuert.« Harry erwog, ihr eine Gurke ins Gesicht zu werfen. »Übrigens, jede Frau braucht ein paar Geheimnisse. Ein Mensch ohne Geheimnisse ist langweilig.«

Mrs. Murphy hob den Kopf. Nach der berauschenden Wirkung der Katzenminze, die Harry selbst zog, wurde ihr Verstand allmählich wieder klarer. *»Kommt ganz auf die Geheimnisse an.«*

2

Die kühle trockene Luft des Hochdruckkeils, der aus Kanada nach Mittelvirginia drang, brachte Erlösung von der feuchten, drückenden Augusthitze.

Harry, die an diesem Abend auf Knien ihren Garten jätete, ließ sich auf die Fersen zurückfallen, um den leichten, kühlen Duft einzuatmen. Das Quecksilber war auf achtzehn Grad gesunken, deshalb hatte sie ein durchlöchertes marineblaues Sweatshirt übergezogen.

Mrs. Murphy pirschte sich an einen Ahornschädling heran, der ihr Kommen sogleich bemerkte; seine Facettenaugen sahen einfach alles. Das gelb-rosa Insekt flatterte empor und ließ sich auf dem Buchsbaum nieder. Aus dieser majestätischen Höhe beobachtete es die geschmeidige Katze, die, so geschickt sie auch war, keinen Buchsbaum erklimmen konnte.

Der Haufen Unkraut wuchs zu einem Berg.

»Ich bring das lieber weg, bevor es zu schwer wird.« Harry schob die Heugabel unter das Unkraut und hob es mit einer schwungvollen Bewegung hoch. Sie ging zum Komposthaufen, der in einiger Entfernung vom Düngerstreuer war.

»Schmeiß es auf den Düngerstreuer«, schlug Murphy vor.

»Du musst ja nicht mitkommen«, erwiderte Harry ihrer Katze, weil sie dachte, dass sie sich beschwerte. Sie ging bis zum Waldrand, wo sie das Unkraut ablud. Murphy holte sie ein.

»Hättest du's doch auf den Düngerstreuer geschmissen, Harry, das wäre viel leichter gewesen.«

Harry stützte sich auf die Heugabel und blickte über die Wiese. Die Abenddämmerung brach herein, und die Bienen flogen zu den Stöcken zurück. Selbst die lästigen knallgelben Grabwespen strebten ihren labyrinthartigen unterirdischen Nestern zu. Droben rührten sich die Fledermäuse und vertilgten Insekten.

»Farmers Freunde«, sagte Harry. »Wusstest du, Mrs.

Murphy, dass Fledermäuse, Kletternattern, Gottesanbeterinnen und Eulen die besten Partner sind, die man unter den frei lebenden Tieren haben kann?«

»Weiß ich. Ich hab vergessen dir zu sagen, dass die Kletternatter, die auf dem Heuboden überwintert, jetzt fast anderthalb Meter lang ist und dass sie auf der Südseite vom Garten wohnt. Ihr Jagdgebiet ist ein riesengroßer Kreis, und sie grast ihn gegen den Uhrzeigersinn ab. Ihr Anblick ist zum Fürchten. 'türlich, der Anblick von Plattgesicht, der Schleiereule, ist auch zum Fürchten. Sie ist zweimal so groß wie voriges Jahr. Die bildet sich ein, sie ist was Besseres als wir.«

Harry nahm ihre kleine Freundin auf den Arm und küsste sie auf den Kopf. »Du bist die wunderbarste Katze auf der Welt. Habe ich dir das in letzter Zeit mal gesagt?«

»Danke schön.« Murphy schnurrte, dann zappelte sie, weil sie runter wollte. Die Nachttiere, die aus ihren Verstecken kamen, waren eine zu große Verlockung. Sie wollte sich an ein paar von ihnen gütlich tun.

Harry schnappte sich die Heugabel, die sie an einen Walnussbaum gelehnt hatte. »Komm, Zeit fürs Abendessen.«

Der süße Duft von rot blühendem Klee stieg ihnen in die Nase, als der schmale Bodennebelstreif sich muschelrosa, dann mauve, dann perlgrau färbte. Hinter ihnen rief eine Wachtel. Die prachtvolle Eule, von der Mrs. Murphy eben gesprochen hatte, verließ die Scheunenkuppel und flog zu ihrem ersten nächtlichen Raubzug.

Harry, die Teil des Rhythmus' dieses Ortes und dieser Tiere war, lehnte die Heugabel an die Wand des kleinen Lagerschuppens. Die Nachtluft kühlte die Temperatur merklich ab. Sie schob die Hände in die Taschen ihrer Jeans und eilte ins Haus.

»Wo habt ihr so lange gesteckt?«, meckerte Pewter. *»Ich dachte, ihr wolltet den Garten jäten.«*

»Haben wir auch, aber wir hatten einiges zu bekakeln.« Mrs. Murphy schob sich an ihr vorbei, drehte sich jedoch schnell um, als sie den Büchsenöffner hörte. *»Hoffentlich gibt's heute Abend Thunfisch. Ich hab Lust auf Thunfisch.«*

Ein Bellen draußen, dann das Flappen des Tiertürchens verkündeten Tuckers Ankunft.

»Wo warst du?«, fragte Mrs. Murphy auf der Anrichte, während Harry den Thunfisch in zwei Katzenschüsseln löffelte. Auf der einen stand »Ihre Hoheit«, auf der anderen »Pölsterchenvernichter«.

»Bei Blair Bainbridge.« Der Hund sprach von Harrys nächstem Nachbarn im Westen. *»Er hat den Grundstock für eine Viehherde gekauft, und ich musste ihm beim Treiben helfen. Er hat ja nicht die leiseste Ahnung, und nach seinen Verletzungen letztes Jahr ist er noch ein bisschen langsam. Warte nur, bis du die Kälber siehst. Schlaksige, spindeldürre Beine und mager auf der Brust, absolut keine Musterexemplare, aber wenigstens sind sie entwurmt und geimpft. Warte nur, bis Mom sie sieht. Bin gespannt, wie sie es schafft, ihn zu loben, ohne ihm zu sagen, dass dies die miesesten Jungkühe sind, die sie je gesehen hat.«*

»Da wird ihr schon was einfallen.«

»Tucker. Du warst fleißig. Du kriegst Lammstückchen in Soße.« Pewter schnupperte den unverkennbaren Geruch von Lammfleisch.

»Juhu!«

Während die drei aßen, schob Harry ein Nudelgericht in die Mikrowelle. Sie hatte keinen großen Hunger, aber sie aß trotzdem, weil sie im Sommer zu Gewichtsverlust neigte.

Danach setzten sie sich alle aufs Sofa. Harry versuchte, die Zeitung zu lesen, aber sie raschelte bloß damit, legte sie dann beiseite. Schließlich stand sie auf, warf ihre Jacke über und ging nach draußen.

»Was hat sie vor?«, fragte Pewter, die es sich gemütlich gemacht hatte.

»Ich geh mit raus.« Tucker erhob sich und folgte Harry.

»Ich auch.« Murphy schüttelte sich.

»Verdammt«, murrte Pewter. Sie schnippte ihren Schwanz über ihre graue Nase, stand schließlich auf, streckte sich und zottelte mit.

Harry ging zu der Koppel hinter der Scheune. Dort lehnte sie sich an den schwarzen Bretterzaun, um ihren Pferden

Gin-Fizz, Tomahawk und Poptart dabei zuzusehen, wie sie die erfrischende Luft genossen.

Sie blickten hoch, sagten hallo und grasten weiter.

Der Abendstern am Himmel erschien unwirklich, so groß und klar war er. Der Große Wagen rollte zum Horizont, und die Konturen des Yellow Mountain waren wie ein dünnes blaues Band, heller als der tiefblaue Himmel.

»Kinder, ich könnte nirgendwo anders leben. Sicher, ich arbeite vierzehn bis sechzehn Stunden am Tag im Postamt und auf der Farm, aber ich könnte nicht in einem Büro arbeiten. Ich weiß nicht …« Ihre Stimme verklang. Pewter kletterte an einem Zaunpfahl hoch, Mrs. Murphy an einem anderen, während Tucker geduldig auf Harrys Fuß saß. »Mir ist ein bisschen bange vor diesem Ehemaligentreffen. Beim fünfzehnten war ich noch verheiratet. Es ist viel einfacher, wenn man verheiratet ist – vom gesellschaftlichen Standpunkt, meine ich. Die von weit her kommen, werden erst mich ansehen, dann BoomBoom. Sicher ist es ganz leicht zu verstehen, warum Fair mir nichts, dir nichts auf sie geflogen ist. Ob er wohl kommt? Er war eine Klasse höher. Aber er kommt bestimmt, er kennt ja alle. Er ist ein guter Kerl, sag ich euch. Er hat eine schlimme Phase durchgemacht, das ist alles, aber ich konnte es nicht ertragen. Ich konnte es einfach nicht.«

»Er hat es hinter sich«, erwiderte Tucker beherzt. Die Corgihündin liebte Fair Haristeen, Doktor der Veterinärmedizin, von ganzem Herzen. *»Er hat zugegeben, dass er einen Fehler gemacht hat. Er liebt dich immer noch.«*

»Aber sie liebt ihn nicht.« Pewter leckte ihre Pfote und fuhr damit behände über ihre Schnurrhaare.

»Doch, sie liebt ihn«, gab Mrs. Murphy zurück, *»aber sie weiß nicht, wie sehr oder auf welche Weise. Sie würde ihn sicher nicht noch mal heiraten wollen, aber als Mensch liebt sie ihn.«*

»Das macht mich ganz konfus.« Tucker ließ die hübschen Ohren hängen.

»Die Menschen richten immer so einen Schlamassel an«, verkündete Pewter leichthin.

»*Sie denken zu viel und fühlen zu wenig*«, bemerkte Murphy. »*Sogar ich liebe sie, wir alle lieben sie. Das ist der Fluch der Menschheit. Aber manchmal kehre ich es um und glaube, dass sie zu viel fühlen und nicht genug denken. Jetzt bin ich konfus.*« Sie lachte über sich.

»Ihr habt euch heute Abend aber viel zu erzählen.« Harry lächelte ihrer Familie zu, dann fuhr sie mit ihren Betrachtungen fort. »Manchmal sehe ich fern. Ihr wisst schon, die Comedy-Serien. Abgesehen vom Alter, habe ich mit diesen Leuten nichts gemeinsam. Sie wohnen in schönen Wohnungen in großen Städten. Sie tragen super Klamotten, und keiner hat Geldsorgen. Sie sind geistreich und cool. Eine Dürre bedeutet ihnen nichts. Zu dicht gesät ist ein Fremdwort für sie. Sie fahren sexy Autos, ich dagegen fahre einen 1978er Ford Halbtonner. Die Leute meiner Generation sind alles, was ich nicht bin.« Sie runzelte die Stirn. »Nur wenige von uns leben noch auf dem Land. Die alten Bräuche gehen den Bach runter, und ich mit ihnen – aber ich kann nicht anders leben.« Sie trat fest auf das vom Tau feuchte Gras. »Verdammt, warum setze ich mich so für dieses Ehemaligentreffen ein? Bin ich ein Trottel!« Sie machte auf dem Absatz kehrt und ging zum Haus zurück.

Mrs. Murphy sprang anmutig von dem Zaunpfahl, Pewter dagegen drehte sich um und kletterte hinunter. Bloß nicht die Knochen strapazieren, wenn es nicht unbedingt nötig war. Tucker blieb ihrer Mutter auf der linken Ferse.

Als sie an der Scheune vorüberkamen, spähte Simon, das Opossum, das auf dem Heuboden wohnte, aus der offenen Heubodenluke.

Die Tiere grüßten ihn, was Harry veranlasste, ebenfalls nach oben zu sehen. »'n Abend, Simon.«

Simon blinzelte. Er huschte nicht zurück in sein Nest, was einem Gruß von seiner Seite am nächsten kam.

»Du möchtest Marshmallows, ich weiß schon.« Harry ging zu ihrer umzäunten Veranda und öffnete die alte verzinkte Milchkiste, die ihre Mutter benutzt hatte, als die Monticello-Molkerei noch Flaschenmilch ans Haus lieferte.

Harry bewahrte Marshmallows und Sonnenblumenkerne für die Finken darin auf. Sie kehrte mit vier Marshmallows zurück und warf sie durch die Heubodenluke. »Lass dir's schmecken, Simon.«

Er schnappte sich eins, seine glänzenden schwarzen Augen blickten fröhlich. *»Danke.«*

Harry sah zu Simon hinauf, dann hinunter auf ihre drei Freundinnen. »Hm, ich bin bestimmt die Einzige aus meiner Klasse, die ein Opossum mit Marshmallows füttert.« Ein bisschen aufgeheitert trabte sie ins Haus zurück, um sich aufzuwärmen.

3

Nachdem Harry die Post der anderen sortiert hatte, sortierte sie schließlich ihre eigene. Wenn morgens ungewöhnlich viel Betrieb war, schob sie ihre Post in ihr Metallfach und hoffte, dass sie daran denken würde, sie mit nach Hause zu nehmen.

Manchmal vergingen zwei, drei Tage, ehe sie ihre Post las.

An diesem Morgen war es hektisch zugegangen. Mrs. Hogendobber, innerhalb und außerhalb des Postamts ein Fels in der Brandung, lief mehrmals in ihr Haus, weil der Heißwasserbereiter nicht funktionierte. Sie hatte es letztendlich aufgegeben, ihn immer wieder einzuschalten, und einen Klempner angerufen. Als er kam, ging sie nach Hause.

Fair schaute früh herein. Er küsste seine Ex-Frau auf die Wange und entschuldigte sich, weil er vierhundertfünfzig Postkarten mit seiner E-mail-Adresse aufgab. Immerhin hatte er sie nach Postleitzahlen geordnet.

Susan kam vorbei, schnappte sich ihre Post und öffnete sie auf dem Schalter.

»Rechnungen, Rechnungen, Rechnungen.«

»Die knöpf ich mir vor!« Mrs. Murphy schlug mit dem Schwanz, duckte sich und sprang auf den Schalter. Sie fiel über die leidigen Rechnungen her.

»Murphy.« Harry griff nach der Katze, die ihr geschickt entwich.

»Murphy, deine Idee ist goldrichtig.« Susan lächelte, dann schob sie die Katze sachte von ihrer Post.

Mrs. Hogendobber kam durch den Hintereingang. »Vierhundertzwanzig Dollar zuzüglich fünfzig Dollar für die Anfahrt. Ich muss einen neuen Heißwasserbereiter kaufen.«

»Das ist schrecklich«, bedauerte Susan sie.

»Ich habe ihn gerade bestellt, er wird nach der Mittagspause geliefert. Unglaublich, was solche Sachen kosten, dabei hat Roy mir noch zehn Prozent Nachlass gewährt.« Roy, der Inhaber des Elektrogeschäftes, war ein alter Freund.

»Hey.« Susan öffnete einen Brief.

»Was?«, fragten Harry und Mrs. Murphy zugleich.

»Seht euch das an.« Sie hielt einen Brief in die Höhe, der mit Blau und Gold, den Farben der Crozet Highschool, umrandet war.

Da stand: »Du wirst nicht alt.«

»Zeig her!« Harry nahm ihr den Brief und den Umschlag aus der Hand. »Im Postamt Barracks Road abgestempelt.«

»Aber ohne Unterschrift«, bemerkte Susan.

»Ob ich auch einen gekriegt habe?« Harry griff hinter der Theke hervor in ihr Postfach. »Ja.«

»Guck in den anderen Fächern nach«, forderte Susan sie auf.

»Nachgucken kann ich, aber ich darf sie nicht öffnen.«

»Das weiß ich, Harry. Ich bin ja nicht blöd.«

Ohne auf Susans Gereiztheit zu achten, langte Miranda ins Postfach von Market Shiflett, einem Mitschüler von Harry und Susan. »Er hat auch einen.«

Harry sah in den anderen Fächern nach. Überall der gleiche Umschlag. »Wenn jemand schon die ganze Mühe auf sich genommen hat, uns ein Kompliment zu machen, dann sollte er auch seinen Namen drunter setzen.«

»Vielleicht ist es kein Kompliment«, bemerkte Mrs. Murphy.

Pewter, die geschlafen hatte, machte ein Auge auf, rührte sich aber nicht von dem Tischchen im hinteren Bereich des Postamts. *»Was?«*

»Erzähl ich dir später«, sagte Mrs. Murphy, die sah, dass Tucker unter dem Tisch auf der Seite lag und träumte.

»Oh, wer das verschickt hat, wird sich dazu bekennen oder mit geliftetem Gesicht aufkreuzen.« Susan zuckte die Achseln.

»Wir sind nicht alt genug, um uns liften zu lassen.« Harry erschauderte bei dem Gedanken.

»Manche machen das schon mit Anfang dreißig.« Susan las zu viele Illustrierte.

»Und sie sehen dämlich aus. Ich kann es immer erkennen.« Miranda, noch empört wegen der Kosten für den Heißwasserbereiter, machte eine abfällige Handbewegung.

»Woran?«, fragten die zwei Frauen und Mrs. Murphy.

Miranda fuhr mit dem Zeigefinger vom Rand ihres Wangenknochens zum Mundwinkel. »Dieser Muskel oder dieses Band oder wie man das nennt, ist immer zu straff, selbst wenn es sehr, sehr gut gemacht ist.«

»Wie bei Mim?« Susan sprach von Crozets tonangebender Bürgerin.

»Sie würde es nie zugeben.« Harry mochte Mim, unterschätzte aber nie die Eitelkeit der Frau.

»Katzen sind schön, egal, wie alt wir sind«, warf Mrs. Murphy selbstgefällig ein.

Als würde sie ihre Freundin verstehen, bückte Harry sich. »Wenn ich ein Pelzgesicht hätte, wär's mir auch egal.«

Susan warf die Post zum Abfall. »Du wirst nicht alt. Ha!«

Ha. Allerdings.

4

Warum streikt er denn jetzt schon wieder?« Die Hände auf die Hüften gestemmt, inspizierte Harry mürrisch ihren Transporter.

»Batterie«, sagte Tucker trocken.

Harry klappte die Motorhaube auf, überprüfte die Kabel und diversen Drähte, ließ die Haube offen, stieg wieder auf den Fahrersitz und betätigte den Anlasser. Ein Klick-klick-klick war der Lohn ihrer Mühen.

»Verdammt! Die Batterie.«

»Sag ich doch.« Der Corgi setzte sich still hin und betrachtete die Motorhaube des blauen Transporters.

Das alte Gefährt, das mit der Schnauze zu der Eisenbahnbohle, die als Bordschwelle diente, in der Gasse hinter dem Postamt parkte, machte Probleme. Eine Menge Probleme. Der 1978er V-8-Motor hatte mehr als dreihunderttausend Kilometer auf dem Buckel, und damit hatte das Vehikel seine Schuldigkeit getan und den Ruhestand verdient. Harry hatte erwogen, den Motor überholen zu lassen. Damit könnte sie vielleicht noch einmal vierzigtausend Kilometer aus dem Transporter herausquetschen. Sie hatte acht Reifengarnituren verschlissen, drei Batterien, zwei Kupplungen, aber nur einen Satz Bremsen. Die durchgescheuerte und durchlöcherte Polsterung war mit einer karierten Pferdedecke überzogen, die Harry von Mrs. Martin, der Schneiderin, in einen Sitzbankbezug hatte umarbeiten lassen. Die blaue Farbe des Transporters war so alt, dass sie stellenweise in irisierendem Lila schillerte. Der Gummibelag auf dem Gas- und dem Kupplungspedal war ebenfalls abgenutzt.

Mrs. Hogendobber, die sich umgezogen hatte und ihr Gartenkleid mit einer Schürze aus feinem Ziegenleder trug, ging von ihrem Garten über die Gasse zum Postamt. Neben Chorgesang und Backen war Gärtnern ihre Leidenschaft. Sogar jetzt, am Ende des heißen Sommers, blühten bei ihr Lilien aller Arten. Sie berieselte sie morgens und abends.

»Miranda, haben Sie ein Überbrückungskabel?«, rief Harry ihr zu.

»Schon wieder leer?« Miranda schüttelte mitfühlend den Kopf. »Und das an einem so schönen Nachmittag. Sie wollen doch bestimmt nach Hause.«

Just in diesem Moment steckte Market Shiflett den Kopf aus dem Hintereingang seines Ladens. »Harry, Pewter – ein halbes Huhn!«

»Oh. Ich bezahl's dir, Market. Tut mir Leid.« Insgeheim lachte Harry. Die frischen Hühner lagen mit geschabtem Eis und Petersilie in einem alten weißen Schaukasten. Pewter musste sich eins gekrallt haben, als Market den Kasten öffnete. Sie war schlau und kannte Markets Gewohnheiten, war sie doch in ihren jüngeren Jahren seine Katze gewesen. »Hast du Mrs. Murphy gesehen?«

Market nickte. »O ja. Sie hat einer Verbrecherin Beihilfe geleistet. Ich frag mich oft, was wohl aus deinen Kindern wird, solltest du welche kriegen.«

»Hühnerdiebe, wenn man dich so hört.« Aus dem Augenwinkel sah sie, wie Pewter sich heldenhaft abmühte, die Hühnerhälfte zum Transporter zu schleppen. Mrs. Murphy zog an der anderen Seite des Kadavers.

»Lasst mich helfen.« Tucker sprang eilfertig zu ihnen.

»Nein, bloß nicht«, fauchte Mrs. Murphy, dann sah sie Market. *»Pewter, schnell, in die Kreppmyrthe!«*

Die zwei Katzen zerrten das Huhn unter die Kreppmyrthe.

»Da.« Harry kramte in ihrer Tasche und gab Market einen Zehndollarschein.

»Das Huhn ist nicht vergoldet.« Er suchte in seiner Tasche nach Wechselgeld.

»Lass nur, Market. Du tust so viel für mich, und es tut mir Leid, dass Pewter sich so daneben benommen hat.«

Er wandte sich dem Transporter zu. »Hat er den Geist aufgegeben?«

»Nein, bloß die Batterie.«

»Sie haben doch ein Kabel?« Miranda lächelte Market an, der allmählich etwas füllig um die Mitte herum wurde.

»Ja.«

»Schön, wenn Sie nichts dagegen haben, überlasse ich es Ihnen beiden, die alte Mühle wieder flott zu kriegen. Ich muss den Japankäfern zu Leibe rücken. Und die Beete umgraben. Vielleicht sollte ich mir ein paar Hühner zulegen. Die würden das für mich besorgen.« Dann sah sie die zwei Katzen unter der Kreppmyrthe kauern und mit Inbrunst den gerupften Leichnam bewachen. »Oder lieber doch nicht.«

Harry lachte. »Gehen Sie nur, Miranda. Market und ich kriegen das schon hin.«

Miranda kehrte zu ihrem Rasen zurück, und Market sprang in seinen Subaru, der neben einem großen neuen Müllcontainer stand, setzte zurück, manövrierte den Wagen so, dass die Schnauze im rechten Winkel zu dem blauen Transporter zu stehen kam. Das bewahrte Harry davor, im Leerlauf rückwärts zu rollen.

»Das Kabel wird reichen.« Er klemmte die kleinen Kupferbacken an die Batteriepole. »Fertig?«

»Ja.«

Er schaltete seine Zündung ein. »Gib ihr zwei Minuten. Hast du nachgeguckt, ob eine Verbindung locker ist?«

»Ja.«

Market rutschte hinter dem Lenkrad hervor, kam herüber und lehnte sich an den Transporter. »Harry, du musst in den sauren Apfel beißen. Mit diesem Baby kommst du nie durch den nächsten Winter.«

»Ich weiß«, stimmte Harry trübsinnig zu.

»Ruf Art an.«

»Ich kann mir keinen neuen Transporter leisten.«

»Wer sagt, dass du einen neuen kaufen sollst? Kauf einen gebrauchten.«

»Market, die Bank gibt mir kein Darlehen für einen gebrauchten Transporter.«

»Doch, wenn es ein neueres Modell ist, vielleicht zwei, drei Jahre alt.«

»Ja, aber dann ist er viel zu teuer. Es ist beschissen, so oder so.«

Market, der den bekümmerten Ton in Harrys Stimme hörte, legte ihr seinen Arm um die Schulter. »Beruhige dich, Schätzchen. Art ist unser Freund. Er wird dir helfen. Er verdient an allen anderen genug. Geh, rede mit dem Mann.«

»Hm ...« Ihre Stimme wurde leiser. »Ich möchte nicht enttäuscht werden.«

»Es gibt schlimmere Enttäuschungen, das haben wir beide am eigenen Leibe erfahren«, ermutigte Market sie liebevoll.

Da hatte er Recht. Sie hatten beide etliche schwere Schläge einstecken müssen – seine Scheidung war bitterer gewesen als ihre, aber keine Scheidung ist ein Zuckerschlecken. Er hatte eine Tochter, die jetzt aufs College ging. Der arme Market hatte an dem Tag seines Highschool-Abschlusses geheiratet. Er war zum Jahresbesten in Liebenswürdigkeit gekürt worden, und dank dieser Liebenswürdigkeit war seine Tochter sieben Monate nach der Hochzeit zur Welt gekommen.

»Die Zeit schmiedet eherne Bande, findest du nicht?«, fragte Harry.

»Wie meinst du das?«

»Du, ich, Miranda, Herbie, die ganze Clique. Wir wissen alles über uns – fast.« Sie lächelte.

»Tja. Ich kann's nicht glauben, dass wir unser zwanzigstes feiern. Ich bin« – er summte eine Minute, eine Gewohnheit von ihm – »halb aufgeregt und halb ängstlich. Und du?«

»Mir geht's genauso.«

»So, mal sehen, ob's das Baby wieder tut.« Er ging zurück und stellte seinen Motor ab. »Anlassen.«

Harry stieg ein. Der Motor sprang an, dann ratterte er. »Ich lass ihn lieber noch ein paar Minuten laufen.«

»Gute Idee. Wie kommst du mit den Ideen für das Ehemaligentreffen klar?«

»Ganz gut. Wir hatten gestern unsere erste Besprechung. Ich habe alle Termine für die Lokalzeitungen aller größeren Städte Virginias notiert und Anzeigen aufgesetzt, die in der Woche vor der Jubiläumsfeier geschaltet werden – Anzeigen mit Fotos. Ich werde mit BoomBoom um das Geld kämpfen müssen. Die Öffentlichkeitsarbeit macht mir keine Probleme. Dass jeder einen besonderen Spitznamen kriegen soll, das treibt mich zum Wahnsinn.«

»Wenn man vom Teufel spricht«, sagte Market leise, als BoomBoom in einem neuen BMW der 7-er-Serie – der Ersatz für einen, der bei einem Diebstahlversuch ruiniert worden war – durch die Gasse gerollt kam. Sie hielt an. Die elektrischen Fenster schnurrten, als sie sie herunterließ.

»Hi.« BoomBooms Stimme schnurrte wie ihre Autofenster.

Marcy Wiggins, Chris Sharpton und Bitsy Valenzuela sagten im Chor mit ihr »Hi.«

Harry erwiderte die Grüße des Trios, alles Nachbarinnen in der Deep-Valley-Siedlung. Bitsy hatte E. R. Valenzuela geheiratet, einen Klassenkameraden von Harry, der in Silicon Valley gearbeitet hatte und letztes Jahr nach Hause zurückgekehrt war, um ein Mobiltelefongeschäft aufzumachen. Da E. R. die ganze Zeit arbeitete, bekam man ihn nicht oft zu Gesicht, seine Frau eingeschlossen. Marcy, eine etwas schüchterne Frau, hatte Bill Wiggins geheiratet, der im Norden des Staates New York Medizin studiert hatte und dann ans Krankenhaus der Virginia University gegangen war, um seine Assistentenzeit in der Onkologie zu absolvieren. Bill bekam man auch nicht oft zu Gesicht, aber wenn, dann war er sehr zugänglich.

»Na, wie läuft's?«, fragte Market die Damen, die alle Golfkleidung trugen.

»Nicht schlecht. Wir haben auf dem Turnier der Krebsgesellschaft gespielt, der Vereinsvorsitzende hat die Teams aufgestellt, und jede von uns hat einen Ballsammler gewonnen. Unser Team wurde Siebtes von zwanzig Teilnehmern«, prahlte BoomBoom.

Chris beugte sich aus dem hinteren Fenster. »Ich hatte noch nie im Waynesboro Country Club gespielt. Macht Spaß. Aber ich werde Susan bestimmt nie schlagen und Buchsbäume gewinnen.«

»Nur nicht aufgeben. Alle, die sich überreden ließen, an

den Vorbereitungen für unser Ehemaligentreffen mitzuwirken, haben Buchsbäume verdient«, erwiderte Harry. »Braucht ihr eure Post?«

»Nein, das haben unsere Ehemänner schon erledigt.«

»Außer bei mir.« Chris lachte.

»Bleib ledig, glaub mir. Eine Ehe ist Stress«, murrte Marcy.

»Brauchst du deine Post?«, fragte Harry Chris.

»Nein, ich hol sie morgen. Wir sind auf dem Weg zum Ausverkauf im Fashion Square Einkaufszentrum«, antwortete Chris. »Wenn du das nächste Mal eine von uns siehst – komplett überholt.« Sie zog ihre sommersprossige Nase kraus.

Die Damen winkten und fuhren weiter.

»Niedlich, diese Chris.« Market blinzelte.

»Ja. Sie erinnert mich an jemanden, aber ich kann sie nicht unterbringen.«

»Meg Ryan mit Pagenkopf.«

»Du hast ein Auge auf sie geworfen, was?«, neckte Harry ihn.

»Hey, sie wohnt in einem von diesen neuen Häusern. Die guckt keinen an, der einen Lebensmittelladen hat. Ich bin Realist. Sie ist Börsenmaklerin. Börsenmaklerinnen geben sich nicht mit Lebensmittelhändlern ab.«

»Der Richtige ist der Richtige. Egal, was er macht.«

»Quatsch. Vor allem, wenn du es sagst.«

»Willst du damit sagen, ich bin nicht romantisch?«

»Du bist so realistisch wie ich, das warst du immer. Die Minors sind solide Leute.« Er sprach von Harrys Vorfahren väterlicherseits. Sie hatte ihren Ehenamen Haristeen behalten.

»Ich wollte, jemand in meiner Familie hätte Geschäftssinn gehabt. Solide ist ja gut und schön, aber ein bisschen Geld wäre wunderbar gewesen.«

»Mim Sanburne dürfte genug Geschäftssinn und Geld für die ganze Stadt haben.« Er verschränkte die Arme. »Heute Morgen kamen zwei Damen herein, als Mim einen Lammrücken abholte, ein schönes Stück Fleisch. Sie gibt wieder mal eine große Fete. Jedenfalls, die zwei Damen kommen rein, Touristinnen. Sie hatten Monticello und Ash Lawn abgehakt und waren nach Orange gefahren, um sich Montpellier anzusehen. Als sie unterwegs nach Staunton waren, um Woodrow Wilsons Geburtsort zu besichtigen, mussten sie tanken. Wie auch immer, sie sind hier gelandet, mitten in Crozet. Sagt die Große, ›ziemlich öde Stadt ist das hier, was?‹ Antwortet die Kleine, Landkarten unterm Arm, ›stimmt.‹ Dann guckt sie mich an und sagt, ›gibt's hier irgendwas Interessantes?‹ Ehe ich den Mund aufmachen konnte, sagt Mim, ›mich.‹ Die waren total geplättet« – er rieb sich die Hände –, »dann macht sie die Tür auf, steigt in ihren Bentley Turbo R., den diese zwei Damen nicht zu würdigen wussten, und fährt davon. ›Was bildet die sich ein, wer sie ist?‹ sagt die Kleine. ›Die Queen von Crozet‹, sag ich.« Er kicherte. »Die haben bestimmt auf dem ganzen Weg nach Fisherville geschimpft. Und sich vermutlich wieder in ihre Landkarten vertieft.«

Harry lachte. »Crozet ist nicht gerade eine Bilderbuchstadt, aber das Bild, das die Kids in der Eisenbahnunterführung gemalt haben, finde ich sehr gelungen.« Sie lehnte sich an Market, Schulter an Schulter. »Ich nehme an, bei uns gibt's nicht viel zu sehen, aber das Land ist schön. Nur darauf kommt es an. Gebäude verfallen, und wir auch. Schlimm genug, aber nicht zu ändern.« Sie wechselte plötzlich das Thema, eine Gewohnheit von ihr. »Wie kommt man an einen Namen wie Bitsy?«

»So ähnlich, wie man an einen Namen wie Harry kommt. Man macht irgendwas, wenn man klein ist, und das bleibt dann hängen. Du hast mehr verletzte Tiere aufgelesen als irgendwer, den ich kenne. Du warst und bist mit einer beachtlichen Kollektion von Viechern gesegnet.«

»Apropos Tiere – gib mir eine Plastiktüte, damit ich das Huhn mit nach Hause nehmen und für sie kochen kann.«

Er holte eine beige Plastiktüte aus dem Laden. Zu zweit gingen sie zu den zwei Katzen und Tucker, die vor ihnen hockte und sie zum Wahnsinn trieb.

»Los, Mädels, her damit.«

»Tod jedem, der es wagt, dieses Huhn anzurühren!«, murrte Pewter.

»Mach nicht so ein Gewese.« Der Hund sabberte.

Pewter holte aus und erwischte das lange Ohr des Corgis. Tucker jaulte.

»Pewter, das war gemein.« Harry kniete sich hin. »Market, willst du deine Katze wiederhaben?«

»Um Himmels willen, bloß nicht. Sie hat mir die Haare vom Kopf gefressen.« Er kniete sich neben Harry. »Pewter, du bist eine unartige Katze.«

»Hab dir 'n Schnippchen geschlagen.«

»Spiel dich nicht so auf, Pewter, lass uns lieber sehen, ob wir verhandeln können.« Mrs. Murphys Ohren schnellten nach vorn. *»Harry, wenn du das Huhn nicht wegwirfst, kommen wir raus.«*

»Ich werde das Huhn kochen.«

»Sie hat es verstanden!« Tucker war außer sich vor Begeisterung.

Die Katzen, die ebenso erstaunt waren, entließen das Huhn aus ihren Fangzähnen und Krallen. Harry steckte es in die Plastiktüte.

»Kommt jetzt.«

Sie schlichen vorsichtig unter dem Busch hervor, nur für den Fall, dass Market sie am Schlafittchen packen wollte.

Harry legte das Huhn auf den Sitz, worauf drei Tiere freudig in den Transporter sprangen. »Market, frag Chris, ob sie mal mit dir ausgeht. Entweder sagt sie ja, oder sie sagt nein. Und beides hast du schon mal gehört.«

»Ich weiß nicht.«

»Hey, eh ich's vergesse. Hast du einen Brief gekriegt, in dem stand, ›du wirst nicht alt?‹«

»Ja. Mit den Farben von Crozet.«

»Ich hab mir die Umschläge angesehen. Alle aus unserer Klasse, die hier leben, haben denselben Umschlag bekommen, aber das muss nicht heißen, dass dasselbe drinsteht. Drum dachte ich, ich frag mal nach.«

»Ohne Unterschrift.« Er trat vom Fenster an der Fahrerseite zurück. »Ich glaubte, es war ein Scherz, weil wir zwanzig Jahre älter sind. Siebenunddreißig oder achtunddreißig, die meisten von uns. Ich dachte, da kriegt jemand die Krise, weil er auf die Vierzig zugeht.«

»Darauf bin ich nicht gekommen. Susan hielt es für ein Kompliment. Wir sehen gut aus. Finde ich.« Harry lächelte ihr betörendes Lächeln.

»Das will ich meinen.« Market schlug auf die Tür des Transporters wie auf das Hinterteil eines Pferdes, und Harry fuhr los.

5

Zur Tagesordnung.« BoomBoom, die an einem Lehrerpult saß, hob die Stimme.

»Was soll der Quatsch?«, fauchte Harry, die ihren Ärger nicht verbergen konnte.

»So verlangt es die Geschäftsordnung. Sonst versinken wir im Chaos.«

»BoomBoom, red nicht solchen Mist«, platzte Harry heraus. »Wir sind unter uns. Susan, Market und Dennis.«

Dennis Rablan, der einst zum insgesamt besten Schüler gekürt worden war, hatte angeboten, sich um die Ausstattung zu kümmern. Das hieß, die Turnhalle der Crozet Highschool ausräumen, die Stereoanlage für die Musik aufbauen und beim Dekorationsausschuss mitarbeiten. Er hatte nur einen freiwilligen Helfer, Mike Zalaznik. Dennis war sündhaft faul, weshalb es wohl darauf hinauslaufen würde, dass Mike die meiste Arbeit tat.

Dennis hatte gelernt, das Raunen hinter seinem Rücken, wie er die von seinem Vater geerbten beträchtlichen Ersparnisse durchgebracht hatte, zu ignorieren. Er betrieb in der Innenstadt von Crozet ein Fotostudio. Ob Hochzeiten, Jubiläen oder Highschool-Abschlussfeiern, der rothaarige Dennis war stets mit zwei, drei Fotoapparaten beladen zur Stelle. Er war der einzige Schulkamerad, der alle anderen hiesigen Schulkameraden und Mitschülerinnen an den Wendepunkten ihres Lebens zu sehen bekam.

Die kleine Gruppe saß in einem Klassenzimmer der Crozet Highschool. Die Fenster standen weit offen, um die kühle Brise einzulassen, da das ungewöhnliche kanadische Hoch noch anhielt.

»Harry, reg dich ab«, beschwichtigte Susan ihre beste Freundin. »BoomBoom« – sie wandte sich an die Vorsitzende, die vor ihnen saß –, »du brauchst bei dieser Besprechung nicht so förmlich zu sein. Das passt mir genauso wenig wie Harry. Lass uns ohne Trara über Ideen diskutieren.«

»Was meinst du, Dennis?« BoomBoom lächelte Dennis zu, und ihre großen Augen sahen ihn flehend an.

»Ich habe die Geschäftsordnung nicht studiert, ich bezweifle, dass ich da viel beisteuern kann, aber vielleicht kann ich ja insgesamt nicht viel beisteuern.« Er strich sich eine helle Locke aus der Stirn.

»Willst du mich nicht fragen?« Market verschränkte die Arme.

»Du hältst sowieso zu Harry. Tust du doch immer.«

»Weil sie vernünftig ist.« Market lachte. »Hör mal, du willst die Bilder von den Besten der Abschlussklassen neu aufnehmen und vergrößern lassen, um sie rings um den Zuschauerraum anzubringen. Ich finde die Idee nicht schlecht, aber wie willst du die Jahrgangsbesten außerhalb der Stadt dazu kriegen, die Fotografien neu aufzunehmen?«

»Ganz einfach.« BoomBoom spielte sich gern vor Harry auf, obwohl sie allen erzählte, die es hören wollten, sie hätte nichts gegen Harry. Immerhin hatte sie ein Verhältnis mit Harrys Mann gehabt, nachdem Harry und Fair sich getrennt hatten, daher war Harry moralisch im Recht. BoomBoom dachte, wenn sie dies eingestand, würden ihr ihre Sünden vergeben. Aber Kleinstädter haben ein langes Gedächtnis.

»Nämlich?« Susan beugte sich nach vorn.

»Wir nehmen den Original-Hintergrund auf, bitten die Auswärtigen, ihre Pose in einem Studio nachzustellen, und wir kopieren sie in die Hintergrund-Fotografie ein. Dennis weiß, wie man das macht. Stimmt's, Dennis?«

»Klar.«

»Wie teuer wird das?«, fragte Harry.

»Siebenhundert Dollar.« BoomBoom lächelte übers ganze Gesicht, als sei ihr ein Coup gelungen.

»Das meiste geht für Benzin, Chemikalien und Papier drauf. Für mich bleibt da nicht viel übrig«, fügte Dennis rasch hinzu.

»Nimm das lieber nicht aus meinem Budget für Öffentlichkeitsarbeit«, warnte Harry.

»Du hast kein Budget für Öffentlichkeitsarbeit.« BoomBoom verwarf diesen Gedanken.

»Hab ich wohl. Ich habe es übers Wochenende ausgearbeitet und für euch alle Kopien gemacht. Wenn man eine Jubiläumsfeier mit Pauken und Trompeten auf die Beine stellen will, dann muss man auch was investieren.« Sie händigte Budget-Kopien aus. Mrs. Murphy kam ins Klassenzimmer und setzte sich unter die Tafel. »Und nicht vergessen, Anfang September muss ich allen aus unserer Klasse ein detailliertes Programm schicken. Das ist auch im Budget enthalten.«

Die Schule, die 1920 aus schönem roten Backstein mit einem hübschen Vier-Säulen-Portal erbaut worden war, strahlte eine Behaglichkeit aus, die Mrs. Murphy gefiel. Pewter und Tucker lugten um den Türpfosten.

»Sind die noch nicht fertig?« Pewter hatte im Flur nichts gefunden, das sie verlockte.

»Nein«, antwortete Murphy. Die anderen Tiere kamen herein und setzten sich neben sie. Sie begafften die Menschen, wie Menschen Tiere in einem Zoo begaffen.

»Harry, dein Budget können wir später durchgehen. Zuerst müssen wir die Sache mit den Jahresbesten zum Abschluss bringen.« BoomBoom warf kaum einen Blick auf das Papier. Sie selbst war einst zur Bestaussehenden gekürt worden.

»Ich finde die Idee gut. Und ich nehme an, ihr werdet jeweils die Originalfotografie von den Jahresbesten vergrößern und neben die neue hängen.« Susan nickte.

»Genau! Wird das nicht wunderbar?«

»Nicht, wenn man eine Glatze kriegt«, stöhnte Market.

BoomBoom hielt ihm vor: »Würdest du die Kräuter nehmen, die ich dir besorgt habe, das würde helfen, und wenn's dir nicht schnell genug geht, dann lass dir Haartransplantate machen. Die sind super.«

»Du würdest zum Anbeißen aussehen mit den Borsten in der Kopfhaut«, neckte Dennis ihn. »Wie 'n Stoppelfeld.«

»Das zahl ich dir heim, Dennis. Weißt du, warum Gott Haare erschaffen hat? Weil nicht jeder einen vollkommenen Kopf haben kann.«

»Drei zu null für Market.« Harry malte die Punktezahl in die Luft.

»Stimmst du meinem Plan nun zu oder nicht?« BoomBoom faltete die Hände und sah Harry an.

»Ja. Das überrascht dich wohl?«

»Bisschen.« BoomBoom seufzte vor Erleichterung. »Dennis, wann kannst du anfangen?«

»Je früher, desto besser. Wie wär's mit dieser Woche?«

»Gut«, sagten alle einstimmig. Sie wollten nach Hause. Das Wetter war schön, und jeder hatte noch dies und das zu erledigen.

»Gehen wir.« Pewter schüttelte sich.

»Noch nicht.« Tucker seufzte, als BoomBoom das nächste Papier von ihrem Stapel nahm.

»Wir haben noch niemand, der für den Ball zuständig ist. So viele von uns leben in Mittelvirginia – man sollte doch meinen, dass jemand sich freiwillig zur Verfügung stellen würde.«

»Die Leute haben zu viele andere Verpflichtungen«, meinte Susan, die selbst ein Lied davon singen konnte.

»Wenn wir nicht bald jemanden dafür einspannen können, müssen wir's selber in die Hand nehmen«, verkündete BoomBoom.

»Kommt nicht in die Tüte«, entgegnete Harry entschieden.

»BoomBoom raubt Mom den letzten Nerv. Und überhaupt, was bringt das, wenn Menschen sich zu einer Besprechung zusammensetzen? Alles dauert dreimal so lange. Eine ungeheure Zeitverschwendung«, bemerkte Murphy.

»Meinungen rauslassen ist wie Pupse rauslassen. Sie können sie nicht zurückhalten.« Pewter kicherte.

»Harry, bist du noch unsere Verbindungsfrau zu Mrs. Hogendobber, damit wir nicht mit ihrem Ehemaligentreffen kollidieren?« BoomBoom überging Harrys kleine Auflehnung.

»Verbindungsfrau? Ich sehe sie fünf, sechs Tage die Woche.«

»Ich frag ja nur.«

»BoomBoom, wie hast du dir den Dekorationsausschuss gedacht?« Susan hatte Visionen von einem Zuschauerraum, der ungeschmückt war bis auf die Fotografien von den Jahresbesten.

»Marcy Wiggins und Bitsy Valenzuela haben angeboten, uns zu helfen, wenn wir ihnen dafür im Dezember bei der Organisation des Wohltätigkeitsballes der Krebsgesellschaft helfen. Charlie Ashcraft wird wohl den Ausschuss leiten.«

»Das kann nicht dein Ernst sein«, platzte Harry heraus. »Charlie ist ein richtiger Weiberheld.«

»Wir haben keinen anderen. Außerdem« – BoomBoom senkte verschwörerisch die Stimme – »hat er schon mit Marcy angebandelt.«

»Du hast sie hoffentlich gewarnt.« Susan runzelte die Stirn.

»Sie ist erwachsen.« BoomBoom ordnete die wenigen Papiere auf dem Pult.

»Boom, er ist einer der attraktivsten Männer, die Gott jemals auf diese Erde gesetzt hat, und er ist schrecklich leichtfertig. Es langsam angehen lassen heißt bei ihm, eine Frau ins Bett zu kriegen, nachdem er ihr vorgestellt wurde, statt vorher. Ich bitte dich.« Harry beugte sich vor.

»Sie ist verheiratet«, tat Market das Thema ab; er meinte,

Marcys Ehering böte Schutz – ähnlich wie Knoblauch vor einem Vampir schützt.

»Unglücklich verheiratet«, gab Boom zu bedenken.

Schließlich meldete sich Dennis zu Wort: »Erinnert ihr euch, wie sich Raylene Ramsey und Meredith McLaughlin bei unserem fünfzehnten Ehemaligentreffen wegen Charlie gestritten haben?«

»Ich dachte, sie würden sich gegenseitig abmurksen.« Market sah auf seine Uhr.

»Ich hatte eher gehofft, sie würden Charlie abmurksen.« Harry lachte.

»Was ihr Mädels an ihm fandet, habe ich nie verstanden.« Dennis lachte ebenfalls.

»Guck mich nicht so an. Für mich ist er ein Arschloch.« Harry hob die Hände.

BoomBoom, die Charlie in ihrer Jugendzeit verführt hatte oder umgekehrt, schwieg dazu.

Susan warf ein: »Mir ist es egal, dass er auf unserem Fünfzehnten mit beiden geschlafen hat. Aber es ist mir nicht egal, dass er es unbedingt im Swimmingpool vom Holiday Inn tun musste. Sicher, es war drei Uhr morgens, aber das heißt noch lange nicht, dass wir nicht wach waren.« Susan schüttelte angewidert den Kopf.

»Zurück zur Sache. Charlie als Verantwortlicher für die Dekorationen?« BoomBoom klopfte mit dem Bleistift auf das Pult. »Und Marcy Wiggins und Bitsy Valenzuela«, fügte sie hinzu.

»Aber sie waren nicht bei uns auf der Highschool«, wandte Market ein.

»Na und, Market? Wir brauchen Helfer. Chris war uns bei dem Treffen bei mir zu Hause eine große Hilfe.« Harry stieß ihn an. »Außerdem haben sie in unsere Klasse eingeheiratet. Das zählt auch.«

»Chris sagt, vielleicht lernt sie ein paar Männer kennen. Es ist schwer für Neulinge, sich einzuleben. Wir sind hier geboren. Wir können uns nicht vorstellen, wie das ist, in einen neuen Ort reinzuplatzen«, erklärte BoomBoom.

»Hat sie wirklich gesagt, sie möchte Männer kennen lernen?«, flüsterte Market.

»Ja«, flüsterte Harry zurück.

»Sie ist nicht übel«, wisperte Dennis, der es mitangehört hatte. Das trug ihm einen strengen Blick von Market ein.

»Sind wir uns also wegen Charlie einig?«, drängte BoomBoom.

Die anderen sahen sich an, dann hoben sie zögernd die Hände, weil ihnen kein Ersatz einfiel.

»Ein letzter Punkt noch, ehe wir die Sitzung vertagen.« BoomBoom entging nicht, wie zappelig die anderen waren. »Ich habe einen umrandeten Brief bekommen, sieht nach einer Copyshop-Vervielfältigung aus. ›Du wirst nicht alt‹ stand drin. Harry, hast du den verschickt?«

»Wieso ich?« Harry war verblüfft.

»Du bist die Posthalterin. Ich dachte, du spielst uns vielleicht einen Streich.«

»Nein. Ich war's nicht.«

BoomBoom blickte alle der Reihe nach an, und alle schüttelten die Köpfe. »Also, ich finde das geschmacklos.«

»Boom, wovon redest du?«, fragte Susan.

»Ja«, sagten Market und Dennis.

»Du wirst nicht alt. Ich würde meinen, das ist doch klar. Wir werden nicht alt, wenn wir tot sind. Da bemühe ich mich, die beste Jubiläumsfeier auf die Beine zu stellen, die es je gab, und jemand erlaubt sich einen üblen Scherz.«

»So habe ich das nicht verstanden.« Susan runzelte die Stirn; BoomBooms Interpretation gefiel ihr nicht.

Mit dieser Bemerkung war die Versammlung beendet.

»Höchst sonderbar«, sagte Mrs. Murphy nachdenklich zu niemand im Besonderen.

6

»Du willst wirklich einen Transporter kaufen?«, fragte Fair Haristeen seine Ex-Frau, als er am nächsten Morgen seine Post abholte.

»Es wird mir wohl nichts anderes übrig bleiben.«

»Sie macht zwei Stunden Mittagspause, um sich mit Art Bushey zu besprechen«, informierte Miranda ihn eilfertig.

»Dann ist es also ernst.« Er rieb sich das Kinn.

»Sie streicht abends auf dem Gelände herum, beguckt sich die Transporter, aber jetzt geht sie zum ersten Mal tagsüber hin«, teilte Mrs. Murphy Fair mit, der ein Alufolien-Päckchen für sie aus seiner Tasche zog.

»Da, Houdini, mach auf.« Seine tiefe Stimme dröhnte.

Mrs. Murphy blickte sich verstohlen um. Pewter, die im Postkarren schlief, bekam nicht mit, dass Murphy ein Geschenk begutachtete und aufriss. Erst der Duft von feuchten Fisch-Leckerbissen veranlasste die Katze unten im Postkarren, ein hellgrünes Auge zu öffnen.

»Hast du mir auch was mitgebracht?«, bettelte Tucker.

Aus seiner anderen Tasche holte Fair ein pflaumenblau umrandetes Folienpäckchen, auf dem »Himmlische Hundehäppchen« stand. Er öffnete es und schüttete den Inhalt auf den Fußboden.

»Danke schön!« Tucker verschlang die runden Fleischhäppchen.

Pewter, die auf dem Rücken lag, wälzte sich herum. Sie kletterte aus dem Karren und gesellte sich zu Mrs. Murphy, die darüber nicht hoch erfreut war, aber egoistisch war sie auch nicht.

Mrs. Hogendobber lachte. »Wollen Sie neben Ihrer Pferdepraxis eine Kleintierpraxis aufmachen?«

»Nein. Ich bekomme Gratisproben von Futtermittelfirmen. Dass ich's nicht vergesse, ich hab einen Sack mit nährstoffreichen Luzernecobs. Ob du mir wohl helfen würdest, Harry? Wenn ich dir einen Fütterungsplan gebe, drei Würfel täglich zusätzlich zum üblichen Timotheusheu, würdest du dann Gewichtstabellen für mich führen?«

»Klar«, erklärte Harry munter.

»Sie stellen die Pferde doch nicht auf die Waage, nein?«, fragte Mrs. Hogendobber, die nicht viel von Pferden verstand. »Das wäre doch schrecklich umständlich, oder?«

»Miranda, die einfachste Methode, um eine Gewichtszunahme festzustellen, ist ein Maßband. So eins, wie man es in den Billigläden kaufen kann.«

»Bloß dass es keine Billigläden mehr gibt.« Miranda runzelte die Stirn. »Wenn ich an die Zeiten denke, wo ich als Kind mit einem Vierteldollar zu Woolworth gelaufen bin und glaubte, ich wäre reich …«

»Waren Sie auch.« Fair lächelte, was ihn nur noch attraktiver aussehen ließ. Er hatte eine starke Ähnlichkeit mit dem jungen Gary Cooper.

Gut einsneunzig groß, blond, mit einer ausgeprägten Kinnpartie, freundlichen Augen und breiten Schultern, war Fair ein Mann, der Frauen auffiel. Und die meisten lächelten, sobald sie ihn sahen.

»Das waren noch Zeiten.« Die ältere Frau rollte die blauen Nylonriemen auf, mit denen große Postmengen verschnürt wurden. »Wissen Sie, Fair Haristeen, dass wir dieses Jahr mein fünfzigstes Schuljubiläum feiern? Ich muss mich immer wieder in den Arm kneifen, damit ich es glauben kann.«

»Sie sehen keinen Tag älter aus als neununddreißig, und niemand in Crozet kann Ihrem gärtnerischen Können das Wasser reichen.«

Sie strahlte. »Lassen Sie das bloß Mim nicht hören.«

»Mit drei Gärtnern hätte ich auch einen Vorzeigegarten.« Er warf Kataloge in den Abfalleimer. »Sie machen alles ganz allein.«

»Danke.« Sie war ungemein erfreut.

»Gleich Mittagszeit.« Harry pfefferte zwei Briefe in Susan Tuckers Postfach.

Fair sah auf die Uhr. »Soll ich dich zu Art begleiten?«

»Warum, denkst du, ich kann nicht allein verhandeln?«

»Nein. Ich denke, du wirst heulen, wenn du dich von der Karre da draußen trennen musst.«

»Werd ich nicht.« Ihre Wangen färbten sich rot.

»Okay.« Er zwinkerte Miranda zu, als Harry nicht hinsah, ging zur Tür, drehte sich dann um. »Ich bring die Luzernecobs heute Abend vorbei.«

»Ich weiß gar nicht, ob ich mit dir reden will. Ich kann's nicht glauben, dass du denkst, ich würde wegen 'nem Transporter heulen.«

»Oh-ha.« Er stieß die Tür auf und trat in die frische Luft. Es fühlte sich mehr nach Ende September an als nach Ende August.

»Er bringt mich auf die Palme«, murmelte Harry, während sie Dessous-Kataloge zusammenrollte und in Little Mims Postfach schob. »Warum lässt sie sich so viele Unterwäsche-Kataloge schicken?«

»Weil sie geheime Wünsche hat«, antwortete Miranda.

Little Mim, seit ein paar Jahren geschieden, war einsam – einsam und unglücklich in Harrys Nachbarn Blair Bainbridge verliebt.

»Oh.« Harry blinzelte. Sie kam nie auf solche Gedanken.

»Es ist Mittag. Gehen Sie jetzt zum Fordhändler oder nicht?«

»Ich gehe. Ich hab doch gesagt, dass ich gehe. Ich weiß, ihr denkt alle, ich kann nicht bis drei zählen, geschweige denn, einen Kauf tätigen.«

»Das habe ich nie gesagt.«

»Aber gedacht.«

»Harry, beruhigen Sie sich. Ich finde, Sie können gut mit Zahlen umgehen. Ich bewundere Ihre Sparsamkeit. Ich fahre schließlich noch den Falcon meines Mannes, und wie viele Jahre ist es her, dass Gott meinen armen George zu sich rief? Wirklich, ich fühle mit Ihnen.«

Harry bereute ihre Gereiztheit. »Das weiß ich, Miranda. Ich weiß nicht, warum ich so aufbrausend war.«

»Wegen Ihrem Ex.«

Sie zuckte die Achseln. »Ich glaube, ich komme besser ohne die drei Musketiere zurecht. Haben Sie was dagegen, wenn ich sie in der Mittagspause durcharbeiten lasse?«

»Nimmst du mich mit?« Tucker wedelte mit ihrem nicht vorhandenen Schwanz.

»Ich bleibe hier.« Pewter legte eine Pfote auf das zerdrückte Folienpäckchen.

»Dann bleib ich auch hier. Viel Glück, Mom.«

Zwanzig Minuten später rollte Harry den Pantops Mountain hinunter; sie war auf der 1-64 gefahren und bei der Ausfahrt Shadwell nach links in die Route 250 eingebogen. Die Ford-Vertragshandlung auf der Nordseite der Straße nahe am Fluss war in blitzendem Blau-Weiß gehalten. Früher hatte es einmal eine überdachte Brücke über den Rivanna gegeben, Freibrücke genannt, weil für ihre Benutzung kein Brückenzoll entrichtet werden musste. Bei einem schweren Sturm standen die Pferdekutschen hintereinander auf der Brücke und warteten, bis das Schlimmste vorüber war. Heutzutage galten solche Zufallsbegegnungen und das vernünftige Hinnehmen der Launen der Natur nichts mehr. Die Leute meinten, sie könnten sich über alles hinwegsetzen. Die überdachte Brücke war einer zweispurigen Brücke mit Strebepfeilern gewichen, die wiederum einer vierspurigen seelenlosen Konstruktion Platz machen musste. Die Leute rasten über den Fluss, ohne dass es ihnen einfiel, anzuhalten und hinunterzublicken oder mit Bekannten ein anregendes Schwätzchen zu halten, während über ihnen der Donner grollte.

Harry hielt vor dem älteren Gebäude der Fordhandlung mit den großen Fenstern an.

Art Bushey kam heraus, um sie zu begrüßen. »Hi, Schönste. Hab ich dir je erzählt, dass ich eine Schwäche für Posthalterinnen habe? Das Wort ›Halterin‹ hat es mir angetan. Ich krieg 'ne Gänsehaut davon.«

»Pervers.« Harry boxte ihn, dann umarmte sie ihn.

»Ich wusste, dass du kommst. Halb Crozet hat mich angerufen, dein Ex-Mann inklusive. Er liebt dich immer noch, Harry. Aber hey, alle Männer fliegen auf dich.«

»Nun mach mal halblang.«

»Aber hören tust du's gern, oder etwa nicht? Du bist eine gut aussehende Frau. Ich will, dass gut aussehende Frauen Ford-Transporter fahren.« Er steckte den Kopf in den 1978er Transporter, um einen Blick auf den Tacho zu werfen. »Wie oft ist das Ding auf null gesprungen?«

»Er hat über zweihunderttausend drauf.«

»Wir bauen Qualität, was?« Er klopfte auf die Kühlerhaube des blauen Transporters. »Komm, ich zeig dir, was ich habe, und Harry, mach dir nicht gleich ins Hemd wegen dem Geld. Ich zeig dir erst mal, was da ist. Du fährst die Autos Probe. Ich lass mir was einfallen. Klar, ich will dein Geld, versteh mich nicht falsch. Ich liebe Geld. Aber die Busheys, die Minors und die Hepworths« – er nannte den Mädchennamen ihrer Mutter – »sind schon so lange hier und haben viel gemeinsam erlebt. Ich weiß noch, wie dein Vater diesen Transporter gekauft hat.«

»Ich auch. Sein erster neuer Transporter. Damals hattest du noch deinen Schnurrbart.« Harry erinnerte sich an die Röte in dem hageren Gesicht ihres Vaters, als er seiner Frau und seiner Tochter eröffnete, dass er einen nagelneuen Transporter gekauft hatte.

»Komm.« Art öffnete die Tür eines roten Halbtonners mit Vierradantrieb. »Ich überlege, ob ich mir wieder einen Schnurrbart wachsen lassen soll.«

»Du hast mich wirklich erwartet – hast die Schilder dran und alles.« Sie lächelte. »Was den Schnurrbart angeht, mach's. Lässt dich gefährlich aussehen.«

Das gefiel Art. »Sie stehen alle für dich bereit, und ich hab zwei gebrauchte, die du dir auch ansehen kannst.«

Sie kletterte in die Fahrerkabine, ließ den Motor an, während Art auf dem Beifahrersitz seinen Sicherheitsgurt einklickte.

»Also dieser Wagen hat alle Schikanen. Klimaanlage, Kassettendeck und CD-Player, überall Lautsprecher, schwenkbare Sitze – gut für den Rücken – Plüschausstattung, die deine Katzen freuen wird. Katzen sind anspruchsvoll.«

»Ja, ich möchte sie nicht enttäuschen.« Harry trat aufs Gaspedal, sie setzten zurück, und schon waren sie Richtung Keswick unterwegs. »Jesses, das Ding fährt sich ja wie 'n richtiges Auto.«

Sie donnerten die Straße entlang, und als sie auf die Bremse trat, kam das Gefährt sanft gleitend zum Stehen.

Als sie zu der Vertragshandlung zurückfuhren, staunte sie über das gute Fahrgefühl des Transporters. Sie stiegen in die verschiedenen Wagen mit diversen Ausstattungspaketen.

Nachdem sie eine Stunde lang neue und zwei sehr schöne gebrauchte Transporter Probe gefahren hatte, gingen sie in Arts Büro. »Na, was meinst du?«

»Ich fürchte die Kosten«, antwortete sie freimütig.

Er tippte eine Reihe Zahlen ein. »Schau.« Er zog den Computerausdruck heraus. »Ich kann dir einen F250 HD mit Vierradantrieb für 20 487 Dollar überlassen. Das ist der Grundpreis ohne Extras und ohne die Summe, für die wir deinen alten in Zahlung nehmen. Wie hoch sie ist, werde ich gleich wissen; denn während wir unterwegs waren, hat einer von meinen Jungs deinen Transporter unter die Lupe genommen.«

»Er ist in gutem Zustand.«

»Das weiß ich. Du achtest auf alles, dich selbst eingeschlossen.« Er zeigte auf Ziffern in der rechten Spalte. »Rechne Plaketten, Zulassung, Papiere hinzu – und ich weiß nicht, ob du den erweiterten Kundendienst willst oder nicht, aber rechne noch einmal fünfhundert. Behalte die Zahl im Kopf. Runde Zahlen kann man sich leichter merken. Wenn du diesen Wagen jetzt kaufst, kann ich dir einen Rabatt von sechshundert Dollar geben. Das gilt aber nur bis zum fünfzehnten September. Frag mich nicht warum. Ford gibt diese Bestimmungen heraus, und die Händler müssen sich daran halten. Gut für dich, immerhin. Aber hier« – er tippte noch ein paar Zahlen ein –, »ich kann dir das XLT-Ausstattungspaket für noch mal fünfzehnhundert Dollar besorgen. Wenn du die Sachen wie Kassettendeck und CD-Player einzeln kaufst, zahlst du drauf. Es klingt verrückt, aber wenn du Geld ausgibst, kannst du bei den Raten Geld sparen. Ich lege eine Finanzierung von fünf Jahren zugrunde. Schau, von mir kriegst du das Drum und Dran für –« Er zeigte auf eine Ziffer ganz unten auf einem neuen Blatt, das er aus dem Drucker zog.

Sie machte große Augen. »Das sind ja fast viertausend Dollar mehr.«

»Ja. Aber auf fünf Jahre verteilt sind das noch mal circa dreißig Dollar pro Rate. Und Harry, dies ist nicht die endgültige Zahl. Willst du nicht versuchen, den Preis zu drücken?«

»Äh …«

Das Telefon klingelte. »Ja«, sagte Art. »Großartig.« Er drückte auf den Knopf. »Tausendfünfhundert Dollar für deinen 1978er. Und hier, für diesen Preis verkaufe ich dir den F250 HD mit Vierradantrieb.« Er kritzelte Ziffern.

»Das sind fast zwanzig Prozent Nachlass.« Sie rutschte auf die Stuhlkante.

»Richtig. Du bezahlst, was ich bezahle, plus den Papierkram. Welche Farbe willst du?«

»Rot.«

»Und die Innenausstattung?«

»Beige.«

Er zeigte auf einen roten Transporter auf dem Gelände. »Er gehört dir. Harry, ich weiß, dass du nicht viel verdienst. Ich weiß auch, dass du diesen Transporter zwanzig Jahre fahren wirst. Warum nimmst du ihn nicht mit nach Hause? Wenn er dir nicht zusagt, bringst du ihn mir zurück, aber erzähl bloß nicht aller Welt, was er kostet, sonst wollen alle auch so ein Geschäft machen, und dann geh ich Pleite.«

»Art?«

»Hey.« Er hob die Hände. »Wie gesagt, ich hab ’ne Schwäche für Posthalterinnen. Jetzt geh, mach dass du hier rauskommst, bevor Miranda anruft und sagt, dass ihr die Arbeit über den Kopf wächst.«

Harry fuhr mit dem neuen Auto auf der I-64 und war überzeugt, dass alle auf der Schnellstraße den schönen Transporter bewunderten. Sie hatte zu Hause hin und her gerechnet und war zu dem Ergebnis gekommen, dass sie, wenn sie sehr sparsam war, vierhundertvierzehn Dollar im Monat aufbringen könnte.

Als sie vor statt hinter dem Postamt hielt, kamen Miranda, Mrs. Murphy, Pewter, Tucker und Market, der gerade seine Post abholte, herausgelaufen.

»Wow!« Market stieß einen Pfiff aus.

»Mach die Tür auf!«, verlangte Mrs. Murphy aufgeregt, und als die Tür aufging, sodass alle die Plüsch-Innenausstattung sehen konnten, sprang die Katze auf den Boden, dann auf den Sitz.

»O-o-o.« Sie grub die Krallen ein winziges Stückchen in die Polsterung.

Sekunden später saß Pewter neben ihr. *»Gemütlich.«* Sie klopfte auf die Konsole zwischen den zwei Sitzen, die Tabletts, Becherhalter und allen möglichen Komfort für ein Mini-Büro bot. *»Sogar Platz für einen Katzenminzevorrat.«*

»Ich will auch gucken!«, winselte der Hund, als die Menschen die Tür auf der anderen Seite aufmachten.

»Komm.« Harry wischte Tucker die Pfoten ab und setzte das schwere Schätzchen auf den Sitz.

»Klasse.« Der Hund grinste.

»Nicht schlecht.« Pewter quetschte sich neben Tucker.

»Haben Sie ihn gekauft?«, fragte Miranda gespannt.

»So gut wie. Ich muss erst noch bei meiner Bank anrufen. Habe Art noch keine feste Zusage gegeben.«

»Du kannst hinten eine Sattelkupplung montieren – um deine Pferde zu ziehen. Der alte Halbtonner hat das nicht geschafft.« Market war begeistert.

»Ich hab immer nur eins auf einmal gezogen, das war meine Rettung.« Harry lachte, weil es ihr das Leben erschwert hatte, in dem Anhänger, der für zwei Pferde ausgelegt war, nur eins transportieren zu können.

Chris Sharpton fuhr vor und parkte. »Der ist ja nagelneu.«

Harry lächelte. »Ich hab ihn noch nicht gekauft.«

»BoomBoom hat mich angerufen« – Chris zog ihren

Schließfachschlüssel aus ihrer Handtasche – »und um weitere Ideen für das ›Empfangskomitee‹ gebeten. So nennt sie eure Truppe jetzt. Ich habe ihr gesagt, mir macht es nichts aus, aber ich hoffe, dass du nichts dagegen hast. Immerhin ist es dein Ehemaligentreffen und dein Komitee.«

»Natürlich hab ich nichts dagegen.«

Chris lächelte. »Boom kriegt langsam die Krise – nicht so sehr wegen der vielen Arbeit, sondern weil sie sichergehen will, dass *sie* beim Ehemaligentreffen perfekt dasteht – auf der ganzen Linie.«

Harry kicherte. »Das überrascht mich nicht.«

»Können wir uns morgen Abend treffen?« Harry nickte, und Chris ging ins Postamt.

Als Harry an diesem Abend im Stall das Licht ausknipste und ins Haus ging, brach sie in Tränen aus. Sie hatte so viele Jahre mit ihrem alten Transporter gelebt, dass sie sich ein Leben ohne ihn nicht vorstellen konnte.

Kaum hatte sie das Haus betreten, als Tucker bellte: *»Einbrecher!«*

Harry ging wieder nach draußen.

Fair fuhr ihren alten 1978er Transporter, gefolgt von Art Bushey in einem neuen silbernen Jeep.

»Hi«, sagte sie, als die zwei aus ihren Autos stiegen.

»Hier, dein Transporter.« Fair gab ihr die Schlüssel.

»Hm?« Sie kapierte nicht.

»Fair hat die Anzahlung für den F250 geleistet, damit du den Transporter von deinem Dad nicht in Zahlung geben musst.« Art verschränkte die Arme und lehnte sich an den silbernen Jeep. »Ich hab ihm gesagt, er spinnt. Du würdest ihn deshalb bestimmt nicht als Mann wiederhaben wollen, aber er hat's trotzdem gemacht.«

»Art, du bist schrecklich.« Sie musste lachen, als die Katzen auf die Ladefläche des alten blauen Transporters sprangen. Von hier oben war die Aussicht besser.

»Fair, ich kann dein Geld nicht annehmen.«

»Eine nachträgliche Scheidungsvergütung.« Er zuckte die

Achseln. »Willst du nun den F250 oder den F350 Dually-Pick-up?«

»Ich bleibe lieber bei dem F250 HD.«

»Bei mir zahlst du zwölfhundert mehr für den Pick-up. Damit hast du alles, was du dir immer gewünscht hast – einen Halbtonner und einen Pick-up obendrein«, sagte Art. »Einen großen F350 in Rot mit beiger Innenausstattung, genau wie der 250. Und die Doppelbereifung auf der Hinterachse brauchst du, um schwere Lasten zu ziehen.«

»Abgemacht!« Sie gab ihm die Hand.

»Rot.« Fair schlug sich mit seiner Baseballkappe auf den Schenkel. »Ich habe mit Art um hundert Mäuse gewettet, dass du wieder einen blauen Transporter kaufst.«

»Der Hunderter gehört mir.« Art grinste.

»Hey, warte.« Harry lief in den Stall und kam mit einem Blatt Papier zurück. »Hier, die Zahlen. Ich hab die Pferde heute Abend gemessen.«

»Mist, ich wusste doch, dass ich was vergessen habe. Ich bring die Luzernecobs morgen vorbei.«

»Fair?«

»Hm?«

»Bist ein guter Mensch.« Sie legte ihm ihre Hand um den Hals, zog ihn zu sich herunter und küsste ihn.

»Und wo bleib ich?«

»Wie konnte ich dich vergessen?« Sie gab auch Art einen Kuss.

»Also los, Kumpel, fahr du den zurück.« Art schob Fair zu dem Jeep. Er wollte den F250 fahren. »Du kannst deinen Pick-up morgen abholen, außer du möchtest, dass ich ihn zu Cavalier Camper bringe, um die Sattelkupplung zu montieren.«

»Gute Idee.« Harry war einverstanden.

Als sie wegfuhren, fragte Pewter Mrs. Murphy: *»Woher wusste er, dass sie sich nie vom Transporter ihres Vaters trennen würde?«*

Tucker rief von unten hoch: *»Er ist sehr einfühlsam.«*

»Es ist doch bloß Metall«, wandte Pewter ein. Sie fand die Gefühlsduselei wegen dem 1978er Transporter albern.

»Aber Metall mit vielen Erinnerungen.«

»Eine Spazierfahrt auf dem Pfad der Erinnerung.« Tucker ging zum Haus zurück.

»Wenn ein Transporter sie schon so aufwühlt, wie wird sie dann erst bei ihrem Highschool-Jubiläum sein?« Pewter trat behutsam auf die hintere Stoßstange und dann auf die Erde.

7

Bitte lächeln. Fürs *People*-Titelblatt.« Dennis Rablan knipste drauflos, seine schwarze Nikon verdeckte sein Gesicht. »Boom, rück dein Gesicht näher an den Ochsen. Du auch, Charlie, du musst mit drauf.«

»Widerlich.« Charlie schnitt eine Grimasse. »Das ging mir schon damals auf den Keks, vor zwanzig Jahren.«

»Wenigstens ist es kein Pferdearsch«, witzelte Harry. Sie hatte sich von Susan überreden lassen, bei den ersten Jahresbesten-Aufnahmen zu assistieren.

»Nee, dafür hab ich Boom.«

»Weißt du, Charlie«, zischte sie mit zusammengebissenen Zähnen, »du hast es zwar zum bestaussehenden Mann gebracht, aber bestimmt nicht zur herausragenden Persönlichkeit, und das wird dir auch nie gelingen.«

»Da pfeif ich drauf.« Er strahlte in die Kamera.

Harry stand an der Seite und hielt einen Aufheller in die Höhe, der dem Ochsen nicht geheuer war. Neben dem mächtigen Tier hockten auf der einen Seite Fair Haristeen und auf der anderen Blair Bainbridge. Beide Männer waren gleich groß.

Obwohl Blair ein Berufsmodel war, stand Charlie Ashcraft ihm in nichts nach. Er sah fantastisch aus mit seinen glänzend schwarzen Locken, strahlend blauen Augen und dem zarten gebräunten Teint. Er war einsachtundneunzig groß und gut gebaut, und die Frauen fanden ihn umwerfend. Er wusste es und nutzte es weidlich aus. Er ließ eine Spur aus gebrochenen Herzen, zerbrochenen Ehen und gebrochenen Versprechen hinter sich. Doch obwohl sie von seinem Vorleben wussten, lagen ihm die Frauen zu Füßen. Seine Arroganz goss Öl ins Feuer. Die nicht unter seinem Bann standen, konnten ihn nicht ausstehen, und das waren die meisten Männer.

Harrys Schultern, insbesondere die Deltamuskeln, schmerzten, als sie den silbernen Aufheller hinter Denny Rablan in die Höhe hielt. Sie dachte, *typisch BoomBoom, ihr Foto zuerst aufzunehmen. Auf alle Fälle wird die ganze Turnhalle mit ihrer Visage tapeziert sein.* Doch sie sagte: »Denny, ich stell ihn mal kurz ab.« Sie bekam Kopfschmerzen von der Hitze, oder lag es an dem Ehemaligentreffen selbst? Sie war sich keineswegs sicher, dass sie im Laufe der Zeit ein besserer Mensch geworden war.

Klick. Ohne sie anzusehen, sagte Denny: »Okay, gut, kurze Pause, besonders für unseren Herkules.«

Fair stellte einen kleinen Futtereimer vor Herkules hin, dessen Stimmung sich daraufhin erheblich besserte.

Marcy Wiggins fuhr in ihrem kirmesapfelroten Taurus Gl den Feldweg entlang, gefolgt von Chris Sharpton und Bitsy Valenzuela in Bitsys Jaguar XJR mit offenem Verdeck.

»O nein, kommen wir zu spät?«, stöhnte Chris, als sie die Wagentür öffnete.

»Nee, wir machen gerade Pause. Harrys Arme sind müde«, antwortete BoomBoom.

»Ich halte den Aufheller«, erbot sich Chris eilfertig.

»Fein. Jetzt hast du ’nen Job.« Harry übergab ihr das wabbelige silbrige Viereck.

»Boom, du siehst bombastisch aus – bestimmt hast du dich von einer Maskenbildnerin schminken lassen«, säuselte Bitsy.

»Oh ...« BoomBoom Craycroft antwortete lieber nicht auf diese Frage.

Charlie kam herangeschlendert. »Ich glaube, ich hatte noch nicht das Vergnügen.«

»Doch, doch.« Bitsy lachte. »Wir kennen uns vom Foxfield-Rennen. Mein Mann ist E. R. Valenzuela, der Direktor der Firma 360° Communications hier in der Stadt. Sagen Sie mir Bescheid, wenn Sie ein Mobiltelefon in Ihrem Auto brauchen, ja?«

»Foxfield, tja, ein aufregendes Milieu.« Er strich seine Haare glatt, die sich sofort wieder kräuselten. »Ich hatte keine Ahnung, dass E. R. bei Frauen einen so guten Geschmack hat.«

Charlie ließ seinen Blick unverfroren von Kopf bis Fuß an Chris herabgleiten. »Der Körper eines Models. Groß und kantig. Habe ich Ihnen schon mal gesagt, dass ich auf so was stehe?«

»Ja.« Sie lachte. »Jedes Mal, wenn Sie mich sehen.«

Er strahlte die Damen der Reihe nach an. Marcy wurde puterrot. »Ich werde Sie die drei Amusen nennen. Gut, was?«

»Glänzend.« Chris' Augenlider senkten sich ein wenig und hoben sich dann flatternd.

»Schön, Charlie, hoffentlich sagen Sie das nicht meinem Mann.« Marcy schluckte schwer.

»Wissen Sie, was ich den Männern aller Frauen sage? ›Wenn du sie nicht gut behandelst, dann tut es ein anderer. Dass du verheiratet bist, heißt noch lange nicht, dass du dich auf deinen Lorbeeren ausruhen kannst. Eine Frau muss Tag für Tag aufs Neue erobert werden.‹« Er grinste von einem Ohr zum anderen.

»Großer Gott«, flüsterte Marcy.

»Ich helfe Boom«, sagte Bitsy munter und hüpfte an ihrer Freundin vorbei.

Bitsy puderte BoomBooms glänzende Nase und tupfte einen Hauch Lippenstift auf ihren Mund.

Denny klatschte in die Hände. Das erschreckte Herkules, der ein Brüllen ausstieß. »Wir machen weiter.«

Mit verschränkten Armen beobachtete Harry, wie Charlie sich bückte, Herkules auf der einen Seite, BoomBoom auf der anderen.

»Harry, kannst du den mal wegstellen?« BoomBoom zeigte auf den Eimer.

»Hast du keine Arme?« Harry machte auf dem Absatz kehrt und ging zu ihrem alten Ford Transporter. *»Adios.«*

»Krieg ich keinen Abschiedskuss?«, rief Charlie. Er spitzte die Lippen.

»Dich würde ich nicht mal küssen, wenn du der letzte Mann auf Erden wärst«, sagte Harry. Susan klappte die Kinnlade herunter.

»Hey, ich liebe dich auch.«

»Charlie, ist das hier eine eingeübte Vorstellung?«, fragte Marcy mit zitternder Stimme.

Er zwinkerte ihr zu, dann rief er Harry nach: »Wie ich höre, hast du mich auf dem Vorbereitungstreffen als gewissen Körperteil bezeichnet.«

»Ich hätte dich als arroganten, hohlköpfigen, aufgeblasenen Idioten bezeichnen sollen. Arschloch zeugte von mangelnder Fantasie.« Sie lächelte ein breites falsches Lächeln, während ihr Kopf brummte.

»Du bist schon zuu-u-uu lange geschieden«, trällerte er.

Sie blieb wie angewurzelt stehen. Fairs Miene erstarrte. Susan hielt sich die Augen zu und linste durch ihre Finger. BoomBoom straffte die Schultern, auf das Schlimmste gefasst.

»Weißt du was, Charlie? Ich habe mir einen Platz in der Ruhmeshalle verdient, weil ich zu den sieben Frauen in Albemarle County gehöre, die nicht mit dir ins Bett gegangen sind.«

»Was nicht ist, kann noch werden.« Er lachte; Marcy Wiggins' Gesicht dagegen drückte Entsetzen aus.

»Eher stirbst du.« Harry drehte sich um und ging zu ihrem Transporter.

Diese eiskalte Verkündung verblüffte alle. Charlie lachte nervös. Dennis nahm die Dinge in die Hand. Er stellte die Akteure neu auf, ausgenommen Herkules, der sich dicht neben die Futterquelle gepflanzt hatte.

Da rief Charlie Harry nach: »Ich weiß, dass du den Brief verschickt hast, von wegen, ich werde nicht alt.«

»Spinner.« Harry ging weiter. »Wär schade ums Porto.«

»Susan, du willst doch nicht etwa auch gehen?« Boom-

Booms Stimme, die von Verärgerung triefte, durchschnitt das Gebrüll von Herkules, der nach seinem Futtereimer schrie. Susan ging mit Harry.

Auf dem Weg zum Auto flüsterte Susan Harry zu: »Ist dir 'ne Laus über die Leber gelaufen oder was?«

»Ach, was weiß ich. Ich hab die Schnauze gestrichen voll.« Harry rieb sich die Schläfen. »Susan, ich weiß nicht, was mit mir los ist. Ich bin mit meiner Geduld am Ende. Und ich hab's gründlich satt, den Leuten immer nach dem Mund zu reden, Herrgott noch mal.«

»Hm-hm-hm.«

»Ich will gar nicht grob sein, aber meine Toleranz für die Idioten dieser Welt ist auf dem Nullpunkt angelangt.«

»Deine arme Mutter wird sich im Grab umdrehen. Der jahrelange Anstandsunterricht, die Sonntagstees – alles umsonst.«

Harry legte die Hand auf den verchromten Türgriff des 1978er Transporters. »Was ich nicht kapiere: Wo ist die Grenze zwischen guten Manieren und der Duldung des Blödsinns, den die Menschen verzapfen? Ich werde mich keine Minute mehr mit Charlie abgeben.« Sie öffnete die Wagentür, stieg aber nicht ein. »Ich habe einen Schritt nach vorn getan. Ich mache keine gute Miene mehr, bloß weil es der Anstand verlangt. Zu viel Zeit vertan, zu viel Wut unterdrückt. Wenn die Leute mich mögen wollen, sollen sie mich mögen, wie ich bin. Wer mich gut behandelt, der wird auch von mir gut behandelt. Wie du mir, so ich dir.«

»Bis zu einem gewissen Grade.«

»Hm … ja«, räumte Harry zögernd ein.

Susan atmete die feuchte Luft ein. Es war wieder heiß geworden, und mit der Hitze waren die Fliegen zurückgekehrt. »Ich weiß genau, was in dir vorgeht. Ich bin noch nicht mutig genug, um danach zu handeln.«

»Klar bist du das.«

»Nein. Ich habe einen Mann mit einem anstrengenden Beruf und zwei Teenager. Wenn das letzte Kind den Collegeabschluss hat – in fünf Jahren –« sie seufzte –, »dann werde ich so weit sein, denke ich.«

»Tempus fugit.« Harry sprang in den Transporter. »Charlie Ashcraft hat keine einzige Tugend, die seine Schlechtigkeit aufwiegt. Warum ist einer wie er am Leben, und ein guter Mensch muss sterben? Aurora Hughes war ein wunderbarer Mensch.«

»Schade. Er ist ein absolut göttlich aussehendes Tier.« Susan zuckte die Achseln.

»Schönheit kommt von innen.«

»Sag das mal meinen Hormonen«, konterte Susan.

Sie lachten, und als Harry nach Hause fuhr, war ihr, als sei ihr die Last der Welt von den Schultern genommen. Sie wusste nicht recht, warum. Weil sie ausfällig gegen BoomBoom geworden war? Gegen Charlie? Oder weil sie müde geworden und gegangen war, statt dazubleiben und sich zu fühlen wie eine Märtyrerin wider Willen? Sie beschloss, bei keinen weiteren Jahresbestenfotos mehr zu assistieren, sie war sich nicht einmal sicher, ob sie ihr eigenes aufnehmen lassen wollte. Dann überlegte sie es sich anders. Es wäre wirklich unkameradschaftlich, sich nicht kooperativ zu zeigen. Sie mussten alle zusammenhalten. Trotzdem, der Gedanke, BoomBoom dauernd um sich zu haben … wie sie BoomBoom kannte, würde sie mit Harrys Aufnahme bis zuletzt warten und sie dann im ungünstigsten Licht fotografieren. Harry hielt es für besser, Denny morgen in seinem Studio aufzusuchen.

Nach der Hausarbeit spielte sie mit Mrs. Murphy, Pewter und Tucker. Sie spielten schrecklich gerne Verstecken.

Um neun Uhr abends klingelte das Telefon.

»Harry?«

»Susan, sag bloß nicht, du bist eben erst nach Hause gekommen.«

»Nein. Ich hab's bloß gerade gehört – Charlie Ashcraft ist im Männerumkleideraum im Farmington Country Club erschossen worden.«

»Was?«

»Genau zwischen die Augen. Mit einer 38er.«

»Wer war's?«

»Weiß man nicht.«

»Mir fallen ein Dutzend Leute ein, die um diese Chance gekämpft hätten.«

»Mir auch. Ist schon komisch. Wo wir ihn gerade erst gesehen haben.«

»BoomBoom ist bestimmt froh, dass sie sein Foto zuerst gemacht hat«, sagte Harry trocken.

»Du bist schrecklich.«

»Nein, ich bin deine beste Freundin. Ich soll dir alles sagen können, hast du das vergessen?«

»Dann lass mich *dir* was sagen. Freu dich nicht zu sehr. Denk dran, was du heute Nachmittag gesagt hast. Wir haben keine Ahnung, mit wem er in letzter Zeit geschlafen hat. So fängt es schon mal an. Er hat es geschickt verstanden, seine Abenteuer für eine Weile geheim zu halten. Ich bin sehr für innere Befreiung, aber mit ein bisschen Zurückhaltung fährst du im Moment besser.«

»Du hast Recht.«

Als sie aufgelegt hatte, erstattete sie Mrs. Murphy, Pewter und Tucker Bericht. Die Tiere hörten aufmerksam zu.

»Ein gehörnter Ehemann hat endlich getan, was alle anderen auch tun wollten«, sagte Tucker.

»Tucker, du hast so liebe Augen.« Harry streichelte den weichen Kopf.

»Und wenn's keine Zeugen gibt?«, fragte Mrs. Murphy.

»Genau zwischen die Augen.« Pewter schüttelte den Kopf.

8

Die Patina der Jahre verklärte den Farmington Country Club. In dem anhaltenden Zwielicht des Sommers schimmerten die handgefertigten Backsteine des georgianischen Gebäudes in einem sanften Paprikarot. Als ältester Club in Albemarle County zählte Farmington sowohl die hohen Tiere der Umgebung zu seinen Mitgliedern als auch die völlig Nutzlosen, deren einziges Verdienst darin bestand, genug Geld geerbt zu haben, um die laufenden Mitgliedsbeiträge bezahlen zu können. Der Altersdurchschnitt der Mitglieder lag bei zweiundsechzig Jahren, was für die Zukunft des Clubs nichts Gutes verhieß. Dennoch hielt Farmington an seinem alten Golfplatz mit langen, klassischen Fairways fest. Die modernen Golfplätze hatten zu viele scharfe Doglegs und Par-3-Löcher, weil der Grund so teuer war.

Charlie Ashcraft, ein guter Golfspieler, hatte sein Geschick in Farmington ebenso bewiesen wie bei dessen Konkurrenten Keswick und Glenmore. Bei einem Siebener Handicap war er als Partner sehr gefragt und schleppte auf Turnieren pfundweise Silber ab. Er hatte auch Belinda Harrier abgeschleppt, als er erst siebzehn und sie dreißig war und bei den Damenmeisterschaften gewonnen hatte. Das war das erste Anzeichen gewesen, dass Charlie über ungewöhnliche Verführungskünste verfügte. Charlies Eltern hatten ihn aus dem Richmond Motel abgeholt, in das er mit Belinda geflohen war, und Belindas Mann hatte sich prompt scheiden lassen. Mit ihrem Golfspiel war es bergab gegangen, mit Belinda ebenso.

Rick Shaw, der Sheriff von Albemarle County, und seine Stellvertreterin, die junge und äußerst attraktive Cynthia Cooper, waren über dies alles informiert. Sie hatten ihre Hausaufgaben gemacht. Cynthia war ungefähr zwanzig Jahre jünger als Rick. Der Altersunterschied stand ihrer Zusammenarbeit nicht im Weg.

Die kürzlich neu gestaltete Umkleide hatte einen kleinen Aufenthaltsraum, an den sich die Spinde und die Duschen anschlossen. Die Außentür ging auf den Parkplatz. Etwa drei Meter von dem Golfladen befand sich eine Innentür. Dazwischen führte eine Stiege zuerst zu einem Treppenabsatz und dann zum Herren-Grill, zu dem Damen keinen Zutritt hatten. Wer den Grill durchquerte, landete im »19. Loch«, dem typischen Restaurant, das die meisten Clubs auf ihrem Golfplatz eingerichtet hatten.

Charlies Mörder hätte ohne weiteres in dem Herrenumkleideraum hinein und wieder hinaus gelangen können. Da die Golfspieler schon gegangen waren, dürften sich nur diejenigen dort aufgehalten haben, die sich fürs Abendessen im Speisesaal oder unten in der Taverne am anderen Ende des großen Gebäudes umzogen. Im Umkleideraum dürfte wenig Betrieb gewesen sein. Die Putzkolonne machte gegen elf Uhr abends sauber und sah um acht Uhr morgens noch einmal nach, weil die Umkleideräume nie abgeschlossen wurden.

Mark DiBlasi, ein Rechtsanwalt, hatte Charlie Ashcraft gefunden. Der Leichnam blieb, wie Mark ihn angetroffen hatte, aufrecht sitzend, gegen Spind Nr. 13 gesackt. Das Spind war mit Blut beschmiert. Charlies Kopf war zur Seite gesunken, Blut sickerte aus seinen Ohren, aber nicht aus Augen oder Mund. Es war ein sauberer Schuss aus sehr kurzer Entfernung, was die kreisrunde Schmauchspur an der Eintrittsstelle bewies. Die Kugel war am Hinterkopf ausgetreten, in die Spindtür geschlagen und in der Wand gegenüber stecken geblieben.

Mark DiBlasi hatte mit seiner Mutter und seiner Frau zu Abend gegessen. Er war aus dem Speisesaal gegangen, um seine Brieftasche aus seinem Spind zu holen. Er hatte bis halb sieben Golf gespielt, geduscht und sein Spind abgeschlossen, aber seine Brieftasche vergessen, die noch in seinen Golfshorts steckte. In dem Moment, als er Charlie sah, hatte er zuerst den Sheriff angerufen, dann den Club-Manager verständigt. Danach hatte er sich hingesetzt und gezittert wie Espenlaub.

»Entschuldigen Sie, Mark. Ich weiß, es ist quälend.« Cooper setzte sich neben ihn auf eine Bank. »Sie sind um acht hier hereingekommen?«

»Ja.« Mark rang um Fassung.

»Sie haben niemanden bemerkt.«

»Nein.«

Sie blätterte in ihrem Notizbuch. »Ich denke, ich habe alles. Wenn ich noch Fragen habe, rufe ich Sie in der Kanzlei an. Bedauerlich, dass Ihnen Ihr Abendessen verleidet wurde.« Sie rief Rick zu: »Noch Fragen?«

Rick drehte sich um. »Mark, wer war Charlies jüngste Eroberung?«

Mark wurde rot und stotterte einen Moment. »Ah – was Neues, Hübsches?«

Rick nickte. »Gehen Sie nur. Ich weiß ja, wo ich Sie finden kann. Wenn Ihnen etwas einfällt, rufen Sie mich an.«

»Mach ich.« Mark rückte im Hinauseilen seine Krawatte gerade.

»Er wird Albträume haben«, bemerkte Cynthia.

»H-m-m.« Rick wechselte das Thema. »Wir fangen mit Charlies vier Ex-Frauen an.«

»Sie sind alle fortgezogen, oder?«

»Ja.« Pfeifend durchschritt er den Männerumkleideraum, um sich den Grundriss einzuprägen.

Es klopfte an der Tür, und Diana Robb, die Leiterin des Rettungsdienstes von Crozet, kam herein. »Fertig?«

»Ich habe die Sirene nicht gehört«, sagte Cynthia.

»Hab sie nicht eingeschaltet. Ich war auf dem Rückweg vom Krankenhaus, als Sie anriefen, höchstens anderthalb Kilometer von hier.« Als sie zu den Spinden ging, warf sie einen Blick auf Charlie. »Sehr adrett. Sogar seine Krawatte sitzt akkurat.«

»Mark DiBlasi hat ihn gefunden.«

Diana rief über die Schulter: »Hey, Jungs, bringt die Bahre und den Leichensack her.« Ihre zwei Assistenten sausten nach draußen, um die Sachen zu holen.

»Mark sagt, er war noch warm, als er ihn fand«, teilte Rick ihr mit.

»Frischer Schuss.«

»Wir haben schon alles gesichert. Er kann weg.« Cynthia sah zu, wie die Bahre hereingerollt wurde; die Räumlichkeiten waren etwas eng.

»Zieht eure Handschuhe an, dann heben wir ihn hoch und tragen ihn in den Aufenthaltsraum«, wies Diana ihre Leute an. »Der Kerl dürfte schwer sein.«

»Irgendwelche Ideen?«, fragte Cynthia Diana.

»Zu viele.«

Rick grinste. »Ja, das ist anscheinend das Problem.«

»Eins weiß ich.« Diana zwängte ihre Finger in die dünnen Gummihandschuhe, über die sie ein Paar dickere Handschuhe zog. »Charlie war immer ein Snob. Wer kein Geld hatte, musste wenigstens aus einer angesehenen Familie sein. Mit armen Leuten hatte der nichts am Hut.«

9

Am nächsten Morgen ging es im Postamt zu wie in einem Taubenschlag. Da es der zentrale Treffpunkt der Stadt war, kamen alle in der Hoffnung, dass andere mehr Neuigkeiten wussten als sie. Jeder hatte natürlich seine eigene Theorie.

»Wenn man mit den Frauen anderer Männer schläft, ist der Ärger vorprogrammiert«, erklärte Jim Sanburne, der Bürgermeister von Crozet und Mims Ehemann.

Da Jim bis vor kurzem in Affären geschwelgt hatte, warf die elegante Mim ihm einen kalten Blick zu. »Gut gesagt.«

»Das wird spannend.« Mrs. Murphy saß mit zitternden Schnurrhaaren auf dem Schalter, der den Postraum vom Publikumsverkehr trennte.

Pewter, die neben ihr saß, leckte sich die Pfote und vergaß dann geistesabwesend, sich zu putzen. Tucker mischte sich unter die Leute; sie glaubte Schuldbewusstsein und Wut zu wittern.

»Ob wohl ein Mensch seinen Tod beklagen wird?«, fragte Mim.

Jim Sanburne rieb sich das Kinn. »Vielleicht die, mit der er's zur Zeit getrieben hat.«

Reverend Herb Jones brummte: »Er war zweifellos ein Schuft. Aber er war ein junger Spund – lassen Sie nicht außer Acht, dass er sich im Laufe seines Lebens hätte bessern können.«

Miranda nickte. Der Geistliche sprach ihr aus der Seele.

»Der Kerl hat nicht richtig getickt.« Der schwerfällige Jim lehnte sich so nahe an den Schalter, dass Pewter sich großmütig an seinem Arm rieb, um ihm das Gefühl zu geben, dass er geliebt wurde.

»Die männliche Version von Nymphomanie«, sagte Big Mim. Ihre Tochter Little Mim zwinkerte, erstaunt über die Verwegenheit ihrer Mutter.

Fair, der eben zur Tür hereinkam, schnappte das Wort Nymphomanie auf. »Ich komme wohl gerade rechtzeitig.«

Marcy Wiggins und Chris Sharpton stießen ebenfalls die Tür auf. Fair trat beiseite. Bald war der kleine Raum überfüllt.

Chris blinzelte schüchtern. »Es ist so schrecklich. Da haben wir alle bei den Aufnahmen der Jahresbesten zugeguckt, und dann so was.«

»Chris, verschwende deine Zeit nicht mit Mitleid für diesen Mistkerl«, meinte Susan Tucker. »Du hast ihn nicht gut genug gekannt, um sein Opfer zu sein – noch nicht. Er hätte es bestimmt versucht.«

»Man hätte Charlie schon vor Jahren erschießen sollen«, sagte Fair lapidar, dann wurde er ernst. »Aber man denkt ja nie, dass so etwas jemandem passiert, den man kennt.«

Als Harry Marcys Gesichtsausdruck bemerkte, erklärte sie: »Wir sind nicht so kalt, wie du vielleicht denkst, Marcy. Aber frag E. R. mal nach Charlies Vorleben. Er hat so viel Unheil angerichtet, ohne auch nur einen Gedanken daran zu verschwenden, was er den Menschen antat. Verantwortung war Zeit seines Lebens ein Fremdwort für ihn.«

»Oh«, erwiderte Marcy. Sie schien keineswegs getröstet.

»›Dem Narren gefällt seine Weise wohl; aber wer auf Rat höret, der ist weise.‹ Sprüche, zwölftes Kapitel, Vers fünfzehn«, zitierte Mrs. Hogendobber. »Viele Menschen haben Charlie Ashcraft immer wieder auf die eine oder andere Art zu verstehen gegeben, dass er sich seine Unarten abgewöhnen muss. Er hat nicht auf sie gehört. Da hat sie ihm jemand anders abgewöhnt, nicht dass das rechtens wäre. Keiner hat das Recht, jemandem das Leben zu nehmen. Diese Macht steht einzig und allein Gott zu.«

»Tucker, riechst du was?«, rief Murphy hinunter.

»Nein, bloß, dass Jim Sanburne Hundepisse am Schuh hat. Mims Hund hat ihn bestimmt angepinkelt, und Jim hat's nicht mal gemerkt«, berichtete der Hund genüsslich. *»Allerdings konnte ich noch nicht alle beschnuppern. Hier ist zu viel Betrieb.«*

BoomBoom stürmte zur Tür herein und legte atemlos ihre zierliche Hand ans Herz. »Ist das zu fassen? Direkt nach unseren Jahresbesten-Aufnahmen.«

»Bist du nicht froh, dass du deine Aufnahme zuerst gemacht hast?«, fragte Harry trocken. »Jetzt werden zwei Leute auf unseren Aufnahmen fehlen. Sonst wären es drei gewesen.«

»Harry, ich fass es nicht, dass du das gesagt hast.« BoomBoom verschränkte die Arme. »Denkst du wirklich, ich würde mir mehr Sorgen um unsere Jahresbesten-Fotos machen als um ein Menschenleben?«

»Kurz und bündig, ja.« Harry verschränkte ebenfalls die Arme.

»Das wird spannend«, schnurrte Pewter aufgeregt.

»Unser Klassenkamerad ist tot!« BoomBoom kreischte es beinahe. »Nach dem verdammten Brief, den du verschickt hast.«

»Ich hab den dämlichen Brief nicht verschickt!« Harry senkte die Stimme, statt sie zu heben.

»So etwas würde Harry nie tun«, sagte Fair nüchtern.

»Sie stochert gern im Mist.«

»Das musst du gerade sagen.« Harry ging gegen BoomBoom in Kampfstellung.

»Schweigen Sie!«, befahl Big Mim. »So kommen wir nicht weiter. Es geht hier um den Mord an Charlie, nicht um Ihre alten Fehden.« Sie wandte sich an ihren Mann. »Wenn man jeden untreuen Mann in Crozet erschießen würde, wer bliebe dann übrig?«

»Bitte, Schatz, schlafende Hunde soll man nicht wecken.« Seine Bass-Stimme dröhnte.

»Wir sprechen hier nicht von schlafenden Hunden«, blaffte Mim.

Little Marilyn zupfte an den Schößen ihrer weißen Leinenjacke und unterdrückte ein Lächeln.

»Wir sind alle aufgewühlt.« Herb glättete die Wogen. »Schließlich haben wir alle, mit Ausnahme der zwei reizenden jungen Neuzugänge in unserer Gemeinde« – er nickte Chris und Marcy zu –, »Charlie von Kind auf gekannt. Ja, er hatte Fehler, aber ist jemand unter uns, der vollkommen ist?«

Gedämpfte Stille senkte sich über den Raum.

»Ich bin vollkommen«, trällerte Pewter, worauf alle Menschen zu ihr hinsahen.

»O lala!«, sagte Mrs. Murphy lachend.

»Mädels, die Lage ist ernst.« Der Corgi runzelte die Stirn. *»Früher oder später wird der Mörder auftauchen, und wenn er nun hier auftaucht?!«*

»Du sprichst ein wahres Wort.« Mrs. Murphy reckte und streckte sich.

»Das ändert nichts an der Tatsache, dass ich vollkommen bin.«

»Harry, was gibst du ihnen zu fressen?«, fragte Chris vergnügt, und das löste die Spannung.

Wieder erfüllte Gemurmel den Raum, aber die verbitterte Atmosphäre schwand.

Herb beugte sich zu Harry hinüber. »Was hat es mit den Briefen auf sich?«

»Ich zeig's Ihnen.« Sie ging zu dem kleinen Tisch, wo sie die Post von drei Tagen abgelegt hatte. Sie kam zurück und reichte sie über den Schalter.

Er las. »Kann allerlei bedeuten.«

»Eben«, stimmte Harry zu.

»Aber es ist unheimlich«, mischte BoomBoom sich ein.

»Allerdings, zumal wir es durch die Linse von Charlies Tod betrachten«, erwiderte Herb besonnen.

Fair stützte sich mit einem Ellbogen auf die Schalterklappe. »Ich würde das nicht zu schwer nehmen, solange nicht noch etwas passiert – etwas, äh, Schlimmes.«

Marcy war schweigsam und befangen, Chris dagegen beteiligte sich an dem Gespräch. »Das finde ich auch, aber Ehemaligentreffen sind ja mit so viel befrachtet. Die vielen Erinnerungen.«

»Ich habe einfach wunderbare Erinnerungen.« Fair zwinkerte Harry zu, die rot wurde.

»Du warst eine Klasse höher. Wir haben womöglich verschiedene Erinnerungen.« BoomBoom seufzte.

»Ich dachte, es war wunderbar für dich – besonders das Abschlussjahr«, sagte Harry.

»War es auch.«

»Na also, Boom, wovon redest du dann?«

Mrs. H., die eine neue Kabbelei befürchtete, ließ die Sanburnes und Marcy Wiggins stehen und ging hinter die Trennklappe. »Lassen Sie mich Ihnen etwas über die Erinnerung erzählen. Sie spielt einem Streiche. Je weiter ich mich von meiner Jugendzeit entferne, umso schöner sieht sie aus, und dann erschreckt mich auf einmal eine deutliche Erinnerung, als wäre ich auf einen Nagel getreten. Es kann ein Duft sein oder ein Ring um den Mitternachtsmond, und dann fallen mir die aufwühlenden Gefühlsregungen wieder ein – die Verwirrung –, und wissen Sie was, ich bin heilfroh, dass ich alt bin.«

»Sie sind nicht alt«, meinte Fair galant.

Jim, der das gehört hatte, pflichtete ihm bei. »Wir haben uns gut gehalten, Miranda, und meine Angetraute« – er strahlte übers ganze Gesicht – »ist so schön wie an dem Tag, als ich sie geheiratet habe.«

Während Freunde und Nachbarn applaudierten, schlich Marcy nach draußen.

»Komisch.« Tucker bemerkte es, und Chris bemerkte es auch, worauf sie Marcy nach draußen folgte.

»Marcy?« Mrs. Murphy kannte die Denkweise ihrer Freundin.

»Ja ... so ein kleines Persönchen mit so einer schweren Bürde.« Der Hund legte die Pfoten auf die Fensterbank.

Jim sah auf seine goldene Uhr. »Ratsversammlung.« Er küsste Mim auf die Wange. »Bin zum Abendessen zu Hause.«

Einer nach dem anderen verließen die alten Freunde das Postamt.

»Wann ist die nächste Foto-Sitzung?«, fragte Harry BoomBoom, als diese den Schlüssel in ihr Postfach steckte. Harry bereute ihren Wutausbruch bei den Highschool-Aufnahmen längst, und besonders bereute sie, dass sie gesagt hatte, sie würde Charlie überleben, obwohl ihr das Leben verleidet war.

»Samstag.«

»Wer ist dran?«

»Bonnie Baltier und Leo Burkey. Sie kommt von Warrenton hierher und er aus Richmond. Ich habe ihnen ein Abendessen als Belohnung versprochen.«

»Mach die Aufnahmen lieber bald. Man kann nie wissen, wer sonst noch stirbt.« Harry rollte den vollen Postkarren zum Schalter.

»Das ist makaber«, empörte sich BoomBoom.

»Stimmt.« Harry seufzte. »Aber ich konnte es mir nicht verkneifen. Ich meine, ich könnte gleich hier abkratzen. Wir sind alle so ... hinfällig.«

»Prophetie.« Fair zog eine Augenbraue hoch, und Harry erbleichte.

»Sag das nicht. Damit machst du's noch schlimmer.« BoomBoom, eine empfindsame Seele, bekreuzigte sich.

»Ich hab nicht gesagt, dass es eine Prophezeiung war. Ich sagte *Prophetie*.«

»Ich bin ein bisschen bedrückt.« Booms schönes Gesicht verfinsterte sich.

»Deine Affäre mit Charlie war zu Highschool-Zeiten«, blaffte Harry. »Das ist zu lange her, um bedrückt zu sein.«

»Das war ungehörig, Harry, Sie sind doch sonst nicht so«, schalt Miranda.

»Ach wirklich?« Harry schob das Kinn vor.

»Charlie Ashcraft war ein großer Fehler. Das war schon auf der Highschool klar. Aber ich musste den Fehler erst mal machen.« Boom war rot geworden. »Ich weiß, du hältst nicht viel von mir, Harry Haristeen, und das nicht ohne triftigen

Grund. Ich habe mich bei dir entschuldigt, aber ich kann mich nicht mein Leben lang entschuldigen. Ich bin nicht mannstoll. Ich verführe nicht jeden Kerl, der mir unter die Augen kommt, und außerdem stand ich nach dem Tod meines Mannes ziemlich neben mir. Ich habe vieles getan, was ich heute nicht mehr tun würde. Wann hörst du endlich auf damit?«

Verblüfft platzte Harry heraus: »Jetzt kannst du leicht großmütig sein. Ich glaube dir sogar. Aber es war nicht deine Ehe, die kaputtgegangen ist.«

Endlich meldete Fair sich zu Wort. Er war zu verdattert gewesen, um etwas zu sagen. »Das war meine Schuld.«

»Wollen Sie das nicht lieber draußen besprechen?« Miranda sah weitere Leute auf den Parkplatz fahren. »Sicher, dies ist ein öffentliches Gebäude, und es ist Ihr gutes Recht, sich hier aufzuhalten, aber Sie sollten doch lieber nach draußen gehen.«

»Na gut.« Harry stapfte hinaus und knallte die Hintertür zu.

»Die Pflicht ruft.« Mrs. Murphy sprang herunter und sauste durch das Hinterzimmer.

Pewter folgte ihr. Tucker ging zum Haupteingang hinaus, als Fair BoomBoom die Tür aufhielt. Boom heftete sich den anderen an die Fersen, als sie zwischen Market Shifletts Laden und dem Postamt zum hinteren Parkplatz gingen.

Auf dem Parkplatz an der Gasse blieben sie einen Augenblick stehen und sahen sich stumm an.

»Komm schon Mom, lass es raus. Bring's hinter dich«, riet Murphy ihr.

Endlich brach Harry das Schweigen. »Ich weiß, ich bin zickig.«

Fair sagte: »Manche Wunden brauchen lange, bis sie heilen. Und es tut mir Leid, schrecklich Leid, Harry. Ich hatte Todesängste, dass ich was verpasse.« Er hielt inne. »Aber wenn ich nicht einen so gravierenden Fehler gemacht hätte, wäre mir nie klar geworden, was für ein Trottel ich war. Vielleicht können andere lernen, ohne ein derartiges Chaos anzurichten, aber ich glaube, ich wäre nie erwachsen geworden, wenn ich jene Zeit nicht durchgemacht hätte. Das Bedauerliche daran ist, dass du sie auch durchmachen musstest.«

Harry lehnte an der Schindelverkleidung des Postamts, das Holz wärmte ihr den Rücken. Alle drei Tiere sahen zu ihr hoch. Sie blickte zu ihnen hinunter, machte den Mund auf, aber es kam nichts heraus.

»Sag was«, ermutigte Mrs. Murphy sie.

Harry hob die Tigerkatze hoch und streichelte sie. »Ich nehme an, es gibt keine andere Methode, um zu lernen. Ich weiß nicht, was schlimmer ist, derjenige zu sein, der geht, oder derjenige, der bleibt. Klingt das einleuchtend?«

»Irgendwie schon«, antwortete BoomBoom. »Wir sind so verschieden, Harry, wenn das nicht passiert wäre, wären wir trotzdem keine guten Freundinnen. Ich lasse mich von Gefühlen leiten und du, du bist viel logischer.«

»Ich entschuldige mich für meine Grobheiten. Und ich nehme deine Entschuldigung an.«

»Mom wird endlich erwachsen.« Tucker war sehr stolz auf ihren Menschen.

Ehe sie noch mehr sagen konnten, öffnete Mrs. Hogendobber die Hintertür. »Cynthia Cooper ist da, sie will mit Ihnen allen sprechen.«

Sie marschierten wieder hinein. Ihnen war ein wenig beklommen zumute.

Cynthia entging das nicht, und nach ein paar freundlichen Worten erkundigte sie sich nach der Foto-Sitzung, fragte, ob ihnen an Charlie etwas Ungewöhnliches aufgefallen sei, ob sie sich irgendwelche Gedanken darüber gemacht hätten.

Ein jeder bestätigte, was die anderen sagten. Nichts war anders gewesen. Charlie war Charlie.

Cooper steckte den Notizblock in ihre Gesäßtasche. »Harry, ich muss dich allein sprechen.« Sie schob Harry hinaus zum Streifenwagen. Mrs. Murphy und Pewter beobachteten sie durchs Fenster. Von ihrem erhöhten Platz auf der Trennklappe konnten sie alles deutlich sehen.

»*Was geht da vor?*«, fragte Tucker, die gespannt aus dem Fenster sah.

»*Mutter macht ein finsteres Gesicht, sie redet und gestikuliert wie wild.*«

»*Das sehe ich. Ich meine, was geht wirklich vor?*«, blaffte der Hund.

»*Hm-m-m.*« Pewter blinzelte, der Gang der Ereignisse wollte ihr nicht gefallen.

Die Klimaanlage im Streifenwagen surrte. Auf dem Sitz lagen leere Kartoffelchipstüten. Harry schob sie auf den Boden.

»Was ist bloß in dich gefahren, als du zu Charlie Ashcraft gesagt hast, er würde eher sterben, als dass du mit ihm schlafen würdest?«

»Also ...« Harry bückte sich, hob die Kartoffelchipstüten auf und faltete sie der Länge nach. »Ich habe den Kerl gehasst. Aber du weißt ganz genau, dass ich ihn nicht umgebracht habe.«

»Kannst du sagen, wo du gestern Abend zwischen halb sechs und acht gewesen bist?«

»Klar. Auf der Farm.«

»Kann das jemand bestätigen?« Cooper schrieb etwas in ihren Stenoblock.

»Murphy, Pewter und Tucker.«

»Das ist nicht komisch, Harry. Du stehst ernsthaft unter Verdacht.«

»Ach komm, Cynthia.«

»Du bist Mitglied im Country Club. Es wäre keinesfalls schwierig für dich gewesen.«

»Nein, bin ich nicht«, sagte Harry rasch. »Mom und Dad waren Mitglieder, nach ihrem Tod konnte ich mir den Beitrag nicht mehr leisten. Ich habe einmal im Monat Zugang zum Club. Gewöhnlich gehe ich mit Susan, wenn sie eine Tennispartnerin braucht.«

»Man würde also deine Anwesenheit im Club nicht ungewöhnlich finden. Alle kennen dich.«

»Coop, ich will dir was sagen: Diese alten Klatschmäuler,

Männer wie Frauen, die haben nichts Besseres zu tun, als Augen und Ohren aufzusperren. Wenn ich dort gewesen wäre, kannst du dich drauf verlassen, dass mich jemand gemeldet hätte, weil ich diesen Monat schon mit Susan gespielt habe. Ich habe die mir zugestandene Zeit schon aufgebraucht.«

Cynthia klappte ihren Block zu. »Glaubst du, du könntest jemanden töten?«

»Klar. In Notwehr.«

»Im Zorn?«

»Vermutlich«, antwortete sie ehrlich.

»Er hat dich sexuell belästigt.«

»Das hat er seit der Highschool getan.«

»Du bist ausgerastet.«

»Nee.« Harry verschränkte die Arme.

Cynthia atmete durch die Nase aus. »Rick wird darauf bestehen, dich für dringend verdächtig zu halten, bis was Besseres auftaucht. Du weißt ja, wie er ist. Also, bleib in Virginia. Wenn ein Notfall erfordern sollte, dass du den Staat verlässt, ruf mich an.«

»Ich geh nicht weg. Jetzt bin ich sauer. Wenn ihr den Mörder nicht findet, finde ich ihn.«

»Ich rate dir, Harry, hüte deine Zunge. Ihretwegen sitzen wir an einem heißen Augusttag in meinem Streifenwagen.«

»Ich nehme an, BoomBoom konnte es nicht erwarten, herumzuquatschen, dass ich die Beherrschung verloren habe.«

»Sagen wir einfach, sie hat ihrer Bürgerpflicht genügt.«

»Diese Zicke.«

»Hm, tja, wenn die Zicke als Tote auftaucht, steckst du in der Klemme.«

»Coop, ich hab Charlie Ashcraft nicht umgebracht.«

Zögernd legte Cynthia ihr professionelles Gehabe ab und erwiderte: »Ich weiß – aber halt den Mund. Bitte.«

Harry strich die zusammengefalteten Kartoffelchipstüten auf ihrem Oberschenkel glatt. »Na gut. Ich weiß nicht, was in mich gefahren ist. Es ist, als wär mir alles scheißegal.« Sie sah aus dem Fenster. »Meinst du, es ist dieses Ehemaligentreffen? Wühlt mich das so auf?«

»Ich weiß nicht. Deine Highschool-Klasse scheint sich, hm, zu verflüchtigen.« Sie hielt inne. »Eine Frage noch.«

»Ja?«

»Glaubst *du*, dass dieser Mord mit eurem Highschool-Treffen zusammenhängt?«

»Nee. Wieso?«

10

»*Habt ihr so was schon mal gesehen?*«, wollte Tucker von Mrs. Murphy und Pewter wissen. Die Tiere beobachteten, wie verliebt Harry in ihren neuen Transporter war.

»*Sie hat das Handbuch zweimal durchgelesen, ist unter den Wagen gekrochen, und jetzt befasst sie sich mit allen Einzelteilen des Motors, an die sie herankommt, und prägt sich ein, wie sie heißen. Menschen sind höchst sonderbar. So ein Zirkus wegen einem Klumpen Metall*«, sagte Pewter.

Eine leichte Brise wirbelte den Staub vor der Stalltür auf, wo die Tiere im Schatten hockten und Harry sich im verblassenden Sonnenlicht an ihrem neuen Auto zu schaffen machte.

»*Das Rot ist ideal.*« Mrs. Murphy meinte, dass sie in einem roten Transporter von mehr Menschen beachtet werden würde als in einem mit einer anderen Farbe. »*Guckt mal, wer da angefahren kommt.*«

Sie hörten das Knirschen der Reifen schon aus achthundert Metern Entfernung, sahen den Staub, und gleich darauf rollte Blair Bainbridges schwarzer Porsche 911 Turbo heran, ein gänzlich anderes Gefährt als der Dually; aber beide Autos erfüllten ihren Zweck.

Als Blair anhielt, legte Harry die Abschmierpresse hin und wischte sich die Hände an einem alten Handtuch ab. »Hey, ich will den neuen Transporter sehen. Ich hab's nicht geglaubt, als Little Mim es mir erzählte, aber als Big Mim sagte, dass du tatsächlich einen neuen Transporter hast, einen, der deinen Anhänger ziehen kann, da musste ich kommen und ihn mir angucken.«

Harry lächelte. »Big Mim hat meinen neuen Wagen erwähnt?«

»Das einzige Gesprächsthema, das noch hitziger ist als dein neuer Transporter, ist Charlie Ashcrafts Ende. Jeder hat einen Verdacht, und keinen kümmert's. Erstaunlich.« Er streckte seine langen Beine und schälte sich aus dem Porsche-Cockpit. »Wie es aussieht, haben alle Charlie gekannt, aber keiner kannte ihn *wirklich.*«

»Das könnte man von vielen Leuten sagen.«

»Ja, vermutlich.«

Sie beugte sich über den großen V-8-Motor, bewunderte, wie sauber er war, berührte die Einlasskanäle. Sie musste sich auf eine alte Coca-Cola-Holzkiste stellen, um sich zu dem Kompaktmotor hinunterzubeugen. »Blair, die Leute reden. Was sagen sie?«

»Oh.« Er winkte ab. »Ich gehöre nicht zu den erlauchten Kreisen.« Er holte Atem. »Du weißt, ich schätze dein Urteil. Du bist hier geboren und aufgewachsen, und, äh ...« Er hielt einen Moment inne. »Ich stecke in einer heiklen Situation.«

»Zu viele Frauen, zu wenig Zeit.« Harry lachte.

Er lachte mit. Harry heiterte ihn auf. »Ganz so ist es nicht, aber nahe dran. Wir sind im Laufe der Jahre Freunde geworden, und ich glaube, ohne dich hätte ich noch mehr Böcke geschossen. Ich fürchte, ich gerate da in einen echten Schlamassel.«

»Little Mim.«

»Ja.« Er sah zum Himmel hoch. »Schau, es ist so: Die Frauen werfen mir Oberflächlichkeit in puncto Aussehen vor. Glaub mir, Frauen sind genauso oberflächlich.«

»Du musst es ja wissen.« Sie lächelte das unglaublich attraktive Model an.

Blair flog zu Modeaufnahmen durch die ganze Weltgeschichte. Er war bei den größten Namen in Sachen Männermode begehrt.

»Du willst dich doch nicht mit mir anlegen? Du wirst mir nicht sagen, dass Männer schlimmer sind als Frauen?«

»Nee.« Harry schob die Hände in ihre Gesäßtaschen. »Komm, erzähl mir, was los ist.«

»Little Mim ist in mich verknallt. Okay, so was ist schon öfter vorgekommen, aber ich mag sie. Versteh mich nicht falsch. Also, am Wochenende war ich auf einer Benefizveranstaltung, und natürlich waren die Sanburnes auch da. Big Mim hat mich beiseite genommen, ist mit mir nach unten ins Kellerstübchen gegangen und hat die Tür zugemacht.«

»Die Sache wird ernst«, bemerkte Harry. Das Kellerstübchen war ein kleines Gelass im Souterrain des Farmington Country Clubs.

»Sie hat mir bares Geld geboten, wenn ich mich von Marilyn fern halte. Model sei kein geeigneter Beruf für ihren Schwiegersohn.«

»Nein!«, entfuhr es Harry.

»Ich verdiene sehr viel Geld, aber sagen wir, in meinem Metier spielt der Zeitfaktor eine große Rolle. Ich müsste lügen, wenn ich sagen wollte, dass ich gegen eine hohe Bestechung gefeit bin. Und ich habe genug Schrammen und Beulen abgekriegt, um mir dieser Tatsache bewusst zu sein. Meine Beteiligung an Teotan bringt allerdings ordentlich was ein. Ich war ehrlich schockiert, dass die alte Mim versucht hat, mich zu bestechen.«

Durch diverse Verflechtungen war Blair der einzige Direktor einer Gesellschaft, die ursprünglich gegründet worden war, um Wasser an Albemarle County zu verkaufen. Er hatte damit begonnen, es in Flaschen abzufüllen und das Gebirgswasser – natürlich gereinigt – über Spezialitätengeschäfte zu vertreiben. Was sich als lukrativ erwies.

»Du brauchst ihr Geld nicht.« Insgeheim dachte Harry, dass es ganz nett sein müsste.

»Nein. Aber die Sanburnes geben in Crozet den Ton an. Wenn ich Little Mim abblitzen lasse, bin ich geliefert. Wenn ich Mama Mims Wünschen nicht nachkomme, bin ich verraten und verkauft.«

»Hm-m-m.« Harry nahm die Hände aus den Hosentaschen und rieb sie geistesabwesend. »Hast du Marilyn gern?« Sie nannte Little Mim mit ihrem Taufnamen.

»Ja.«

»Liebst du sie?«

»Nein. Noch nicht, falls überhaupt. Ich muss mir Zeit lassen.« Er schürzte die Lippen.

»Begleite Little Mim auf alle hiesigen Veranstaltungen, widme dich ihr und ihren Angehörigen. Wenn man jemanden richtig kennen lernt, sehen die Dinge zuweilen anders aus. Du selbst wirst dann auch anders gesehen.«

Schweigend formulierte er seine Gedanken. »Wenn ich mich also daran mache, ihre Tochter und die Familie kennen zu lernen, wird Big Mim es besser aufnehmen, wenn ich beschlösse, mein Leben mit ihrer Tochter zu verbringen?«, fragte er und fügte dann leise hinzu: »Falls die Beziehung Fortschritte machen sollte, meine ich.«

»Er ist ein Yankee.« Mrs. Murphy lachte, weil Blair das Hintergründige an Harrys Vorschlag entgangen war.

»Ja, er denkt nur an seine Gefühle für Little Mim.« Pewter hatte etwas Fett an der Pfote, leckte daran und spuckte aus.

»Trink 'nen Schluck Wasser«, sagte Tucker.

Die graue Katze sprang in den Stall und stellte sich auf die Hinterbeine, um aus dem Wassereimer in der Waschbox zu trinken.

»Ihm entgeht, dass dies Little Mim und Big Mim viel Zeit lässt, um ihn zu taxieren.« Tucker stand auf und schüttelte sich. *»Mom verlässt sich darauf, dass Little Mims rosarote Brille verblassen wird.«*

»Nein. Ich glaube, Mom lässt jedem die Chance, abzuwägen und eventuell dankend abzulehnen. Wenn er Mims Angebot ausschlüge, würde sie fuchsteufelswild. Und wenn er es annähme, würde ihm ihre ewige Verachtung zuteil.«

»Er steckt in einer Zwickmühle. Du glaubst doch nicht, dass Little Marilyn es weiß?«

»Tucker, es würde sie umbringen.«

»Tja.«

Pewter murmelte: *»Lass uns die Abschmierpresse in den Wald schleppen.«*

»Dann kriegst du noch mehr Fett ab.«

Pewter sah dem Hund in die Augen. *»Ich kann's nicht ausstehen, wenn du schlauer bist als ich.«*

Die drei Tiere lachten.

»... keine Eile«, fuhr Harry fort. »Wenn du es langsam angehst und aufrichtig bist, wird sich alles zum Guten wenden.«

»Ich wusste ja, dass du Rat weißt.«

»Und sei zuvorkommend zu Big Mim, auch wenn sie dir die kalte Schulter zeigt. Sie giert nach Aufmerksamkeit.«

»Allerdings.« Er zwängte sich wieder in sein Auto. »Freut mich, dass du endlich einen neuen Transporter hast.«

»Mich auch.«

Er fuhr über die Zufahrt zurück, ohne sich richtig im Klaren zu sein, dass er Little Mim jetzt wirklich begehrte, eben weil ihre Mutter ihn ablehnte. Mit einem Mal war Little Mim eine Herausforderung für ihn. Sie war eine verbotene Frucht. Die Menschen sind komisch in dieser Hinsicht.

Sobald Blair außer Sicht war, lief Harry zu dem Telefon in der Sattelkammer.

»Susan.«

»Was gibt's?«

»Ich musste gerade daran denken, dass die Leute oft das eine sagen und das andere tun – manchmal mit Absicht und manchmal, weil sie nicht wissen, was sie tun.«

»Ja ...« Susan zog das Ja in die Länge.

»Also, ich habe eben mit Blair über was anderes gesprochen, und dabei musste ich an Leute denken, die ihre wahre Absicht verbergen, wie Charlie mit seinem Benehmen gegenüber Marcy Wiggins bei den Aufnahmen.«

»Er hat sie bei den Aufnahmen nicht groß beachtet«, sagte Susan.

»Eben«, meinte Harry.

»Hm-m-m.« Susan überlegte.

»Werfen wir den Köder aus und sehen, wer anbeißt.« Harrys Stimme vibrierte vor Aufregung.

»Wie meinst du das?«, fragte Susan verwundert.

»Überlass das nur mir.« Harry war nahe daran, sich die Lippen zu lecken.

»Sie ist unverbesserlich«, seufzte die Tigerkatze.

11

Am nächsten Morgen um halb neun hatten sie die ganze Post sortiert und in die Schließfächer gepackt.

Harry und Mrs. Hogendobber fühlten sich gut. Ihre Arbeit war im Sommer leichter. Der Wust von Katalogen nahm ab – bloß um im Herbst wie ein Bumerang wiederzukehren. Die Zunahme der Postkartenmenge im Sommer war nichts gegen die Flut von Post zwischen Thanksgiving und Weihnachten.

Harry las mit Vorliebe die Postkarten, bevor sie sie in die Fächer steckte. Maine, ein ausgezeichneter Aufenthalt für Mitte August, beherbergte vier Gäste aus Crozet. In Nova Scottia, dem äußersten Fortsatz von Kanada, gab es einen. Die übrigen Postkarten kamen von Stränden, dazwischen gelegentlich ein Glanzfoto von einem Notre-Dame-Wasserspeier, das eine Studentin in den Ferien brav nach Hause an Mom und Dad geschickt hatte.

Miranda hatte ihre Spezialität gebacken, Zimtteilchen mit Orangenglasur. Die zwei Frauen naschten bei der Arbeit. Miranda kehrte den Fußboden, Harry staubte die Rückseiten der metallenen Schließfächer ab.

»Warum haben Menschen flache Gesichter?«, fragte Pewter träge. Diese endlose Geschäftigkeit machte sie müde.

»Sie sind gegen eine kosmische Tür gerannt«, keckerte Mrs. Murphy.

»Wenn sie lange Gesichter hätten, würden sie das Gleichgewicht verlieren«, sagte Tucker.

»Wie bitte?« Mrs. Murphy konnte der Denkweise der Hündin nicht folgen.

»Sie würden nach vorne kippen, um mit ihren Gesichtern Schritt zu halten. Flache Gesichter sind hilfreich für sie, weil sie auf zwei Beinen gehen. Da dürfen sie vorne nicht zu viel Gewicht haben.«

»Tucker, ich bin platt«, schnurrte Murphy anerkennend, die vom Hintereingang herübergeschlendert kam.

Harry hatte im Hintereingang ein Tiertürchen installiert, damit die Tiere herein und hinaus konnten. Jedes Mal, wenn eins kam oder ging, war ein leises Flappen zu hören. Mrs. Murphy erwog einen Spaziergang in Mirandas Garten. Insektenstreifzug. Dann überlegte sie es sich anders und setzte sich neben Tucker.

Die Vordertür ging auf. Susan kam mit einer Büchse englischem Tee herein. »Hey, Leute, lasst uns den mal probieren.«

»Darjeeling?« Harry begutachtete die lavendelblaue Blechdose.

»Miranda, Tee oder Kaffee?«

»Heute ist ein Teetag. Bei der Hitze kann ich keinen Kaffee trinken, höchstens eisgekühlt. Weiß nicht, warum.« Sie bückte sich, um dem Schmutzhaufen mit einer schwarzen Kehrschaufel zu Leibe zu rücken.

»Ich halte die Schaufel, dann ist es leichter für Sie.« Susan bückte sich mit der Schaufel, während Miranda kehrte.

»Bist du mit deinen morgendlichen Anrufen schon fertig?«, fragte Harry. Susan erledigte ihre Anrufe und Hausarbeit gerne am frühen Morgen.

»Nein, aber Boom hat fröhlich in aller Frühe angerufen, mal was anderes bei ihr. Sie will das Foto der insgesamt Jahresbesten nach dem der Witzigsten machen, und ich habe nein gesagt. Ich brauche einen Monat, um sieben Pfund abzunehmen.«

»Susan, du siehst super aus.«

»Du hast gut reden.« Susan war überzeugt, dass Harry den Kampf gegen die Polster nie am eigenen Leibe erfahren würde, da ihre Eltern beide schlank gewesen waren und sie keinen großen Wert aufs Essen legte.

»Hat sie getobt?«

»Nein, sie hat mich noch mal gefragt, ob ich beim Witzigsten helfen wollte.«

»Wirst du?«

»Ja.« Susan seufzte. »Und du?«

»Nein!« Harry sagte es so laut, dass die Tiere zusammenzuckten.

»Eine Stunde von deiner Zeit«, redete Susan auf sie ein.

»BoomBoom wollte den Vorsitz bei unserem Ehemaligentreffen, dann soll sie das machen. Ich mach meinen Teil.«

»Okay …« Susans Stimme verstummte, was bedeutete, dass sie ihren Plan nur bis zu einem günstigeren Zeitpunkt verschob.

Die Vordertür ging auf, und ein gut gebauter Mann von durchschnittlicher Größe stand da, das Licht fiel von hinten auf ihn. Er hatte dichtes stahlgraues Haar, ein kantiges Kinn, breite Schultern. Er breitete die Arme aus, als er an den Schalter trat.

»Knuddel!«

Miranda blinzelte, musterte den Mann, warf den Besen beiseite und beeilte sich, die Trennklappe zu öffnen. Sie umarmte ihn. »Tracy Raz!«

»Herrje, ist das schön, dich zu sehen.« Er nahm sie in die Arme, hielt sie einen Augenblick von sich, umarmte sie dann wieder. »Du siehst wie das Mädchen aus, das ich auf der Highschool zurückließ.«

»Du Schwindler.«

Mrs. Murphy sah Pewter und Tucker an. Die Tigerkatze flüsterte: *»Knuddel?«*

12

Wie viele von uns leben noch?« Tracy nahm sich noch ein Teilchen mit Orangenglasur.

Harry, die soeben erfahren hatte, dass Tracy Raz ein »verschütt gegangener« Mitschüler aus Mrs. Hogendobbers Highschool-Klasse war, bedrängte Miranda, freizunehmen. Sie sträubte sich anfangs, gab aber schließlich nach. Sie nahm Tracy mit nach Hause, tischte ein üppiges Frühstück auf – selbst gebackene süße Brötchen, Doughnuts, Frühstücksflocken mit fetter Sahne und den besten Kaffee im Staat Virginia.

»Zweiundvierzig von sechsundfünfzig.« Miranda kaute ein Doughnut. »Zwei sind in Korea geblieben, einer in Vietnam ...«

»Wer war in Vietnam?«

»Xavier France. Berufsoffizier. Wurde zum Oberst befördert. Sein Hubschrauber wurde nahe der kambodschanischen Grenze abgeschossen.«

»Xavier France war der Letzte, dem ich eine Militärkarriere zugetraut hätte. Und die anderen?«

»Das Übliche: Autounfälle, Krebs – allzu häufig, leider –, Herzinfarkt. Die arme Asther Dandridge ist in jungen Jahren an Diabetes gestorben. Trotzdem, Tracy, wenn man's recht bedenkt, unsere Klasse hat sich gut gehalten.«

»Du auf alle Fälle.«

»Du hast dich kein bisschen verändert.«

»Graue Haare und zwanzig Pfund mehr.«

»Muskeln.« Das stimmte. »Wie hast du von dem Ehemaligentreffen erfahren? Wir hatten es schon aufgegeben, dich ausfindig zu machen.«

»Das war 'ne komische Sache.« Mit sportlichem Schwung stellte er die Tasse auf die Untertasse zurück. »Ich wusste natürlich, dass dieses Jahr unser fünfzigstes Jubiläum ist. Ich war nicht sehr darauf erpicht, an den anderen Treffen teilzunehmen, aber darauf komme ich später. Mir fiel ein, dass

Kevin McKenna bei Twentieth Century-Fox arbeitete. Ich hatte seinen Namen in der Zeitung gelesen. Er ist Marketing-Direktor. Verdient bestimmt 'nen schönen Batzen. Ich hab angerufen und wurde abgewimmelt, wie das bei so hohen Tieren üblich ist, aber ich habe meine Telefonnummer hinterlassen und gebeten ihm auszurichten, dass er mich unbedingt zurückrufen soll. Er hat mir eine Kopie der Einladung geschickt. Ich war frei und ungebunden, drum bin ich früher gekommen. Dachte, du könntest vielleicht 'nen alten Kraftmeier gebrauchen, der dir zur Hand geht.«

»Wo lebst du?«

»Hawaii. Auf Kauai. Nach der Highschool habe ich mich freiwillig als Soldat gemeldet, wie du weißt. Hm, zu unserer Zeit, Miranda, meldete man sich entweder freiwillig, oder man wurde eingezogen. Ich dachte mir, als Freiwilliger würde ich es besser treffen, als wenn ich eingezogen würde. Ich war bei der Armee. Die Ausbildung war gut. Ich landete beim Geheimdienst, bei dem ganzen seltsamen Zeugs, und als meine Dienstzeit um war, habe ich freiwillig verlängert, aber nur unter der Bedingung, dass sie mich zum Ranger ausbilden. Jetzt sind das die Green Berets, früher hießen sie Ranger. Ich bin zehn Jahre dabei geblieben. Hab den Abschied genommen, als mich der CIA anwarb …«

»Als Spion?« Ihre gütigen Augen weiteten sich.

Er winkte ab. »Das ist Fernsehkram. Ich hatte einen prima Job. Man hat mich in der ganzen Welt herumgeschickt, um Vorgänge aus nächster Nähe zu beobachten. Während der Ölkrise in den siebziger Jahren war ich zum Beispiel in Ar Rijad. Der schlimmste Posten, auf den ich je abkommandiert wurde, war Nigeria. Aber im Grunde war ich ein Friedensstifter. Ich war der Erste an Ort und Stelle, peilte die Lage und erstattete Bericht. Aus meinen Angaben konnten sie machen, was sie wollten – in Washington hat jeder seinen eigenen Plan. Mein Gott, Miranda, die Bürokratie wird dieses Land noch ruinieren. Das ist meine Geschichte. Hab mich zur Ruhe gesetzt, und hier bin ich nun.«

»Hast du geheiratet?«

Er nickte. »Eine schöne Japanerin. Hab sie 1958 in Kobe kennen gelernt. Da habe ich ein kleines Stück Land auf Kauai gekauft. So konnte Li ohne weiteres zu ihrer Familie, und ich konnte in die Staaten.«

»Ich hoffe, du bringst sie mit zur Jubiläumsfeier.«

Er faltete die Hände. »Sie ist vor zwei Jahren gestorben. Lymphdrüsenkrebs. Sie hat sehr gekämpft.« Er hielt inne und schluckte. »Jetzt klappere ich in unserem Haus herum wie eine vertrocknete Erbse in einer zu großen Hülse. Die Kinder sind erwachsen. Meine Tochter Mandy arbeitet bei Rubicon Advertising in New York, John leitet den Kubota-Vertrieb auf Kauai, und Carl ist Rechtsanwalt in Honolulu. Sie sprechen fließend Japanisch. Ich kann mich einigermaßen verständigen, aber die Kinder tun's fehlerfrei, und das ist heutzutage sehr gefragt. Sie sind alle verheiratet und haben selbst Kinder.« Er lächelte. »Oh, ich hab mich gehen lassen.« Er schlug sich auf den Schenkel. »Hier sitze ich und rede nur von mir. Erzähle, wie es dir ergangen ist.«

»Ich habe George Hogendobber geheiratet, er wurde hier Posthalter, und wir führten ein ruhiges, aber glückliches Leben. Er ist vor fast zehn Jahren an einem Herzinfarkt gestorben. Manchmal kommt es mir vor wie gestern.«

»Ich kann mich nicht an George erinnern.«

»Er ist aus Winchester hierher gezogen.«

»Kinder?«

»Nein. Dieser Segen blieb mir versagt, aber dafür ist Mary Minor Haristeen wie eine Tochter für mich. Die junge Frau, die du vorhin gesehen hast.«

»Miranda, du warst der sprühende Funke in unserer Klasse. Du ahnst gar nicht, wie oft ich an dich gedacht habe, aber ich habe mich nie hingesetzt, um einen Brief zu schreiben. Ich bin ein lausiger Briefeschreiber. Du bleibst für immer meine Highschool-Liebe. Das war eine schöne Zeit.«

»Ja«, sagte sie schlicht.

»Ich wollte die Welt sehen, und ich habe sie gesehen. Nun bin ich hier. Wieder daheim.«

»Mir ist, als hätte auch ich die Welt gesehen, Tracy. Meine

Welt war in mir. Die Bibel hat mir seit Georges Tod viel Kraft gegeben. Harry sagt, ich bin eine fromme Eule.«

»Harry?«

»Die junge Frau im Postamt.«

»Ja, natürlich. Minor. Die Leute an der Yellow Mountain Road. Er hat eine Hepworth geheiratet.«

»Du hast ein gutes Gedächtnis. Harry ist ihre Tochter. Sie sind schon lange tot.«

»Was ist eigentlich aus Mim Conrad geworden? Hat sie Larry Johnson geheiratet?«

»Nein.« Miranda senkte die Stimme, als wäre Mim nebenan. »Larry war vier Jahre älter als wir. Er war mit dem College fertig, als wir unseren Highschool-Abschluss machten, erinnerst du dich? Er hat dann Medizin studiert. Sie sind miteinander gegangen, aber ehe ich's mich versah, war's aus zwischen ihnen. Er hat eine andere geheiratet, und Mim hat Jim Sanburne geheiratet.«

»Diesen Tölpel?«

»Genau den.«

»Mim mit Jim Sanburne verheiratet. Ich fass es nicht.«

»Er war groß und sah gut aus. Jetzt wird er langsam fett. Aber er ist ein herzensguter Mensch, wenn man ihn erst mal richtig kennt.«

»Hab mich nie drum bemüht. Lebt Larry noch?«

»Ja, er hat hier jahrzehntelang praktiziert. Er übt seinen Beruf noch aus, aber die Praxis hat er an einen jungen Doktor verkauft, Hayden McIntire, mit der Maßgabe, dass Larry noch ein Jahr arbeitet, bis sich die Patienten an Hayden gewöhnt haben. Das ist nun schon ein paar Jährchen her. Und er arbeitet immer noch. Hayden hat, so scheint's, nichts dagegen. Larrys Frau ist schon vor Jahren gestorben. Er und Mim stehen auf freundschaftlichem Fuß.«

»Die zwei waren ein heißes Thema.«

»Man weiß nie, wie die Würfel fallen.« Sie kicherte ein bisschen.

»Da magst du Recht haben. Jetzt bin ich hier. Miranda, es ist, als wäre ich nie weg gewesen. Oh, ein paar Sachen haben sich verändert, wie das Altersheim an der Eisenbahnunterführung.«

»Vorsicht. Kein Mensch nennt das heute noch so, zumal wir uns selbst dem Alter nähern. Das heißt jetzt betreutes Wohnen.«

»So 'n Quatsch.«

»Hm – na ja.« Sie lächelte. »Die Stadt ist fast unverändert. Es sind Vororte entstanden. Einer namens Deep Valley an der Route 240 und einer auf dem Weg zur Miller-Schule. Es gibt eine nagelneue Grundschule, die den Bezirk eine schöne Stange gekostet hat. Aber im Großen und Ganzen ist Crozet Crozet geblieben. Nicht hübsch. Nicht malerisch. Aber unsere Heimat.«

»Brauchst du Hilfe bei den Vorbereitungen für das Ehemaligentreffen?«

»Eine liebenswürdige Frage.« Sie verschränkte vergnügt die Hände.

»Das verstehe ich als ein Ja.« Er lächelte. »Sag mal, wie sieht Mim aus?«

»Fabelhaft. Sie hat ja dieses Jahr auch ihr fünfzigstes Ehemaligentreffen. An der Madeira-Schule. Sie hat sich zum zweiten Mal das Gesicht liften lassen. Sie lässt nur die größten Koryphäen an sich ran, und ehrlich, sie sieht fabelhaft aus. Schlank wie eh und je.«

»Hm-m-m.« Er rieb seine Fingerspitzen, um die klebrige Glasur zu entfernen. »Jim Sanburne ... Ich kann's immer noch nicht glauben. Ist er gut zu ihr?«

»Jetzt schon. Lange Zeit war er's nicht, und je mehr sie sich auseinander lebten, desto hochmütiger wurde sie. Sie war verbittert, und dann geschah ein Wunder. Ich weiß nicht, ob du an Wunder glaubst, ich schon. Man hat bei ihr Brustkrebs diagnostiziert. Larry hat es ihr gesagt. Ihre Brust wurde amputiert und durch plastische Chirurgie wieder aufgebaut. Seitdem läuft Jim den Weibern nicht mehr hinterher.«

»Hat er das Saufen auch aufgegeben?«

»Ja.«

»Er hat's auf der Highschool bleiben lassen, ich erinnere

mich. Abschlussklasse von 1949. Guter Footballspieler. Ich war froh, dass ich nach seinem Abschluss noch ein Jahr hatte. Egoistisch. Ich wollte beachtet werden.«

»Du warst der beste Spieler im Staat.«

»Für so eine kleine Schule wie unsere waren wir eine gute Mannschaft.« Er hielt inne. »Ich habe am Haus auf Kauai Türen und Fenster zugenagelt. Ich will mich hier nach einem Haus oder einer Wohnung zur Miete umsehen. Wüsstest du was?«

»Ich möchte nicht neugierig sein, aber wie viel willst du ausgeben?«

»Tausend im Monat, wenn es das Richtige ist.«

Sie überlegte lange und gründlich. »Für wie lange?«

»Hm, zuerst mal wenigstens bis Dezember. Unser Jubiläum fällt ja mit dem allgemeinen Ehemaligentreffen zusammen, da kann ich hinterher gut noch einen Monat bleiben.«

Sie lächelte übers ganze Gesicht. »Ich hab da eine Idee. Aber ich muss zuerst fragen. Wo wohnst du jetzt?«

»Farmington Country Club – schon komisch, nicht? Wo ich immer so über den Club gelästert habe, weil da lauter blöde Snobs verkehren. Jetzt gehöre ich selbst dazu – nur vorübergehend, natürlich. Und ich habe gehört, ein junger Kerl ist dort ermordet worden, vor – was? Zwei Tagen?«

»Unbetrauert, leider. Die Leute stehen Schlange, um sich zu der Tat zu bekennen.« Sie hielt inne. »Das ist nicht sehr mitfühlend von mir, aber die Wahrheit ist, niemand ist sehr betroffen über das Ableben von Charlie Ashcraft. Wie wär's, wenn ich heute Abend telefoniere, oder spätestens morgen? Ich habe vielleicht genau das Richtige für dich.«

»Wem haben die Tiere im Postamt gehört?«

»Oh, das sind Harrys. Die klügsten und niedlichsten Helfer, die man sich denken kann.«

»Ich kann mich nicht erinnern, dass du Tiere gern hattest.«

Sie errötete. »Sie haben mich bekehrt.«

Er lachte. »Dann müssen sie übernatürliche Kräfte haben.«

13

Nimm die schräge Feder.« Chris reichte Harry die Tuschfeder mit der abgeschrägten Spitze.

»Ich muss erst mal üben.« Harry kritzelte vorsichtig auf Schmierpapier. »Ganz hübsch.«

»Ich habe die cremefarbenen Karten auf 5 mal 7,5 geknickt. Guck, schreib den Namen in Druckbuchstaben. So.« Sie hielt eine Karte in die Höhe. »*Carl Ackerman*, den Namen oben, darunter lässt du Platz für die Kategorie, ja?«

»Mir fällt nie was ein.«

»Das kommt noch. Wenn jetzt alle Namensschilder geschrieben werden, erleichtert das die Sache bei der Jubiläumsfeier. Du wirst staunen, was dir bis dahin noch für Ideen durch den Kopf flutschen. Bis zu eurem Ehemaligentreffen – wann ist es doch gleich?«

»Ende Oktober. Am selben Wochenende wie das allgemeine Treffen der Ehemaligen.«

»Ja, richtig.« Chris nahm eine Karte von ihrem Stapel. Ihr kastanienbrauner Nagellack ließ ihre Finger noch länger und schmaler erscheinen. »Das ist noch lange hin. Weißt du was, ich nehme die erste Hälfte des Alphabets und du die zweite.«

»Mit den vielen M und S.« Harry lachte. »Danke, dass du mich zu dir eingeladen hast. Die Katzen und der Hund bedanken sich auch.«

»Danke.« Mrs. Murphy saß mit halb geschlossenen Augen auf dem Boden und wiegte sich hin und her.

»Die Klimaanlage ist super.« Tucker zwängte sich neben Harry, die auf dem Fußboden saß und den Couchtisch als Schreibtisch benutzte.

»Jawohl«, stimmte Pewter zu. Sie ruhte auf dem Seidensofa.

Harry beäugte das graue Katzentier. »Geh von dem Sofa runter.«

»Ach, mir macht das nichts aus.«

»Seide ist sehr teuer.« Harry beugte sich vor. »Ich hab gesagt, du sollst da runtergehen.«

»Wenn du mich anrührst, grab ich eine Kralle in die herrliche Seide.« Zur Unterstreichung drohte Pewter mit einer rasiermesserscharfen Kralle.

»Frechdachs.« Harry fuhr zurück.

»Sie ist süß. Ich hab gern Tiere um mich. Als ich das Haus kaufte, war ich froh, dass ein Morgen Grund dazugehört. Ich denke, dass ich mir vielleicht eines Tages eine Katze oder einen Hund anschaffe.«

»Katze«, redete Pewter ihr zu.

»Hund«, konterte Tucker.

»Beides«, meinte Mrs. Murphy diplomatisch.

Chris lachte. »Sind die lustig.«

»Allerdings. Warum bist du hierher gezogen? Nach der Großstadt muss es dir hier wie im letzten Kuhdorf vorkommen.«

»Ich kannte nur Chicago. Vor zwei Jahren kam ich im Urlaub hier durch – auf einer Geschichtstour. Ich fand den Ort einfach zum Verlieben. Als Börsenmaklerin bin ich relativ flexibel, und als bei Harold and Marshall Securities eine Stelle frei wurde, hab ich mir gesagt, warum nicht. Ich habe 'ne Menge Geld gespart, und ich denke, damit werde ich über die Runden kommen, bis ich mir einen neuen Kundenstamm aufgebaut habe.«

»Die Leute hier sind knickerig. Damit will ich sagen, mit dem Verkaufen ist es hier nicht so einfach wie in Chicago.«

»Das ist mir klar«, sagte Chris leichthin, während sie Namen schrieb, »aber ich brauchte eine Veränderung. Ich habe mit meinem Freund Schluss gemacht. Mir ist die Decke auf den Kopf gefallen.«

Ein Auto kam in die Zufahrt gefahren.

»Wer da!?!« Tucker sprang zur Tür.

»Tucker, du bist hier nicht zu Hause.«

»O ja.« Tucker kehrte zu Harry zurück, Chris öffnete die Tür, und Bitsy Valenzuela trat in den kühlen Raum.

»Hi.«

»Hi, Bitsy.« Harry stand nicht auf.

»Ein Drink gefällig?«, fragte Chris.

»Ein Tom Collins wäre himmlisch. Ich mix ihn mir selbst.« Bitsy kannte den Weg zu der Bar in Chris' Haus. In den polierten Stahl der halbrunden Theke waren Vierecke gestanzt, in die rote, grüne, gelbe und blaue Lampen eingelassen waren. »Harry, möchtest du was trinken?«

»Cola.«

»Wie standhaft«, neckte Chris sie.

»So bin ich nun mal.« Harry fand das Namenschreiben mühsam.

Bitsy kam zu ihnen an den Couchtisch. Sie setzte sich neben Pewter, die zu ihr hochsah und dann den Blick abwandte. »Ich bin heute nicht gut drauf«, erklärte Bitsy.

»Kann die motzig sein«, bemerkte Murphy.

»Die Fliegen sollen auf deinen Thunfisch scheißen«, grummelte Pewter und schloss die Augen.

»Wo ist E. R.?«, erkundigte sich Chris.

»Ausnahmsweise mal zu Hause. Er reinigt den Swimmingpool. Ich hab ihm gesagt, ich bin in einer halben Stunde wieder zurück. Er ist mit Kochen dran. Und er ist ein guter Koch. Sagt mal, wenn ihr hungrig seid, hol ich noch zwei Steaks.«

»Nein danke«, wehrte Harry ab. »Ich will meine Hälfte fertig kriegen. Ich hab noch vierzig.«

Bitsy nahm eine Karte in die Hand. »Bonnie Baltier. Schöner Name.«

»Die Witzigste«, sagte Chris.

»Woher weißt du das?«, fragte Harry.

»Die Jahresbesten der Abschlussklasse«, antwortete Chris. »Ich habe dein Jahrbuch so gründlich studiert, ich glaube, ich kenne die Leute inzwischen fast so gut wie du.«

»Das geht weit über das hinaus, was du beim Golfen gegen Susan verloren hast«, bemerkte Harry.

»Es macht mir Spaß. Und ehrlich gesagt, ich hoffe, dass ich hierdurch einen unverheirateten Mann kennen lerne. Man kann ja nie wissen.« Sie lächelte verschämt.

Bitsy lachte. »Nimm E. R.« Sie liebte ihn, aber sie klagte gern über seine Marotten, zu denen die unliebsame Gewohnheit zählte, Illustrierte von hinten nach vorne zu lesen. »Ich könnte eine Pause gebrauchen.«

»Ich würde jeden Ehemann behalten, der kochen kann«, erklärte Chris.

»Amen«, sagte Harry.

»Hat jemand von euch Marcy heute gesehen?«, fragte Chris. »Ich dachte, sie würde vielleicht heute Nachmittag vorbeikommen.«

»Ich bin ihr auf der Straße begegnet und hab gewunken.« Bitsy trank ihr Glas halb leer. »Sie sah elend aus. Ich wünschte, sie würde sich einen Ruck geben und offen sagen, dass ihre Ehe in die Brüche geht – wir wissen es doch eh alle. Ich glaube, der ganze Stress macht sie krank. Ihr Gesicht ist so abgehärmt.«

»Tut mir Leid, das zu hören.« Harry hob überrascht die Augenbrauen.

»Die nächste Scheidung in Deep Valley.« Bitsy leerte ihr Glas. »Sie sprechen kaum noch miteinander.«

»Der Mensch durchläuft Phasen«, sagte Chris kühl.

Mrs. Murphy machte die Augen auf. *»Das ist hübsch ausgedrückt.«*

»Wohl wahr.« Bitsy stand auf, um sich noch einen Tom Collins zu mixen. »Chris, ich schulde dir eine Flasche Tanqueray.« Dann kehrte sie zum ursprünglichen Thema zurück: »Aber wie erkennt man, was eine Phase ist und was ein chronischer Charakterzug?«

»Man erkennt es lange Zeit überhaupt nicht. Bis ich dahinterkam, dass mein Freund ein egozentrischer Trottel war, hatte ich drei Jahre in die Beziehung investiert«, klagte Chris.

Bitsy hörte zu und warf Eiswürfel in das hohe mattierte Glas.

»Was ist dieser Blair Bainbrigde eigentlich für ein Mensch?«, fragte Chris. »Ich kann ihn nicht so richtig einordnen.«

»Er ist Model«, sagte Harry. »Verdient Unmengen Kohle. Er geht mal mit Little Mim Sanburne aus, mal mit Frauen aus den Nachbarorten. Er ist irgendwie« – sie überlegte einen Moment – »unentschlossen.«

Bitsy ließ sich auf die Couch plumpsen und störte Pewter abermals, die murrte. »Er kann so unentschlossen sein wie er will, solange er so ein Prachtexemplar von einem Mannsbild bleibt.«

»Amen, Schwester.« Chris hob ihr Glas, als wollte sie Bitsy zuprosten.

Bitsy sagte zu Harry: »Wir hatten alle gedacht, du und Fair würdet wieder zusammenkommen.«

»Hat dir das Mrs. Hogendobber erzählt?«

»Nein«, antwortete Chris, »aber es schien einfach, äh, auf der Hand zu liegen, und Fair sieht ausgesprochen gut aus.«

»Fair Haristeen ist der beste Pferdedoktor in Mittelvirginia. Er ist ein guter Mensch. Als Ehemann war er so lala. Wenn er dich interessiert, sag's ihm. Mir tust du damit nicht weh.«

Chris wurde rot. »Harry, das würde ich nie tun.«

»Es macht mir nichts aus.«

»Macht es wohl«, widersprach Tucker.

Bitsy trank einen großen Schluck. »Harry, keiner Frau ist ihr Ex-Mann dermaßen gleichgültig.«

»Ah.« Harry wechselte das Thema. »Market Shiflett ist Single. Netter Kerl.«

»Sieht nicht aus wie Blair Bainbridge«, erklärte Bitsy rundheraus.

»Wer einen umwerfenden Prachtkerl heiratet, muss sich damit abfinden, dass andere Frauen ihm nachlaufen und er früher oder später untreu wird. Ein Mann wie Market ist zuverlässig, treu und ehrlich. Ich persönlich finde solche Eigenschaften sehr sexy. Mit zweiundzwanzig fand ich das nicht, aber jetzt«, sagte Harry.

»Da ist was dran«, stimmte Chris zu.

14

Aus drei Gründen nahmen die Leute an Charlie Ashcrafts Begräbnis teil. Der Erste war, seiner Mutter Linda beizustehen, die sich ihr Lebtag keine Feinde gemacht hatte. Sie hatte jung geheiratet, war mit zweiundzwanzig mit einem sechs Monate alten Baby sitzen gelassen worden und hatte sich abgerackert, um ihren Lebensunterhalt zu bestreiten. Wie so viele verlassene Frauen hatte sie ihren Sohn verwöhnt – den einzigen Mann, der sie wirklich liebte – und ihrem Sprössling aus zahllosen Krisen geholfen. Die arme Linda hatte nicht erkannt, dass sie Teil des Problems war. Sie hatte inbrünstig geglaubt, dass sie die Lösung war.

Der zweite Grund für die Teilnahme der Leute an der Beerdigung war der, zu sehen, wer sonst noch da war – insbesondere, ob tränenüberströmte Frauen zugegen waren. Erstaunlicherweise sah man keine.

Der dritte Grund, aus dem die Leute kamen, war der, sich zu vergewissern, dass Charlie tatsächlich tot war.

Ein einziger Reporter vom *Daily Progress* berichtete über das Ereignis, der Lokalsender Channel 29 dagegen schickte keine Kameras, die die Feierlichkeit störten. Der Chef des Senders war selbst nicht gut auf Charlie zu sprechen gewesen und verweigerte jetzt mit Genuss dem selbstgefälligen Fatzke die Berichterstattung über sein letztes gesellschaftliches Ereignis.

Als die Leute nacheinander die schlichte Baptistenkirche verließen, flüsterte Harry Susan zu: »Ist dir aufgefallen, dass nur wenige mit Blumen gekommen sind?«

»Ja. Vielleicht spenden die Leute das Geld lieber für einen guten Zweck.«

»Höchstwahrscheinlich spenden sie es einer Abtreibungsklinik. Die meisten von seinen Freundinnen sind dort gelandet.«

Susan schnappte nach Luft, verschluckte sich an einem Pfefferminz, und Harry klopfte ihr auf den Rücken. »'tschuldigung.«

Dank ihrer schönen Stimme hatte man Miranda Hogendobber, eine Stütze des Chors der Kirche zum Heiligen Licht, aufgefordert, auf der Beerdigung ein Solo zum Besten zu geben. Auf Linda Ashcrafts Bitte hatte sie »Faith of Our Fathers« gesungen. Als sie mit ihrer Chorrobe über dem Arm aus dem Hinterausgang der Kirche kam, erspähte sie Harry und Susan.

»Sonderbar«, sagte Mrs. Hogendobber leise.

»Ah, ja«, pflichteten die zwei Freundinnen ihr bei.

Sie gingen den Hang hinauf. Vor ihnen breitete sich das dunkelgrüne Gras des Friedhofs aus. Weiter vorne gingen BoomBoom, Bitsy und Chris.

»Vielleicht kannten sie Charlie besser, als wir dachten«, sagte Susan mit gedämpfter Stimme.

»BoomBooms Schleppdampfer. Aber Marcy Wiggins fehlt. Hm.« Harry überlegte einen Moment. »Boom hat vermutlich unter Tränen angerufen, sie brauche Beistand, weil er ihr erster Highschool-Freund war. Erstaunlich, wie sie es schafft, sich in den Mittelpunkt des Dramas zu stellen.« Sie verstummte, da sie sich der Grabstätte näherten.

Linda, die schon am Grab stand, wurde von ihrem Schwager gestützt. Die Ärmste war völlig verzweifelt. Als die Leute sich um das offene Grab versammelten, betrachtete Harry, die hinten stand, die Schar der Trauernden – falls man sie so nennen konnte. Von Linda abgesehen, war die Stimmung pietätvoll, aber nicht tief betrübt. Meredith McLaughlin, Market Shiflett und Bonnie Baltier waren da, alle aus derselben Highschool-Klasse.

Big Mim Sanburne war anwesend, Little Mim fehlte. Wer da war und wer nicht, war interessant, und Sheriff Rick Shaw und seine Stellvertreterin Cynthia Cooper waren nur gekommen, um die Versammelten zu beobachten. Sie waren allerdings so diskret, sich bei einem solchen Anlass keine Notizen zu machen.

»Lassen Sie uns verschwinden, bevor Linda durch die Menge kommt, ja?« Rick nahm Cynthia, die sehr groß war, am Arm und schob sie zur Kirche.

Harry bemerkte dies und ließ daraufhin Susan und Miranda stehen, um sich Cynthia und Rick anzuschließen. Sie sagte: »Traurig. Nicht, dass er tot ist, sondern weil es außer Linda niemanden bekümmert. Könnt ihr euch ein Leben vorstellen, wenn einen keiner wirklich liebt und man selbst dran schuld ist?«

»Eine Verschwendung.« Cynthia brachte es auf den Punkt.

Die drei blieben an einem Grab stehen, das mit frischen Blumen geschmückt war. Die Inschrift auf dem Granitstein lautete: »Timothy Martin, 1. Juni 1958 – 29. Januar 1997«. Am Fuße des Grabsteins war ein von links nach rechts rasender Rennwagen eingemeißelt. An den Ecken des Grabes markierten zwei karierte Flaggen Tims letzte Ziellinie.

»Ich wusste gar nicht, dass sie sein Grab so gestaltet haben.« Rick erinnerte sich, wie er Tims Überreste aufgelesen hatte, nachdem dieser vom Afton Mountain kommend in einer tückischen Kurve ins Schleudern geraten war. Er war auf der Route 6 zu schnell abgebogen und förmlich über den Abhang geflogen. Tim war an den Wochenenden Stockcar-Rennen gefahren. Obwohl er ein guter Fahrer war, hatte er das Glatteis übersehen, das ihn das Leben kostete.

Die Flaggen flatterten. »Schön, dass seine Familie ihn so in Erinnerung behält, wie er gelebt hat. Es würde ihm gefallen.«

»Sie bedecken ihn ständig mit Blumen«, bemerkte Cynthia. »Ich hoffe, dass jemand auch mich so sehr liebt.«

»Bestimmt – nur Geduld.« Lächelnd schlug Rick sein kleines Notizbuch auf. »Was meinen Sie, Harry?«

»Ich würde alle befragen, die nicht hier sind, aber hier sein sollten.«

Er lächelte wieder. »Kluges Kind.«

Die Menge am Grab zerstreute sich.

»Schenken wir uns den Empfang. Es ist für Linda schon schwer genug, auch ohne zwei Polizisten am Tisch.« Cynthia ging zu ihrem Privatwagen. Sie waren nicht mit dem Streifenwagen gekommen, und da der Sarg von der Kirche direkt zum Friedhof getragen wurde, hatte eine Polizeieskorte sich erübrigt. Rick und Cynthia waren überaus feinfühlig.

Gemessenen Schrittes kamen Miranda, die Robe über dem Arm, und Susan über den Hang. Sie winkten Harry zu, die am Hintereingang der Kirche wartete.

Miranda atmete aus und sah Harry fest an. »Ich möchte Sie gern kurz sprechen.« Die zwei gingen unter die Bäume, und Miranda redete Harry zu, einen Mieter aufzunehmen, und zwar Tracy.

15

Wie so viele Ärzte war der Onkologe Bill Wiggins es gewöhnt, seinen Willen durchzusetzen. »Stante pedes« war sein Lieblingsausdruck, was in seinem Medizinerjargon so viel wie »dalli dalli« bedeutete.

Er saß auf seiner Sonnenterrasse, und während er den grünen Rasen betrachtete, auf dem sich nicht ein Löwenzahn blicken ließ, nahm er zugleich seine Frau in Augenschein.

»Marcy, du hast abgenommen.«

»Ich kann bei dieser Sommerhitze nichts essen.« Sie sprengte die Zierkirschen am Rasenrand.

»Du musst dich mal gründlich durchchecken lassen. Ich rufe Dinky Barlow an.«

Dinky Barlow war Internist am Krankenhaus. Er war unglaublich gründlich.

»Schatz, mir fehlt nichts.«

»Ich bin hier der Arzt.« Er bemühte sich um einen scherzhaften Ton.

»Ich brauche vermutlich eine Aufbauspritze.« Sie lächelte matt. Es hatte keinen Sinn, Bill zu erklären, dass es ihre Beziehung war, die abbaute. Sie sprachen kaum über etwas anderes als banale Dinge – etwa, bring bitte Milch und Butter mit. Wie die meisten Ärzte machte Bill Überstunden und stand unter großem Stress. Er konnte sich nie damit abfinden, dass seine Patienten starben; es gab ihm das Gefühl, dass es sein Können befleckte.

Marcy brauchte mehr. Bill konnte ihr nicht mehr geben.

Er betrieb allerdings keine Seelenbeschau. Solange das Abendessen auf den Tisch kam, sein Heim ordentlich und sauber gehalten wurde, sah er keinen Grund zur Klage.

Seine Schweigsamkeit, die Bitsy und Chris als Feindseligkeit in der Ehe ihrer Freundin interpretierten, war in Wirklichkeit Erschöpfung. Er hatte wenig Zeit für Plaudereien mit seiner Frau und erst recht keine für ihre Freundinnen, die er für langweilig und oberflächlich hielt.

Bill klappte sein Handy auf, wählte, machte einen Termin für seine Frau, dann klappte er das Telefon zu, um es abzustellen. »Kommenden Dienstag um halb neun in Dinkys Sprechzimmer.«

»Danke, Schatz.« Sie konnte es nicht ausstehen, wenn er so über sie bestimmte, aber sie sagte nichts, sondern wechselte das Thema. »Warum wolltest du nicht zu Charlie Ashcrafts Beerdigung gehen?«

Er drehte seinen Stuhl zu ihr herum. »Marcy, eine Beerdigung ist das Letzte, wohin ich gehen möchte«, sagte er wehmütig. »Außerdem hat er als Mensch nichts getaugt. Für solche Leute habe ich keine Zeit.«

»Betrübt es dich denn kein bisschen, dass jemand aus deiner Klasse ermordet wurde?«

»Wenn es ein anderer gewesen wäre, vielleicht.« Er setzte sich aufrecht. »Weißt du, was mich ärgert? Die Amerikaner können nicht akzeptieren, dass der Tod zum Leben gehört.«

»Aber Charlie war noch so jung.«

»Der Körper hat seinen eigenen Zeitplan. In seinem Fall war es nicht sein Körper, sondern sein Geist. Er hat sein Ende selbst herbeigeführt. Warum soll ich scheinheilig so tun, als wäre ich betrübt? Wie gesagt, meine Liebe, der Tod gehört zum Leben.«

»Aber du bist betrübt, wenn ein Patient stirbt.«

»Da hast du verdammt Recht. Ich kämpfe um meine Patienten. Ich sehe mit an, wie sie kämpfen. Charlie hat sein Leben verplempert. Ich wünschte, ich könnte meinen Patienten die Stunden und Jahre schenken, die er achtlos weggeworfen hat.« Er starrte Marcy böse an. »Warum streiten wir uns eigentlich?«

»Wir streiten uns doch gar nicht.«

»Ach.« Verwirrt lehnte er sich auf seinem Stuhl zurück.

Sie fuhr mit dem Sprengen fort, ging zu den Buchsbäumen hinüber, die weit genug entfernt waren, um ein Gespräch zu erschweren.

16

Der 1958er John-Deere-Traktor, liebevoll Johnny Knatterton genannt, knatterte über die westlichen Heuwiesen.

Roden gehörte zu Harrys Lieblingsarbeiten. Sie mähte den Straßenrand, rodete rund um den Stall und anschließend die Ränder ihrer Weiden und Heuwiesen.

Das Gras musste nächste Woche gemäht werden. Sie hatte bei einem Vermieter von Landwirtschaftsgeräten einen Heuwender vorbestellt. Später würde sie dann mit einer alten Ballenpresse über das flachgelegte, süß duftende Heu fahren.

Das war Schwerarbeit in der sengenden Sonne, doch Harry, die geborene Landwirtin, blühte dabei auf.

Heute tuckerte sie im mittleren Gang, sorgsam darauf bedacht, nicht zu nahe an den stark strömenden Bach zu geraten.

Die Pferde blieben im Sommer tagsüber im Stall; ein Ventilator blies in jede Box hinein, um die Pferde abzukühlen und die Fliegen zu verscheuchen.

Mrs. Murphy und Pewter trieben sich im Brunnenhaus herum. Das kalte Wasser, das über die Steine lief, erzeugte einen köstlichen Duft. Den liebten auch die Mäuse.

Tucker, die sich im Mittelgang des Stalls ausgestreckt hatte, atmete ein und aus – winzige Stechfliegen flogen mit jedem Atemzug auf und ab wie ein Schirm aus Insekten, der sich öffnete und schloss.

Harry liebte diesen Flecken von Virginia. Sie war sehr stolz auf ihren Staat, der zwei uralte Bergketten, einen von drei großen Flüssen gespeisten fruchtbaren Küstenstrich und eine für einen Bewohner des Westens unvorstellbar üppige Vegetation aufzuweisen hatte. Doch dafür waren die Leute im Westen frei von dem Gespinst aus unzähligen Erwartungen und Blutsbanden, die das Erbe aller Virginier waren. Von einem Virginier wurde so viel erwartet, dass man oftmals für ein paar Tage oder auch Jahre entfliehen musste, um sich zu regenerieren.

Eine Pappel, die bei einem Frühsommergewitter umgestürzt war, ragte vor ihr auf. Harry seufzte. Sie musste den großen Baum zersägen, dann die Stücke und Äste an die reparaturbedürftigen Stellen ihres Zaunes schleppen. Pappelholz hielt nicht so lange wie Robinienholz, aber dafür war es umsonst zu haben, wenn sie ihre Plackerei nicht mitzählte.

Sie stellte den Motor von Johnny Knatterton ab und stieg herunter. In der rauen Baumrinde hatten sich kleine schwarze Ameisen und anderes Krabbelgetier eingenistet. Obwohl der Baum entwurzelt auf der Seite lag, hatte die Krone noch gesunde grüne Blätter.

»Das Leben gibt nicht so leicht auf«, sagte sie laut aus Bewunderung für die Zähigkeit des schwer beschädigten Baumes.

Sie beugte sich über den Bach und wusch sich das Gesicht. Dann ließ sie das sprudelnde kalte Wasser über ihre Hände laufen.

Plötzlich kam ihr in den Sinn, dass ihre Gefühle für Charlie Ashcraft als Person ohne Bedeutung waren. Sein rasches Ende hatte sie ernüchtert. Sicherheit war ein Mythos. Dies intellektuell zu wissen und es emotional zu erkennen waren zwei Paar Stiefel.

Sie schüttelte ihre Hände und genoss das prickelnde Gefühl. Das Gefühl der Willkür des Todes war weniger prickelnd.

»Sollte es dazu kommen, werde ich bis zum Ende kämpfen. Ich werde genauso kämpfen wie du.« Sie klopfte auf den dicken Baumstamm, ehe sie wieder auf den Traktor kletterte.

17

Sein Geruch ist in Ordnung.« Tuckers Nase zuckte.

»Du verlässt dich zu sehr auf deine Nase. Du musst auch deine anderen Sinne gebrauchen.« Pewter saß gleichmütig auf dem Sofa und beobachtete Tracy Raz, der einen Matchsack über der Schulter trug.

»Meint ihr, dass das gut geht?«, fragte Tucker, die ebenfalls auf dem Sofa saß.

»Ja.« Mrs. Murphy, die wachsam auf der großen geschwungenen Armlehne ruhte, verkündete: *»Tracy Raz ist ein Geschenk Gottes.«*

»Wegen dem Geld? Bei Moms Ratenzahlungen für den Transporter bleibt am Monatsende nicht viel übrig.« Tucker, die in Gelddingen konservativ dachte, grämte sich um jeden Penny, weil sie sah, wie Harry sich grämte. Eine Mieteinnahme von fünfhundert Dollar monatlich würde Harry erheblich unter die Arme greifen. Tucker war Mrs. Hogendobber dankbar, weil sie Harry und Tracy Raz dazu gebracht hatte, sich zusammenzusetzen und eine faire Übereinkunft auszuhandeln.

»Das auch, aber ich meine, es ist wunderbar für Mom, jemanden um sich zu haben. Sie hat schon zu lange allein gelebt, und sie wird langsam starrköpfig. Noch ein Jahr, und sie ist – hartleibig.«

Pewter und Tucker lachten.

Harry führte den athletisch gebauten Mann nach oben. Sie

ging den Flur entlang, dessen Fichtenkernholzboden mit einem alten Perserläufer in Rostrot und Marineblau bedeckt war. Am Ende des Flurs öffnete sie die letzte Tür zur Rechten, die in ein großes Schlafzimmer mit komplettem Bad und einer Sitzecke führte. »Ich hoffe, es ist recht so. Ich habe die Klimaanlage eingeschaltet. Es ist ein altes Fenstersystem und brummt mächtig, aber die Nächte sind so kühl, dass Sie sie nicht brauchen werden. Es geht immer ein leichter Wind.«

Tracy bemerkte das große Hochzeitsbett mit den vier Pfosten. »Ein schönes Stück.«

»Das hat Großmutter Mom zur Hochzeit geschenkt. Großmama Hepworth ist in Charleston, South Carolina, aufgewachsen.«

»Die schönste Stadt im ganzen Land.« Er durchquerte das Zimmer, stellte die Klimaanlage ab und öffnete schwungvoll das Fenster. »Dass die Menschen dauernd krank sind, kommt von den Klimaanlagen. Der Körper gewöhnt sich nie richtig an die Jahreszeiten.«

»Das hat Dad auch immer gesagt.« Harry lächelte. »Oh, hier sind die Schlüssel. Aber ich schließe das Haus nie ab. Mal sehen, gewöhnlich bin ich um halb sechs auf, damit ich die Stallarbeit erledigt kriege. Wenn Sie gerne reiten, können Sie mir helfen, die Pferde zu bewegen. Macht mächtig Spaß.«

»Bin mal Western geritten. Hab den Dreh mit ’nem englischen Sattel nie rausgekriegt.« Er lächelte.

»Ich kann keine Mahlzeiten versprechen …«

»Das erwarte ich gar nicht. Miranda hat mir schon erzählt, dass Sie essen wie ein Spatz.«

»Übrigens, wenn Sie nachts Ihre Tür nicht zumachen, kommen die Tiere rein. Die können einfach nicht widerstehen. Illustrierte oder Papiere, die Sie auf dem Boden liegen lassen, werden abgelegt – gewöhnlich unterm Bett. Wenn Sie nachts Ihre Uhr oder eine Halskette abnehmen, legen Sie sie in die Kommode, denn Mrs. Murphy ist scharf auf Schmuck. Alles, was glitzert, schleppt sie zum Sofa und lässt es hinter ein Kissen fallen.«

Mrs. Murphy, deren Neugierde geweckt war, war ihnen nach oben gefolgt. *»Ich muss mich energisch dagegen verwahren. Du lässt dein Zeug im ganzen Haus rumliegen. Bei meinem System ist alles an einem Platz.«*

»Da können wir uns dann draufsetzen«, sagte Pewter, die ebenfalls vor Neugierde platzte.

»Sind dies die Missetäter?« Tracy bemerkte die beiden Katzen, die jetzt auf der Türschwelle lauerten.

»Die getigerte Katze ist Murphy, und die graue Kanonenkugel ist Pewter. Sie hat mal Market Shiflett gehört, aber sie war so viel mit meinen Tieren im Postamt zusammen, dass er meinte, ich soll sie einfach mit nach Hause nehmen. Sie hat auch Fleisch aus dem Schaukasten gemopst, und das kam bei der Kundschaft nicht gut an.«

»Schöne Katzen haben Sie.«

Pewter strahlte. *»Ich wusste doch gleich, dass mir der Kerl sympathisch ist.«*

»Er sieht gut aus für sein Alter.« Mrs. Murphy schnurrte und beschloss, Tracy die Ehre anzutun, sich an seinem Bein zu reiben. Sie tappte hin, strich an seinem Bein entlang, dann setzte sie sich. Er streichelte ihren Kopf.

Pewter folgte ihrem Beispiel.

»Ich lasse Sie jetzt allein, damit Sie sich einrichten können. Sie können die Küche und das Wohnzimmer benutzen. Ich schlage vor, wenn Ihnen etwas nicht recht ist, sagen Sie's mir und umgekehrt. Ich gehe raus, meine Stallarbeit beenden.«

»Ich komme mit. In meinem Sack ist nicht viel drin, und nichts muss unbedingt gleich ausgepackt werden. Ich denke, ich muss diese Woche ein bisschen einkaufen gehen.«

»Sie müssen mir nicht helfen.«

»Ich mache mich gerne nützlich.« Er strahlte.

Und er machte es wahr. Er konnte sich einen fünfzig Pfund schweren Heuballen über die Schulter werfen, als wöge er nur ein Zehntel davon. Obwohl er nicht viel von Pferden verstand, war er so vernünftig, in ihrer Nähe keine lauten Geräusche zu machen.

Tracy pfiff bei der Arbeit. Harry hörte es gern. Plötzlich kam ihr in den Sinn, wie dumm es war, Menschen in den Ruhestand zu schicken, solange sie es nicht von sich aus wollten. Die Ausdrücke »Lebensherbst« und »Lebensabend« sollten aus der Sprache getilgt werden. Wir drängen die Menschen ausgerechnet dann aus dem Berufsleben, wenn sie das höchste Maß an Weisheit erlangt haben. Es muss entsetzlich sein, am Rande zu sitzen und nichts Wichtiges zu tun zu haben.

Simon, der auf dem Heuboden flach auf dem Bauch lag, spähte über die Seite. Ein neuer Mensch! Einer war schon schlimm genug.

Harry bemerkte ihn. »Ruhig, Simon.«

Tracy sah hoch. »Simon?«

»Das Opossum auf dem Heuboden. Es ist sehr scheu. Außerdem haben wir eine riesengroße Eule in der Kuppel und eine Kletternatter. Sie kommt jeden Herbst hierher, um zu überwintern. Im Augenblick hält sie sich auf der Südseite des Grundstücks auf. Ich habe ihr Jagdrevier aufgespürt. Sehr interessant.«

»Das habe ich an meiner Arbeit gehasst. Ich war die meiste Zeit an die Stadt gefesselt. Ich habe mich durch Sport fit gehalten, aber nichts hält einen so gesund wie Farmarbeit. Mein Vater war Farmer. Sie werden sich nicht an ihn erinnern, ihm gehörte die alte Black-Twig-Apfelplantage westlich von Crozet. Das Schlimmste, was wir je getan haben, war, Paps zu überreden, die Plantage zu verkaufen und nach Florida zu ziehen. Das werde ich mir nie verzeihen.«

»Er hat Ihnen verziehen.«

Tracy hielt einen Moment inne, um sich den Schweiß aus dem Gesicht zu wischen. Die Temperatur blieb bei dreißig Grad, obwohl es schon sieben Uhr abends war. »Danke, dass Sie das gesagt haben.«

»Opossums sind auch interessant.« Harry kehrte taktvoll zum Thema Simon zurück. »Sie fressen so gut wie alles. Es gibt einen Bazillus, der Vögel infiziert, und wenn die Opossums einen Vogel mit diesem Bazillus fressen, scheiden sie den mit ihrem Kot aus. Fressen Pferde diesen Kot, bekommen sie eine gefährliche Infektion des zentralen Nervensystems, die ihre Muskelkoordination beeinträchtigt und sie schwächt. Auch wenn man es zeitig entdeckt, dauert es sehr lange bis zur Heilung. Aber ich liebe meinen Simon. Ich kann ihn nicht töten, doch ebenso wenig möchte ich, dass meine Pferde zufällig Heu mampfen, das Simon – besudelt hat. Deswegen bekommt er jeden Abend Melassenfutter und gelegentlich ein Marshmallow. Dann ist er so voll gefressen, dass er nicht sehr weit stromert und für Vögel keinen Platz mehr im Magen hat.«

»Ich sehe schon, Sie sind tierlieb.«

»Mein besten Freunde.« Sie klemmte die Heugabel zwischen die zwei Nägel an der Wand. »Mr. Raz ...«

»Bitte sagen Sie Tracy zu mir.«

»Danke. Mich nennen alle Harry. Hoffentlich halten Sie mich nicht für neugierig, aber ich muss Sie das einfach fragen. Wie ist Mrs. Hogendobber zu dem Spitznamen Knuddel gekommen?«

Sie sahen zu, wie der Bodennebel über die Westweide glitt und die Wiesenstärlinge zu ihren Nestern huschten. Die Wachteln riefen einander zu, und die Fledermäuse kamen unter den Dachtraufen von Harrys Haus hervor. Tracy schwelgte in Erinnerungen an seine Highschool-Zeit mit Miranda.

»Ich liebe Fledermäuse.« Mrs. Murphy plusterte ihr Fell auf, als mit dem Bodennebel eine leichte Kälte heranrollte.

»Ich fang nie eine.« Pewter gefiel es, wie sich die Fledermäuse im Zickzack bewegten. Das brachte ihr Blut in Wallung.

»Meine Mutter hat mal eine gefangen«, erinnerte sich Murphy. *»Allerdings, als die auf dem Weg nach draußen war. Aber immerhin hat sie sie gefangen. Für mich sind das Mäuse mit Flügeln.«*

»Vielleicht sollten wir lieber zuerst die Mäuse im Stall fangen.«

Mrs. Murphy ging zu Pewter und schmiegte sich an sie,

weil sie fröstelte. *»Ich hab sie heute Morgen in der Sattelkammer singen gehört. Ich verstehe ja, wenn sie in der Futterkammer übermütig werden. Aber in der Sattelkammer. Es war demütigend. Zum Glück kann Harry sie nicht hören.«*

»Ein erfundenes Lied?«

Die Tigerkatze lachte. *»Mit den Piepsstimmen klingt alles irgendwie erfunden, aber es war ›Dixie‹.«*

»Wenigstens sind es Südstaatenmäuse.«

»Pewter, das ist ein großer Trost.« Mrs. Murphy lachte so laut, dass sie die Menschen unterbrach.

»Es wird langsam frisch, was, Miezekatze?« Harry hob sie auf einen Arm und Pewter auf den anderen. »Pewts, für dich gibt's heute Abend leichte, gesunde Kost.«

Mit einer Katze auf jeder Schulter ging Harry zurück zum Haus. Tucker blieb Tracy auf den Fersen.

Tracy fuhr fort, wo er aufgehört hatte, als Pewter einen Ton von sich gab, der sich für ihn wie ein Jaulen anhörte. »… eins der hübschesten Mädchen in der Klasse. Natürlich. Frisch.«

»War sie füllig?«

»Äh … vollschlank. Ihr Mädels von heute seid zu dünn. Miranda hat nur so gesprüht. Wir haben nächtliche Ausflüge auf Heuwagen unternommen und sind zu Footballspielen an anderen Highschools gefahren. Ich habe in der Mannschaft gespielt. Hinterher ging's in unseren alten Klapperkisten zur Schule zurück. Das war ein Spaß. Ich glaube, ich war zu jung, um zu wissen, wie viel Spaß ich hatte. Und der Zweite Weltkrieg war fünf Jahre vor unserem Schulabschluss zu Ende, deshalb fühlten sich alle sicher und großartig. Es war eine unglaubliche Zeit.« Kichernd hielt er Harry die Verandatür auf. »Bei jeder sich bietenden Gelegenheit habe ich mich nahe an Miranda gedrückt, und so habe ich sie Knuddel genannt.«

Die Küchentür hatte offen gestanden, um den Wind einzulassen. Jetzt schlossen sie sie hinter sich, da die feuchtkühle Nachtluft durch das Haus zog.

Harry setzte die Katzen auf die Küchenanrichte. »Eine

Kaltluftfront scheint im Anzug zu sein. Der Wind wird stärker. Dies war ein ungewöhnlicher Sommer. Meistens ist es unerträglich heiß, so wie an den letzten Tagen.«

»So was wie einen Virginia-Sommer gibt's nicht noch einmal, abgesehen von einem Delta-Sommer. Beim Militär war ich einmal ein Jahr in Louisiana stationiert, und ich dachte, ich würde schmelzen. Hitze und Hakenwurmplagen, die Geschichte des Südens.«

»Letztere wurden kuriert. Bitte entschuldigen Sie, wenn ich Sie unterbrochen habe. Sie wollten mir von Miranda erzählen.«

»Zu meiner Zeit waren wir alle miteinander befreundet. Mit Sex hatten wir nicht viel im Sinn. Ich war in Miranda verknallt, und wir haben viel gemeinsam unternommen, aber immer als Gruppe. Ich bin mit ihr auf den Abschlussball gegangen. Wissen Sie, ich habe sie geliebt, aber auch das wusste ich damals nicht. Erst Jahre später ging mir ein Licht auf, da war ich schon auf der anderen Halbkugel und habe in Korea gekämpft. Ich wünsche, Sie hätten Miranda als junges Mädchen gekannt.«

»Ich bin froh, dass ich sie jetzt kenne.«

»Sie ist heute nicht mehr so temperamentvoll. Sie sagt, Sie halten sie für eine fromme Eule.«

»Ich mache ihr das Leben schwer. Sie braucht jemanden, der ihr die Hölle heiß macht.« Harry kicherte beinahe. »Sie ist religiöser als ich, aber ich halte sie nicht für eine fromme Eule. Tracy, ich kenne Miranda, seit ich ein Kind war, aber was verstehen Kinder denn schon? Sie war schlagfertig und quietschfidel. Dann starb George, und sie fiel in ein tiefes Loch. Da hat sie sich der Religion stärker zugewendet, dabei war sie schon vorher eine eifrige Kirchgängerin. Mir ist allerdings aufgefallen, dass sie seit diesem Jahr fröhlicher ist. Es hat lange gedauert bei ihr.«

»So ist es immer. Ich habe meine Frau vor zwei Jahren verloren und tauche erst jetzt langsam wieder auf.«

»Das tut mir Leid.«

»Mir auch. Da lebt man sein halbes Leben mit einer Frau,

und sie ist die Luft, die man atmet. Man denkt nicht darüber nach. Man atmet einfach.«

»*Der Arme*«, winselte Tucker leise.

»*Er ist auf dem Wege der Besserung, und er ist auf alle Fälle sehr tüchtig, drum hoffe ich, dass er bleibt.*« Die praktisch veranlagte Mrs. Murphy schlug auf die Wassertropfen ein, die sich langsam unter dem Wasserhahn sammelten.

Das Telefon klingelte. Harry nahm ab. Tracy bemerkte Mrs. Murphy und ging zum Wasserhahn. Er drehte den Hahn mit seinen kräftigen Fingern auf. Die Dichtung war defekt. Er drehte ihn wieder zu, griff sich den Notizblock, der beim Telefon lag, schrieb etwas auf einen Zettel und steckte ihn in die Tasche.

»Schon gut, Susan, schon gut.«

Susan sagte am anderen Ende der Leitung: »Jetzt fragt sich BoomBoom hysterisch, soll sie das Foto mit Charlie verwenden oder nicht?«

»Sie soll sich erst mal die Probeabzüge ansehen.«

»Einer muss doch was geworden sein.«

»Susan, was hat sie mit den Aufnahmen der Jahresbesten vor, wo Aurora und Ron drauf sind? Sie sind auch tot.«

»Sie kann sich auch nicht entscheiden, ob sie die alten Aufnahmen von ihnen verwenden soll.«

»Ich nehme ihr die Entscheidung ab. Sag ihr, wir alle haben für die Aufnahme von ihr und Charlie unter der Hitze gelitten, also soll sie sie gefälligst nehmen.«

»Harry, das ist eine gute Idee. Leg auf und ruf sie an, bevor ihre Gefühlsduselei überhand nimmt. Das geht einem auf den Wecker.« Susan hielt inne. »Los, Harry, ruf *du* sie an.«

Harry tat es widerwillig, und BoomBoom bombardierte sie erst mal mit drei, vier tiefsinnigen Gedanken, bevor Harry ihr das Wort abschnitt und ihr sagte, sie solle die neue Aufnahme nehmen. Der Grundgedanke sei doch, das Vergehen der Zeit sichtbar zu machen!

Schließlich kam Harry vom Telefon los. »Dieses Ehemaligentreffen wird langsam ein Full-Time-Job.«

»Unseres wird ganz schlicht«, sagte Tracy. »Wir setzen uns in den Erfrischungsraum, tauschen Geschichten aus, essen und tanzen. Ich weiß nicht mal, ob der Raum überhaupt dekoriert wird.«

»Mit Miranda als Vorsitzender? So sehr kann sie sich in fünfzig Jahren nicht verändert haben, darauf können Sie Gift nehmen.« Harry lächelte.

»Ich habe gehört, dass ein Klassenkamerad von Ihnen erschossen wurde.« Tracy bemerkte, dass die Türdichtung ausgefranst war. »Das scheint niemanden besonders zu beunruhigen.«

»Weil alle denken, sie kennen den Grund. Man müsse nur noch rausfinden, welcher Ehemann den Abzug gedrückt hat. Was die Leute jedoch beunruhigt, sind die Briefe, die an unsere Mitschüler gingen, bevor Charlie ermordet wurde. ›Du wirst nicht alt‹, stand drin.«

»Schon mal den Ausdruck gehört, ›man soll auf Fallen achten, wo der Boden am weichsten ist‹?«, bemerkte Mrs. Murphy und fuhr sich über die Schnurrhaare.

»Wie kommst du darauf?«, fragte Tucker, die sich unterdessen auf den Rücken gerollt hatte.

»Die Leute haben voreilige Schlüsse gezogen. Charlie Ashcraft könnte aus einem anderen Grund ermordet worden sein. Was, wenn er in einen Betrug oder Diebstahl oder den Verkauf von gefälschten Obligationen verwickelt war?«

»Wohl wahr«, stimmte Pewter zu, die jetzt auf dem Tisch saß. *»Niemand ist besonders beunruhigt, weil alle denken, es hat nichts mit ihnen zu tun.«*

»Wie gesagt, ›man soll auf Fallen achten, wo der Boden am weichsten ist.‹«

18

Harry ließ den Motor des Dually laufen, als sie sich herauslehnte, um Tracys Mietscheck in ihr Außenfach der Bank zu werfen.

Der Transporter schluckte viel Benzin, was sie sich kaum leisten konnte, aber der Kitzel, in der Mittagspause mit dem neuen Transporter in die Stadt zu fahren, überwog die Vernunft.

Susan hatte ihr teure Schaffellschonbezüge geschenkt, was die Tiere ebenso freute wie Harry. Sie rekelten sich auf der luxuriösen Unterlage, die Katzen »traten Milch«.

Harry erledigte in Windeseile ihre Morgenarbeiten und fuhr mittags zu Fairs Klinik.

»Hi, Ruth.« Sie lächelte die Sprechstundenhilfe an.

»Er ist hinten.« Ruth wies mit dem Kopf die Richtung.

Harry und die Tiere trafen ihn bei der Betrachtung von Röntgenaufnahmen an.

»Guck mal.« Er deutete auf das Griffelbein, einen kleinen schmalen Knochen, der am Röhrbein eines Pferdes sitzt, das in etwa dem Unterarm eines Menschen entspricht.

»Sieht nicht so schlimm aus, dass es operiert werden müsste.« Sie hatte während ihrer Ehe eine Menge Röntgenaufnahmen gesehen.

»Hoffentlich nicht. Das sollte sich abkapseln. Griffelbeinbrüche sind ja nichts Ungewöhnliches.« Er schaltete den Lichtkasten aus. »Hallo, Kids.«

Die Tiere begrüßten ihn freudig.

»Da, bist ’n super Typ.« Harry lächelte bei dem Wort *super*. Sie gab ihm einen Scheck.

»Was ist das?«

»Eine Ratenzahlung für meinen alten Transporter. Fünfhundert Dollar monatlich über vier Monate. Ich habe Art angerufen und nach dem exakten Preis gefragt. Er sagte, ich soll alles nehmen, was du mir gibst, aber das kann ich nicht – ehrlich. Es ist nicht recht.«

»Ich will das Geld nicht. Es war ein Geschenk.« Er runzelte die Stirn.

»Ein zu großes Geschenk. Das kann ich nicht annehmen, so sehr ich es zu schätzen weiß.«

»Mach keine Mätzchen. Ich bin es dir schuldig.«

»Nein.« Sie schob den Scheck zurück, den er ihr hinhielt.

»Harry, du kannst einem wirklich den letzten Nerv rauben.«

Sie hob die Stimme. »Das musst du gerade sagen.«

»Ich gehe.« Mrs. Murphy strebte zur Tür und musste zur Seite springen, als Ruth hereingeeilt kam.

»Doktor, Sheriff Shaw hat Bill Wiggins im Streifenwagen.«

»Häh?«

Ruth, die stets aufs Neue hin und weg war von Fairs vollem gelockten Haarschopf, sagte atemlos: »Margaret Anstein vom Polizeirevier hat angerufen. Sie ist die neue Sekretärin im Sheriffbüro – oder Polizeirevier, wie sie es nennt. Sie hat eben angerufen und gesagt, dass Rick Bill Wiggins zum Verhör über Charlies Ermordung aufs Revier bringt.«

»In dieser Stadt bleibt nichts verborgen.« Fair steckte die Röntgenaufnahmen vorsichtig in einen dicken weißen Umschlag.

»Diese Marcy ist eine hübsche Person. Genau Charlies Typ.« Ruth leckte sich die Lippen.

»Alle waren Charlies Typ«, erklärte Harry.

»Sie war nicht auf der Beerdigung«, sagte Ruth.

»Warum hätte sie hingehen sollen? Sie ist neu in der Stadt«, entgegnete Fair, verärgert, weil Ruth wie fast ganz Crozet voreilige Schlüsse gezogen hatte.

»Die anderen Neuen waren da. Eine Beerdigung ist eine gute Gelegenheit, die Leute kennen zu lernen«, plapperte Ruth.

»Sofern sie nicht tot sind.« Pewter zuckte mit den Schnurrhaaren und folgte Murphy zur Tür.

19

Kaum kam Harry durch den Hintereingang ins Postamt, als Miranda auch schon zu ihr eilte.

»Es ist schon wieder einer gekommen.«

»Wieder, was?«

»Ein Brief. Machen Sie Ihre Post auf. Sie lassen Ihre Post immer viel zu lange liegen.«

Harry griff sich ihren Stapel auf dem Tischchen im hinteren Raum.

»Der hier.« Miranda wies auf ein zusammengefaltetes und -geklammertes Blatt Papier.

»Wer hat das sonst noch ...?«

»Susan, BoomBoom, Bill und ...«

»So ein ausgekochter ...!«, empörte sich Harry.

Mrs. Murphy und Pewter steckten die Köpfe zusammen über dem Blatt, das Harry in der Hand hielt.

»Was ist das?«, fragte Tucker.

»Was Getipptes. ›Bedaure, Charlie. Wer ist der Nächste?‹, und ein roter Tintenklecks wie ein Blutstropfen«, antwortete die Tigerkatze.

Harry drehte das Blatt um, so konnte Tucker es sehen. »22905. Wieder im Postamt Barracks Road abgestempelt. Komisch, dass heute Morgen keiner was gesagt hat.«

»Weil niemand aus Ihrer Klasse vor dem Mittagessen hier war. BoomBoom war bei ihrem Therapeuten, und Susan war den Vormittag über in Richmond. Dass Bill so einen Brief bekommen hat, weiß ich nur, weil Marcy sofort angerufen hat, als sie nach Hause kam. Ich nehme an, dass sie seine Post öffnet. Das gehört sich nicht.« Für Miranda waren Briefe etwas Hochheiliges, die letzte vertrauliche Form der Kommunikation.

Harry rief Vonda an, die Posthalterin von Barracks Road. »Hi, Vonda. Harry hier. Wie geht's?«

Vonda, eine hübsche, aber durchaus nicht geschwätzige Person, sagte: »Gut, und dir?«

»Ganz gut, wenn man davon absieht, dass meine Mitschü-

ler und ich schon wieder so einen Brief gekriegt haben, der von deinem Postamt abgeschickt wurde. Zusammengefaltet, geheftet. Sieht aus wie auf einem Farbkopierer vervielfältigt.«

»Postwurfsendung?«

»Nein. Dafür sind die zu schlau. Ordnungsgemäß frankiert und gestern abgestempelt. Ist jemand mit einer Hand voll Briefe an den Schalter gekommen?« Harry wusste, dass Vonda sich erinnern würde, wenn sie Dienst gehabt hätte.

»Nein. Ich frag mal die anderen.« Vonda legte den Hörer beiseite. Nach einer Minute war sie wieder dran. »Die sind durch den Briefschlitz gesteckt worden. Mary sagt, sie waren im Behälter, als sie gegen elf zu sortieren anfing. Der zweite volle Behälter des Tages.«

»Halt die Augen offen. Das wird langsam unheimlich.«

»Ich pass auf. Aber es ist ganz leicht, hier unbemerkt ein- und auszugehen.«

»Ja, ich weiß. Danke, Vonda.« Harry legte auf.

»In Barracks Road ist an einem Tag mehr Verkehr als bei uns in einer Woche«, bemerkte Pewter.

»Das am zweithäufigsten besuchte Postamt im Bezirk.« Mrs. Murphy kannte sich so gut aus, sie hätte glatt selbst Posthalterin sein können. *»Sogar häufiger besucht als die Filiale an der Uni.«* Das Hauptpostamt Seminole Trail war freilich das meistbesuchte.

»Weiß Rick es schon?«, fragte Harry.

»Ja. Susan hat ihn sofort angerufen, als sie ihre Post holte.« Mrs. Hogendobber hielt inne. »Haben Sie gehört, dass Rick Bill Wiggins zum Verhör geschleppt hat?«

»Ruth hat es mir gesagt. Ich habe in Fairs Klinik vorbeigeschaut.«

»Sieht nicht gut aus, was?« Miranda schürzte die geschminkten Lippen.

»Für Bill?«

»Nein, allgemein.«

»Möchte wissen, warum Bill?«

»Vielleicht war er Charlies Arzt. Es ist durchaus möglich, dass Charlie Krebs hatte. Er würde es nie preisgeben.«

»Auf die Idee bin ich nicht gekommen.« Harry sah zu Tucker hinunter, die zu ihr hochsah. »Bill wird sicher nichts sagen. Es gibt doch die ärztliche Schweigepflicht.«

»Stimmt. Was aber nicht heißt, dass Rick es nicht versuchen wird.«

Mrs. Murphy klopfte auf das Blatt Papier. Harry warf es auf den Tisch. »So was Perverses. Verschickt …« Sie sprach den Satz nicht zu Ende.

Mrs. Murphy und Pewter betrachteten den weißen Briefbogen.

»Sieht mir nach einer Warnung aus«, sagte Pewter.

»Was ist damals geschehen? Damals, als Harry ihren Schulabschluss machte?«, fragte Tucker nachdenklich.

»Das weiß ich nicht. Und der springende Punkt ist, sie weiß es auch nicht.« Mrs. Murphy sah zu Harry hoch. *»Wenn etwas Furchtbares passiert wäre und sie es wüsste, würde sie es dem Sheriff sagen.«* Mrs. Murphy setzte sich auf das Blatt Papier.

»Ja, sicher.« Pewter schauderte.

20

Rick Shaw fertigte Zeichnungen, Ablaufdiagramme, Zeittabellen an, die er mit verschiedenen Farben kennzeichnete, und heftete sie an das lange Anschlagbrett aus Kork, das er auf der Wache angebracht hatte. Als visuell denkender Mensch brauchte er Tabellen.

Sämtliche Angestellten des Farmington Country Clubs waren verhört worden. Alle Mitglieder, die sich an jenem Abend im Club aufgehalten hatten, waren ebenfalls vernommen worden, worüber sich einige tierisch aufgeregt hatten.

Rick schritt auf dem Flur vor dem schwarzen Brett auf und ab, fünf Meter hin, fünf Meter zurück. Obgleich es bloß eine Gewohnheit von ihm war, behauptete er, es würde

Kalorien verbrennen. Als er ins mittlere Alter kam, hatte er festgestellt, dass die Pfunde sich an ihn hefteten wie Wespen. Kaum hatte er sie verscheucht, waren sie schon wieder da. Er hatte fünfzehn Pfund abgenommen und fühlte sich wohler, aber er musste noch einmal fünfzehn Pfund loswerden.

»Sie machen mich nervös.« Cynthia klopfte mit ihrem Bleistift auf die Schreibtischkante.

»Stehen Sie auf. Gehen Sie mit mir.« Er lächelte sie an, die Hände hinter dem Rücken verschränkt. »Wir haben es hier mit einem dermaßen klaren Mord zu tun, Coop, dass wir imstande sein sollten, den Fall abzuschließen, und doch haben wir keinen eindeutigen Verdächtigen. Bill Wiggins ist unser plausibelster Kandidat, aber der Mann hat ein hieb- und stichfestes Alibi. Er war bei einem Patienten im Martha-Jefferson-Krankenhaus.«

Sie ließ ihren Bleistift in ein Einmachglas fallen, das sie hierfür zweckentfremdet hatte, und trat zu Rick. »Dass Charlie aus so kurzer Entfernung erschossen wurde, lässt darauf schließen, dass er seinen Mörder kannte.«

»Nicht unbedingt. Der Männerumkleideraum ist nicht sehr geräumig. Ein Fremder hätte hereinkommen und so tun können, als ginge er zu einem Spind. Charlie würde ihn kaum beachtet haben.«

»Tja.« Coop wusste, dass er Recht hatte, und das deprimierte sie.

»Alles, was wir haben, ist die Aussage von Hunter Hughes. Er glaubt, einen schlanken Mann gesehen zu haben, der vom Treppenabsatz herunterkam. Er hörte die Schritte, weil er den Golfladen verlassen hatte und nach draußen gegangen war, um eine zu rauchen. An jenem Abend hat er bis neun im Laden gearbeitet. Er nahm an, dass der Mann aus dem Herren-Grill kam, hörte die Schritte, und als er in den Golfladen zurückging, sah er den Rücken eines Mannes durchschnittlicher Größe, der ein weißes Leinensakko trug. Das war ziemlich genau zum Zeitpunkt des Mordes. Das ist alles, was wir haben.«

Sie traten vor die detaillierte Zeichnung des Country Club Golfladens, des Grill-Restaurants und des Herrenumkleideraums, ergänzt durch eine Skizze der Gebäude auf dieser Seite des Clubs.

»Aber der Geschäftsführer des Grills erinnert sich nicht, dass um jene Zeit jemand an der Bar war.«

»Es hätte ein Mitglied sein können, das vom 19. Loch durch das Restaurant zur Hintertreppe im ersten Stock ging, weil dies der schnellere Weg zum Männerumkleideraum war.«

»Und wenn unser Mörder von der Poolseite kam?« Sie wies auf den Pool hinter dem lang gestreckten Backsteingebäude, in dem sich der Umkleideraum und der Golfladen befanden.

»Gut möglich. Er hätte ohne weiteres hinter dem Haus des Hausmeisters parken können. Das Auto wäre im Dunkeln gewesen. Wenn er hier hinter den großen Buchsbäumen entlanggegangen ist, war er vor Entdeckung sicher.« Er deutete auf die Skizze. »Was dies betrifft, hätte der Mörder in seinem Auto sitzen können. Wem wäre das hier hinten aufgefallen? Wer immer er ist, er kennt die Gepflogenheiten und Anlagen des Clubs. Er wusste, dass an jenem Abend keine große Feier geplant war. Allerdings wird der Veranstaltungskalender monatlich veröffentlicht, und er ist leicht zugänglich. Alle Mitglieder erhalten ihn, und außerdem hängt er am Empfang aus.«

»Ein Mitglied.« Sie nickte. »Die Kenntnis der Anlagen deutet in diese Richtung.«

»Ja, oder ein Angestellter« – Rick verschränkte die Arme –, »möglich, aber unwahrscheinlich.«

»Ein eifersüchtiger Ehemann hätte einen Berufskiller anheuern können.«

»Hätte.«

Sie sah ihrem Chef ins Gesicht. »Aber es riecht nach einem tieferen Zusammenhang. ›Mittendrin statt nur dabei‹, wie's so schön im Sportfernsehen heißt.«

»Genau. Unser Mörder wollte Charlie mitten ins Gesicht treffen.«

21

Nicht so schnell!«, rief Denny Rablan hinter dem Fotoapparat. Er fragte sich allmählich, warum er das eigentlich machte, auch wenn es für sein Ehemaligentreffen war.

Bonnie, die lachte, dass ihre schwarzen Locken wippten, flitzte auf ihrem Fahrrad dem kleinen, aber gut aussehenden Leo Burkey entgegen, der kräftig strampelte, um in Fahrt zu kommen. Bonnie und Leo kreischten, als sie aufeinander zu fuhren. Chris Sharpton hielt sich die Hände vors Gesicht, weil sie dachte, sie würden zusammenstoßen.

BoomBoom, die hinter Denny stand, wirkte wie versteinert, während Harry kicherte. Sie wusste, dass Bonnie und Leo sich einen Spaß daraus machten, BoomBoom aus der Fassung zu bringen, die fest entschlossen war, an ihrer Vorher-nachher-Idee festzuhalten.

Die zwei strampelten heftiger, geradewegs aufeinander zu, und wichen der Karambolage in letzter Sekunde aus.

»Das ist nicht komisch!«, brüllte BoomBoom.

»Olivia, du konntest noch nie Spaß verstehen.« Bonnie nannte BoomBoom bei ihrem Taufnamen.

Ihr Mädchenname war Olivia Ulrich gewesen, aber seit der Pubertät wurde sie BoomBoom gerufen. Nur ihre Mutter nannte sie Olivia. Boom hasste den Namen, obwohl er einen schönen Klang hatte. Sobald sie mit Kelly Craycroft verheiratet war, warf sie frohgemut alles über Bord, was auf Ulrich hinwies, da die Craycrofts größeres gesellschaftliches Ansehen besaßen als die Ulrichs.

Mit zusammengekniffenen Augen ging BoomBoom auf Bonnie zu, die fröhlich von ihr weg strampelte. »Lass die Faxen, Baltier! Die Sache wird teuer für uns. Zeit ist Geld.«

»Gott, diese Krämerseele.« Leo lächelte und ließ seine großen weißen Zähne sehen.

»Du bist wirklich eine große Hilfe.« BoomBoom zeigte mit dem Finger auf ihn.

»Ich dachte, Denny macht das umsonst für uns.« Er hob unschuldig die Hände und fuhr freihändig.

»Mach ich auch. Fast«, brummte Dennis. »Zu einem stark reduzierten Preis.«

»Tja, Denny, alter Knabe, wenn du dein Vermögen nicht verpulvert hättest, dann könntest du's umsonst machen, oder?«

»Leo, halt den Mund. Das ist aus und vorbei. Ich lebe mit meinen Fehlern, und ich reibe dir deine Fehltritte auch nicht unter die Nase.«

Leo fuhr im Kreis um den großen, schlanken, gut aussehenden Fotografen herum. »Vielleicht hast du Recht.«

»Ich könnte deine Fehltritte aufzählen. Sie haben allesamt weibliche Vornamen.«

Leo bremste, stieg ab, ging die paar Schritte zu Dennis und baute sich vor ihm auf. »So viele Frauen. So wenig Zeit. Aber ich stecke nicht mit Charlie unter einer Decke.«

»Wie auch. Charlie ist tot.«

»Hast du diesen blödsinnigen Brief gekriegt?«

Dennis feixte. »Ich dachte, du hättest ihn geschickt.«

»Na klar. Ich bin extra den ganzen Weg von Richmond nach Charlesville gefahren, um Briefe mit falschen Blutstropfen abzuschicken. Bleib auf 'm Teppich.«

»Dir würde ich alles zutrauen.«

»Ach ja?« Leos hellbraune Augen weiteten sich. »Merk dir das: Ich bin kein Dummkopf. Du warst einer. Sex, Drogen und Rock 'n' Roll. Herrgott, Denny, als dein Vergnügungstrip zu Ende war, warst du pleite. Wie konntest du?«

»Zu bedröhnt, um mir Gedanken zu machen.« Dennis presste die Lippen fest zusammen.

»Ich glaube, du warst schon auf der Highschool versaut.«

»Leo, es ist mir schnurzegal, was du glaubst.« Dennis kehrte dem kleineren, aber kräftiger gebauten Mann den Rücken zu.

Die anderen sahen kurz zu den zwei Männern hin, dann sahen sie weg. Dennis und Leo waren wie Öl und Wasser. Das war schon immer so.

»Deine Nase glänzt«, rief Bitsy Valenzuela, die für das Make-up zuständig war.

Bonnie ignorierte BoomBoom – darin hatte sie es in der Highschool-Zeit zur Perfektion gebracht – und rollte zu Bitsy.

Chris Sharpton hob den orangefarbenen Absperrkegel auf, den sie hatte fallen lassen, als sie glaubte, die zwei würden mit voller Wucht zusammenstoßen. An der Einfahrt zum Highschool-Parkplatz postiert, stellte sie den Kegel aufrecht. Die auf den Platz gefahren kämen, würden den leuchtend orangefarbenen Kegel bemerken, Chris sehen und anhalten. Dann konnte sie sie nach hinten dirigieren. Sie stand auf verlorenem Posten, weil an diesem frühen Septembernachmittag niemand angefahren kam. Viele Kinder waren hinter der Schule beim Football-Training.

»Hört mal, ihr zwei, wir haben nicht den ganzen Tag Zeit. Los, geht in Positur. Legt die Räder hin.«

Bonnie und Leo gehorchten schließlich. Sie fuhren aufeinander zu und bremsten ab.

»Leg das Rad vorsichtig hin, Leo, das ist eine Antiquität«, befahl BoomBoom.

»Kein Mensch merkt, ob das Rad zwanzig Jahre alt ist. Du verbeißt dich zu sehr in die Sache«, sagte Leo, aber er verkniff es sich, andere, unerfreulichere Dinge zu sagen.

Bonnie legte ihr Fahrrad hin, mit dem Rad nach oben, genau wie auf der Originalfotografie. Leos Rad erforderte mehr Arbeit. Es stand auf dem Originalfoto auf dem Vorderrad, als sei der Unfall gerade passiert. Harry, Susan Tucker und die überaus schweigsame Marcy Wiggins schoben je einen Klotz auf jede Seite des Vorderrads. Wenn Leo ausgestreckt auf dem Boden lag, würde er die Klötze verdecken. Dann stützten sie den hinteren Teil des Fahrrads mit einem dünnen Eisenstab. Da es hier um einen Balanceakt ging, legten sich die zwei Hauptakteure auf die Erde. 1979, als die Aufnahme zum ersten Mal gemacht wurde, war das Rad ständig auf Leo gefallen. Am nächsten Tag war er mit blauen Flecken übersät gewesen. Harry, Susan und Marcy hofften, dass sie das Fahrrad gut gesichert hatten, trotzdem hielten sie den Atem an und hofften das Beste.

»Beeil dich, Denny, der Asphalt ist heiß!«, schimpfte Leo.

»Halt still, Idiot.« Denny sagte »Idiot« leise vor sich hin. In Rekordzeit verknipste er den ganzen Film.

Bonnie hatte Ellbogen und Knie auf einer Seite in weiser Voraussicht mit aufgerauhter Baumwolle und Watte gepolstert. Sie lag da, als sei sie eben auf die Seite gestürzt. Aber die Hitze drang durch die Polster.

Leo stand auf. »Das reicht.«

»Wir haben gerade erst angefangen!«, blaffte BoomBoom.

Das gestützte Fahrrad wackelte, kippte mit metallischem Krachen um, die rotierenden Speichen reflektierten das Sonnenlicht.

Harry lief hin und hob es auf. Zum Glück hatte es keinen Kratzer abbekommen.

»Wenn das Fahrrad kaputt ist, bring ich dich um«, zischte BoomBoom, die oft die Zielscheibe von Leos Highschool-Streichen gewesen war.

»Bring deine Eierstöcke nicht in Aufruhr, Boom. Wenn das verflixte Fahrrad verkratzt ist, reparier ich's. Du liebe Zeit, nach zwanzig Jahren hast du immer noch nicht gelernt, die Dinge leicht zu nehmen.«

»Nach zwanzig Jahren bist du immer noch nicht erwachsen geworden«, schoss sie zurück.

Chris ließ ihren Kegel stehen. Dies war zu schön, um es zu verpassen.

Die praktisch veranlagte Bonnie trat zu Denny. »Meinst du, du hast es im Kasten?«

»Hm. Der Asphalt ist wirklich zu heiß für diese Aufnahme. Als wir das Foto damals machten, war es Herbst, weißt du noch?«

»Oktober.« Harry schob das Fahrrad zu den beiden hin. »Mitte Oktober haben wir die Besten des Abschlussjahrgangs gekürt.«

»Hast du ein gutes Gedächtnis.« Denny konnte sich nicht

mal erinnern, was er gestern Abend gegessen hatte, aber in seinem Fall war ein schlechtes Gedächtnis ein Segen.

»Wisst ihr noch, wie Leo an dem Tag nach der Verkündung der Ergebnisse Ron Brindell im Erfrischungsraum gehänselt hat? Erinnert ihr euch? Ron wurde zum Beliebtesten gekürt, und Leo sagte, sie sollten ihn im Umkleideraum knipsen.« Harry rieb das Fahrrad ab.

Leo war zu ihnen getreten. »Ja.«

Chris fragte unschuldig. »Warum haben Sie das gesagt?«

»Ron war ein weichlicher Schlappschwanz. Ich sagte, sie sollten ihn in der Dusche vornüber gebeugt fotografieren, mit den nackten Jungs hinter ihm. Er wollte mir einen Schwinger verpassen, der schmächtige kleine Trottel. Ich hab ihm eine vor den Latz geknallt und zwei Monate Arrest gekriegt.«

»War er schwul?«, wollte Chris wissen.

»Er ist nach San Francisco gezogen.« Leo lachte, als wäre das der Beweis.

»Das heißt noch lange nicht, dass er schwul war«, erklärte Harry. »Ich hatte ihn gern.«

»Tja, du bist kein Kerl.« Leo strich sich die hellbraunen Haare zurück.

»Man soll nicht schlecht von den Toten reden«, mahnte Susan Tucker, die Bonnies Rad aufhob.

»Drei von den Jahresbesten sind tot.« Leo schob die Hände in die Gesäßtaschen seiner Hose. »Vielleicht ist das ein böses Omen.« Dann summte er die Musik aus dem Film *Unheimliche Schattenlichter.*

»Ron und Aurora sind schon lange tot«, sagte Boom-Boom, die genug von Leo hatte. Ihre Altstimme trug über den Parkplatz. »Was Charlie angeht – der hatte ein schlechtes Karma.«

»Er hätte pornographische Filme drehen sollen. Charlie Ashcraft, der Pornostar. Das hätte ihn glücklicher gemacht als sein Dasein als Börsenmakler«, meinte Leo lachend.

»Das Komische ist, er war ein guter Börsenmakler.« Bonnie entfernte die Baumwollpolster.

»Tatsächlich?« Leo war erstaunt.

»Besonnen. Er hat für die Leute viel Geld verdient.« Susan fügte hinzu: »Komisch, dass ein Mensch im Leben auf der einen Seite so verrucht und auf der anderen so gescheit sein kann.«

Marcy und Bitsy waren herangekommen, und Marcy beteiligte sich an dem Gespräch: »Mein Mann sagt, dass Männer besser differenzieren können als Frauen. Es gibt ein Fach für die Arbeit, eins für die Familie, eins für Sex. Es fällt ihnen leicht.« Sie sprach in letzter Zeit zärtlicher von Bill, vielleicht, um Gerede über ihr angebliches Verhältnis mit Charlie zuvorzukommen. Es war freilich zu spät.

Denny meinte achselzuckend: »Ich weiß nicht. Charlie muss dicke Wände zwischen den Fächern gehabt haben.«

Harry nahm eines der Fahrräder und schob es zu ihrem roten Transporter. Sie hatte Decken auf den Boden der Ladefläche gelegt, damit weder das Fahrrad noch der Wagen zerkratzt wurden. Sie wollte sich einen Schonbelag für die Ladefläche zulegen, hatte aber noch keine Zeit gehabt, ihn zu besorgen.

Sie hob das Fahrrad auf die heruntergeklappte Hecktür.

Chris kam hinzu. »Ich helf dir.«

»Okay, ich klettere rein, und wenn du auf die andere Seite kletterst, können wir es hinten reinheben. Ich hab Stricke, damit es nicht rutscht.«

»Wer nimmt das andere Fahrrad mit?«, fragte Chris.

»Susan. Es gehört ihrem Sohn. Ist auch besser so. Ich hätte die Räder nicht gern aufeinander gelegt. Ich glaube, beim ersten Kratzer an diesem Wagen krieg ich ’nen Herzschlag.« Sie lächelte. »Albern.«

»Menschlich.« Chris wand einen gelben Strick unter den Rahmen des Fahrrads.

Bonnie und Susan traten hinzu. »Kommt ihr mit essen?«

»Nein«, antwortete Harry.

»Und du, Chris?«

Sie drehte sich zu Susan um. »BoomBoom hat mir erzählt, dass sie Bonnie und Leo zum Abendessen eingeladen hat, weil sie eine ganze Strecke bis hierher fahren mussten. Da möchte ich nicht stören.«

Susan sagte: »Wir machen getrennte Kasse. Komm mit. Es wird lustig. Und sei's nur darum, um zu beobachten, wie Leo Boom quält. Willst du wirklich nicht mitkommen, Harry?«

»Nein danke. Ich hab zu tun.« Sie bemühte sich dieser Tage, BoomBoom gegenüber toleranter zu sein, aber sie hatte keine Lust, ihre Zeit freiwillig mit ihr zu verbringen.

Als sie die Tür des Transporters öffnete, fragte Chris: »Denny will Samstag mit mir essen gehen. Ich weiß nicht viel über ihn. Ist er in Ordnung?«

Susan erwiderte: »Er hat viel Mist gebaut, aber, ja doch, er ist in Ordnung. Er hat wenigstens aus seinen Dummheiten gelernt.«

Chris sah Harry an, die achselzuckend meinte: »Geh nur.«

»Ist er geschieden?«

»Seit Jahren. Ich weiß nicht, warum er überhaupt geheiratet hat. Sie haben nicht zusammengepasst«, sagte Susan.

»Man muss sich mit jeder Menge Männer verabreden, das hilft, die eigenen Ansprüche zu verfeinern.« Harry lachte. »Das hätte ich mir selbst hinter die Ohren schreiben sollen.«

»Danke.« Lächelnd ging Chris zu Dennis, der seine Ausrüstung zusammenpackte. Er lächelte zurück, als sie auf ihn zuging.

Als Harry nach Hause kam, stellte sie fest, dass die Dichtung am Wasserhahn in der Küche und die an der Tür ersetzt worden waren; neben der Küchentür hing eine Tafel. Daran war eine Kette befestigt, an der eine Schachtel mit bunter Kreide hing. In grüner Farbe stand auf der Tafel: »Bin mit Knuddel im Kino. Wir sehen uns morgen früh. Pewter will Ihnen etwas zeigen.«

»Pewts«, rief Harry.

Ein kleines Stimmchen antwortete aus dem Wohnzimmer. Harry ging hinein und sah, dass Pewter stolz eine Eidechse bewachte, die sie erlegt hatte. Mrs. Murphy und Tucker saßen rechts und links neben der grauen Katze.

»Hab ich ganz allein gefangen«, prahlte Pewter.

»So gut wie«, fügte Mrs. Murphy hinzu.

»Pewter, bist ein braves Kätzchen.« Harry streichelte sie. Dann ging sie nach draußen, um nach den Pferden zu sehen, erledigte ihre Arbeiten im verblassenden Licht und ging zu Bett, froh, dass sie nicht beim Abendessen alte Zeiten aufleben lassen musste.

22

Um halb acht Uhr morgens klingelte im Postamt das Telefon, gerade als Rob Collier, der Lieferant vom Hauptpostamt Seminole Trail, zwei Postsäcke ablud.

»Tut mir Leid, dass ich mich verspätet habe. Ein Unfall mit Blechschaden Ecke Hydraulic Road und Route 29.« Er tippte an seine Mütze und trabte zurück zu seinem Lieferwagen.

Mrs. Hogendobber nahm den Hörer ab, derweil die Katzen zu den Postsäcken flitzten. »Postamt Crozet. Hogendobber am Apparat.«

»Ich finde, zu unserer Zeit waren die Filme besser«, meldete sich Tracy am anderen Ende der Leitung. »Der Film gestern Abend bestand nur aus Spezialeffekten. Hatte er überhaupt eine Handlung?«

»Kann mich an keine erinnern.«

»Das Beste an dem Film war, neben dir zu sitzen.«

»Schmeichler.« Sie errötete und zwinkerte Harry zu.

»Ich schau auf dem Weg nach Staunton mal vorbei. Harry hat mir heute Morgen einen Zettel hinterlassen und sich für die Dichtung bedankt. Sie hat fünf Dollar für die Reparatur dazugelegt. Richte ihr aus, sie muss lernen, etwas von anderen anzunehmen.«

»Ja, Tracy, ich will's versuchen, aber eine neue Stimme erreicht vielleicht eher was bei ihr. Bis nachher.«

»Er ist immer noch in Sie verknallt«, neckte Harry Miranda. Sie band den ersten Postsack auf, zum Entzücken von Mrs. Murphy, die sich durch die Öffnung schlängelte.

»Ist Papier nicht das Allerschönste?« Die Katze rutschte in dem Sack herum, der zu etwa drei Viertel gefüllt war.

»Seidenpapier ist noch schöner; aber das hier ist auch nicht übel.« Pewter quetschte sich in den zweiten Postsack.

»Papier? Kapier ich nicht.« Kopfschüttelnd kehrte der Hund zu dem Tischchen im hinteren Raum zurück, auf das Mrs. Hogendobber einen frischen runden, mit einem feuchten Geschirrtuch bedeckten Laib Schwarzbrot gelegt hatte. Der Duft erfüllte das Postamt. Daneben stand ein großes Deckelglas mit frisch gestampfter Butter.

»Los, Miezekatze, raus hier.« Harry langte in den Sack und packte Mrs. Murphy am Schwanz. Nicht fest genug.

»Krieg mich doch.« Mrs. Murphy schlug Harrys Hand fort, aber mit eingezogenen Krallen.

»Du bist aber frech heute Morgen.« Harry vergrößerte die Öffnung des Sacks.

Mrs. Murphy sah sie aus dem Dunkel mit großen Augen an. Sie grub sich tiefer in die Post. *»Hihi.«* Für menschliche Ohren hörte es sich jedoch wie »kecker, kecker« an.

»Murphy, lass das. Du zerreißt noch die Post. Staatseigentum. Stell dir vor, du könntest die erste Katze sein, die wegen Manipulation von Post verurteilt wird. Staatsbeleidigung. Gefängnis. Ich sehe schon die Schlagzeilen vor mir: Eine Katastrophe.«

»So ein Quatsch«, miaute die Katze.

»Ich bekomme Pewter auch nicht heraus.« Miranda bückte sich ein wenig steifer als Harry, aber sie hatte ja auch die letzten zwei Tage auf Knien im Garten gearbeitet.

»Ich mach das schon.« Tee Tucker flitzte hin und biss vorsichtig zuerst in den dicken Knubbel in dem einen Sack und dann in den noch dickeren in dem anderen.

Zwei Katzen kamen aus den Säcken geschossen wie aus Kanonen abgefeuert. Sie sausten zu Tucker. Solche Kauwerkzeuge hatte kein menschliches Wesen.

»Zum Angriff!«, befahl Mrs. Murphy.

Sie sprang auf Tuckers Rücken. Tucker wälzte sich herum, um sie abzuwerfen, doch da sprang Pewter auf ihren Bauch. Dem Hund gefiel dies freilich, dennoch stieß er ein wütendes Knurren aus. Ein paar Fellbüschel flogen in der Luft herum.

Während Pewter sich an Tuckers weißen Bauch klammerte, packte Mrs. Murphy den Kopf der Corgihündin, kletterte auf sie und biss sie in die Ohren.

»Das sag ich meinem großen Bruder!«, rief die Hündin.

»Du hast ja gar keinen Bruder.« Mrs. Murphy lachte so sehr, dass sie umfiel, und so konnte Tucker jetzt den Kopf der Katze in die Schnauze nehmen.

Pewter brüllte: *»Das ist feige!«*

»Nein, zwei gegen eine ist feige.« Aber in dem Moment, da Tucker dies sagte, musste sie Mrs. Murphy loslassen.

»In den Fängen des Todes«, keuchte die Katze.

Sie hatten sich alle drei verausgabt, deshalb ließen sie sich zwischen die Postsäcke plumpsen.

»So was Verrücktes!« Miranda schüttelte den Kopf.

Die Eingangstür ging auf, und Big Mim, angetan mit einem geblümten Kleid und einem Strohhut, schlenderte herein. »Keine Hektik.« Sie hob die Hände. »Ich weiß, dass die Post noch nicht sortiert ist. Miranda, ich habe Dan Wheeler engagiert, damit er auf unserem Ehemaligentreffen spielt. Okay?«

Miranda trat an die Trennklappe. »Er würde die Veranstaltung verschönern, aber wir können ihn uns nicht leisten. Wir haben nicht mal ein klitzekleines Budget.«

Mim winkte ab. »Ich komme dafür auf.«

»Mim, das ist sehr großzügig, insbesondere, da du deinen Abschluss auf Madeira gemacht hast.«

»Irgendwas muss ich ja mit meinem Geld anfangen. So wie es aussieht, werde ich niemals Enkelkinder haben.«

Mims Tochter war geschieden und kinderlos und über den einen wie den anderen Zustand keineswegs glücklich. Mims Sohn, der in New York lebte, war mit einem eleganten afroamerikanischen Model verheiratet, aber auch sie hatten keinen Nachkommen hervorgebracht.

»Das kann noch werden.«

»Hoffentlich, bevor ich tot bin!«, lautete die sarkastische Antwort.

»Wir haben noch viele Jahre vor uns. Jetzt komm erst mal nach hinten und iss ein Stück von meinem frischen Pumpernickel.«

»Ich liebe Pumpernickel.« Mim wirbelte hinter die Trennklappe.

Als Miranda das warme Brot anschnitt, wurde der herrliche Duft noch intensiver. Tucker öffnete ein Auge, konnte sich aber nicht aufraffen, sich zu rühren. Harry brühte eine Kanne frischen Kaffee auf.

»Warum hat Tracy Raz mich nicht besucht?«

»Er ist doch gerade erst angekommen.« Miranda reichte Mim eine Serviette.

»Er ist schon fast eine Woche hier. Richte ihm aus, dass ich beleidigt bin. Ich erwarte seinen Besuch. Wir sind zwar nicht in dieselbe Schule gegangen, aber wir waren alle befreundet. Schließlich war ich in den Ferien und im Sommer immer zu Hause.«

»Ja, meine Liebe.« Miranda hatte vor Jahrzehnten gelernt, wie sie Mim nehmen musste und wunderte sich, dass die Tochter den Trick nie herausgefunden hatte: Ihr zustimmen, auch wenn du anderer Meinung bist. Nach und nach entgegengesetzte Standpunkte vertreten. In neun von zehn Fällen hört Mim sie sich an. Wenn du ihr jedoch sofort widersprichst oder in die Parade fährst, geht sie die Wände hoch. Damit erreichst du gar nichts. Mims Mutter war genauso, und auch ihre uralte Tante Tally, die noch lebte und kerngesund war.

»Harry, wie geht's mit Ihrer Jubiläumsfeier voran?«

»BoomBoom hat das prima organisiert, das muss ich ihr lassen. Sie hat ein paar originelle Ideen.«

»Das ist großherzig von Ihnen.« Mim strahlte. »So, ihr Lieben, jetzt habe ich Market Shiflett einen Vorschlag zu machen, und dazu brauche ich eure Unterstützung.«

Harry und Miranda sahen sich an, dann wandten sie sich Mim wieder zu. »Was?«, fragten sie gleichzeitig.

»Er hat den blauen Müllcontainer parallel zur Gasse aufgestellt. Sieht grässlich aus. Ich sollte meinen, es stört dich, Miranda.«

»Nun …« Sie wägte ihre Worte ab. »Er hat mehr Parkraum geschaffen, und dies war die einzige Möglichkeit.«

»Er könnte wieder Mülltonnen aufstellen.« Mim tat entschieden ihre Meinung kund.

»Er hat sogar versucht, die Mülltonnen anzuketten. Hat nicht funktioniert. Er hat sie orangegelb angestrichen, und trotzdem wurden sie immer wieder umgefahren«, erklärte Harry.

»Das weiß ich alles«, erwiderte Mim gebieterisch. »Dann soll er den Container seitlich unter die Hecke stellen und drum herum einen Lattenzaun bauen.«

»Der Container wird einmal die Woche auf einen großen Tieflader gehoben und durch einen anderen ersetzt. Ich sehe nicht, wie Market da einen Lattenzaun drum herum bauen könnte.« Aber die Vorstellung gefiel Miranda.

»O doch. Er könnte große Scharniere an der langen Seite anbringen, an der Seite, die zum Parkplatz liegt« – sie senkte die Stimme – »und unten Rollen montieren. Im Grunde ist es ein großes Tor. Wenn der Tieflader kommt, muss Market nur das Tor zurückrollen oder ausschwenken, je nachdem, was sinnvoller ist. Er wird das konzipieren müssen, aber ich weiß, es wird funktionieren. Ich gehe auf der Stelle hin und rede mit ihm. Kann eine von euch mitkommen?«

»Ähem …« Harry zauderte.

»Harry, gehen Sie nur. Ich sortiere die Post. Sie eignen sich besser für so was als ich.«

»Da bin ich mir nicht so sicher.« Harry wischte sich die Hände an der Serviette ab.

»Harry«, war alles, was Mim sagte.

»Okay«, erwiderte sie matt, »doch bevor wir zu ihm reingehen, lassen Sie uns den Platz und den Container genau inspizieren. Vielleicht fällt uns noch was Besseres ein, eine Bepflanzung oder dergleichen.«

»Ausgezeichnet!«

Miranda schlug die Augen nieder, um nicht zu lachen, als sie und Harry Blicke wechselten. Wenn es etwas gab, dem Mim nicht widerstehen konnte, dann war es eine Idee, die mit Gärtnern zu tun hatte. Harry war gewitzt genug, um ihr einen weiteren Verschönerungsplan einzureden.

Mim rang nämlich heldenhaft mit dem Garten-Club um die Durchsetzung ihrer Pläne, die Innenstadt von Crozet im Frühling, Sommer und Herbst mit Unmengen von Blumen und im Winter mit Massen von Stechpalmen, Feuerdorn und Zwergkiefern zu verschönern. Ihr Gesamtplan für die Stadt war fantastisch, und alle gaben zu, dass Crozet so etwas nötig hatte. Doch im Stadtsäckel war kein Geld dafür, und so spendabel Mim auch war, so entschlossen war sie, die Sache nicht allein durchzuziehen, sollte ihrem Plan keine gemeindliche Unterstützung zuteil werden. Sie hatte sich Mirandas Hilfe versichert, und wenn es gelänge, Harry und Harrys Generation für ihren Plan zu begeistern, glaubte sie ihn in die Tat umsetzen zu können.

Harry und Mim gingen zur Hintertür hinaus, gerade als Tracy zum Haupteingang hereinkam. Er hatte seine Besorgungen erledigt und wollte Miranda besuchen.

Mrs. Murphy stand auf, streckte sich und folgte Harry nach draußen.

Tucker atmete laut aus und ging mit. Pewter, die fest schlief, machte nicht mal ein Auge auf, als Miranda sie aufhob und sanft in einen leeren Postkarren setzte.

Die zwei Menschen und die zwei Tiere blieben vor dem blauen Müllcontainer stehen. Er war unansehnlich, aber er hatte wenigstens einen Deckel. Offen wäre er noch viel schlimmer gewesen.

Mim zeigte mit der rechten Hand. »Er muss den Container so herum schwenken. Dann kann er ihn immer noch mühelos benutzen, aber so bleibt mehr Raum frei. Der Lattenzaun an der Gassenseite könnte zum Austausch der Container herausgeschwenkt oder zurückgerollt werden.«

»Wenn er herausgeschwenkt wird, behindert er den Verkehr.«

»Wie viel Verkehr ist schon in dieser Gasse«, blaffte Mim, dann überlegte sie kurz. »Sie haben Recht. Wenn er gerade zur Seite rollt, blockiert er diesen Parkplatz für einen Moment, aber die Gasse bleibt frei. 'türlich, der Laster wird ohnehin drin sein. Aber ich schließe mich Ihrer Meinung an: Rollen sind die bessere Idee. Dachten Sie an Pflanztröge auf der Parkplatzseite?«

»Nein. Ich dachte, da der Lattenzaun dort fest montiert ist, warum nicht drei Sprossen bauen und sie mit Geranien, Petunien und sogar Efeu bepflanzen, die herunterhängen können.«

»Das ist wirklich eine gute Idee.« Mims Augen leuchteten. »Es wird allerdings die Kosten erhöhen.«

»Er hat eine Tochter auf dem College.« Mehr brauchte Harry nicht zu sagen.

»Hm-m-m, ich lasse mir etwas einfallen.«

»Irgendwas ist da faul.« Tucker hob die Nase und schnupperte gründlich.

Mrs. Murphy, die keine so empfindliche Nase hatte, roch ebenfalls Blut. *»Ich spring rauf.«*

»Der Deckel ist zu«, bellte Tucker laut.

»Vielleicht kriegen wir sie dazu, ihn aufzumachen.« Murphy schwang sich auf den schräg abfallenden Deckel, rutschte ein bisschen, sprang aber schnell auf die flache Seite. *»Ich rieche auch Blut. Vielleicht ein Rinderkadaver. Ich hol dir was raus«*, versprach Murphy ihrer auf dem Boden hockenden Freundin.

»Nein, das ist kein Rind, Schaf oder Huhn. Das riecht nach Mensch«, bellte Tucker nachdrücklich.

Mrs. Murphy überlegte kurz, dann sagte sie: *»Zugleich!«*

Katze und Hund heulten wie aus einer Schnauze. Die Menschen sahen sie an. Pewter kam aus dem Tiertürchen des Postamts gerannt. *»Was ist los?«*

»Komm hier rauf.«

Sie sprang neben Mrs. Murphy und rutschte heftiger herunter als die schlanke Katze. Harry fing sie auf.

»Heul«, wies Mrs. Murphy sie an.

Pewter kreischte. Das überraschte Harry so sehr, dass sie die Katze fallen ließ. Pewter schüttelte sich und sprang wieder hinauf. Diesmal schaffte sie es, auf die flache Seite zu gelangen. *»Oha.«* Sie roch es ebenfalls.

Alle drei heulten, was das Zeug hielt.

»Was ist denn in die gefahren?« Mim stemmte die Hand auf die Hüfte, dann hob sie den schrägen Deckel hoch. Sie ließ ihn mit einem Krach fallen, der durch die Gasse schallte und die zwei Katzen von dem Container plumpsen ließ. Sie taumelte einen Schritt zurück. Harry fing sie auf.

Mims leichenblasses Gesicht erschreckte Harry, die anfangs dachte, die ältere Frau hätte vielleicht einen Herzinfarkt oder einen Schlaganfall erlitten. Mim bewegte die Lippen, aber es kam kein Ton heraus. Sie deutete auf den Containerdeckel.

»Ist Ihnen nicht gut?«

Mim schüttelte den Kopf. »Doch, doch.« Dann atmete sie tief durch und öffnete den Deckel wieder.

»O mein Gott!«, rief Harry aus.

23

Mrs. Murphy saß auf dem Dach des Streifenwagens und bemerkte lakonisch: *»Hätte schlimmer sein können.«*

Die an dem Müllcontainer Versammelten würden ihr widersprochen haben, wenn sie verstanden hätten, was sie sagte. Mim hatte ihren Mann Jim angerufen, den Bürgermeister. Er war herbeigeeilt. Tracy hatte seinen Arm um Mirandas Taille gelegt. Sie war verstört, behielt aber die Nerven.

Wie es der Zufall wollte, hatten Marcy Wiggins und Chris

Sharpton vorbeigeschaut, um ihre Post zu holen. Auch Fair Haristeen war ins Postamt gekommen. Marcy war ohnmächtig geworden, und Chris hatte sie mit Fairs Hilfe in Markets klimatisierten Laden getragen. Market, der im Laden umherhetzte, hatte sie mit einem Schluck Schnaps wiederbelebt. Sobald sie zu sich gekommen war, eilte er zurück nach draußen.

»In meinem Container!« Er rang die Hände.

Tucker, die so nahe an dem Container stand, wie sie konnte, ohne im Weg zu sein, fragte Pewter: *»Wie sah die Leiche aus, als du das erste Mal reingucken konntest?«*

Pewter spähte von dem Ast der Sumpfeiche herunter, auf dem sie saß. So hatte sie einen anderen Blickwinkel als Mrs. Murphy. *»Leos Mund stand offen, und seine Augen auch. Er war schon steif, aber es war noch nicht allzu schlimm. Sie werden eine Mordsmühe haben, den da rauszukriegen.«*

»Was ich fragen wollte, kannst du sehen, wie er getötet wurde?« Der Hund ließ nicht locker.

»Direkt zwischen die Augen. Wie Charlie Ashcraft«, teilte Pewter ihr genüsslich mit.

»Die Fliegen sind es, wovor sich die Menschen ekeln.« Murphy sah genau hin. *»Sie sind in dem Container, da sind sie überall auf ihm rumgekrabbelt, aber es hätte wirklich schlimmer sein können. Er ist noch keinen halben Tag tot.«* Sie war einfach sachlich in diesen Dingen, aber so sind Katzen eben.

Als Rick und Cynthia mit ihrer Arbeit fertig waren, mussten sie sich an Jim Sanburne wenden, weil die Menge hinter der Absperrung von Minute zu Minute anschwoll. »Jim, mir wäre es lieber, wenn die Leute weggehen würden, aber ich bezweifle, dass sie verschwinden, also halten Sie sie bitte zurück. Wenn sie die Absperrung durchbrechen, zerstören sie vielleicht Beweise. Können Sie jemanden bestimmen, der Ihnen hilft?«

Tracy trat vor. »Sheriff, Tracy Raz, ich kann helfen.«

Tracy war beim Militär gewesen, als Rick jung war, deswegen kannte er ihn nicht, der Name Raz war ihm jedoch geläufig. »Danke.«

Tracy, der es gewöhnt war, zu befehlen, trat vor die murmelnde Menge. Einige hielten sich Taschentücher vor die Münder. »Leute, ich weiß, dass diese Sache Sie alle sehr aufwühlt, aber bitte, gehen Sie. Je mehr sich hier zusammendrängen, umso größer ist die Wahrscheinlichkeit, dass wichtige Beweise vernichtet werden. Sheriff Shaw tut, was er im Moment tun kann, und er braucht Ihre Hilfe.«

»Kommt, Leute.« Fair schob seine Freunde und Nachbarn sachte durch die Gasse.

Langsam entfernten sich die Leute, aber sie drehten sich immer wieder um, um ja nichts zu verpassen. Das Letzte, was sie sahen, war ein großer blauer Laster von Batten Services, der durch die Gasse kam und dem Joe Batten entstieg, begleitet von seinem Gehilfen und Vetter Harvey Batten. Er betrieb die Müllabfuhrfirma und wollte die Klappe des Containers entfernen, damit man die Leiche herausholen konnte.

»Ihr Mädels geht zurück ins Postamt«, wies Tracy sie in sanftem Ton an, »denn dort werden sich die Leute versammeln, und für sie ist es wichtig, dass ihr einen klaren Kopf behaltet.«

Miranda nickte. »Sehr richtig.« Ein gewaltsamer Tod erschütterte sie. Aber den Tod hatte sie in ihrem Leben so oft gesehen, dass sie ihn als unvermeidlich hinnahm; mit Gewalt dagegen konnte sie sich nie abfinden.

Katzen und Hund blieben am Schauplatz des Verbrechens zurück. Niemand achtete auf sie, weil sie wohlweislich darauf bedacht waren, nicht im Weg zu sein, wenngleich Mrs. Murphy rotzfrech auf Ricks Streifenwagen saß.

Joe warf einen Blick auf die Leiche, zog einen schweren Schraubenschlüssel aus dem Werkzeuggürtel um seine Taille und drehte an einer Mutter. »Harvey, hast du keine Arme?«

Harvey schluckte schwer, trat hinzu und ging in die Hocke, um den unteren Bolzen zu lösen. Er war auf Augenhöhe mit den Slippern des Toten, sah aber nicht hinein.

Während die Männer arbeiteten, kamen Diana Robb und ihre Männer vom Rettungsdienst durch die Gasse gefahren, die mit Autos verstopft war. Die Leute waren weggegangen, hatten aber ihre Fahrzeuge zurückgelassen.

Diana sprang aus dem Wagen, ging zu dem geöffneten Container und spähte hinein. »Wie bei Charlie. Schmauchspuren.«

»Aha«, grunzte Rick unverbindlich.

»Können wir ihn haben?« Sie bemerkte die zerdrückten orangeroten 7-up-Kartons unter dem Toten.

»Ja, Sie können ihn mitnehmen.« Rick lehnte sich an den Streifenwagen, um sich eine Zigarette anzuzünden.

»Die Dinger bringen dich noch um«, schimpfte Mrs. Murphy.

Er sah zu der Katze hoch, die zu ihm herunter sah. »Dir entgeht nichts, was?«

»Nee.«

»Brauchen Sie Hilfe?«, erbot sich Tracy.

»Wir schaffen das schon. Danke.« Diana lächelte.

Tracy sagte zu Rick: »Wenn Sie mich nicht mehr brauchen, gehe ich jetzt.«

»Wohin?«

»Ins Postamt.«

»Ich meine, woher kommen Sie?« Rick inhalierte.

Tracy informierte den Sheriff kurz über seine Herkunft. »Ich bin jetzt im Ruhestand. Bin gekommen, um bei unserem Highschool-Jubiläum mitzuhelfen.«

Rick reichte ihm die Hand. »Rick Shaw, Sheriff.«

»Cynthia Cooper, Polizistin.« Auch sie schüttelte Tracy die Hand, und Fair schloss sich an.

»Ich habe mich auf Harrys Farm eingemietet. Wenn Sie mich brauchen, ich bin dort.« Er öffnete die Hintertür zum Postamt und schlüpfte hinein.

Fair, bleich vor Erschütterung, die Hände in den Jeanstaschen, sagte: »Was für ein Ende für so einen etepetete Menschen wie Leo. Zum Müll geworfen werden.«

»Harry hat eine ähnliche Bemerkung gemacht«, stellte Rick fest.

Market kam zurückgehetzt. »Sheriff, hoffentlich denken Sie nicht, dass ich es war. Ich konnte Leo nicht ausstehen, aber ich hätte ihn nicht umbringen können. Außerdem lebte er weit genug weg, um mir nicht die Laune zu verderben.« Markets Stimme zitterte ebenso wie seine Hände.

»Market.« Rick hielt inne. »Warum konnten Sie ihn nicht leiden?«

»Ein Klugscheißer. Auf der Highschool – ständig.«

»Ja, das stimmt«, bestätigte Fair.

»So schlimm wie Charlie Ashcraft?« Cynthia sah zu, wie Joe und Harvey die blaue Metallklappe aus den Angeln hoben und an die Seite des Containers lehnten.

»Was ist schlimmer, in den Müll reinfassen oder die Leiche rausheben?« Pewter kicherte.

Tucker drehte sich herum, weil sie es früher hörte als die anderen. *»Was schlimmer ist? Hier kommt Channel 29.«*

Als Diana die Gasse hinunter sah und den Übertragungswagen mit der Schüssel obendrauf erblickte, drängte sie: »Los, bringen wir ihn hier raus und stecken ihn in einen Leichensack, bevor die mit ihren verflixten Kameras rausspringen.«

Zu spät. Noch bevor der Übertragungswagen hielt, kam der Kameramann schon auf sie zugelaufen.

»Zurückbleiben!«, brüllte Rick mit erhobener Hand.

Es folgte eine kurze Auseinandersetzung, aber der Kameramann und der Live-Reporter blieben zwanzig Meter zurück, als Diana und drei Helfer den Toten heraushoben. Da die Leichenstarre schon eingesetzt hatte, war es mühsam, ihn in einen Sack zu stecken.

»Warum brechen sie ihm nicht Arme und Beine?«, empfahl Pewter vernünftigerweise.

»Sie würden in Ohnmacht fallen. Menschen sind überempfindlich, was ihre Toten angeht.« Mrs. Murphy bemerkte den Umriss des Portemonnaies in Leos Gesäßtasche. Raub kam als Motiv offensichtlich nicht in Betracht.

Market nahm die Frage wieder auf, die Cynthia gestellt hatte, bevor sie von dem Fernsehteam unterbrochen wurden. »Nein, Leo war nicht so schlimm wie Charlie Ashcraft. Charlie war eine Klasse für sich. Leo wollte uns glauben machen, dass er ein Frauenheld war, aber er hat mehr gebellt als gebissen. Er hatte ein großes Mundwerk, mehr nicht, hat viele Gefühle verletzt. Oder sollte ich sagen, er hat meine verletzt. Und er sah gut aus, ich konnte es bei den Mädels nicht mit ihm aufnehmen. Nicht viele von uns konnten mit ihm konkurrieren.« Er sah Fair an. »So wie du, eine Klasse über uns. Du hast die Mädels immer gekriegt.«

»Hoffentlich hatte ich kein großes Mundwerk.« Fair sah immer noch gebannt zu, wie sie sich mit der Leiche abmühten.

»Du warst ein prima Kerl. Bist du heute noch«, sagte Market. Er lehnte sich neben Rick an den Streifenwagen, weil er nicht aufhören konnte zu zittern. »Ich weiß nicht, was mit mir los ist. Mir ist schwindelig.«

»Das ist der Schock.« Rick klopfte Market auf den Rücken. »Wer rechnet schon damit, wenn er morgens zur Arbeit kommt, einen Toten im Abfall zu finden.«

»Wenn ich die alten Mülltonnen behalten hätte, wäre das nicht passiert«, stöhnte Market. »Das soll mir eine Lehre sein, alles beim Alten zu lassen.«

»Dann würden sie wieder über die ganze Gasse verstreut«, erinnerte ihn Fair. »Du hast es ganz richtig gemacht. Jemand hat das ausgenutzt, das ist alles.«

»Jemand, dem es ziemlich egal ist, wie er Leichen loswird. Zwei Männer, im selben Alter, aus derselben Highschool-Klasse, zwischen die Augen geschossen und der Welt zur Ansicht hinterlassen. Da steckt eine Botschaft dahinter.« Mrs. Murphy ging zum Rückfenster, vorsichtig, um ja keine Pfotenabdrücke darauf zu schmieren. *»Wie bei den blöden Briefen. Ich glaube, die Botschaft wird mit der Zeit deutlicher werden.«*

»Und beide waren Jahresbeste der Abschlussklasse.« Pewter kletterte hinunter und gesellte sich zu ihrer Freundin. *»Das ist eigenartig.«*

»Mom ist eine Jahresbeste«, bellte Tucker so laut, dass sie einen Mann von der Rettungsmannschaft ablenkte, der daraufhin stolperte, sich aber gleich wieder fing.

»Das wissen wir«, sagten die Katzen. Dann fuhr Murphy

fort: *»Aber die Ermordeten sind bisher gut aussehende, wohlhabende Männer. Noch kein Grund zur Panik.«*

»Ich hab keine Panik«, knurrte der Hund, *»ich stelle nur fest.«*

»Es heißt, wenn jemand stirbt, entspannen sich seine Gesichtszüge.« Pewter ging zum Postamt, ihre Freundinnen kamen mit. *»Aber Leo Burkey sah überrascht aus, als hätte ein Bär ihn angesprungen, als hätte ihn etwas aus heiterem Himmel erschreckt.«*

»Wir haben Charlie nicht gesehen, aber es ist so gut wie sicher, dass auch er überrascht war.« Tucker schob sich durch das Tiertürchen ins Postamt.

Mrs. Murphy setzte sich vor die Tür, was Tucker ärgerte. Sie wandte den Kopf, um zu sehen, wo die Katzen blieben. *»Hier war ein intelligenter Mensch am Werk. Seht ihr, das ist der Trick. Mörder planen oft irrational, aber wenn sie dann handeln, sind sie vollkommen rational und logisch.«*

24

Froh, nach einem ungemein aufregenden Tag zu Hause zu sein, stieß Harry erschöpft die Tür zu der umzäunten Veranda auf. Die Tür quietschte nicht. Harry bemerkte, dass die Scharniere geölt worden waren. Sie hörte Hämmergeräusche hinter dem Stall.

Mrs. Hogendobber hatte ihr frisch gebackenes Maisbrot in einer viereckigen Backform mitgegeben, die die ältere Dame sorgsam mit Alufolie abgedeckt hatte. Harry stellte die Form in den Kühlschrank.

»Guckt mal!«, trällerte Pewter.

Mrs. Murphy sauste mit nach vorn gerichteten Schnurrhaaren zu Pewter, die vor dem Kühlschrank stand. Tucker kam ebenfalls angelaufen, ihre Klauen klickten auf den Dielenbrettern aus Fichtenkernholz.

»Wow, das ist eine Premiere«, rief Tucker.

Harry grinste. »So voll war er nicht mehr, seit Mom tot ist.«

Das Getränkefach war mit Milch, Kaffeesahne, Wasserflaschen und Dortmunder Bier gefüllt. Hühnchen und Steaks lagen in Zellophan verpackt in einem anderen Fach. Das Gemüsefach quoll über von frischem Kopfsalat, Senfkohl, Patissonkürbis und vollkommen runden Kirschtomaten. Auf dem untersten Regal leuchteten akkurat nebeneinander gestellte rote Coca-Cola-Dosen.

Neben dem Kühlschrank war ein Sortiment Katzen- und Hundedosenfutter gestapelt, obenauf lagen ein paar Päckchen mit Leckerbissen.

»Ein Füllhorn an Köstlichkeiten.« Pewter ließ sich auf eine Seite plumpsen, dann wälzte sie sich auf die andere.

»Er muss reich sein, wenn er so viel Futter auf einmal kaufen kann.« Auch Tucker bewunderte das Dosenfutter.

»Es ist unglaublich.« Murphy schnurrte aufgeregt angesichts all dieser Leckereien.

Harry schloss die Tür, drehte sich um, um sich im Spülbecken die Hände zu waschen, und sah ihr Jahrbuch und ein Jahrbuch von 1950 nebeneinander auf dem Tisch liegen. Sie schlug das 1950er Jahrbuch auf und las oben rechts Tracys Namen in jugendlicher Schrift. Ihr eigenes Jahrbuch war mit Papierstreifen markiert. Sie schlug es bei jedem Streifen auf. Tracy hatte alle Fotografien gekennzeichnet, auf denen Charlie Ashcraft und Leo Burkey abgebildet waren.

Sie klappte das Buch zu und ging hinaus, dorthin, wo das Hämmern zu hören war.

Tracy hatte sein Hemd ausgezogen und war dabei, schadhafte Zaunlatten durch gute, druckimprägnierte Eichenbretter zu ersetzen, die er säuberlich in einer Koppel gestapelt hatte.

»Tracy, Sie müssen eine gute Fee sein, das heißt, das männliche Pendant.« Sie lächelte.

Er schob seinen Cowboyhut zurück. »Eiche hält länger.«

»Bitte geben Sie mir die Rechnung für das Holz und die

Lebensmittel. Sonst komme ich mir vor, als würde ich Sie ausnutzen.«

»Ich lasse mich gern von Frauen ausnutzen.« Er lachte. »Sie wissen ja gar nicht, was für ein gutes Gefühl es ist, etwas zu tun. Im Postamt ist es heute bestimmt hoch hergegangen, nicht?«

Sie wusste, dass er das Thema gewechselt hatte, weil er nichts mehr von Erstattung hören wollte. »Ja.«

»Verdammt dumme Sache. Ich habe Ihr Jahrbuch durchgelesen. Ich hoffe, Sie haben nichts dagegen.«

»Nein.«

»Leichen beunruhigen mich nicht. Daran habe ich mich in Korea gewöhnt. Aber vorsätzlicher Mord, das beunruhigt mich.«

»Mich auch. Ich kann mir keinen Reim darauf machen.«

»Nur Geduld.« Er hob das nächste Brett auf, sie packte das andere Ende.

»Wie heißt es doch gleich: ›Schenke mir Geduld, o Herr, aber beeil dich.‹ Das hat Mom oft gesagt.« Sie trat zur Seite und wäre fast auf Tucker getreten, die wegsprang. »Verzeihung, Tucker.«

»Ein niedlicher Hund.«

»Danke schön.« Tucker drehte den Kopf schräg zu Tracy.

»Weil ich überall und nirgends unterwegs war, konnte ich mir keinen Hund halten. Li hatte einen. Na ja, irgendwie war er auch meiner, aber nachdem ich so viel von zu Hause weg war, gehörte er eigentlich ihr. Ein schöner deutscher Schäferhund. Kluges Tier. Ich wusste, solange Bruno bei ihr war, war sie gut beschützt. Stellen Sie sich vor, zwei Wochen nach Lis Tod schloss auch Bruno für immer die Augen. Sicher, er war schon alt, aber ich glaube, es hat ihm das Herz gebrochen.« Tracys Augen wurden feucht.

»Ich könnte ohne Mom nicht leben.« Tucker legte den Kopf auf die Pfoten.

Die Katzen hörten zwar interessiert zu, keine mochte sich jedoch zu einer derart übertriebenen Anhänglichkeit bekennen. Die Wahrheit aber war, sollte Harry jemals etwas zustoßen, würde Mrs. Murphy am Boden zerstört sein und Pewter … nun, Pewter wäre untröstlich.

Harry bückte sich, um der winselnden Tucker den Kopf zu tätscheln. »Als ich klein war, hatten meine Eltern einen deutschen Schäferhund namens King. Ein prachtvoller Hund. Er wurde einundzwanzig Jahre alt. Damals hatten wir Rinder, hornlose und gehörnte Herefords, und Dad hat mit Kings Hilfe das Vieh zusammengetrieben. Mom hatte immer einen Corgi – die sind als Hütehunde genau so tüchtig wie Schäferhunde. Eines Tages hätte ich gern wieder einen Schäferhund, aber nur, wenn ich sicher bin, dass Tucker und die Katzen nichts gegen einen Welpen haben. Sie könnten eifersüchtig werden.«

»Ein Welpe! Dem kratz ich die Augen aus«, zischte Pewter.

»Nee, tust du nicht. Du springst vor Freude über Tisch und Bänke. Du hast Babys genau so gern wie ich.« Murphy lachte über die graue Angeberin.

»Nee, tu ich nicht, und ich kann mich nicht erinnern, dass du Hunde- oder Katzenjunge besonders gern hattest. Ich weiß noch, wie du Blair Bainbridges beiden Kätzchen Gespenstergeschichten erzählt hast, dass ihnen Angst und Bange wurde.«

Murphy kicherte. *»Sie sind zu großen gesunden Mädels herangewachsen. Allerdings kriegen wir sie kaum zu sehen, weil sie ihr halbes Leben im Katzenschönheitssalon verbringen.«*

Harry hob das nächste Brett hoch. Sie und Tracy entwickelten einen Arbeitsrhythmus. »Corgis sind erstaunliche Hunde. Sehr mutig und klug. Tee Tucker ist ein Pembroke – ohne Schwanz. Cardigans haben Schwänze und sehen in meinen Augen etwas länger aus als Pembrokes. Ein Corgi ist durch und durch ein Prachtkerl.« Sie gab ein bisschen an mit der Rasse, ein Zug, der allen Corgibesitzern eigen war.

»Als ich heute Morgen aus Markets Laden kam, ist mir aufgefallen, dass Pewter auf einem Baum saß. Sie konnte alles sehen. Mrs. Murphy saß auf dem Streifenwagen. Auch sie konnte alles sehen und den Funk im Wagen mithören. Und Tucker saß gleich neben der Containerklappe. Sie hatte die

Nase in der Luft, sodass sie alles roch. Miranda sagt, die Tiere waren es, die auf den Container aufmerksam gemacht haben.«

»Ich war's.« Tucker warf sich in die weiße Brust.

»Klar, du hast den besten Riecher. Wenn du gegen einen Bluthund anträtest, würde ich auf dich setzen«, lobte Mrs. Murphy sie.

»Nun übertreib mal nicht«, sagte Pewter trocken zu der Tigerkatze.

»Die sind sehr gesprächig, was?« Tracy schlug Nägel ein.

»Sie bemerken wirklich alles.«

»Das macht die Übung. Ich habe noch etwas bemerkt. Als der Tote aus dem Container gezogen wurde, hatte er einen erkennbaren Fleck am Hosenboden, wie eine Falte. Der Mörder hat ihn auf die Kante des Containers gesetzt, bevor er ihn hineinstieß. Da Leo ein schwerer Mann und die Falte gut sichtbar war, muss er ein paar Minuten da gesessen haben, bevor der Mörder den Leichnam in den Container befördern und den Deckel schließen konnte. Das ist meine Vermutung. Beweisen kann ich natürlich nichts. Ich habe Miranda gefragt, ob sie da hinten ein Auto gehört hat, aber ihr Schlafzimmer liegt nicht zur Gassenseite des Hauses. Sie sagt, sie hat nichts gehört. Ich nehme außerdem an, dass der Mörder so klug war, seine Scheinwerfer auszuschalten, und dass Leo Burkeys Wagen irgendwo auftauchen wird.«

Harry trat beiseite, als er die letzten Latten annagelte. Er hatte auch die Holzbeize mit nach draußen genommen, um den Zaun gleich einlassen zu können. Sie zählte siebenundzwanzig ersetzte Latten.

»Ich hole noch einen Pinsel.« Sie ging zum Werkzeugschuppen, wo sie Pinsel in jeder Form und Größe aufbewahrte, allesamt gereinigt und mit den Borsten nach unten an Nägeln aufgehängt. Harry hatte noch nie in ihrem Leben einen Malerpinsel weggeworfen. Als sie zurückkam, hatte Tracy bereits eine Latte gebeizt.

»Sieht unschön aus, wenn einige Latten frisch gebeizt und

die anderen verblasst sind, drum lasse ich sie alle ein. Sie müssen aber nicht mitarbeiten. Es war schließlich meine Idee, nicht Ihre.«

»Ich möchte aber gern mitarbeiten. Bin es ja gewöhnt, alles allein zu machen.«

»Wann haben Sie die Zäune das letzte Mal gebeizt?«

»Vor acht Jahren.«

Er betrachtete die verblassten Pfosten und Latten. »Ausgezeichnet, Harry. Normalerweise verblasst das Zeug nach zwei, drei Jahren. Ich habe zwanzig Liter aus Ihrem großen Fass gezapft. Ihre praktische Ader imponiert mir. Das Fass auf zwei schmiedeeisernen Stützen auf die Seite gelegt, einen Spund reingetrieben wie bei einem Weinfass. Sie verstehen Ihr Handwerk. Übrigens, was ist das hier?«

»Zaunbeize, schwarz. Die kann man nur in einem einzigen Ort in den USA kaufen, bei Lexington Paint and Supply in Lexington, Kentucky. Sie wird in 200-Liter-Fässern versandt. Ich habe alles ausprobiert. Dies ist die einzige Beize, die hält.«

»Kluges Kind.« Er pfiff bei der Arbeit. Er strich sorgfältig, wie er alles tat. Ein ordentlicher und gut organisierter Mensch. »Gibt es eine Verbindung zwischen den beiden Opfern?«

»Äh?«

»Leo und Charlie.«

»Sie haben beide 1980 ihren Abschluss an der Crozet Highschool gemacht. Beide sahen gut aus. Das ist auch schon alles. Sie waren keine Freunde. Ich glaube nicht, dass sie nach der Schule noch Verbindung hatten.«

»Sonst nichts? Haben sie zusammen Football oder Golf gespielt, oder hatten sie jemals etwas mit Schwestern oder derselben Frau? Waren sie zusammen in finanzielle Machenschaften verwickelt?«

Harry schätzte Tracys Fähigkeit, Zusammenhänge zu konstruieren, nach dem Fundament unter dem Gebäude zu sehen. »Nein. Charlie war kein großer Sportler. Er hielt sich für einen, aber er war keiner. Hat auf der Highschool

Football und Basketball gespielt, und auf dem College Football.«

»Auf welchem war er?«

»Äh, Wake Forest.«

»Und Charlie?«

»Er ist nach Norden gegangen. Charlie war immer schon gewieft, was Geschäfte betraf. Er war auf der Pennsylvania University. Charlie hatte viele Kunden. Er arbeitete als freier Börsenmakler. Ich weiß nicht, ob Leo auch ein Kunde von ihm war, aber ich bezweifle es.«

»Sonst noch etwas?«

»Sie waren beide Jahresbeste der Abschlussklasse. Ich kann aber keine Verbindung erkennen. Jedenfalls nicht für einen Mord.«

»Ich habe gesehen, dass Sie auf zwei Gebieten Jahresbeste waren.«

»Und ich weiß, dass Sie der Sportlichste waren.«

»Ja. Das haben wir gemeinsam.« Er lächelte sie an. »Sie sollten immer ein Notizbuch bei sich haben. Es muss klein sein, damit Sie es in die Tasche stecken können. Wenn Ihnen eine Idee kommt, schreiben Sie sie auf. Egal, wie belanglos. Sie werden staunen, was Sie alles erfahren, was Sie vorher nicht wussten.«

»Interessant.« Murphy stand auf und strebte dem Stall zu.

»Wo willst du hin?« Pewter liebte es, andere zu belauschen.

»In die Sattelkammer. Ich will unbedingt die Mäuse vernichten.« Sie wippte mit dem Schwanz, als sie das sagte.

Tucker lachte. Murphy blieb stehen, starrte den Corgi fest an, mit diesem eiskalten Blick, den Südstaatenfrauen so gut beherrschen. Dann ging sie davon.

»Eher finden wir den Mörder, bevor sie eine einzige diebische Maus erwischt.« Tucker lachte laut.

Wie der Blitz drehte Murphy sich um, sprang über die verblüffte Pewter hinweg, stürzte mit vier großen Schritten zu dem Corgi. Sie warf sich auf den überrumpelten Hund und wälzte ihn herum. Tucker stieß gegen den großen Farbkübel. Ein bisschen schwappte über und spritzte auf ihren weißen Bauch.

»Murphy!«, schimpfte Harry.

Murphy knurrte, fauchte, schlug nach Tucker, während sie sich aufrichtete, dann stürmte sie Richtung Stall, die entrüstete Tucker hinterdrein. Gerade als Tucker aufholte, sprang Murphy, die verkörperte Anmut, in die Höhe, und der Hund lief unter ihr durch. Die Katze drehte sich in der Luft, landete kurz auf der Erde, sprang wieder in die Luft und auf die Stoßstange des roten Dually, wälzte sich dann über die Seite auf die Ladefläche. Sie goss noch Öl ins Feuer, indem sie sich über die Seite der Ladefläche hängte, indes der Hund keuchend unten stand.

»Hat's dir die Sprache verschlagen?«

»Murphy«, sagte Tucker japsend, *»das zahl ich dir heim.«*

»Haha.« Murphy sprang auf das Dach der Fahrerkabine.

Der Transporter, der vor dem Eingang zum Stall parkte, schimmerte im satten Spätnachmittagslicht.

Harry legte ihren Pinsel neben den Kübel. »Wag es ja nicht, Pfotenabdrücke auf meinen neuen Wagen zu machen.« Sie ging auf die Tigerkatze zu, die sie frech ansah, dann auf der Motorhaube ihrem Schwanz nachjagte, um möglichst viele Pfotenabdrücke zu hinterlassen.

Gerade als Harry an der Tür ankam und sie öffnen wollte, um hinaufklettern und sich das kleine Miststück greifen zu können, sammelte Mrs. Murphy sich, duckte sich und sprang in die Höhe. Sie schaffte es gerade bis zum offenen Heuboden, grub sich mit den Hinterkrallen in die Seite, hielt sich mit den Vorderpfoten fest. Ihr Luftstrom brachte die Beleuchtungsanlage zum Wanken, die wie ein großer Chinesenhut über der Heubodenöffnung schwebte.

Sie sah zu ihrem Publikum hinunter. *»Ich bin das Tier Nummer eins. Dass ihr das ja nicht vergesst.«* Dann stolzierte sie in den Heuboden.

Tracy krümmte sich vor Lachen. »Sie haben ja eine tolle Katze, Harry.«

»Hitzschlag«, knurrte Tucker wütend.

»Hochmut trifft's eher«, erwiderte Pewter.

»Ich sag trotzdem, sie fängt nicht eine einzige lausige Maus.«

»Tucker, das würde ich an deiner Stelle nicht zu laut sagen. Wer weiß, was sie als Nächstes anstellt?«, warnte Pewter.

25

»... alle zusammen.«

»Ein geselliger Haufen.« Rick beugte sich zu BoomBoom vor, die ihm in ihrem Wohnzimmer gegenübersaß. »Aber ich möchte gern die Namen aus Ihrem Munde hören.«

»Also, Leo Burkey natürlich, Bonnie Baltier, Denny Rablan, Chris Sharpton, Bitsy Valenzuela, Harry, Marcy, die meistens bloß herumstand, und Susan.«

»Und dann?«

Sie rutschte auf ihrem Sitz hin und her, verärgert über seine Gründlichkeit. »Haben Sie alle anderen schon befragt?«

Er zählte die Namen in seinem Notizblock. »Nein.«

»Sagen Sie mir, wer noch übrig ist?«

»Nein. So, BoomBoom, fahren wir fort. Was Sie gemacht haben und so weiter.«

»Wir haben das Foto mit Bonnie Baltier und Leo Burkey, sie waren die witzigsten Jahresbesten, für das Ehemaligentreffen neu aufgenommen. Als wir fertig waren, sind wir alle ins Outback zum Essen gegangen. Marcy hat ihren Mann angerufen, und Bill ist nach der Arbeit dazugekommen. Sie legen großen Wert darauf, zusammen gesehen zu werden. Und Bitsy hat E. R. angerufen, ihren Mann, er solle auch kommen. Er hat sich entschuldigt, er sei müde. Komisch, auf der Highschool war er so ein stiller Junge. Und dann gründet er ein Mobiltelefongeschäft. Leider hat er keinen Klassengeist. Bill auch nicht.«

»Gab's keine Spannungen beim Essen?«

»Nein; denn Harry ist nach Hause gegangen. Sie kann mich nicht leiden«, erklärte BoomBoom frei heraus. »Dabei habe ich alles versucht, um die Geschichte zu bereinigen. Es ist dumm, Emotionen mit sich rumzutragen, vor allem negative.«

»Was Sie nicht sagen.« Er zog das rote Dunhill-Päckchen aus seiner Tasche und bot BoomBoom eine Zigarette an. »Was dagegen?«

»Nein. Das sind aber teure Zigaretten.«

»Und gute. Ich habe versucht, mir das Rauchen abzugewöhnen, indem ich die gewöhnlichen Marken kaufte. Grässliches Zeug.«

»Ich habe Kräuterheilmittel, falls Sie beschließen, wieder aufzuhören.«

»Ich sag Ihnen Bescheid.«

»Jedenfalls, es ist nichts Besonderes vorgefallen. Wir haben gegessen und Marcy, Chris und Bitsy mit alten Geschichten gelangweilt, aber sie haben es großmütig ertragen. Denny hat mit Chris geflirtet. Ihr hat es scheint's gefallen. Dann sind wir nach Hause gegangen.«

»Ist Leo mit jemand auf dem Parkplatz zurückgeblieben? Hat er mit einer Kellnerin gesprochen?«

Sie legte einen Finger ans Kinn. »Er hat Bitsy einen Moment aufgehalten, als wir gingen, aber da müssen Sie sie schon selbst fragen. Ich nehme an, sie haben über gemeinsame Freunde gesprochen und davon, ob E. R. Leo ein Handy zu einem günstigen Preis überlassen kann.«

»Aha.«

»Haben Sie irgendwelche Hinweise? Ihnen ist doch bestimmt aufgefallen, dass die beiden Opfer unmittelbar nach den nachgestellten Jahresbestenaufnahmen ermordet wurden. Das macht mir Angst. Und die widerwärtigen, gemeinen Briefe!«

»Ja, wir haben Hinweise.« Er blies den Rauch aus, dann fuhr er mit der Befragung fort. »Hat irgendjemand an dem Abend Stiefel von L. L. Bean angehabt?«

»Was?«

»Diese Stiefel, die L. L. Bean bekannt gemacht haben. Früher waren es hohe Schaftstiefel, aber heutzutage sind es kurze Gummistiefel. Kurz oder hoch, hatte irgendwer solche an?«

»Nein. Komische Frage.«

»Hatte jemand Schuhe mit hohen Absätzen an? Keine Pfennigabsätze, sondern ungefähr fünf Zentimeter hoch.«

»Denken Sie, ich verbringe meine Zeit damit, mir rundum die Füße der Leute anzugucken?« Sie lachte.

»Sie sind doch eine modebewusste Frau. Ich kann mir vorstellen, dass Sie sich alles merken, BoomBoom.«

»Mal sehen.« Sie betrachtete einen Fleck in der linken Ecke der Zimmerdecke. »Baltier hatte weiße Espadrilles an. Susan trug marineblaue flache Schuhe von Papagallo. Susan liebt Papagallo-Schuhe. Bitsy hatte Schuhe mit niedrigen Absätzen an, Marcy Sandalen, Chris Riemchenschuhe mit einem kleinen Absatz. Harry trug Turnschuhe, wie Sie sich denken können, weil Sommer ist.«

»Wieso?«

»Harry trägt im Sommer Turnschuhe, bei Regen Gummistiefel von Bean oder Reitstiefel. O ja, und ihre geliebten Cowboystiefel. Das ist ihr Fundus.«

»Hatte sie ihre Bean-Stiefel an?«

»Nein, Turnschuhe. Hab ich doch gerade gesagt.«

Er warf einen Blick auf seine Notizen. »Sie trugen auch Turnschuhe.«

»Wie groß sind die Fußabdrücke?«, fragte BoomBoom.

Er verschränkte die Arme vor seiner Brust, löste sie wieder, nahm seine Zigarette aus dem Aschenbecher, tat einen Zug. »BoomBoom, hier stelle ich die Fragen, nicht Sie.«

»Ich mag gar nicht an Leo denken, wie er ...« Ihre Augen schwammen plötzlich in Tränen, aber es war ja hinlänglich bekannt, dass BoomBoom nahe am Wasser gebaut hatte. »Er war so lustig. Er ...« Sie zuckte die Achseln, außerstande, fortzufahren.

Rick wartete einen Augenblick. »Er war ein alter Freund von Ihnen.«

»Ja«, antwortete sie leise.

»Haben Sie gewusst, dass er in Scheidung lebte?«

»Ja.« Sie breitete die Hände aus, mit den Handflächen nach oben. »Er hat es uns im Outback erzählt. Ich glaube, er war verbittert, obwohl Leo immer über alles Witze machte.«

»Gehen Sie zur Beerdigung?«

»Natürlich.«

»Er wird in Richmond beigesetzt, nicht?«

»Ja. St. Thomas. Die vornehmste Kirche von Richmond.«

»Ist Leo aus guter Familie?«

»Ja, aber die Heirat hat ihn auf der Gesellschaftsleiter noch weiter nach oben gebracht. Seine Frau ist eine Smith. Von *den* Smiths.«

»Und ich nehme nicht an, dass sie eine ihrer Töchter Pocahontas genannt haben.«

»Äh ...« Ihre Mundwinkel kräuselten sich nach oben. »Nein.«

»Ich hatte erwartet, dass Sie betroffener sein würden.« Er drückte seine Zigarette im Aschenbecher aus, bis bräunliche Tabakkrümel aus der Kippe quollen. »Sie sind ein gefühlsmäßiger Typ.«

»Ich nehme an, es ist ein Verdrängungsvorgang. Zuerst Charlie. Jetzt Leo. Es ist mir noch nicht bewusst geworden.«

»Sind sie jemals mit demselben Mädchen gegangen?«

»Auf der Highschool?«

»Wann auch immer. Fällt Ihnen da etwas ein?«

»Nein. Auch nicht aus der Grundschulzeit.«

»Können Sie sich irgendjemanden denken, der Leo gehasst hat?«

»Nein. Sein Witz konnte manchmal messerscharf treffen. Aber ein richtiger Feind? Nein. Und ich glaube auch nicht, dass seine Frau ihn gehasst hat. Schließlich ist eine Scheidung eine nüchterne Tragödie.«

»Das klingt richtig poetisch.«

»Ja?« Sie klimperte Rick mit ihren langen Wimpern an. Rick sah zwar nicht im landläufigen Sinn gut aus, dafür aber sehr männlich.

Er lächelte zurück. »Wenn Ihnen noch irgendetwas einfällt, rufen Sie mich an.« Er erhob sich, und sie stand ebenfalls auf.

»Sheriff, glauben Sie, dass Charlie und Leo von derselben Person oder denselben Personen umgebracht wurden?«

»Das weiß ich nicht, und ich werde von Ihren Steuergeldern nicht dafür bezahlt, voreilige Schlüsse zu ziehen.«

Sie begleitete ihn zur Tür und wünschte ihm einen guten Tag.

Später verglichen er und Cynthia Cooper ihre Aufzeichnungen. Getrennt hatten die beiden jeden verhört, der an jenem Tag bei den Aufnahmen zugegen gewesen war. Nach so einem Vorfall musste man sich die Leute so bald wie möglich vornehmen. Dies war ein fester Grundsatz von Rick.

Man hatte Leos Wagen gefunden, der noch auf dem Parkplatz des Outback stand. Niemand vom Personal des Restaurants erinnerte sich gesehen zu haben, dass Leo in einen anderen Wagen gestiegen war, aber sie hatten ja drinnen gearbeitet. Auch die kleine Gruppe von Freunden konnte sich nicht entsinnen, gesehen zu haben, dass er in ein anderes Auto stieg.

Sie saßen in seinem Büro und zeichneten für Leo ein Ablaufdiagramm. Die Aussage jeder Person bestätigte, was jede andere Person gesagt hatte. Es gab keine offensichtlichen Auslassungen, keine auffälligen Widersprüche.

»Chef, er hätte nach dem Essen jemanden abholen und in dessen Wagen irgendwohin fahren können. Charlottesville ist eine College-Stadt. Da findet so was wie ein Nachtleben statt.« Freilich nicht für sie. Sie fiel zwischen die College-Schüler und die Ehepaare, und damit gehörte sie zur Minderheit.

»Hätte er.«

»Sie glauben, er kannte den Mörder, so wie vermutlich Charlie ihn kannte, nicht?«

»Wenn er den Mörder nicht gekannt hätte, dann ist der Mörder auf jeden Fall irgendwie unverfänglich. Ein harmlos wirkender Mensch oder eine Respektsperson, etwa ein Lehrer.« Er hielt inne. »Manchmal ist man sich gar nicht bewusst, dass man Grund zur Angst hätte. So gesehen, hätte Leo von einer Frau ermordet worden sein können.«

»Die hätte aber ziemlich kräftig sein müssen, um ihn in den Müllcontainer zu wuchten«, sagte Cynthia.

»Ja, aber es wäre zu schaffen gewesen. Der Mann, den Hunter Hughes in den Umkleideraum im Farmington Club gehen sah, war schlank. Durchschnittlich groß, aber er hat ihn ja nur von weitem gesehen; der Mann hätte durchaus auch kleiner sein können. Das heißt weder, dass er unser Mörder ist, noch, dass dieselbe Person beide Männer umgebracht hat. Aber es ist eigenartig.«

»Allerdings.«

»Haben Sie mit Charlies Ex-Frauen gesprochen?«

Cynthia ließ ihre Knöchel knacken. »Ja. Endlich habe ich Tiffany, Ehefrau Nummer vier, in Hawaii erreicht. Entzückender Name, nicht? ›Tiffany‹, ausgerechnet. Sie sagte, sie habe gehört, dass er erschossen wurde, und sie bedaure, es nicht selbst getan zu haben. Als ich sie nach Verdächtigen fragte, sagte sie, abgesehen von ihr selbst sei Larry Johnson der Mensch gewesen, der Charlie in der Zeit, die sie mit ihm verheiratet war, am meisten gehasst hat.«

»Larry Johnson? Das ist doch blanker Unsinn.« Rick fuhr sich mit der Hand über die beginnende Glatze. »Oder vielleicht auch nicht.«

»Abtreibungen. Nimmt Larry Abtreibungen vor?«

»Als praktischer Arzt macht er so was nicht. Aber er weiß, wer Leichen im Keller hat, sozusagen.« Er warf einen Blick auf die Wanduhr. Halb sechs am Nachmittag. »Die beste Zeit, um mit Larry zu sprechen, ist frühmorgens. Vielleicht sollten wir ihn zu zweit aufsuchen. Oh, haben Sie schon mit Mim gesprochen?«

»Ja, solange sie alles erfährt, bevor es andere wissen, ist sie umgänglich.«

»Ich habe BoomBoom nach Schuhen gefragt. Sie wusste genau, wer was für Schuhe anhatte. Und noch etwas: Für ihre

Verhältnisse war BoomBoom bemerkenswert beherrscht. Keine Schwermut. Kein Spitzentaschentuch ans Auge und dann an den Busen gedrückt. Höchst merkwürdig.«

»Was halten Sie von Tracy Raz?«, fragte Cynthia.

»Ein geübter Beobachter und ein verdammt scharfer dazu.«

»Hab ihn überprüft. Einwandfrei. Korea. Tüchtige Militärkarriere, war Major, als er abgemustert hat und zum CIA ging.«

»Hätte er nicht auf die Abdrücke vor dem Container hingewiesen, bevor noch mehr Leute da herumtrampelten, wären sie mir vielleicht entgangen. Er hat nichts gesagt. Er hat es mit den Augen angedeutet und sich dann umgedreht, um die Gaffer zurückzudrängen. Ein Profi.« Rick schlug sich auf den Schenkel. »Wissen Sie, was ich jetzt mache?« Sie schüttelte den Kopf, und er fuhr fort: »Mit meiner Frau ins Kino gehen.«

»Sie haben's gut.« Sie wünschte, sie hätte jemanden in ihrem Leben. Gelegentlich ging sie mit dem einen oder anderen Mann aus, aber am Ende schreckten ihre Dienstzeiten und ihre Arbeit jeden ab. »Wir sehen uns in Larrys Sprechzimmer. Um sieben.«

»In Ordnung.«

An der Tür blieb er stehen. »Zwei Fußabdrücke nebeneinander an dem Müllcontainer, das ist nicht viel, um darauf aufzubauen. Der Bean-Abdruck hat Herrengröße, 43 oder 44. Der Absatzabdruck, hm, das lässt sich nicht sagen, weil die Spitze auf einem Stein gestanden haben muss.«

»Es hätten ein Mann und eine Frau sein können, die Leo Seite an Seite hineingehievt haben«, sagte Coop. »Er war klein, aber stämmig. Aber es war ja auch Abfall drin, der schwerer war als Kartons.«

»Auch manche Erinnerungen sind schwerer als andere.« Er öffnete die Tür. »Ich glaube nicht, dass es Zufall ist, dass Charlie gerade jetzt starb. Und nun Leo.« Er zuckte die Achseln. »Ich muss los.«

26

Fair maß Poptarts Umfang. Er war vorbeigekommen, um zu sehen, wie es Harry nach dem Schock ging. Er warf einen Blick auf die Zahlen von letzter Woche auf der Tabelle, die vor jeder Pferdebox hing.

Poptart stand ruhig im Mittelgang. Das Pferd, eine große Stute, hatte die Augen halb geschlossen.

Mrs. Murphy, die auf der Satteltruhe saß, fragte: *»Kriegst du nie Appetit auf Fleisch?«*

»Nein.«

»Nicht mal auf ein klitzekleines Stück?«

»Hast du vielleicht Appetit auf Timotheusheu oder Hafer?« Poptart richtete die großen braunen Augen auf die Tigerkatze, die jetzt auf den Hinterbeinen stand, um mit dem großen Tier einen Nasenkuss zu tauschen.

»Nein. Du hast Recht. Ich kann nicht erwarten, dass du magst, was ich mag, und umgekehrt.«

»Wir mögen viele gleiche Dinge. Bloß nicht was Essen betrifft.«

»Du wirst staunen, wie viel weniger Hafer du ihr füttern musst.«

»Ich will aber Hafer«, protestierte Poptart.

»Sie ist gut zu haben.« Harry klopfte ihr den grauen Hals. »Ich gebe ihr eine halbe Schaufel voll, eine Scheibe Heu, und dann frisst sie ja noch viel Gras.«

Auch Fair klopfte Poptart auf den Hals, dann führte er sie auf die Weide hinter dem Stall, wo sie herumtollte und sich zu Gin-Fizz und Tomahawk gesellte, die vor ihr gemessen worden waren.

»Wieso hast du mir nichts von Tracy Raz erzählt?«

»Fair, er ist doch gerade erst hier eingezogen.«

»Scheint ein netter Mensch zu sein.«

»Miranda hat ihn gern. Mir ist aufgefallen, dass sie in seiner Gegenwart nicht halb so oft aus der Bibel zitiert, wie sie es bei uns tut.«

Fair beugte sich lachend über den Zaun. Poptart bockte, drehte sich herum und bockte wieder.

Sie gingen zurück ins Haus. Der Abend wurde langsam kühler. Tracy war Big Mim besuchen gegangen. Harry und Fair setzten sich mit Murphy, Pewter und Tucker in die Küche.

»Wirklich alles okay mit dir?« Er nahm ihre Hand.

»Ja.« Sie drückte seine Hand. »Es hat mir einen Mordsschrecken eingejagt. Mim und ich sind beinahe umgekippt.«

»Ich wäre bestimmt auch ohnmächtig geworden.«

»Eine Leiche ist schon schlimm genug, aber so was« – sie hielt inne – »Widersinniges ... das hat mir einen Schock versetzt.«

»Sieht ganz so aus, als würde dieses Ehemaligentreffen, äh ... ereignisreich.«

»Das ist es ja eben.« Sie wurde plötzlich lebhaft. »Ich kann mich an nichts von der Highschool erinnern. Ich meine, ich erinnere mich an nichts Schreckliches, das zur Rache herausfordern könnte. Schon gar nicht im Abschlussjahr.«

»Tja. Ich kann mich auch an nichts erinnern. Aber vielleicht ist in deinem letzten Jahr etwas vorgefallen. Du weißt ja, manchmal sind die Dinge verschwommen, oder man ist kurz davor, sie zu fassen. Ich war damals ja schon im ersten Collegejahr. Ich weiß aus dem Jahr nur noch, dass ich dich vermisst habe.«

»Ich habe dir jeden Tag geschrieben. Kaum zu glauben, dass ich mal so diszipliniert war.« Sie lachte.

»Vielleicht hast du mich geliebt«, vermutete er leise.

»Ja. Ach Fair, das waren Zeiten, herrlich und schrecklich zugleich. Man empfindet alles zum ersten Mal. Man hat keine Perspektive.«

»Du hattest eine Perspektive, als wir geheiratet haben. Ich meine, du hast vorher genug andere Männer gekannt.«

Sie tätschelte seine Hand, nahm ihre fort, bemerkte dann, dass die Tiere sie reglos beobachteten. »Voyeure.«

»Interessierte Anteilnahme.« Murphy lächelte.

»Wenn's hier gefühlsduselig wird, gehe ich«, warnte Pewter.

»Quatsch. Du bist genauso neugierig wie wir«, kicherte Tucker.

»Ich hab das Gefühl, wir sind heute Abend das Unterhaltungsprogramm«, sagte Fair zu den Tieren.

»Stimmt«, erwiderte Pewter.

»Sie sind meine Familie«, sagte Harry.

»Ich gehöre auch dazu. Ob's dir passt oder nicht.« Fair beugte sich vor.

»Kannst du dich erinnern, wie einem damals zumute war? Der Aufruhr der Gefühle? Das Gefühl, sein eigener Herr zu sein?«

»Ich erinnere mich. Die Menschen werden auf mannigfache Weise erwachsen. Manchmal bleiben sie stehen. Ich glaube, Charlie ist stehen geblieben. Er ist nie über die Highschool rausgekommen. Leo ist drüber rausgewachsen, aber seine Reaktionen sind so impulsiv wie eh und je. Susan ist gereift.« Er dachte einen Augenblick nach. »Ich auch, glaube ich.«

»Und ich?«

»Ja, aber du wirst nie wieder jemandem trauen.«

»Ich traue Mrs. H. Ich traue Susan.«

»Männern hätte ich sagen sollen. Du wirst Männern nie mehr trauen.«

»Ich traue Market.«

»Harry, du weißt, was ich meine. Du wirst Männern als Objekten romantischer Gefühle nicht trauen. Du wirst keinen Mann mehr in dein Leben lassen.«

»Vermutlich.« Ihre Stimme klang resigniert.

»Ich bin heute Abend vorbeigekommen, um zu sehen, wie's dir geht – und auch, um die Pferde zu untersuchen. Ich weiß nicht, ob es an deinem Ehemaligentreffen liegt oder daran, dass ich auf die Vierzig zugehe ... an den Morden oder daran, dass dieser Sommer außergewöhnlich schön war, aber was immer es ist – ich liebe dich. Ich habe dich immer geliebt, auch, als ich mich wie ein Idiot benommen habe.

Und ich glaube, dass du mich liebst. In deinem tiefsten Inneren.«

Sie sah ihm in die klaren hellen Augen. Erinnerungen. Ihr erster Kuss. Tanzen auf dem Footballfeld zur Musik aus dem Autoradio. In Fairs altem 1961-Chevrolet-Transporter in die Kolonialstadt Williamsburg fahren. Lachen. Und schließlich Liebe.

»Vielleicht ist es so.«

»Unsicher?«

»Nein, sicher.«

Er beugte sich über den Tisch und küsste sie.

»Es wäre romantischer, wenn sie sich gegenseitig die Köpfe putzen würden«, fand Pewter.

»Sie sind keine Katzen«, sagte Mrs. Murphy.

»Niemand ist vollkommen.« Tucker brach in Lachen aus.

27

Um sieben Uhr morgens weichte ein Dunstschleier die Konturen der Bäume, Gebäude, Brücken auf. Rick Shaw und Cynthia Cooper hielten in getrennten Fahrzeugen in der gepflasterten Zufahrt zu den Arztpraxen. Johnson & McIntire stand auf einem dezenten Messingschild, das neben der dunkelblauen Tür angebracht war.

Der weiße Schindelbau sah aus wie eh und je. Anfang der fünfziger Jahre hatte Larry Johnson diesen und das Haus nebenan gekauft, das er bis heute bewohnte.

Larry, der jetzt leicht gebückt ging und silbergraues Haar hatte, öffnete persönlich die Tür, als die Gesetzeshüter anklopften.

»Nur hereinspaziert.« Er lächelte freundlich. »Wenn Sie so früh auf den Beinen sind wie ich, muss es sich um etwas Wichtiges handeln. Die Morde, nehme ich an.«

»Ja.« Rick schloss die Tür hinter sich, und sie folgten

Larry in sein Sprechzimmer, das mit Anerkennungen, die ihm Zeit seines Lebens für seine Dienste zuteil geworden waren, und mit seinen Zeugnissen tapeziert war.

»Darf ich Ihnen einen Kaffee anbieten?«

»Nein, nein, danke. Wir sind schon abgefüllt.« Deputy Cooper angelte ihr Notizbuch aus ihrer Gesäßtasche.

»Larry.« Rick nannte den Arzt beim Vornamen, wie es die meisten Leute taten. »Sie haben Charlie Ashcraft und Leo Burkey gekannt.«

»Ich habe sie auf die Welt geholt. Damals hat ein Arzt praktisch alles gemacht. Daher die Bezeichnung praktischer Arzt.«

»Sie haben sie aufwachsen sehen?« Ricks Frage war zugleich eine Feststellung.

»Ja.«

»Und Sie könnten daher ihren Charakter beurteilen?«

»Ich denke ja.« Larry lehnte sich zurück. »Ist es das, wonach Sie fragen?«

»Ja. Ich hab drum herumgeredet.« Rick musste über sich selbst lachen.

»Charlie war ein hochintelligenter Junge. Geradezu brillant. Er hat es freilich kaschiert, wie es jeder gute Südstaatengentleman tut. Sein Erfolg an der Börse hat mich nicht so überrascht wie andere. Sein Geschäftsgebaren war rechtschaffen. Schon als Kind hat er sich ernsthaft fürs Geschäftliche interessiert. Wie Sie wissen, waren die Frauen sein Verhängnis. Er war wie die meisten Männer, die von ihrer Mutter verwöhnt und verhätschelt wurden. Sie erwarten ihr ganzes übriges Leben so behandelt zu werden, und mich wundert, dass es immer ein großes Aufgebot an Frauen gibt, die sich willig ausnutzen lassen. Aber von den Weibergeschichten abgesehen, war Charlie ein anständiger Kerl.«

»Und Leo?«, fragte Coop.

»Ein Energiebündel. Schon als Kind strotzte er vor körperlicher Energie. Ein liebenswerter Junge. Man musste ihn einfach gern haben. Auch er war ein hübsches Kind, nicht so umwerfend wie Charlie, aber er sah nett aus. Ich habe ihn kaum noch gesehen, nachdem er aufs College gegangen und später nach Richmond gezogen war.«

»Konnten Sie irgendetwas erkennen, das die beiden verband?«

»Nein.«

»Und medizinisch? Gab es etwas, an dem beide litten? Depressionen oder dergleichen?«

»Nicht dass ich wüsste. Allerdings war ich nicht mehr Leos Arzt, nachdem er die Highschool verließ. Beide Jungen haben die üblichen Krankheiten durchgemacht, Halsentzündung, Grippe, Windpocken. Nichts, das aus dem Rahmen fiel.«

»Könnte einer von ihnen Sexpartnerinnen mit Geschlechtskrankheiten angesteckt haben?« Hiermit kam Rick auf das Gebiet zu sprechen, von dem er sich den größten Erfolg versprach.

Larry legte die Hände hinter den Kopf und lehnte sich zurück. Er blickte an die Decke, dann sah er die beiden wieder an. »Wie Sie wissen, ist das Verhältnis zu Patienten vertraulich.«

»Ja, sicher, aber beide Patienten sind tot, und ich hoffe und bete, dass es mit den Morden ein Ende hat. Aber wenn nicht, Larry? Ich muss alles herausfinden, was ich kann. Alles.«

Larry legte die Hände wieder auf seinen Schreibtisch und senkte die Stimme. »Rick, medizinisch haben die zwei Männer nichts gemeinsam. Aber Leo Burkey war nicht mehr mein Patient, seit er das College beendet hatte, und das muss 1984 oder 1985 gewesen sein.«

Cynthia sah in ihren Notizen nach. »Stimmt. 1984.«

»Gibt es keine unehelichen Kinder aus Highschool-Tagen? Keine Dummheiten?«

»Nicht bei Leo. Jedenfalls nicht, solange ich sein Arzt war. Mit Charlie war es etwas anderes, wie Sie sich denken können.«

»Ja«, sagte Rick. »Tiffany meinte, Sie wüssten alles.«

»Hat sie das gesagt?« Larry schüttelte den Kopf. »Das Leben ist zu kurz, um so nachtragend zu sein. Von Charlies Ex-Frauen und Ex-Flammen ist sie diejenige, die am meisten hasst. Das wird sie am Ende zugrunde richten.«

»Könnten Sie das genauer erklären?« Cynthia bemühte sich, ihre Ungeduld zu verbergen.

»Er hat nach dem Highschool-Abschluss ein Kind gezeugt. Das Kind wurde zur Adoption freigegeben. Es ging immer das Gerücht, dass er das Kind während der Highschool-Zeit gezeugt hat, aber es war während seiner Collegezeit. Das war der Beginn seiner fortwährenden sexuellen Verantwortungslosigkeit, die derjenigen eines Rockstars in nichts nachsteht. Er weigerte sich, irgendwelche Verhütungsmittel zu benutzen. Er meinte, eine Frau, die mit ihm ins Bett ging, trüge selbst die Verantwortung. Er sagte immer: ›Wenn sie so blöd ist und das Baby will, soll sie's haben.‹ Solche Sprüche hat er von sich gegeben. Er hat mit so vielen Frauen geschlafen, dass er sich Genitalherpes zuzog, den er fröhlich weitergab. Ich habe ihn achtmal in seinem Leben wegen Tripper behandelt. Seltsam, Syphilis hatte er nie.«

»Was ist mit Aids?«

Larry sah ihn an. »Ja. Als er starb, war er HIV-positiv, hatte aber keine Symptome. Er war wohlhabend und konnte sich jedes neue Medikament leisten, das entwickelt wurde, und abgesehen von den sexuellen Risiken, die er einging, hielt er sich gut in Form.«

»Er kann andere angesteckt haben?«

»Kann und hat.«

»Nennen Sie uns die Namen?« Rick wusste, dass Larry es nicht tun würde.

»Das kann ich nicht.«

»Ist eine von ihnen verheiratet?«

»Ja.«

»Herr im Himmel.« Rick seufzte.

»Der Ehemann weiß es nicht, und ich nehme an, er wird es erst erfahren, wenn er entdeckt, dass er infiziert ist, oder wenn seine Frau Symptome zeigt. Man kann jahrelang HIV-positiv sein, ohne es zu wissen. Das Virus mutiert, es verändert Proteine in seiner Hülle. Es ist ein selten intelligentes Virus. Wir lernen täglich mehr darüber, aber es ist nicht genug.«

»Charlie hat mit Frau A geschlafen. Wurde sie dann gleich HIV-positiv?«

»Das weiß ich ehrlich gesagt nicht. Ich kann das nicht auf die Schnelle beantworten. Wir wissen von Fällen, wo eine nicht infizierte Person wiederholten Sexualkontakt mit einer infizierten Person hatte, ohne sich anzustecken. Es gibt den berühmten Fall von zwei Cousinen, afroamerikanischen Prostituierten. Sie sind wiederholt mit Aids in Berührung gekommen, bleiben aber immun. Seltsam ist auch, dass verschiedene Menschen zu verschiedenen Zeiten klinische Anzeichen der Infektion aufweisen. Ein fünfzehnjähriger Junge kann schon kurz nach der Ansteckung Symptome zeigen, wogegen ein fünfunddreißigjähriger Mann vielleicht über Jahre keine entwickelt. Es ist rätselhaft, zum Haareraufen und äußerst – beängstigend.«

Rick und Cynthia saßen stumm da.

Schließlich sprach Cynthia. »Weiß die Frau, dass sie HIV-positiv ist?«

»Ja. Die eine hat es verdrängt. Ich sehe das sehr oft bei Leuten, wenn sie erfahren, dass sie eine unheilbare Krankheit haben. Glatte Verdrängung.« Er verschränkte die Arme, blickte an die Decke. »Die andere Frau ist letztes Jahr gestorben. Es waren zwei. Vielleicht sind es noch mehr, aber zwei habe ich behandelt. Ich bin ja nicht der einzige Arzt in der Stadt.«

»Ich verstehe.« Rick verschränkte die Finger und löste sie wieder.

»Die Menschen sind zu Schlimmem imstande – auch nette Menschen. Das hat das Leben mich gelehrt. In Korea wurden mir die Augen geöffnet, und meine Arbeit als praktischer Arzt tat ein Übriges.« Er hielt inne. »Und deshalb glaube ich sagen zu dürfen, dass ich Charaktere gut beurteilen kann. Die Frau, die noch am Leben ist, würde Charlie Ashcraft nicht umbringen. Das glaube ich fest. Ich sehe jedoch nicht, wie Leo Burkey hier ins Bild passt.«

»Könnte Charlie Ashcraft mit Männern geschlafen haben?« Cynthia verblüffte die beiden Männer mit dieser Frage, die für sie auf der Hand lag: Charlie und Leo hätten ein Liebespaar sein können.

Es folgte ein Augenblick des Nachdenkens. Larry räusperte sich. »Unter Umständen, ja. Charlie war getrieben – und ich meine *getrieben* – von Sex. Er war unvernünftig, und Unvernunft ist immer gefährlich. Wir neigen dazu, lachend über sexuellen Wahn bei Männern hinwegzugehen, vor allem, wenn er von der aggressiven Art ist, Satyriasis.«

»Was ist das?«

»Die männliche Version von Nymphomanie«, klärte Larry Cynthia auf.

»Oh.«

»Wir lachen und machen Witze darüber, was für ein Hengst er ist, aber in Wirklichkeit ist er krank. In Charlies Fall war sowohl der Körper krank wie der Geist.«

»Wusste Tiffany, dass er HIV-positiv war?«, fragte Rick.

»Er war nicht infiziert, als sie vor drei Jahren geschieden wurden. Charlie wurde kurz danach HIV-positiv und zeigte keine Krankheitssymptome. Mit anderen Worten, er war HIV-positiv, hatte aber noch kein Aids entwickelt. Ich weiß nicht, ob Tiffany davon wusste. Sie wird natürlich von dem Herpes genitalis gewusst haben, und zweifellos hatte sie den Verdacht, dass irgendwo uneheliche Kinder herumliefen.«

»Mehr als das eine?« Cynthia war überrascht, fragte sich jedoch sofort, warum eigentlich.

»Ja – aber nur das eine lebt hier. Die anderen sind außerhalb der Stadt.«

»Mein Gott, ist er für sie aufgekommen?« Wie die meisten Frauen, hatte Cynthia einen starken mütterlichen Zug, und es war ihr unbegreiflich, wie manche Männer gegenüber ihren Abkömmlingen so gleichgültig sein konnten.

»Soviel ich weiß, hat er nichts dergleichen getan.« Larry stand von seinem Stuhl auf und setzte sich den beiden gegenüber auf die Schreibtischkante. »Wir sind Profis. Sie und ich sehen Dinge, die die meisten Leute nicht sehen und nicht sehen wollen. Gefühlsduselei dürfen wir uns nicht leisten.

Das gelingt mir nicht immer, und es gab Zeiten, da hätte ich Charlie umbringen können – und doch hatte ich ihn gern.«

»Larry, die Mutter könnte ein starkes Motiv gehabt haben, Charlie umzubringen.«

»Aber nicht heute. Das Kind ist fast erwachsen, und es besteht keine Gefahr, dass es infiziert ist. Charlie wurde siebzehn Jahre nach der Geburt des Kindes HIV-positiv. Was die andere Frau angeht, warum sollte sie ihn heute umbringen? Überdies, Rick, scheinen die Morde an Charlie und Leo von ein- und derselben Person begangen worden zu sein, stimmt's?«

»Ja.«

»Die Verbindung ist die Lösung, und damit kann ich nicht dienen.« Er räusperte sich. »Wann erhalten Sie Leos Autopsiebericht?«

»Nicht vor nächster Woche. Alle sind in Urlaub. Die Dienststelle des Leichenbeschauers ist unterbesetzt.«

»Soll ich anrufen und bitten, dass ein Bluttest gemacht wird?«

»Ja, danke. Wenn beide HIV-positiv waren, wäre das ein Anfang.«

»Ich rufe sofort an. Wir können zusammen mit ihnen sprechen.« Er sah auf die Uhr auf seinem Schreibtisch. »Jetzt dürfte jemand dort sein.«

Den ganzen Tag dachte Cynthia an den jungen Menschen in Crozet. Sie hoffte, er würde Charlies Aussehen und Intelligenz geerbt haben, nicht aber seine ungeheure Verantwortungslosigkeit. Dann dachte sie, dass sie jeden Tag Menschen begegnete, ohne sie richtig zu sehen. Sie waren alle aneinander gewöhnt. Wenn jemand Charlie ähnlich sah, war es ihr entgangen.

28

Das Gebrumm einer Hummel, das mit jedem Moment lauter wurde, war Mrs. Murphy so lästig, dass sie ihr funkelndes grünes Auge aufschlug. Das Kunstwerk von einem Insekt schwirrte näher. Murphy schlug mit einer Pfote nach ihm, aber das große schwarzgelbe Geschöpf wich ihr aus.

»Bist nicht mehr gut in Form«, bemerkte Tucker lakonisch.

»Quatsch. Ich lieg auf der Seite. Hätte ich gesessen, dann hätte die Brumme keine Chance gehabt. Allerdings, wenn ich gesessen hätte, hätte sie sich gar nicht in meine Nähe getraut.«

»Jaja«, sagte Tucker, die ebenfalls unter einem Hortensienstrauch auf der Seite lag.

Mrs. Murphy setzte sich auf. *»Wo ist Pewter?«*

»Im Postamt. Von der Klimaanlage weggehen? Die doch nicht. Ha!«

Die Hitze wurde immer drückender. Mrs. Murphy und Tucker hatten am späten Vormittag das Postamt verlassen, um sich in Mirandas Garten umzuschauen. Sie hatten es gar nicht so heiß empfunden, aber bis auf eine leichte anhaltende Streifenhörnchenwitterung konnten sie nichts Interessantes entdecken, und deshalb waren sie eingeschlafen.

BoomBooms eleganter BMW kam durch die Gasse gefahren. Sie parkte hinter dem Postamt und stieg auf der Fahrerseite aus. Marcy Wiggins und Chris Sharpton stiegen ebenfalls aus.

Chris warf einen Blick auf den Müllcontainer und schauderte.

»Ich hätte wohl besser nicht hier parken sollen.« BoomBoom hielt sich die Hand vor den Mund. »Ich hab nicht dran gedacht. Ich habe die ganze Sache emotional noch nicht verarbeitet, immer noch so viele ungelöste ...«

»Gehen wir rein.« Chris schnitt ihr das Wort ab, bevor BoomBooms Gejammer erst richtig zum Ausbruch kam.

Marcy starrte fortwährend auf den Container. »Ich habe gehört, er war über und über voll Maden.«

»Nicht.« Chris schüttelte den Kopf. »Hör auf damit.«

Marcy fing an zu zittern.

Tucker und Mrs. Murphy schlichen an die Grenze von Mirandas Garten, um besser zu hören.

»Marcy, wird dir schlecht?« BoomBoom wollte ihr zur Hilfe eilen.

»Nein, nein, aber ich halte das nicht mehr aus. Die Leute reden hinter unserem Rücken. Sie sagen, Bill hat Charlie umgebracht. Sie reden über mich und Charlie. Dies ist eine boshafte Kleinstadt!« Sie brach in Tränen aus. »Wären wir bloß nicht hierher gezogen. Warum habe ich mich von Bill breitschlagen lassen? Er wollte nach Hause. Er meinte, in Charlottesville würde er schneller Chef der Onkologieabteilung als in einer Großstadt.«

BoomBoom legte ihren Arm um die zarte Frau. »Das gibt sich.«

Chris legte auf der anderen Seite den Arm um sie. »In der Großstadt klatschen die Leute genauso.«

»Aber da kann man ihnen aus dem Weg gehen. Hier sitzt man« – sie schnappte nach Luft – »in der Falle. Und ich helfe nicht mehr bei eurem Highschool-Jubiläum mit! Es tut mir Leid, aber es ist zu gefährlich.«

»Marcy, das ist okay«, sagte BoomBoom beschwichtigend. »Diese entsetzliche Geschichte hat aber nichts mit unserem Schuljubiläum zu tun. Es ist ein absonderliches Zusammentreffen. Komm, wir bringen dich nach drinnen, da ist eine Klimaanlage. Harry lässt dich bestimmt hinten sitzen, bis du dich, hm, wieder gefasst hast.«

Marcy ließ sich ins Postamt führen.

»Klatschgeschichten.« Tucker schüttelte den Kopf. *»Es wäre viel besser für die Leute, wenn man ihnen die Zungen rausschneiden würde.«*

»Vielleicht.« Mrs. Murphy gähnte.

»Wenn ich rot sage, sagst du schwarz. Wenn ich hü sage, sagst du hott. Du bist aufsässig.«

Mrs. Murphy lächelte. *»Von Zeit zu Zeit, mag sein. Ich bin eben eine Katze.«*

»Blöde Ausrede.«

»Klatschgeschichten sind Gemeinheiten, die man hinter dem Rücken anderer Leute über sie sagt. Aber als Herdentiere brauchen Menschen den Kontakt. Sie müssen übereinander reden. Es gibt gutes und böses Gerede, aber du musst bedenken, Tucker, das Schlimmste, was einem Menschen passieren kann ist, dass nicht über ihn geredet wird«, dozierte Murphy.

»Darüber hab ich noch nie nachgedacht«, erwiderte Tucker.

»Komm mit.«

Der Hund tappte hinter der Katze her, die kleinen Kiespartikel waren heiß von der Sonne. Sie blieben vor dem Müllcontainer stehen. Das Absperrband war entfernt worden.

»Nichts mehr da.«

»Da bin ich nicht so sicher. Lass uns nachsehen, wo sie die Gipsabdrücke gemacht haben. Guck mal, in den Vertiefungen ist noch ein bisschen Gips.«

»Das sehe ich«, sagte Tucker mürrisch und betrachtete den Profilabdruck vom Absatz des Bean-Stiefels und den Abdruck von einem hohen Absatz nicht weit davon. *»Ein linker Fuß und ein rechter.«*

»Die könnten von jedem Beliebigen sein, und die Abdrücke haben vielleicht gar nichts mit Leos Ableben zu tun, aber wenn Rick Shaw Gipsabdrücke gemacht hat, dann sollten wir sie uns genauer ansehen. Sie sind nahe beieinander.«

»Wie zwei Menschen, die nebeneinander stehen, meinst du. Einer hält ihn auf der linken Seite und einer auf der rechten. Deswegen ist der Absatzabdruck hier auf der rechten Seite so tief.«

»Wäre möglich.«

»Das heißt also, hier waren zwei Menschen zugange.«

»Auch das wäre möglich.« Sie hob den Kopf und schnupperte in der Luft. *»Es gibt Regen.«*

Tucker schnupperte auch. *»Heute Abend.«*

»Die Kugel in Leos Stirn wurde aus kurzer Entfernung abge-

schossen. Und die Menschen sagen, das bedeutet, dass er wusste, wer ihn umbrachte. Aber wen sonst, ich meine, was für Fremde würde ein Mann so nahe an sich heranlassen?«

»Ein Kind.«

»Oder eine Frau.«

»Ah, die zwei Abdrücke. Eine Frau, sie tötet ihn, und ihr Partner hilft ihr, die Leiche loszuwerden.«

»Ich bin nicht ganz sicher, neige aber zu dieser Annahme.«

»Es hätten Marcy und Bill Wiggins sein können.«

»Es hätten auch Laurel und Hardy sein können.«

»Du immer mit deinen dummen Sprüchen.« Der Hund strebte zum Tiertürchen des Postamts.

Die Katze kam mit und schmiegte sich an ihre Freundin. *»Du hast Recht. Ich bin schrecklich.«* Sie ging ein paar Schritte, dann blieb sie stehen. *»Ich fürchte, dass wir etwas übersehen, und ich werde keine Ruhe haben, bis wir wissen, was es ist. Es gefällt mir nicht, dass Mom die beiden so gut gekannt hat.«*

»Sie hatte mit keinem von beiden ein Techtelmechtel.«

»Darüber sollten wir froh sein.«

»Und es sind keine Frauen umgebracht worden.«

»Auch darüber müssen wir froh sein.«

Tucker blinzelte, dann nieste sie. *»Lilienpollen.«*

»Du hast auch welche im Fell.«

»Miranda darf nicht merken, dass ich in ihren Lilien war.«

»Wälz dich im Schmutz.«

»Dann krieg ich geschimpft.«

»Besser hierfür Schimpfe kriegen als dafür, dass du in den Lilienbeeten rumgeschlichen bist.«

»Da hast du Recht.« Tucker wälzte sich.

Als sie durch das Tiertürchen schlüpften, nahm niemand von ihnen Notiz, weil alle Marcy Wiggins beistanden.

Tucker kroch unter einen Postkarren. Mrs. Murphy sprang hinein und landete auf der ruhenden Pewter, die fauchend und zischend aufsprang.

»Pewts, Pewts, entschuldige«, sagte Murphy lachend.

Pewter, die noch nicht in verzeihender Stimmung war, schoss heraus und schlug Mrs. Murphy auf die Backe.

Mrs. Murphy revanchierte sich, und bald hatte sich der Postkarren dank ihrer Heftigkeit in Bewegung gesetzt. Tuckers Hinterteil lugte hinter dem Karren hervor.

»He, ihr zwei!« Harry klatschte über dem Postkarren in die Hände, was die Katzen ablenkte. Dann fiel ihr Blick auf den schmutzigen Corgi. »Was hast du denn angestellt?«

»Nichts«, lautete die lammfromme Antwort.

»Flöhe«, erklärte Mrs. Hogendobber. »Sie hat sich im Dreck gewälzt, weil sie Flöhe hat.«

»Das heißt, ein Bad und Flohpulver, wenn wir nach Hause kommen.«

»Vielen Dank, Murphy«, knurrte Tucker.

»Wie konnte ich das wissen?«, sagte sie, dann berichtete sie Pewter flüsternd, was geschehen war. Pewter kicherte.

»Das ist, als hätte man Kinder«, meinte Chris lachend.

»Marcy, geht's Ihnen besser?« Mrs. Hogendobber bot ihr noch einen Eistee an.

»Ja, danke.« Sie nickte, wandte sich dann an Harry. »Ich habe BoomBoom und Chris gesagt, dass ich nicht mehr bei eurem Jubiläum mithelfe. Wer weiß, was als Nächstes passiert?«

»Ich verstehe.« Harry hielt nichts davon, Leute zu etwas überreden zu wollen, was sie nicht wollten.

»Und ich wäre euch allen dankbar, wenn ihr aufhören würdet, über mich zu reden.«

»Wir reden nicht über dich.« Harry runzelte verwundert die Stirn.

»Alle reden über mich. Ihr denkt wohl, ich weiß das nicht.« Sie stand auf und drehte sich zu BoomBoom herum. »Und sag mir bloß nicht, ich muss Kamillentee trinken oder ein anderes bescheuertes Kräuterheilmittel nehmen! Ihr denkt alle, ich habe Eheprobleme. Ihr denkt, ich habe mit Charlie Ashcraft geschlafen und …«

»Marcy, du solltest nach Hause gehen.« Chris packte ihre Freundin am Arm und schob sie zum Hintereingang hinaus. Marcy plapperte unentwegt weiter.

»Paranoid«, sagte BoomBoom tonlos.

»Das ist ein ziemlich scharfes Urteil«, entgegnete Harry.

»Nenn's wie du willst.«

»BoomBoom, versuch es doch mal aus ihrer Sicht zu betrachten. Sie hat nicht den Vorteil, eine von uns zu sein«, sagte Harry.

»Also im Augenblick würde ich sagen, das ist kein so großer Vorteil«, rief Pewter aus dem Postkarren.

»Boom, Sie haben wohl heute keinen guten Tag.« Miranda versuchte die Wogen zu glätten.

»Stimmt.« Sie funkelte Harry wütend an. »Cynthia Cooper hat mich heute Morgen angerufen, bevor ich zum Golfen ging, und weißt du, was sie mich gefragt hat? Ob ich uneheliche Kinder mit Charlie Ashcraft habe oder irgendwelche durch Geschlechtsverkehr übertragbare Krankheiten!«

»Warum schreist du mich so an?«

»Weil du ihr diesen Floh ins Ohr gesetzt hast.«

»Boom, ich weiß nichts von solchen ... Sachen.«

»Du denkst doch, mein Leben ist ein einziges Bumsvergnügen!«

»Mädels.« Miranda hob die Hände. »Ich wollte, Sie beide würden endlich Frieden schließen.«

»Frieden? Sie springt mich an wie ein Jack-Russell-Terrier. Sex. Immer Sex. Richtig, Harry?«

»Falsch.« Die Tiere beobachteten fasziniert, wie Harrys Gesicht dunkelrot anlief. »Ich habe kein Wort zu Cynthia gesagt, und wieso sollte ich auf Geschlechtskrankheiten kommen? Guter Gott, BoomBoom.«

»Wer war es dann?«

Miranda schaute gen Himmel. »Bitte, lieber Gott, schicke vorläufig niemanden ins Postamt.« Sie wandte sich wieder den Streitenden zu. »Schluss jetzt. Setzen Sie sich hin und besprechen dies wie zivilisierte Menschen, oder ich werfe Sie beide hinaus. Haben Sie mich verstanden?«

»Ja, Ma'am«, sagten beide, erschrocken über Mirandas Ausbruch.

»Setzen Sie sich.« Sie wies zum Tisch. Sie setzten sich.

»Hören Sie, Fragen, wie BoomBoom sie stellt, kommen nicht aus heiterem Himmel. Statt Harry zu beschuldigen, warum denken Sie nicht beide zurück? Denken Sie zurück, so weit Sie können.«

Sie saßen stumm da.

Harry fuhr mit dem Finger über die Maserung des alten Tisches. »Weißt du noch, als wir in der elften Klasse waren, wurde gemunkelt, Charlie hätte eine geschwängert.«

BoomBoom überlegte. »Ja, aber keine ist von der Schule abgegangen.«

»Wenn das Baby Ende des Sommers erwartet wurde, musste sie vielleicht nicht abgehen«, sagte Miranda. »Manchen Frauen sieht man es nicht so an wie anderen.«

»Aber wir hatten doch Sportunterricht. Wenn eine dicker geworden wäre, das wäre uns aufgefallen«, meinte Harry.

»Ist eine vom Sportunterricht befreit worden?«

»Gott, was weiß ich. Es ist zwanzig Jahre her.«

»Womöglich war es keine von Ihrer Highschool. Vielleicht ging sie auf die St.-Elizabeth-Schule, oder sie war vielleicht schon mit der Schule fertig«, warf Miranda ein.

»Kann gut sein. Cynthia muss langsam verzweifeln, wenn sie uralten Gerüchten nachgeht.« BoomBoom verschränkte die Arme über ihrem üppigen Busen.

»Charlies Tod könnte alte Wurzeln haben.«

»Zwanzig Jahre sind eine lange Zeit, um mit jemandem abzurechnen«, sagte BoomBoom.

»Kommt drauf an, wie wütend einer ist«, bemerkte Mrs. Murphy. *»Jemand, der schlimm gekränkt wurde, wartet womöglich sein ganzes Leben auf Rache.«*

»Was wollt ihr da drin?«, rief Harry zu den Katzen im Postkarren hinüber.

»Nichts. Wir versuchen zu helfen«, antwortete Murphy.

»Gerüchte über Charlie gab es bis heute.« BoomBoom war ein wenig besänftigt. »Ich habe gehört, dass er Aids hatte. Ist mir im Club zu Ohren gekommen. Er hatte mit einer Queen der Washingtoner Gesellschaft geschlafen, kein

Wunder, aber ich habe gehört, dass sie vor einem Jahr gestorben ist. Die Zeitungen haben es vertuscht. Es hieß, sie starb an Herzversagen.«

»Hast du das Coop erzählt?«

»Ja. Und ich habe ihr auch erzählt, dass jeder, den er mit dem HIV-Virus angesteckt hat, wütend genug sein könnte, um ihn umzubringen.«

»Eine Mutter, die ihr Kind schützen will, könnte auch ein starkes Motiv haben«, fügte Miranda hinzu. »Aber es ist eine schreckliche Tat. Ich würde meinen, das Kind wird früher oder später herausfinden, wer sein Vater ist.«

»Sein?« Harry sah Miranda fragend an.

»Ihr.«

»Wissen Sie etwas, was wir nicht wissen?« BoomBooms Stimme wurde streng.

»Nein. Aber denken Sie an die Bibel. Viertes Buch Mose, Kapitel zweiunddreißig, Vers dreiundzwanzig: ›Ihr werdet eurer Sünde inne werden, wenn sie euch finden wird.‹«

Chris steckte den Kopf zur Tür herein. »BoomBoom, wenn du noch länger brauchst, fahre ich Marcy nach Hause. Es geht ihr sehr schlecht.«

BoomBoom stand auf. »Ich komme sofort.« Sie blieb vor Miranda stehen. »Halten Sie es für eine Sünde, ein uneheliches Kind zu haben?«

»Nein. Ich halte es nicht für ratsam, aber eine Sünde, nein. Für mich besteht die Sünde darin, sich nicht um das Kind zu kümmern.«

BoomBoom öffnete still die Tür und ging.

»Miranda, ich staune über Sie.«

»Dachten Sie, ich würde sagen, man müsse die Frau steinigen?« Die ältere Frau lächelte wehmütig. »Harry, ich bin lange genug auf dieser Welt, um zu wissen, dass ich über niemanden richten darf. So viele junge Frauen da draußen wollen geliebt werden und kennen den Unterschied zwischen Sex und Liebe nicht.«

»Welche Sünde hatten Sie dann im Sinn, als Sie aus dem Buch Mose zitierten?«

»Oh.« Sie senkte für einen Augenblick den Kopf. »Die Sünde der Grausamkeit. Die Sünde, jemandem im Herzen wehzutun, jemanden einem Leid anheim zu geben, das man selbst verursacht hat. Die Sünde der Unachtsamkeit und Gefühllosigkeit und Egozentrik. Ich weiß nicht, was Charlies Sünden waren, ich meine die, über die nicht geklatscht wurde. Und ich weiß sicher nicht, was Leos Sünden waren, aber irgendjemand da draußen ist der Meinung, genug gelitten zu haben.«

29

Willst du's wirklich versuchen?«

Mrs. Hogendobber warf den Kopf zurück. »Unbedingt. Ich habe früher in der Lacrosse-Mannschaft gespielt.« Sie hielt inne. »Sicher, das ist lange her, aber meine sportlichen Fähigkeiten sind nicht ganz verschütt gegangen.«

Tracy stellte zwei Skateboards auf den Teersplitt. Der Parkplatz hinter der Grundschule war leer. Niemand, der vorüberfuhr, würde sie sehen, und das war Miranda sehr recht.

»Hm-m-m.« Tracy setzte vorsichtig einen beturnschuhten Fuß auf das Brett, um die Rollen zu prüfen.

Knieschützer, Ellbogenschützer und Helme ließen die zwei älteren Herrschaften aussehen wie von einem anderen Stern.

»Bevor ich draufsteige, wie bremse ich?«

»Du machst eine scharfe Drehung nach rechts oder links, und wenn du langsamer wirst, drückst du die Spitze nach unten. Jedenfalls glaube ich, dass es so geht.«

»M-m-m.« Sie atmete ein. »Dann mal los.« Sie stellte den rechten Fuß auf den hinteren Teil des Brettes, hob den linken Fuß auf den vorderen Teil. Nichts tat sich.

Tracy, der jetzt auch auf seinem Brett stand, wies sie an: »Stoß dich mit dem rechten Fuß ab.«

Sie stellte den Fuß auf den Boden und stieß sich mit mehr Schwung als beabsichtigt ab. »Hui!«

Mrs. H. rollte über den ebenen Parkplatz, die Arme vor sich ausgestreckt, um das Gleichgewicht zu halten, und lachte und jubelte wie eine Drittklässlerin.

Tracy fuhr neben ihr. »Nicht schlecht fürs erste Mal!«

»Harry wird sterben, wenn ich im Flur an ihr vorbeisause.«

»Knuddel, du kannst es doch gar nicht abwarten bis zum Ehemaligentreffen. Du wirst sie schon vorher überraschen.« Er kam ins Wanken und sprang ab.

»Hast du nicht gesagt, man muss eine scharfe Drehung machen?« Und sie machte es ihm vor.

»Hab nicht auf meinen eigenen Rat gehört.« Er bückte sich, um das Skateboard aufzuheben. »Diesmal mache ich's richtig.« Er sprang wieder auf, stieß sich ab, probierte dann eine Bremsung. »Ich hab den Bogen raus. Aus der Hüfte drehen.«

Miranda, die ihm zusah, versuchte es. Sie schlingerte seitwärts, verlor aber nicht das Gleichgewicht. »Bremsen ist schwerer als fahren.«

»Wie beim Skilaufen.«

»Ich weiß nicht, wie junge Leute Böschungen hinunterfahren und in Betonkanälen rumsausen können.« Sie erinnerte sich an Berichte, die sie im Fernsehen gesehen hatte.

»Das müssen wir ja nicht.« Er lachte und rollte noch schneller.

Sie hob das Skateboard auf, besah sich die grellbunten Rollen, stellte es wieder auf den Teersplitt und stieg auf. »Weißt du was, ich mache so etwas einfach nicht oft genug. Oh!« Sie fuhr schneller.

»Du bist ja auch pausenlos beschäftigt. Sagt Harry.« Er vollführte eine Bremsung. Diesmal klappte es besser.

»Sitzende Tätigkeit. Ich muss öfter mal raus. Vielleicht nehme ich dann ja ein bisschen ab. Ich weiß nicht, wie du es geschafft hast, deine Figur zu halten. Oder sagt man bei Männern nicht Figur?«

»Danke, Ma'am, für mich siehst du gut aus.«

»Ich glaube dir nicht, höre es aber gern.« Sie hielt an. »Ich bin ganz außer Atem.«

»Geh walken. Du musst nicht joggen. Walking ist ideal. Und wenn du wirklich abnehmen willst, verzichte auf Fette und Zucker.«

»Ojemine.« Sie verzog das Gesicht.

»Oder du musst drei Stunden täglich Sport treiben. Ich trainiere eine Stunde in der Turnhalle, das tu ich schon immer. Da ich ja jetzt Farmarbeit mache, absolviere ich ein doppeltes Training.«

Sie verrenkte die Hüften und machte eine Drehung, hatte nicht genug Tempo und rutschte ab, fing sich aber, sodass sie nur mit drei großen Schritten vorwärts stolperte. »Also das ist schwierig.«

Er probierte es. »Stimmt.«

»Wie findest du Harry? Es heißt ja, dass man jemanden nie wirklich kennt, wenn man nicht mit ihm zusammen wohnt.«

»Ich mag sie. Sie zahlt ihrem Ex-Mann das Geld für ihren alten Transporter zurück. Sie ist ein Sturkopf, was? Er zahlt den Scheck dann einfach wieder auf ihr Konto ein, und dann vergessen sie's.«

»Sie hat Angst davor, jemandem etwas schuldig zu sein. Ihre ganze Familie war so. Aber ihm will sie schon gar nicht zu Dank verpflichtet sein. Er hat mir erzählt, dass er sich mit Harry unterhalten hat. Er will sie auf Biegen und Brechen zurückerobern.«

»Wer nicht wagt, der nicht gewinnt.« Er ging in die Hocke, um Tempo zu gewinnen. »Macht richtig Spaß, nicht?«

»Ja. Aber den Helm hasse ich.«

»Die sind grässlich, aber dein Kopf ist teuer – Teure.« Er nannte sie »Teure«, richtete sich dann auf, verlangsamte das Tempo und sprang ab, während das Skateboard weiterrollte. »Die Dinger sind gut ausbalanciert.«

»Du auch.«

Sie lachten beide, und Miranda drehte scharf nach rechts und sprang gekonnt herunter.

Eine weit entfernte Sirene durchdrang die Spätnachmittagsstille.

»Richtung Osten unterwegs«, stellte Miranda fest.

Kurz darauf hörten sie eine weitere Sirene. Ein Streifenwagen brauste von Whitehall heran, an der Grundschule vorbei in die Stadt. Dann bog er links ab.

»Grundgütiger Himmel, was kann es wohl diesmal sein?«, fragte Miranda.

30

Harry hatte gerade das Maßband um Tomahawk gelegt, als das Telefon in der Sattelkammer klingelte. Erst ignorierte sie es, dann nahm sie doch ab.

»Hallo.«

»Marcy Wiggins hat sich erschossen.« Susan Tuckers Stimme hatte nichts von ihrem üblichen schwungvollen Timbre.

»Was?«

»Sie hat sich mit einem 38er in die Schläfe geschossen. Bitsy Valenzuela hat sie gefunden, als sie ihren Picknickkorb abholen wollte, den sie Marcy geliehen hatte.«

»Wann?«

»Vor ungefähr einer Stunde. Vielleicht auch früher. Bill Wiggins hat Ned angerufen und ihn um Rechtsbeistand gebeten, falls es kein Selbstmord ist. Bill war auch der Erste, den Rick verhört hat. Das ist alles, was ich weiß.«

»Die Arme.« Harry fasste sich an die Schläfe. »Sie hat sich gestern im Postamt ganz merkwürdig verhalten. Chris und BoomBoom haben sie nach Hause gebracht. Sie sagte, alle würden über sie reden, und sie könnte es nicht mehr ertragen. Ich hätte mehr auf sie aufpassen sollen. Hat sie einen Abschiedsbrief hinterlassen?«

»Das weiß ich nicht. Ned ist gleich hin, nachdem er aufgelegt hatte. Ich glaube, dass es da einen Zusammenhang mit Charlie gibt.«

»Ja«, erwiderte Harry matt. »Gott, was für ein September.«

31

Der Autopsiebericht ergab, dass Marcy HIV-positiv war. Das wurde natürlich vertraulich behandelt. Leo Burkeys Autopsie erwies freilich, dass er bei bester Gesundheit gewesen war.

Aber das wirklich Schockierende war das Ergebnis der ballistischen Untersuchung: Die Waffe, mit der Marcy sich umgebracht hatte, war dieselbe, mit der Charlie und Leo erschossen worden waren.

Die Leute vermuteten, dass Marcy eine Affäre mit Charlie gehabt hatte. Er habe sie satt bekommen. Da sei sie ausgerastet. Andere sagten, Bill habe Charlie umgebracht, aber nichts wies darauf hin, dass Bill etwas mit Marcys Ableben zu tun hatte. Rick und Cooper waren da sehr gründlich vorgegangen. Marcy hatte nicht mit ihrem schlechten Gewissen leben können, weil sie ihren Mann betrogen hatte. Niemand konnte sich denken, warum sie Leo hätte umbringen sollen, doch eins stand fest: Es war ihre Waffe.

Sie hatte einen kurzen Abschiedsbrief mit der einfachen Botschaft »Ich halte es nicht mehr aus. Verzeih mir. Marcy« hinterlassen.

Der Rest des Septembers verging ohne weitere Morde. Die Leute atmeten auf.

Die Vorbereitungen für das Ehemaligentreffen liefen auf vollen Touren. Dennis Rablan war mit Chris Sharpton zusammen, was die Klatschmäuler nicht stillstehen ließ. Manche dachten, sie verschwende ihre Zeit. Andere meinten, er habe sich mit ihr eingelassen, um sie zu bewegen, das Wenige, was ihm geblieben war, klug zu investieren. Einige fanden, sie seien ein hübsches Paar. Dennis war wieder glücklich. Market bat Chris ein Mal, mit ihm auszugehen, aber sie lehnte dankend ab und sagte, sie habe ja nun Dennis. Blair Bainbridge machte Little Mim unter den strengen Blicken der stumm missbilligenden Big Mim den Hof. Alle Welt bemerkte, wie gut sie zusammen tanzten, aber das äußerte man natürlich nicht in Big Mims Gegenwart. Die Mutmaßungen über Blair und Little Mim erhitzten die Gemüter noch mehr als der Klatsch über Dennis und Chris.

Harry ging jeden Mittwoch mit Fair, Tracy und Miranda ins Kino. Sie hatte es jedoch nicht eilig, ihrem Ex-Mann wieder näher zu kommen, doch sie kam Tracy näher – näher, als sie sich hätte vorstellen können. Es war eine Art Vater-Tochter-Beziehung. Er war so klug, sie nicht nach dem Stand ihrer Gefühle für Fair zu fragen, weil er sich dachte, dass sie früher oder später von selbst darauf zu sprechen kommen würde.

Sobald der Sturm des Klatsches sich legte, normalisierte sich die Lage in Crozet. Mim kommandierte alle herum – aber sie bekam mehr Unterstützung für ihr gärtnerisches Vorhaben. BoomBoom setzte sich geradezu besessen für das Ehemaligentreffen ein. Harry leistete hervorragende Öffentlichkeitsarbeit. Susan hatte die Lieferung von Speisen und Getränken organisiert. Einen Party-Service für Frühstück und Mittagessen, einen anderen fürs Abendessen, und das deshalb, weil zwei der Teilnehmenden Catering-Firmen betrieben.

Die Pferde nahmen dank der Luzernecobs zu. Harry musste die Futtermengen für sie reduzieren.

Pewter nahm in der Septemberhitzewelle tatsächlich ein paar Pfund ab. Alle bemerkten, wie gut sie aussah.

Tucker musste einmal in der Woche ein Flohbad über sich ergehen lassen.

Mrs. Murphy gab sich nicht mit der Lösung zufrieden, dass Marcy Wiggins zwei Männer umgebracht hatte. Niemand achtete auf sie, weshalb sie schließlich den Mund hielt. Murphy hatte beharrlich behauptet, Marcy sei *»nicht der Typ«* gewesen. Leo Burkeys Ermordung war es, die Murphy wachsam bleiben ließ.

An diesem schönen Tag Anfang Oktober hockte sie in der Sattelkammer direkt neben einem Mäuseloch. Pewter kam herein, gefolgt von Tucker.

»Hörst du was?«, fragte Pewter.

»Sie singen wieder.«

Tucker hob den Kopf. *»›The Old Gray Mare‹ – woher haben sie die alten Lieder?«*

»Keine Ahnung.« Mrs. Murphy schüttelte entrüstet den Kopf. *»Das klär ich sofort auf, wenn ich die Morde aufgeklärt habe.«*

»Ach Murph, fang bloß nicht wieder damit an. Das ist aus und vorbei.« Tucker legte den Kopf flach auf den Boden und versuchte, in das Mäuseloch zu spähen.

»Schon gut, aber ich sag euch, da ist noch eine Überraschung im Anzug. Wartet's nur ab.«

Pewter meinte überlegen: *»Warum sollte ein Mörder sich in Gefahr bringen, nachdem er ungeschoren davongekommen ist? Ich meine, wenn es nicht Marcy war, warum sollte dieser Mensch noch einmal töten?«*

»Weil der Job noch nicht erledigt ist.«

Tucker spähte nicht mehr ins Mäuseloch. *»Murphy, du sagst doch immer, dass es bei Morden um Liebe oder Geld geht. Bei Marcy war's der Liebesaspekt.«*

»Niemand wurde beraubt. Geld fällt flach«, ergänzte Pewter.

»Erinnert euch, die Menschen dachten, es hätte um eine Versicherungszahlung gehen können, aber Leo hatte gar keine Versicherung abgeschlossen, und Marcys Police war sehr niedrig. Treuhandvermögen war auch keins vorhanden«, sagte Tucker.

»... she ain't what she used to be, ain't what she used to be ...« Die Mäuse grölten den Refrain.

»Ich hasse sie.« Mrs. Murphys gestreifter Schwanz peitschte hin und her.

»Gehen wir raus. Dann müssen wir's nicht hören«, lautete Pewters vernünftiger Vorschlag, und die drei Tiere trabten zu den Rosen hinterm Haus.

»Gutes Jahr für Rosen.« Pewter schnupperte an den großen B*lüten.*

»Blöder Refrain, ›ain't what she used to be many long years ago‹« sang Murphy. So sehr ihr das Lied missfiel, es ging ihr nicht aus dem Kopf.

32

Die Bürger von Crozet waren guter Dinge. Nur noch zwei Tage bis zu dem bedeutenden Wochenende.

Die Crozet Highschool veranstaltete für das große Ehemaligentreffen ein Footballmatch gegen die Western-Albemarle-Schule. Die Abschlussklasse von 1950 beging ihr fünfzigstes Ehemaligentreffen, und die von 1980 feierte ihr zwanzigstes.

Die Woche darauf würde mit dem Fest der Apfelernte ausgefüllt sein.

Der Herbst war eingezogen mit seinem spektakulären Farbenspiel und idealen Tagestemperaturen von fünfzehn Grad, denen Nächte mit leichtem Frost folgten.

Alle waren frohgemut.

Harry sortierte die Post. Sie liebte das Geräusch des Papiers, wenn sie die Umschläge in die metallenen Postfächer schob. Ihre eigene Post warf sie über die Schulter, sodass sie sich auf dem ganzen Fußboden verteilte.

Miranda sah auf die alte Bahnhofsuhr an der Wand. »In fünfzehn Minuten wird Mim an der Tür sein.« Sie deutete auf Harrys Post auf dem Boden. »Heben Sie das lieber auf.«

»Noch nicht!«, miaute Pewter und schlitterte über das Papier.

Mrs. Murphy folgte ihr.

Tucker feixte.»*Nachmacherin!*«

»*Wenn es ein totes Huhn wäre, würdest du dich drin wälzen.*« Murphy biss in einen festen braunen Umschlag.

»*Na klar.*« Tucker senkte die Nase auf den Boden, um auf Augenhöhe mit Murphy zu sein, die jetzt von rasender Zerstörungswut gepackt war.

»*Tote Hühner!*« Pewter schob ein weißes Fenstercouvert tiefer in das Häufchen von zunehmend zerfetztem Papier.

Harry kniete sich auf den Boden. Zwei Paar riesige Pupillen starrten sie an. »Verrückte Katzen.«

»*Kümmerlicher Mensch*«, gab Pewter zurück.

»*Das kannst du nicht sagen*«, verteidigte Tucker Harry.

»*Alle Menschen sind kümmerlich. Was nicht heißt, dass ich Harry nicht liebe. Oh, das hört sich göttlich an.*« Pewter grub ihre Fangzähne in das transparente Adressenfeld, das so schön knisterte.

»*Tucker, du nimmst das Leben zu ernst.*« Murphy hatte sich auf der Post breit gemacht.

»Das reicht.« Harry fing an, die Post unter den Katzen hervorzuziehen, die daraufhin mit den Pfoten nach dem wegrutschenden Papier schlugen. »Loslassen.«

»*Nein*«, erwiderte Pewter aufsässig.

»Bist ein kräftiger kleiner Frechdachs.« Harry zog schließlich einen dreifach gefalteten, zugeklammerten Bogen hervor. Vier Krallenrisse hatten das obere Stück zerfetzt. Die Heftklammer sprang ab, als sie an einem Stückchen Papier zog, in das die Klammer gedrückt war.

Harry öffnete, was übrig war. Mitten auf der Seite war eine kleine schwarze Kugel, ohne Kommentar. Sie sah nach dem Poststempel: 22901, das Hauptpostamt in Charlottesville. »Wieder einer, scheint mir.«

»O nein.« Miranda eilte hinzu. »Nicht unbedingt.«

»Ich seh in den Postfächern nach.«

Alle ihre Klassenkameraden hatten auch einen Brief bekommen.

Miranda wählte schon Rick Shaws Nummer.

Big Mim klopfte an die Vordertür. Harry schloss auf, ließ sie um Punkt acht Uhr herein.

»Guten Morgen, Harry.«

Miranda legte den Hörer auf. »Morgen, Mim.«

»Schauen Sie.« Harry zeigte Big Mim den Brief.

»Sehr originell ist er nicht, oder?« Naserümpfend hielt Mim das zerfetzte Blatt Papier in ihren behandschuhten Händen.

»Nein.« Harry seufzte. »Aber nach jedem Brief ist ein Mord geschehen.«

»Rick schon angerufen?«

»Gerade eben«, sagte Miranda.

»Wer immer es ist, er scheint entschlossen zu sein, Ihnen das Jubiläum zu verderben.« Mim klopfte auf die Trennklappe.

»Hat er schon, gewissermaßen. Wir werden uns nicht darüber unterhalten, was wir in zwanzig Jahren erlebt und gelernt haben, oder uns an die Dummheiten erinnern, die wir in der Schule gemacht haben. Wir werden uns über die Morde unterhalten.« Harry war wütend.

»›Gehet ein durch die enge Pforte. Denn die Pforte ist weit, und der Weg ist breit, der zur Verdammnis abführet; und ihrer sind viele, die darauf wandeln.‹« Miranda zitierte Matthäus, siebtes Kapitel, Vers dreizehn. »Ich weiß nicht, warum mir das eben durch den Kopf geschossen ist.«

33

Wimpel flatterten von Trauben metallisch schimmernder Luftballons herab. Mrs. Murphy und Pewter sausten durch die Turnhalle, sprangen hoch, um auf die Schnüre zu schlagen. Tucker saß unter einer Leiter und sah dem Jubiläumsteam zu, das geschäftig die vergrößerten Foto-Poster von den Jahresbesten der Abschlussklassen aufhängte.

Ein leichter Frost überzog die Erde mit silbrigem Glanz. Es war kalt in der großen Turnhalle, die für das Dekorieren nicht geheizt worden war. Gottlob würde sie am nächsten Morgen geheizt sein.

Harry und Chris hatten am Eingang drei lange Tische aufgestellt. Darauf legten sie Tischtücher. Auf die Tischtücher kamen hübsch gestaltete Kärtchen für jeden Buchstaben des Alphabets. Vor den Alphabetkarten lagen ordentlich gestapelt die Erkennungsplaketten für alle teilnehmenden Mitschüler. Jede Plakette trug in der linken oberen Ecke ein kleines Foto von der betreffenden Person aus der Highschool-Zeit. Das hatte sich als teuer erwiesen und zu einer weiteren Auseinandersetzung zwischen Harry und BoomBoom geführt, aber als BoomBoom die Plaketten sah, musste sie zugeben, dass sie sehr hilfreich waren. Manche, die sich stark verändert hatten, würde man nur anhand der Fotos aus der Highschool-Zeit wiedererkennen.

Susan brachte Sandwiches. Sie hatte das Essen für die zweitägige Feier organisiert, aber sie hatte auch an die schwere Arbeit am Vorabend gedacht. Ihnen blieb nur der Freitagabend für die Vorbereitungen, weil die ganze Woche in der Crozet Highschool unterrichtet wurde.

Zum Erstaunen aller ließ BoomBoom die Rahmen für die Fotos schon Wochen vorher anfertigen. Alle Balsaholzrahmen waren nummeriert, ebenso die niedrigen Körbe in Gestalt rennender Pferde, die als Tischdekoration gedacht waren.

T-Shirts waren zusammengerollt und mit blauem und goldenem Bast verschnürt worden. Wegwerfkameras, eine für jeden Teilnehmer, waren ebenfalls in den Körben, dazu Kleinigkeiten von hiesigen Geschäftsleuten. Art Bushey hatte Ford-Schlüsselanhänger spendiert. Die Firma Blue Ridge Graphics gewährte einen erheblichen Rabatt auf die T-Shirts. Die Baseballkappen dagegen waren zum Verkauf bestimmt, um Geld für die Mehrkosten aufzubringen. Die T-Shirts hatten ursprünglich auch zu diesem Zweck verkauft werden sollen, doch Bob Shoaf, der sich als Profi-Footballspieler eine goldene Nase verdient hatte, spendete die Summe für die Shirts, damit niemand außen vor bleiben musste, weil er kein Geld für Andenken hatte.

Harrys Arbeit war getan. Woche für Woche hatte sie die Öffentlichkeitsarbeit intensiviert. Sie hatte Radiospots geschaltet, war in den Abendnachrichten von Channel 29 aufgetreten – zusammen mit BoomBoom, die keiner Kamera widerstehen konnte. Sie hatte pfiffige Zeitungsanzeigen unter Verwendung des Schulwappens und der Fotos von 1980 entworfen.

Frühstückspensionen und eine Hotelkette gewährten Preisnachlässe für die heimkehrenden Ehemaligen der Abschlussklassen von 1980 und 1950.

Von einhundertzweiunddreißig noch lebenden Mitschülern und Mitschülerinnen hatten vierundsiebzig ihre Anzahlung auf die Teilnahmegebühr geschickt, zusammen mit Klagen über die merkwürdigen Briefe.

Die Quote der Zusagen betrug bei Mrs. Hogendobber hundert Prozent. Ein fünfzigjähriges Ehemaligentreffen war schon etwas Besonderes, das durfte man nicht versäumen.

»Sieht gut aus.« Harry bewunderte die Tische am Eingang. »Schlicht. Nichts, was man umstoßen könnte. Keine störenden Tischdekorationen. Die Leute können ihre Plaketten nehmen und weitergehen.«

»Und wo sind die Plaketten für die Leute, zu denen dir noch nichts eingefallen ist? Da musst du dir fix was ausdenken«, sagte Chris.

»Die sind in der Papiertüte auf meinem Platz.« Harry wies nervös auf die Tüte. »Aber ich weiß nicht, ob ich überhaupt kreativ sein kann. Vielleicht stecke ich ja in einem Kreatief.«

»Da ich unvoreingenommen bin, sause ich von Zeit zu Zeit rüber und flüstere dir was ins Ohr – etwa: ›Der sieht aus wie ein Warzenschwein!‹« Sie lächelte. »Hast du dein Kleid?«

»Ja. Miranda und Susan haben mich in die Stadt geschleppt. Ich muss es nur auf dem Ball tragen. Die übrige Zeit zieh ich's nicht an.«

Aus dem Flur kam ein Juchzer. »Harry, Sie schulden mir zehn Dollar«, ertönte Mirandas Stimme.

Harry und die Tiere eilten in den langen, gewienerten Flur und erblickten Miranda auf einem Skateboard, dicht gefolgt von Tracy.

»Ich glaub es nicht!«

»Zehn Dollar.« Miranda streckte triumphierend die Hand aus.

»Hab ich zehn Dollar gesagt?« Harry grinste, dann kramte sie in ihrer Tasche. Sie hatte die Wette vergessen, erinnerte sich aber vage an eine scherzhafte Bemerkung, dass Miranda nicht Skateboard fahren könne.

»Sie kann Wheelys«, bemerkte Pewter.

»Beängstigend, nicht?« Tucker lachte schallend. *»Da könnte 'ne Masse Mensch auf die Erde plumpsen.«*

Als hätte sie verstanden, was der Corgi gesagt hatte, stieß Miranda sich mit dem rechten Fuß ab und rollte direkt auf den Hund zu, der geistesgegenwärtig beiseite sprang.

Mrs. Murphy sagte: *»Sie hat 'ne Menge abgenommen, Tucker. Da plumpst nicht so viel Mensch auf die Erde. Aber immerhin ...«*

»So leicht habe ich noch nie zehn Dollar verdient.« Miranda bremste und hielt den grünen Schein in die Höhe.

Tracy stieg von seinem Skateboard und legte seinen Arm um Miranda. »Sie hat geübt. Sie kann sogar schon Hügel runterrollen.«

»Mrs. H., Sie sind unschlagbar.« Harry lachte.

»Man soll die Macht einer Frau nie unterschätzen.« Miranda schwenkte den Geldschein in der Luft, da Susan, BoomBoom und Chris in den Flur gekommen waren, um zu sehen, was hier los war.

»Hihi.« Mit leuchtenden Augen sprang Mrs. Murphy auf Mirandas Skateboard und rollte ein paar Meter durch den Flur.

»Menschlich. Diese Katze ist menschlich«, staunte Chris.

»Bilde dir bloß nichts ein.« Mrs. Murphy sprang ab, trabte einmal im Kreis herum, sprang dann wieder auf und machte ein bisschen mehr Tempo.

Schließlich nahm Miranda ihr das Skateboard weg und

stellte es hinter die Tür des Erfrischungsraums. Murphy hätte es gern wieder hervorgeholt und noch ein bisschen gespielt, doch Harry hob sie auf den Arm, um sie nach Hause zu bringen. Sie war müde, obwohl das Aufstellen der Namensschilder nicht so aufreibend gewesen war. Es waren die Vorfreude und die Erwartung, die sie erschöpften, und ein winziger Anflug von Furcht.

34

Mit wild klopfendem Herzen warf Harry noch ein Holzscheit in den Schlafzimmerkamin. Sie kroch ins Bett, fand die Laken kalt, stieg wieder heraus, schnappte sich ein Sweatshirt, zog es über und schlüpfte wieder unter die Bettdecke. Ein altes Haus warm zu halten war eine Bürde, besonders für Harry, die jeden Penny zweimal umdrehte.

»*Würdest du bitte still liegen?*«, murrte Pewter auf dem anderen Kopfkissen.

Das trockene Kirschholzscheit fing langsam Feuer und verbreitete einen angenehmen Duft im Zimmer.

Harry drehte die Nachttischlampe zu sich herüber, griff nach ihrem Klemmbrett und ging den Plan für den nächsten Tag noch einmal durch. Mrs. Murphy, die sich auf ihre linke Seite gekuschelt hatte, sah ihr zu. Tucker hatte sich vor dem Kamin ausgestreckt, den Kopf auf den Pfoten.

»Okay. Die Tische fürs Frühstück stehen schon in der Turnhalle. Susan hat das Essen für halb acht bestellt. Bonnie Baltier sagte, sie will rechtzeitig da sein, um mit mir den Anmeldetisch zu übernehmen. Sie weiß, dass sie etwas, irgendwas, auf die Karten schreiben muss, auf denen nur Namen stehen. Die Band baut am Abend ihre Instrumente auf, wenn wir nach Hause gehen, um uns umzuziehen. Erstaunlich, wie viel Strom die elektrischen Gitarren und das ganze Drum und Dran verbrauchen. Und ich vermute, wir alle werden BoomBooms Hand halten, die eigentlich den Laden schmeißen soll, aber jetzt nur noch Miss Nervenbündel von Crozet High ist.« Sie steckte den Bleistift hinter ihr rechtes Ohr. »Mein zweites Jahresbesten-Foto ist gar nicht übel geworden. Ich finde es besser als BoomBooms.«

»Ich auch«, rief Tucker zu ihr hoch.

»Mal bloß keinen Schnurrbart auf BoomBooms Bild, Mom – oder warte zumindest bis zum Ende des Festes.«

»Mrs. Murphy, vielleicht binde ich dir zur Feier des Tages eine blaugoldene Schleife um.«

»Sie wird umwerfend aussehen«, miaute Pewter.

»Sei nicht so gehässig«, erwiderte Murphy.

»Haha«, bemerkte Tucker trocken.

»Kinder, ihr seid heute Abend ja richtige Quasselstrippen.« Harry überflog noch einmal ihr Klemmbrett, dann legte sie es auf den Nachttisch. Sie fasste sich mit der rechten Hand ans Herz. »Ich hab Herzklopfen. Ich weiß nicht, warum ich so nervös bin. Bei unserem fünfzehnten Ehemaligentreffen war ich nicht nervös.« Sie streichelte Murphys seidigen Kopf. »Die Leute wissen, dass ich geschieden bin. Oh, deswegen bin ich eigentlich nicht nervös. Die sollen mir den Buckel runterrutschen, wenn's ihnen nicht passt. Ich bin kaum die Einzige aus unserer Klasse, bei der es in der Liebe auf und ab ging. Ich weiß nicht. Freilich, wie viele Geschiedene verabreden sich schon mit ihrem Ex? Vermutlich liegt es daran, dass ich alle auf einmal sehen werde. Überlastung.«

»Klar, Mom«, schnurrte Mrs. Murphy und schloss die Augen.

Harry griff wieder nach dem Klemmbrett. »Fair sagte, er würde als helfende Hand zur Stelle sein. Alle werden sich freuen, ihn zu sehen. Die Hälfte der Mädchen in meiner Klasse war in ihn verknallt. Ich denke, er möchte dort sein – für alle Fälle.« Sie sprach wieder zu Mrs. Murphy, weil Pewter sich zusammengerollt hatte und Harry den Rücken zukehrte. »Sag mal, kannst du es glauben, dass Miranda Skateboard gefahren ist? Oder du, Murphy.«

»Ich kann alles.«

»Ich muss doch sehr bitten.« Tucker wälzte sich auf die Seite. *»Wollt ihr zwei nicht endlich schlafen. Morgen wird ein langer, langer Tag.«*

Als Antwort darauf legte Harry das Klemmbrett weg und machte das Licht aus.

35

Schreie gellten durch die grünen Flure der Crozet Highschool, als die Abschlussklassen von 1980 und 1950 sich begrüßten. Für Südstaatendamen ist ein freundlicher Gruß nichts wert, wenn er nicht von Kreischen, Rufen, Kuss-Salven und einer innigen Umarmung begleitet ist. Die Herren halten sich mit der Lautstärke zurück, dafür packen sie Hände mit festem Griff, klopfen sich gegenseitig auf den Rücken, knuffen sich gegenseitig in den Arm, und wenn sie komplett überwältigt sind, flüstern sie: »Alter Saftsack.«

Harry und Tracy standen um halb sechs auf. Sie erledigte ihre Arbeiten in Rekordzeit und war um sieben in der Schule. Tracy holte Miranda ab, sie trafen um viertel nach sieben ein. Alles lief wie am Schnürchen, und Harry setzte sich zu Bonnie Baltier, und sie nahmen die Anmeldungen entgegen.

Dennis Rablan, der drei Fotoapparate um den Hals hängen hatte, fotografierte alle und jeden. Chris stand ihm mit langen, glühenden Blicken zur Seite und reichte ihm Filme.

Tucker setzte sich unter Harrys Beine, während Mrs. Murphy frech auf dem Tisch Platz nahm. Pewter kratzte die Kurve und riss zum Erfrischungsraum aus, wo Mirandas Klassentreffen stattfand. Das Essen würde dort besser sein.

Die Abschlussklasse von 1950 hatte die Tische im Kreis aufgestellt, sodass sich alle sehen und miteinander unterhalten konnten. Pewter witschte in den Erfrischungsraum. Der Raum war mit blauen und goldenen Hengsten dekoriert, die wie Karussellpferde gestaltet und an den Stützbalken befestigt waren. Miranda hatte durchblicken lassen, dass Tracy an etwas Ausgefallenem arbeitete, doch niemand konnte ahnen, dass es etwas so Ausgefallenes sein würde. Die Balken waren mit breiten blaugoldenen Folienbändern umwickelt. Der ganze Raum war mit Flaggen geschmückt. Der Erfrischungsraum sah viel schöner aus als die Turnhalle mit den vergrößerten Fotografien und den blaugoldenen Wimpeln, die von riesigen Ballontrauben flatterten.

In Pewters Augen war dieser Frühstücksraum das Schönste. Miranda hatte blaugoldene Tischdecken genäht. Auf jedem Tisch stand ein kleiner, hübscher Herbstblumenstrauß.

Pewter bemerkte, dass Mirandas und Tracys Skateboards hinter der Tür abgestellt waren. Sie bemerkte außerdem, dass es auf diesem Treffen mit seinen zweiundvierzig Personen ruhiger zuging. Es gab mehr Tränen, mehr echte Rührung. Ein Teilnehmer, ein dünner Herr mit sauber gestutztem Bart, saß im Rollstuhl. Etliche andere hatte das Schicksal in Gestalt von Unfällen oder Krankheit gebeutelt, sodass sie auf Hilfe angewiesen waren. Davon abgesehen fand Pewter, dass die meisten aus der Abschlussklasse von 1950 imponierend aussahen, jünger, als sie an Jahren waren, unter ihnen die strahlende Miranda. Sie hatte seit Anfang September fünfundzwanzig Pfund abgenommen. Pewter war vorher nie aufgefallen, wie hübsch Miranda eigentlich war. Sie trug einen karierten Wickelrock, eine schneeweiße Bluse und ihre bequemen Schuhe. Und sie lächelte jedes Mal, wenn sie Tracy ansah. Tracy lächelte auch oft zu ihr hinüber.

»Pewter Motorroller!«, begrüßte Miranda die graue Katze, die in den Raum geflitzt kam. »Willkommen bei der Abschlussklasse von 1950.«

»So eine süße Katze. Eine Konföderiertenkatze.« Eine kleine Dame in Grün klatschte in die Hände, als die graue Katze in den Raum geschlendert kam.

»Wir arbeiten zusammen.« Während Miranda lachend Pewters Kunstfertigkeit im Postsortieren schilderte, fütterte sie sie mit Wurststückchen.

»Ich bin ja so-o-o froh, dass ich hier bin«, sagte Pewter aufrichtig.

Nach ungefähr zehn Minuten steckte Harry den Kopf durch die Tür. »Hi, alle miteinander. Aha, hab ich's mir doch gedacht, dass ich dich hier finden würde.«

»Mir gefällt's hier!«

»Leute, dies ist Doug Minors Tochter – erinnert ihr euch an Doug und Grace Minor? Grace war eine Hepworth.«

Martha Jones, eine Frau von beachtlicher Statur, streckte die Hand aus. »Ich habe Ihre Mutter sehr gut gekannt. Wir waren zusammen in Sweet Briar. Sie sehen Grace sehr ähnlich.«

»Danke, Miss Jones. Das sagen alle.«

»Ihre Mutter war eine kühne Reiterin. Sie hat in Sweet Briar jeden Zaun genommen, was sie bald langweilte. Darauf hat sie sich über das Collegegelände hinaus gewagt. Ich glaube, sie hat jeden Zaun auf jeder Farm nördlich von Lynchburg übersprungen.«

Die Leute lachten.

Miranda sagte: »Mary Minor ist eine hervorragende Reiterin.«

»Danke, Mrs. H., aber ich bin nicht so gut wie Mom. Sie war in Mims Klasse.«

»Wo ist Mimsy?«, rief der dünne Herr im Rollstuhl.

»Hier bin ich. Du warst schon immer ungeduldig, Carl Winters, und wie ich sehe, hast du dich kaum verändert.« Mim war in einem schmeichelnden Rock-Bluse-Ensemble aus ockerfarbenem Wildleder hereingerauscht. »Wisst ihr was, ich wollte, ich hätte meinen Abschluss an der Crozet Highschool gemacht. In Madeira war es nicht halb so lustig, aber was kann man von einer reinen Mädchenschule schon anderes erwarten.«

»Eigentlich gehörst du ja sowieso zu uns.« Eine füllige Dame küsste Mim auf die Wange.

»Ich nehme meine Räuberin wieder mit in die Turnhalle«, sagte Harry, während die anderen miteinander plauderten.

»Sie kann hier bleiben. Sie kommt eh wieder her. Sie stört uns nicht.«

»*Bitte, Mom.*« Pewters hellgrüne Augen glänzten treuherzig.

»Na gut.« Harry beugte sich zu Miranda und senkte die Stimme. »Ihre Dekorationen sind schöner.« Sie hob die Stimme wieder. »Tracy, die Karussellpferde sind einmalig!«

Sie ging. Die Zurückbleibenden lächelten, plauderten, aßen Mirandas berühmte Orangenglasurteilchen.

Im Flur traf Harry Bitsy Valenzuela und Chris Sharpton, die eine riesige Kaffeemaschine schleppten.

»Was habt ihr denn vor?«

»BoomBoom hat mich voller Panik auf dem Autotelefon angerufen, dass nicht genug Kaffee da ist, deshalb sind wir zu Fred Tinsley gesaust, was Dennis gegen den Strich ging, weil Chris ihm doch assistieren soll. Ich musste Fred sechs Monate freies Telefonieren im Auto versprechen, um das Ding hier zu kriegen. E. R. wird mich umbringen«, stöhnte Bitsy. »Ist er schon da?«

»Ja, er hat Mini-Taschenlampen in Form von Handys mitgebracht.«

»So ist er eben, mein E. R., stets auf Förderung des Absatzes bedacht.«

»Soll ich mit anpacken? Das Ding sieht schwer aus«, erbot sich Harry.

»Lauf lieber rein und hol jemanden – ein kräftiges Mannsbild am besten –, der uns das abnimmt. Dafür sind die Männer schließlich da.« Bitsy und Chris setzten die Maschine langsam ab.

»Dürfen wir so was überhaupt noch sagen?« Chris kicherte.

»Tja, unter uns können wir Frauen alles sagen. Wir dürfen es bloß nicht laut äußern.« Bitsy lachte. »Ich würde E. R. nie gestehen, dass ich ihn brauche. Ich brauche ihn aber.«

Harry sauste in die Turnhalle und kam mit Bob Shoaf zurück, dem Sportlichsten der Abschlussklasse, der sieben Jahre als Cornerback bei den New York Giants gespielt hatte. Bob hatte einen herrlichen Körper und sah auch sonst nicht übel aus. Er war jedoch glücklich verheiratet, zumindest wurden die Zeitungen nicht müde, das zu behaupten.

»Mädels, lasst nur. Ich mach das schon.« Er hievte die Kaffeemaschine an seinen Brustkasten. »Ihr zwei kommt mir bekannt vor, aber ich weiß nicht, wo ich euch hintun soll.«

»Diese zwei reizenden Damen haben uns den ganzen Sommer und Herbst geholfen, Bob, aber sie sind nicht aus unserer Klasse. Bitsy Valenzuela – Mrs. E. R. Valenzuela – und Chris Sharpton, eine Freundin.«

»Entschuldigen Sie, dass ich Ihnen nicht die Hand gebe.« Er schleppte die Maschine in die Turnhalle, wo BoomBoom ihn begrüßte, als hätte er das Goldene Vlies aus Kolchis geholt.

Bitsy und Chris blieben in der Tür stehen. »Komisch«, sagte Chris.

»Was?«, fragte Bitsy. »Was ist komisch?«

»Diese Leute leibhaftig zu sehen, nachdem ich mir ihre Bilder im Jahrbuch angeguckt habe. Es ist, als wäre eine Fotografie lebendig geworden.«

»Nicht immer zum Vorteil.« Mrs. Murphy hob die Augenbrauen. Die Abschlussklasse von 1980 war schon so lange auf der Welt, dass sich in den Gesichtern derer, die zu viel tranken, die verräterischen lila Äderchen zeigten. Ehemalige Drogenkonsumenten mochten etwas gesünder aussehen, aber bei ihnen waren Gehirnzellen beschädigt. Davon kündete ihr glasig-leerer Blick. Vielen Männern gingen die Haare aus. Andere trugen die Speckwülste des beginnenden mittleren Alters, wenngleich keiner zugeben mochte, dass das mittlere Alter eingesetzt hatte. Die Natur ließ sich nicht überlisten. Schlecht gefärbte Haare entstellten einige Frauen, doch im Großen und Ganzen sahen die Frauen besser aus als die Männer, ein Beweis für den Zwang, etwas aus sich zu machen, dem die Damen in der Gesellschaft ausgesetzt waren.

Bonnie streichelte Mrs. Murphy geistesabwesend, während sie ihre Liste noch einmal durchging. Alle hatten sich angemeldet außer Meredith McLaughlin, die erst zum Mittagessen kommen würde. Harry ging wieder zu Bonnie,

Chris zu Dennis, der unentwegt lächelte, weil sie wieder da war.

»Fertig.« Bonnie legte ihren Filzstift hin.

»Du denkst schnell. Daran hätte ich mich erinnern sollen.« Harry lächelte. »Dein Einfall, Dennis Rablan als ›Verhinderter Fernsehprediger‹ zu charakterisieren –, also ich hätte sterben können. Ideal. Sogar er fand's lustig!«

»Irgendwas musste ich mir ja ausdenken. Was soll man denn beim ›Besten Insgesamt‹ hinschreiben, der …« Sie zuckte die Achseln.

Harry lachte. »Ein Vermögen kleingekriegt und ihn zu oft hochgekriegt.«

»Und dann du selbst. Die Erfolg Versprechendste und Sportlichste, Posthalterin in Crozet«, sagte Bonnie.

»Ihr denkt wohl alle, ich bin eine Niete.«

»Du doch nicht, Mom, du bist einmalig.« Tucker stellte sich auf und legte den Kopf in Harrys Schoß.

»Nein.« Bonnie schüttelte den Kopf. »Aber wenn es eine Kategorie ›Unterfordert‹ gäbe, hättest du gewonnen. Du warst und bist vermutlich bis heute eine der Klügsten aus unserer Klasse. Was ist passiert?«

Harry, der vor diesem Gespräch graute, das sich auf direkte oder subtile Art während der kommenden anderthalb Tage wiederholen würde, atmete tief durch. »Ich habe die Gewissensentscheidung getroffen, mein Innenleben über mein Außenleben zu stellen. Ich weiß nicht, wie ich es anders ausdrücken soll.«

»Man kann beides haben«, bemerkte Baltier, die in der materiellen Welt erfolgreich war. Sie leitete ein Versicherungsunternehmen, das sich auf Pferde spezialisiert hatte.

»Bonnie, ich hatte Kunstgeschichte als Hauptfach. Was für Aussichten hätte ich da gehabt? In einem großen Auktionshaus oder einer kleinen Galerie arbeiten oder an einem College unterrichten, aber dafür hätte ich weiterstudieren müssen. Das wollte ich nicht, und außerdem habe ich im Jahr nach dem Collegeabschluss geheiratet. Ich dachte, alles sei wunderbar, und das war's ja auch – eine Zeit lang.«

»Ich war taktlos.« Bonnie schob eine Locke aus der Stirn. »Aber ich mag einfach keine Vergeudung mit ansehen. Dein Verstand scheint mir vergeudet zu sein.«

»An materiellen Maßstäben gemessen hast du Recht.«

»Das Problem dabei ist, dass man es nicht nach anderen Normen messen kann.«

»Es ist Zeit, dass wir zu den anderen gehen. Ich hab Hunger.«

»Bist du sauer auf mich?«

»Nein. Wenn BoomBoom mich gefragt hätte, wäre ich sauer.« Harry nickte zu einer attraktiven, gut geliftteten Frau im gesellschaftlichen Aufwind hinüber, die bei der Pyramide aus Krispy-Creme-Doughnuts Hof hielt. »Oder sie.«

Deborah Kingsmill, die zur Intellektuellsten der Abschlussklasse gekürt worden war, meinte anderen tatsächlich überlegen zu sein, weil sie gewieft und weil sie ihren Eltern entkommen war. Und da endete ihre Intelligenz auch schon. Sie hatte nie gelernt, dass »weniger« intelligente Menschen andere Begabungen hatten.

Deborah und Zeke Lehr, der Intelligenteste der Abschlussklasse, waren gemeinsam abgebildet, wie sie in der Alderman Bibliothek in einem dicken Buch lasen. Zeke betrieb eine Druckerei in Roanoke. Er hatte es zu etwas gebracht, hatte drei Kinder und hielt sich gut in Form. Er schenkte sich die zweite Tasse Kaffee ein, während er BoomBoom zuhörte, die sich über die Mühen beim Organisieren des Ehemaligentreffens ausließ.

»Hey, danke für deine Arbeit.« Rex Harnett, der schon eine Alkoholfahne hatte, küsste Harry auf die Wange.

»Hat Spaß gemacht«, bekannte Harry dem breitschultrigen, stämmigen Mann, der zum Schüler mit dem größten Gemeingeist gekürt worden war und sich mühelos für den größten Weingeist hätte qualifizieren können.

»Kommt Fair auch?«

»Ja, aber er hat heute Vormittag Bereitschaftsdienst. Er kommt, sobald er kann. Er gehört ja genauso zu unserer Klasse wie zu seiner.«

»Kommt ihr zwei wieder zusammen?«

»Jetzt fang du nicht auch noch damit an!« Harry tat verzweifelt.

»Ich habe persönliche Gründe. Wenn du nämlich nicht an dem blonden Gott interessiert bist, dann würde ich dich gerne mal ausführen.«

»Rex!« Harry war überrascht und leicht empört.

Tucker war noch überraschter. *»Er kommt ohne Umschweife zur Sache, das muss man ihm lassen.«*

»Ich dachte, du bist verheiratet.«

»Seit zwei Jahren geschieden. Es war die Hölle.«

»Rex, ich bin geschmeichelt, aber«, beschied sie seinen Antrag, »wir sind nicht die richtige Mixtur.«

Er lächelte. »Harry, du kannst netter nein sagen als sonst eine Frau, die ich kenne.« Er sah sich im Raum um. »Die Rote und die Blonde kommen mir bekannt vor, aber ich weiß nicht, wo ich sie hinstecken soll.«

»Bitsy Valenzuela, E. R.s Frau.«

»Und die andere?«

»Chris Sharpton. Sie ist aus Chicago hierher gezogen. Sie und Bitsy haben uns bei den Vorbereitungen geholfen.«

»Market sieht aus wie eh und je. Bloß weniger Haare«, sagte Rex. »Boom ist wie immer.«

»Sie ist schön. Von Männern umringt«, sagte Harry tonlos.

Bonnie Baltier, die sich ein Doughnut geschnappt hatte, und Susan Tucker traten zu ihnen.

»Ist es nicht super?« Susan strahlte.

»Lasst uns rübergehen und der Abschlussklasse von 1950 gratulieren«, schlug Harry vor. »Nach dem Frühstück. Es ist kaum zu glauben, wie sie den Erfrischungsraum dekoriert haben.«

»Dann kriegen wir schon mal einen Vorgeschmack, wie wir heute in dreißig Jahren aussehen.« Rex lächelte.

Bonnie betrachtete die vergrößerten Fotos von den Jahresbesten. »Wisst ihr, wen ich vermisse? Aurora Hughes. Sie war eine Seele von Mensch.«

»Wir werden wohl bei jedem Treffen ein paar mehr vermissen«, meinte Rex trocken.

»Wirklich, ein aufmunternder Gedanke, du Trottel.« Bonnie schüttelte den Kopf.

»Verdammt, Baltier, die Menschen sterben nun mal. Für einige hätte Charlie gern früher sterben können.«

Susan fragte: »Erinnerst du dich an das Gerücht, das bei uns durch die elfte Klasse ging, dass Charlie ein uneheliches Kind hatte?«

Rex hob die Schultern. »Ja.«

Harry sagte: »Männer quatschen. Ihr erzählt euch Sachen, über die ihr mit uns nicht sprechen würdet. Hast du eine Ahnung, wer die Mutter war – oder ist, sollte ich wohl sagen?«

»Nein«, antwortete Rex. »Er hat eine Menge Mädchen vernascht. Raylene Ramsay war scharf auf ihn, aber sie ist nicht von der Schule abgegangen, und sie ist nicht dicker geworden. Sie war's nicht.«

»Tja, das haben wir uns auch gedacht«, sagte Susan.

Bonnie wischte sich Zuckerkrümel aus den Mundwinkeln. »Spielt auch keine Rolle. Denken wir lieber an die guten Zeiten.«

»Ganz meine Meinung. Wann macht die Bar auf?« Rex hielt seine Kaffeetasse in die Höhe.

»Um sechs.«

»Bis dahin könnte ich tot sein.« Er lachte. Bitsy, Chris, Bob und Dennis traten zu ihnen. Rex zog einen Flachmann aus seiner Tasche und nahm einen tiefen Schluck.

»Durchaus möglich, wenn du so weitersäufst«, hielt Bonnie ihm vor.

»S-s-s-s«, zischte Rex und berührte sie leicht mit seinem Finger.

36

Gegen halb zehn bat BoomBoom die ganze Gruppe einschließlich Fair um Ruhe.

»Meine Damen und Herren, darf ich um Ihre Aufmerksamkeit bitten.«

Diese wurde ihr nicht sofort zuteil.

Bob Shoaf hielt sich die Hände als Trichter vor den Mund. »Ruhe, Leute!«

Das Geplapper verebbte, und aller Augen richteten sich auf BoomBoom, die auf einem Tisch stand. Für ihre Verhältnisse dezent gekleidet – blauer Kaschmirrolli, nicht zu eng, hübscher senfbrauner Rock und Schuhe mit mittelhohen Absätzen –, war sie eine imposante Erscheinung. Ihre Ausstrahlung verblüffte Harry, die in BoomBoom eine dumme Gans sah. Harry schrieb es den beeindruckenden körperlichen Vorzügen zu, denen Olivia Ulrich ihren Spitznamen verdankte. Das war ein Irrtum.

Frauen wie Harry konnten eine Menge lernen von Frauen wie BoomBoom, die sich die Unsicherheit und heimlichen Träume der Männer zunutze machen. Harry erwartete von allen, Männern inklusive, dass sie vernünftig waren, dass sie wussten, wo ihre eigenen Interessen lagen und diesen gemäß handelten. Kein Wunder, dass Mary Minor Haristeen oft über die Menschen staunte.

»Willkommen, Abschlussklasse von 1980.« BoomBoom streckte die Hände aus wie zur Segnung. Als die Versammelten tobten, drehte sie Ruhe gebietend die Handflächen nach oben. »Wir alle, die wir für dieses Ehemaligentreffen gearbeitet haben, sind begeistert, dass ihr alle nach Hause gekommen seid. Mike Alvarez und seine Frau Mignon sind von Los Angeles hierher geflogen, um bei uns zu sein, und damit gebührt ihnen der Preis in der Kategorie ›am weitesten gereist‹.« Wieder spendete die Gruppe tosenden Beifall.

Während BoomBoom die bei derlei Gelegenheiten übliche Ansprache hielt, beobachtete Harry, die mit Mrs. Murphy und Tucker hinten stand, ihre Klasse. Es war eine verwöhnte Generation.

Anders als Mirandas Generation, die das Ende des Zweiten Weltkriegs miterlebt hatte, um sich dann durch Korea zu schleppen, hatte Harrys Generation nur die kurzen Zuckungen des Golfkriegs erlebt. Zum Glück war ihr Vietnam erspart geblieben, das die Generation davor traumatisiert hatte.

Jedermann besaß ein, zwei Autos, einen oder mehrere Fernsehapparate, einen oder mehrere Computer, ein oder mehrere Telefone inklusive Handys. Sie hatten Geschirrspülmaschinen, Waschmaschinen und Trockner, Fitnessgeräte, Stereoanlagen, und den meisten blieb noch genügend Geld für persönliche Hobbys: Golf, Reiten, Fliegenfischerei in Montana, ein, zwei Wochen Winterurlaub in Florida oder auf Hawaii. Sie erwarteten, dass ihre Kinder ein College besuchten, und fragten sich allmählich vage, ob noch Geld übrig sein würde, wenn sie in den Ruhestand gingen.

Die meisten von ihnen waren Weiße, etwa zehn Prozent Schwarze. Harry konnte bei den Erwartungen keinen Unterschied feststellen, wenngleich es bei den Möglichkeiten deutliche Unterschiede gab, doch auch dies hatte sich seit Mirandas Zeiten gebessert. Walter Trevelyn, wie Harry Sieger in der Kategorie der Erfolg Versprechendsten, ein milchkaffeebrauner Afroamerikaner, war das beste Beispiel dafür. Er war der jüngste Präsident einer auf Geschäftsdarlehen spezialisierten Bank in Richmond, einer Bank, die bereit war, den Lohn des Wachstums einzustreichen, das Richmond erlebt hatte und von dem zu erwarten war, dass es bis ins einundzwanzigste Jahrhundert anhielt.

Ungefähr die Hälfte der Mitschüler gehörte zur arbeitenden Klasse, und es tat sich eine Kluft auf, was Lebensstil und Geld betraf, aber auch diese Leute hatten ein oder mehrere Autos, ein oder mehrere Fernsehapparate und so fort.

Die Leiden, die Harrys Generation erduldete, hatte sie sich selbst zuzuschreiben, da sie die Gespenster von Geschlecht und Rasse beschwor. Harry fragte sich, was geschehen würde, müssten sie wirklich einmal schlimme Zeiten erleben: eine große Naturkatastrophe, einen Krieg, eine niederschmetternde Depression.

Susan trat leise neben sie. »Du kannst doch von BoomBooms Rede nicht so gefesselt sein.«

Harry flüsterte zurück: »Ich frage mich gerade, was unsere Generation tun wird, wenn die sprichwörtliche Kacke am Dampfen ist.«

»Was jede andere Generation von Amerikanern getan hat: Wir werden es überleben.«

Harry lächelte halbwegs belustigt. »Weißt du was, Susan, du hast vollkommen Recht. Ich denke zu viel.«

»Ich kann mich an Situationen erinnern, wo du überhaupt nicht gedacht hast«, bemerkte die Tigerkatze lakonisch.

Von der Ansprache gelangweilt, wanderte Tucker zu den Büfett-Tischen und verleibte sich die Krümel auf dem Fußboden ein.

»Harry!«, rief BoomBoom.

Harry blinzelte betreten wie ein Kind, das in der Schule bei einem Nickerchen erwischt wurde. »Was?«

»Die Jahrgangsbesten der Abschlussklassen werden nach vorne gebeten.«

»Ach BoomBoom, alle wissen, wie ich damals aussah und heute aussehe. Kommt ihr nur alle nach vorn.«

Susan legte ihre Hand auf Harrys Rücken und schob sie zu den zwei Fotografien, dann ließ sie sie los, um sich vor ihr eigenes Foto zu stellen, das sie als Insgesamt Beste zeigte. Unter dem alten Foto lautete die Bildunterschrift Susan Diack, unter dem neuen Susan Tucker. Sie betrachtete ihre Highschool-Fotografie. Sie und Dennis Rablan saßen in Jagdmontur auf einem rohen Bretterzaun, ein Fuchs lag zusammengerollt in Susans Schoß. Im Gegensatz zu Harry hatte sie sich äußerlich verändert. Sie war zehn Pfund schwerer, aber nicht dick. Es war eher jene Kompaktheit, die sich bei vielen mit Mitte dreißig einstellt. Ihre Haare waren nach dem neuesten Trend geschnitten. In jungen Jahren hatte sie einen langen Zopf im Nacken getragen. Dennis war seit damals zehn Zentimeter gewachsen.

Harry stellte sich zuerst vor das Foto mit den Sportlichsten, auf dem sie mit Bob Shoaf scherzte, den sie trotz seines albernen großspurigen Getues mochte. Dann sauste sie zu dem Foto mit den Erfolg Versprechendsten, auf dem Walter Trevelyn ihr einen Kuss auf die Wange gab.

Alle lachten mit, als sich die Jahrgangsbesten über sich selbst als Jugendliche lustig machten.

Anschließend ging BoomBoom von ihrem Foto als Bestaussehende zu dem mit den Begabtesten. »Leute, lasst uns Aurora Hughes' gedenken.« Sie wandte sich an Hank Bittner, den begabtesten Schüler: »Hank, was ist dir von Aurora am stärksten in Erinnerung geblieben?«

»Ihre Herzlichkeit. Sie verstand es, einem das Gefühl zu geben, bedeutend zu sein.« Er lächelte bei der Erinnerung an das Mädchen, das seit fast zwanzig Jahren tot war.

So begabt der junge Hank auch gewesen war, hatte er dennoch wohlweislich beschlossen, nicht mit seiner Rock Band weiterzumachen. Er war vielmehr nach New York gezogen, war in eine Plattenfirma eingestiegen und übte nun großen Einfluss über Auf- und Abstieg von Rockgruppen aus.

Als Nächstes trat BoomBoom zu dem Foto mit den Beliebtesten. Meredith McLaughlin, die sich wegen einer dringenden Verpflichtung verspätet hatte, war soeben vor ihre Fotografien geeilt. Sie betrachtete sich, jung und alt und obendrein im doppelten Format ihres einstigen Umfangs.

»War ich das wirklich?«, johlte sie.

Die Gruppe lachte mit ihr. »Ja!«

»Meredith, was ist dir von Ron Brindell am stärksten in Erinnerung geblieben?«

»Wie er einmal in einem Burnus zum Unterricht gekommen ist, weil wir den Mittleren Osten durchnahmen. Wisst ihr das noch?« Viele nickten. »Und der alte Mr. DiCrenscio ist ausgerastet und hat ihn rausgeworfen. Ron ist zu Mr. Thomson marschiert, unserem Direktor, und hat gesagt, das sei lebendige Geschichte, und er werde sich bei der Zeitung beschweren. Das war urkomisch, wie Mr. Thomson versucht hat, beide zu beschwichtigen, Ron und Mr. DiCrenscio.«

»Danke, Meredith.«

Dann ging sie zu dem Foto mit den Witzigsten, wo Bonnie Baltier vor sich hin brubbelte, doch als BoomBoom bei ihr ankam, lächelte sie übers ganze Gesicht.

»Was ist dir von Leo Burkey in Erinnerung geblieben?«, fragte BoomBoom.

»Sein großes Maul. Einmal war er wütend auf Howie Maslow und hat zu ihm gesagt, er könnte seine Nase als Dosenöffner benutzen.«

Die Leute kicherten. Howie Maslow, der 1978 Klassensprecher gewesen war, hatte eine Nase wie ein Habichtschnabel. Aber man musste Leo zugute halten, dass Howie seine Macht zu Kopf gestiegen war.

Danach ging BoomBoom zurück zu ihrem eigenen Jahresbestenfoto und betrachtete Charlie 1980 und 2000. »Er war immer fantastisch. Er war hochintelligent und lustig. Hatte einen herrlichen Sinn für Humor. Und was seine Schwäche angeht, nun, wer unter uns wirft den ersten Stein?«

Totenstille folgte, bis Hank Bittner ausrief: »Ich werfe den ersten Stein. Mir hat er das Leben vermiest. Hat mir sämtliche Freundinnen ausgespannt.«

Alle erregten sich auf einmal. BoomBoom erbleichte, fuchtelte mit den Händen, um die Leute zum Schweigen zu bringen.

Schließlich brüllte Fair, der größte von allen: »Genug, Freunde, genug.«

»Sei still, Fair, du bist von ’79«, schrie Dennis Rablan.

Market Shiflett verteidigte seinen Freund Fair. »Ist doch egal. Man soll nicht schlecht von den Toten reden.«

»Tot? Hat man ihm einen Pfahl durchs Herz getrieben? Ich bedaure, dass ich die Beerdigung verpasst habe«, geiferte Bob Shaof, und es war ein amüsanter Anblick, einen früheren Cornerback, dem vermutlich eines Tages ein Platz in der Ruhmeshalle zuteil werden würde, geifern zu sehen.

»Ich möchte den finden, der ihn erschossen hat, und ihm eine Flasche Champagner spendieren«, rief Hank.

Schweigend beobachteten die Frauen die Kabbelei der Männer und strebten unbewusst der Mitte des Raumes zu.

BoomBoom rang die Hände. »Das ruiniert unser Treffen.«

»Ach was. Sollen sie's rauslassen«, tröstete Bitsy Valenzuela sie.

»Hier hält sich keiner zurück, was?« Chris ließ die streitenden Männer nicht aus den Augen.

Harry nahm Mrs. Murphy auf den Arm, die ihr mit der Pfote das Gesicht tätschelte. »Junge, Junge, so wütend habe ich Market Shiflett seit Jahren nicht gesehen.«

Market hatte sich dicht vor Bob Shoaf aufgepflanzt und drohte ihm mit der Faust. Rex Harnett schritt ein, sagte etwas, das die Damen nicht hören konnten, und Market gab ihm eins auf die Nase. Dennis, ganz der Paparazzo, der er gerne gewesen wäre, schoss ein Foto davon.

BoomBoom flehte Harry an: »Tu doch was.«

Harry, erbost, weil BoomBoom von ihr erwartete, das Problem zu lösen, während sie selbst untätig zusah, stolzierte davon, doch dabei kam ihr eine Idee.

Sie ging in die Ecke der Halle, wo die Bänder mit Tanzmusik bereitlagen, die Mike Alvarez für das Ehemaligentreffen aufgenommen hatte. Ein großer Kassettenrecorder in Profiqualität, bestückt und fertig zum Abspielen, bot Harry die Lösung. Sie drückte auf den Knopf, und Michael Jackson erschallte mit »Off the Wall«.

Sie ging wieder zu den Frauen. »Los, jede schnappt sich einen Mann und fängt an zu tanzen. Wenn das nicht funktioniert, gehen wir über den Flur und besuchen die Klasse von 1950. Vielleicht können wir da was lernen.«

BoomBoom schwebte zu Bob Shoaf. Harry nahm schaudernd Rex Harnett. Chris tat sich mit Market Shiflett zusammen, was ihn ungemein freute, Bitsy schwankte, dann wählte sie Mike Alvarez. Susan nahm Hank Bittner. Sobald alle Männer abgelenkt waren, wurde es ruhiger in der Halle, doch dann ging Fair Haristeen auf Rex zu und klopfte ihm auf die Schulter.

»Nein«, erklärte Rex.

»Abklatschen bedeutet auf der ganzen Welt dasselbe, Rex.«

»Damenwahl. Ich muss diese reizende Dame nicht abtreten, auch wenn du es dummerweise getan hast.«

Fair, der gewöhnlich ein ausgeglichener Mensch, aber möglicherweise durch den Männerkrawall erregt war, riss Rex von Harry fort.

Aus Furcht vor dem größeren Mann schlich Rex an den Rand, dabei meckerte und stöhnte er bei jedem Schritt. Hank Bittner lachte Rex aus, als er an ihm vorbeikam. In bester Tradition alter Animositäten zischte Rex: »Schwuchtel.«

Blitzschnell schnappte Shoaf Rex, während Fair sich Hank griff. Die zwei Kontrahenten wurden von ihren Hütern aus der Turnhalle bugsiert, wobei Rex aus Leibeskräften schrie. Als Tracy Raz den Tumult hörte, verließ er sein Treffen, um Fair zu helfen, mit Hank fertig zu werden.

Obwohl die Musik weiterspielte, blieben die Tanzenden einen Augenblick stehen.

Chris war entsetzt. »Ist der Kerl ein Neandertaler oder was?«

Harry bestätigte: »Neandertaler.«

»Wovon redet er?«, fragte Susan Dennis. »Nennt Hank eine Schwuchtel.«

Dennis, dessen Lippen weiß geworden waren, erwiderte: »Keine Ahnung.«

37

Chris Sharpton steuerte auf die Tür zu, und Bitsy packte E. R. am Handgelenk und wollte ihn nach draußen ziehen.

BoomBoom eilte zu ihnen. »Lasst euch nicht abschrecken. Es gehört nun mal zu einem Ehemaligentreffen, dass alte Streitfragen aufgeworfen und geklärt werden.«

»Hey, bei meinem Schultreffen war das nicht so«, erwiderte Chris. »Aber es ist gutes Theater. Schlechtes Benehmen, aber gutes Theater.«

E. R. glotzte verwundert. »BoomBoom, ich glaube nicht, dass alte Streitfragen jemals geklärt werden. Das ist doch Mumpitz.«

»Fang bloß nicht mit so was an, E. R.«, sagte Bitsy und zog ihren Mann weiter. »Ich muss meine Handtasche aus dem Auto holen.«

Chris sah ihnen nach, als sie durch den Flur gingen, dann folgte sie ihnen.

Mrs. Murphy schlenderte an BoomBoom vorbei. *»Tschüs!«*

Harry, die nicht gehört hatte, wie E. R. Boom deutlich die Meinung sagte, folgte ihrer Katze. Tucker war Fair schon über den Flur nachgelaufen.

Harry ging zum anderen Ende des Flurs, der abseits vom Parkplatz lag, und stieß die vordere Tür auf. Fair und Hank standen unter der Eiche mit den leuchtend gelben und orangeroten Blättern. Tucker setzte sich Fair zu Füßen.

»Sag es nicht.«

»Ich sag doch gar nichts.« Harry lächelte verkniffen, als Hank mit hochrotem Gesicht die Hände in die Taschen schob.

»Hast du dich einigermaßen beruhigt?«, wandte sie sich an ihren alten Schulfreund.

»Ich denke ja.« Er lächelte. »Komisch. Ich lebe in New York, komme zurück, und es ist, als wäre ich nie weggewesen.«

Mrs. Murphy atmete die Oktoberluft ein. Es war ein herrlich warmer Tag, die Temperatur betrug achtzehn Grad. Tucker, die sich weit mehr als Murphy für Gefühlsausbrüche interessierte, wich Fair nicht von der Seite. Die Tigerkatze hob zuckend den Schwanz.

»Ich lauf mal ein bisschen rum.«

»Ich bleib hier«, verkündete Tucker.

»Okay.« Mrs. Murphy wanderte hinter die Schule. Als sie am Parkplatz vorbeikam, sah sie Bitsy und E. R. in erregtem Gespräch bei ihrem Auto stehen. Chris, die einen großen Karton mit Jubiläums-T-Shirts trug, stieß das Schultor mit dem Rücken auf. Sie hatten bereits einen Karton T-Shirts verkauft. Chris oblag es, für Nachschub zu sorgen. Sie achtete nicht auf Bitsy und E. R.

»Du kannst ja hier bleiben, ich gehe!« Die Hände auf den Hüften, stand Bitsy vor ihrem Mann.

»Ach komm, Schatz. Das renkt sich wieder ein.«

Pewter umrundete das Gebäude von der anderen Seite. Beim Anblick der Tigerkatze verfiel Pewter ins Hüpfen.

»Du wirst es nicht glauben.« Ihre weißen Schnurrhaare schnellten vor, sie konnte es nicht erwarten, ihre Neuigkeiten mitzuteilen. *»Rex Harnett ist da hinten und quasselt unflätiges Zeug wie ein Irrer. Der sollte sich mal gründlich das Mundwerk desinfizieren lassen.«*

»Wegen Hank?«

Pewter warf sich in die Brust. *»Hank, Charlie, Dennis, nimm wen du willst. Er ist, äh, mitteilsam.«* Sie fuhr die Krallen ihrer rechten Vorderpfote aus und zog sie wieder ein. *»Meist brabbelt er davon, dass er es nicht in die Footballmannschaft geschafft hat und zum Ausgleich zum größten Schulgeist gekürt wurde. Der hat ja 'nen Knall! Er hat gesagt, er weiß, wen Charlie geschwängert hat.«*

»Und?«

»Nichts. Er wollte sich bloß wichtig machen. Ich glaube, er weiß gar nichts. Tracy Raz war empört und ist zu seinem Treffen zurückgegangen. Seine Abschiedsworte lauteten: ›Werd endlich erwachsen.‹«

»Ich weiß nicht genau, weswegen es eigentlich zu dem Streit gekommen ist, ich weiß bloß, dass Rex Harnett zwar ein Säufer sein mag, aber deswegen kein kompletter Idiot sein muss. Vielleicht weiß er ja doch was.«

»Rex brüllt rum, dass er nicht schwul ist.« Pewter liebte pikante Histörchen. *»Bob Shoaf hat gesagt, er soll's Maul halten. Wenn Rex schwul wäre, wäre das eine Schande für die Schwulen. Sehr komisch, wirklich.«*

»Ich dachte, du wärst bei den goldigen Oldys im Erfrischungsraum.« Mrs. Murphy drehte sich im Kreis, dann setzte sie sich hin.

»Ich bin mit Tracy rausgelaufen. Der Flur verstärkt den Lärm.« Auf Wirkung bedacht, hielt Pewter inne, dann kam sie wieder auf die Szene draußen mit Rex zu sprechen: *»Dann, und ich sage dir, mich hat's fast umgehauen, fing Rex an zu heulen und sagte, niemand hätte ihn jemals gern gehabt. Er hat aber nicht abgestritten, ein Säufer zu sein. Sind die alle irre, oder was? Ich dachte, Ehemaligentreffen wären eine fröhliche Angelegenheit. So wie Mirandas. Jedenfalls, Rex ist zur Herrentoilette gestürmt. Ich glaube, Bob ist auf die andere Seite der Schule gegangen, um Fair und Hank zu suchen.«*

»Der Hormonspiegel ist bei Mirandas Treffen viel niedriger.« Die Tigerkatze lächelte. *»Sie sind bloß Tiere, weißt du. Das ist ja das Traurige. Sie streiten es ihr Leben lang ab, aber sie sind bloß Tiere. Ich sehe nicht, dass wir uns schlimmer aufführen als sie, wenn unsere Paarungshormone einschießen.«*

»Paddy ist der Beweis dafür«, sagte Pewter hinterhältig, eine versteckte Anspielung auf Mrs. Murphys große Liebe, einen schwarzen Kater mit weißen Pfoten und weißer Brust, ein ungemein hübsches Katzentier, aber ein Schweinehund.

»Wenn du denkst, du kannst mich provozieren, dann hast du dich getäuscht. Ich geh wieder rein. Wer weiß, vielleicht rastet noch jemand aus oder gibt ein Geheimnis aus der Vergangenheit preis.«

Pewter hatte gehofft, Murphy auf die Palme zu bringen. *»Ich auch.«*

Sie sprangen auf die Stufen des Seiteneingangs. Das alte

zweistöckige Gebäude hatte einen Haupteingang mit Stützpfeilern, einen Hintereingang zur Turnhalle und zwei Seiteneingänge mit schlichten Flügeltüren.

Eine Seitentür stand halb offen. Sie gingen durch den Hauptflur zur Turnhalle.

Susan Tucker, Deborah Kingsmill und Bonnie Baltier nahmen die Katzen kaum wahr, als sie an ihnen vorbeispazierten.

»... das ganze Jubiläum ruiniert.«

»Die kriegen sich schon wieder ein«, meinte Susan.

»Ich wünschte, die Leute würden aufhören mit den Mutmaßungen, wen Charlie geschwängert hat. Fehlt bloß noch, dass sich jetzt alle ihre Jahrbücher vornehmen und sich jedes weibliche Wesen aus allen drei Klassen genau ansehen. Deswegen sind wir nicht hier, und ändern kann man sowieso nichts.«

»Baltier, die Menschen lieben Geheimnisse«, sagte Susan.

»Man weiß ja nicht mal, ob es stimmt«, äußerte Deborah Kingsmill nüchtern. »Weil er so gut aussah, erfinden die Leute Geschichten. Wenn es nicht wahr ist, wollen sie, dass es wahr ist. Es ist wie diese Sensationsgeschichten über Superstars, die Eidechsenblut trinken.«

Die Frauen lachten.

»Was ist daran so komisch, wenn man Eidechsenblut trinkt?«, fragte Pewter.

»Pewter.« Mrs. Murphy schlug Pewter auf den Schwanz.

Während die Katzen lachten und die drei Frauen zur Turnhalle weitergingen, kam Harry durch den Haupteingang in den Flur.

Ehe die Katzen zu ihr und Tucker eilen konnten, lenkte ein Schrei aus dem Männerumkleideraum sie ab. Dennis Rablan stieß die Tür auf, trat hinaus, lehnte sich an die Wand und rutschte an ihr herunter. Er schlug mit einem Plumps auf dem Boden auf. Er rappelte sich auf Hände und Knie hoch, versuchte, den Kopf klar zu kriegen, und stellte sich aufrecht.

Susan, Bonnie und Deborah rannten aus der einen Richtung zu ihm, Harry und Tucker aus der anderen.

»Ruft einen Krankenwagen«, krächzte Dennis.

38

Geht da nicht rein.« Dennis vertrat Harry und Susan den Weg, als sie auf die Tür zum Männerumkleideraum zusteuerten.

»Die bemerken uns gar nicht.« Mrs. Murphy schlüpfte hinein, da die Tür sich leicht aufschieben ließ. Pewter und Tucker folgten ihr.

Sie liefen zu dem offenen Viereck, wo die Urinbecken angebracht waren. Drei Toilettenkabinen lagen im rechten Winkel zu den Becken. Eine Toilettentür schwang langsam auf, aber nicht weit.

»Da.« Pewter erstarrte.

Rex Harnetts Füße schauten unter der Tür hervor.

»Ich guck nach.« Tucker sauste unter der angrenzenden Toilettentür hindurch und quetschte sich unter die Öffnung zwischen den zwei Kabinen.

Mrs. Murphy, die ihre sprichwörtliche Neugierde nicht in Zaum halten konnte, schob sich von der Kabine auf der anderen Seite durch, da Rex in der mittleren Kabine war.

»Der ist hin, der Hund«, entfuhr es Mrs. Murphy, dann sah sie Tucker an. *»Verzeihung.«*

»Ich muss doch sehr bitten.«

»Was ist passiert? Was ist passiert?«, miaute Pewter. Weil sie etwas zimperlich war, blieb sie lieber draußen.

Rex' Gesicht war verzerrt und lila verfärbt, die Augen quollen ihm aus dem Kopf; die unschöne Verfärbung kam von dem straffen Strick um seinen Hals. Die Hände waren hinter seinem Rücken zusammengebunden, wie man Kälberfüße fesselt – rasch und nicht dazu gedacht, lange zu halten. Ein sauberes Loch zwischen den Augen zeugte von einem aus kurzer Entfernung abgegebenen Schuss mit einer kleinkalibrigen Waffe. Aus der Eintrittsstelle sickerte kein Blut, aber es tropfte aus seinen Ohren.

»Schnelle Arbeit.« Murphy rückte näher an die Leiche heran. *»Was sagt dir deine Nase?«*

»Was ist passiert?«, kreischte Pewter.

»Ein Schuss zwischen die Augen. Und erdrosselt, irgendwie, Angstkatze.«

»Ich hab keine Angst. Ich bin sensibel«, antwortete Pewter der robusten Mrs. Murphy, die jeder Situation gewachsen war.

Obwohl der Gestank von Exkrementen und Urin – Rex' Muskeln hatten sich im Tod total entspannt – andere Gerüche überdeckte, beschnüffelte Tucker die Fußknöchel, stellte sich auf die Hinterbeine und beschnüffelte die Innenseiten seiner Handgelenke. Seine Arme waren so verdreht, dass die Handflächen nach außen zeigten.

»Kein Angstgeruch. Die Beute ist ganz frisch. Er ist vielleicht fünfzehn Minuten tot. Vielleicht nicht mal das, Murphy. Wenn er Angst gehabt hätte, würde ich es merken. Der Geruch bleibt haften, vor allem in den Achselhöhlen eines Menschen.« Sie langte höher hinauf. *»Nein. Entweder hat er gar nicht mitgekriegt, was ihm geschah, oder er hat's nicht geglaubt. Wie Charlie Ashcraft.«*

»Und Leo Burkey.« Die geschmeidige Katze kroch unter der Kabine hervor und sah sich der ergrimmten Pewter gegenüber.

»Ich bin keine Angstkatze.«

»Sei still, Pewter.« Murphy verpasste ihr eine Ohrfeige. *»Sei bloß still. Du weißt, was das bedeutet. Es bedeutet, dass die Morde mit dem Ehemaligentreffen zusammenhängen. Und es bedeutet, dass Marcy Wiggins Charlie nicht umgebracht hat. Sie ist vielleicht ermordet worden, weil sie zu viel wusste. Wir können ihren Tod nicht als Selbstmord abtun.«*

»Was machen wir jetzt?«, wimmerte Tucker besorgt. Sie wollte Harry unbedingt aus der Schule schaffen.

»Wenn ich das nur wüsste.« Murphy fuhr sich nervös mit der Pfote über die Schnurrhaare.

»Eins wissen wir.« Pewter strebte der Tür zu. *»Wer immer es ist, er ist fix, kaltblütig und fackelt nicht lange.«*

»Wir wissen noch etwas.« Tee Tucker tappte leise neben die graue Katze. *»Der Mörder will auf sich aufmerksam machen.*

Die meisten Mörder wollen sich verstecken. Dieser will alle wissen lassen, dass er hier ist.«

»Das ist es ja, was mir solche Angst macht.« Nachdenklich stieß Murphy die Tür auf. Zugleich drängten die Menschen von beiden Klassen in den auf Hochglanz gewienerten Flur.

39

Harry hörte die Räder der Bahre über den gewienerten Flur klackern, als Diana Robb Rex Harnetts Leiche abtransportierte. Ihr wurde flau im Magen, ein Anflug von Angst rötete ihr Gesicht. Sie atmete tief durch.

»So was Grässliches hab ich noch nie gesehen«, flüsterte Market Shiflett.

Harry und Market begaben sich in ein Klassenzimmer, wo sie schon Miranda, Tracy und die Übrigen von dem anderen Treffen vorfanden. Die zwei Katzen und der Hund kamen leise herein. Mrs. Murphy setzte sich hinten auf die Fensterbank, Pewter nahm auf Harrys Pult Platz, und Tucker blieb nahe bei der Tür und beobachtete alles.

Kurz darauf erschien BoomBoom. »All unsere harte Arbeit, und jetzt das. Zwanzig Jahre ruiniert.«

»Komplett ruiniert für Rex.« Harry sagte es ohne Schärfe.

»Hm ... ja«, meinte BoomBoom nach kurzem Zögern.

Susan huschte herein. »Die meisten gehen wieder in die Turnhalle. Cynthia Cooper möchte uns dort haben. Ich nehme an, wir werden alle zusammen verhört.«

»Als ob das was nützen würde.« BoomBoom fuhr sich mit dem Zeigefinger durch die langen Haare. »Der Mörder wird kein Geständnis ablegen. Schließlich könnte jeder von den Männern Rex ermordet haben.« Sie behauptete nicht, der Mord habe nichts mit dem Ehemaligentreffen zu tun, und das bedeutete, sie fand sich damit ab, dass es einen Zusammenhang gab.

»Dann sind also alle Männer verdächtig?« Harry hob ungläubig die Stimme.

»Mädels, das führt doch zu nichts.« Mirandas wohlklingende Stimme brachte sie zum Schweigen. »Was immer hier vorgeht, stellt eine Gefahr für alle dar, aber wir dürfen nicht den Mörder das Vertrauen zerstören lassen, das wir im Laufe der Jahre aufgebaut haben. Der Weg zur Lösung dieser abscheulichen Verbrechen ist, dass wir enger zusammenrücken, nicht weiter auseinander.«

»Sie haben Recht«, sagte Susan.

»Und wenn jemand von uns den Mörder sieht? Was glaubt ihr, wie lange wir dann noch leben?« BoomBoom zitterte.

»Nicht lange«, antwortete Pewter.

»Lassen wir uns nicht von der Angst unterkriegen«, empfahl Market. »Ich weiß, es ist nicht leicht.«

»Vielleicht ist derjenige, der es getan hat, abgehauen. Deswegen wollen Cynthia und Rick uns in der Turnhalle haben. Um die Häupter zu zählen.« BoomBoom gönnte sich einen Augenblick des Wunschdenkens.

Tracy beugte sich zu ihr hinüber. »Wer immer es getan hat, ist *in* der Turnhalle.«

»Dann kommt, bringen wir's hinter uns.« Harry marschierte aus dem Klassenzimmer.

»Los, kommt.« Mrs. Murphy trabte hinterher, Pewter und Tucker schlossen sich an.

BoomBoom hob die Stimme. »Wenn da drin ein Mörder ist, gehe ich nicht rein.«

»Da drinnen sind Sie sicherer als hier draußen.« Miranda nahm BoomBoom am Arm und schob sie aus dem Klassenzimmer.

40

Die Abschlussklasse von 1950 hier rüber.« Sheriff Shaw wies auf die linke Seite der Turnhalle. »Die Klasse von 1980 nach rechts. Wer hat die Namenslisten?«

»Ich.« Miranda trat mit ihrer Teilnehmerliste vor.

Rick nahm sie ihr ab. »Coop, gehen Sie mit Miranda die Liste durch. Lassen Sie sich die Leute zeigen und haken Sie sie dann ab.«

»Geht in Ordnung, Chef.«

»Okay, und die von 1980?«

»Die habe ich.« Bonnie Baltier trat an den Tisch, nahm die fotokopierten Blätter, ging zurück und händigte sie dem Sheriff aus.

»Sie bleiben bei mir. Ich möchte, dass Sie jeden Namen abhaken und mir die betreffende Person zeigen. Nehmen Sie einen Farbstift. Sie haben die Namen ja bereits in Schwarz abgehakt.«

»Hat jemand einen Buntstift?«, rief Baltier.

»Ja, ich.« Bitsy ging nach vorn und reichte Bonnie einen Rotstift. »E. R. gehört in diese Klasse, und er war zur Zeit des Mordes mit mir auf dem Parkplatz«, teilte sie dem Sheriff mit.

E. R. rief: »Bitsy, belästige den Sheriff nicht.«

Chris Sharpton trat zu Rick. »Das ist nicht mein Schultreffen.«

»Vorläufig schon. Setzen Sie sich.« Er zeigte auf den Anmeldetisch. »Ich nehme Sie als Letzte dran, danach können Sie nach Hause gehen. Sie wollen doch bestimmt nach Hause, oder?«

Chris nickte langsam. »Ja.«

»Also los. Erstens, zweitens, drittens.«

Während sie die Liste von oben nach unten durchgingen, fiel Harry auf, wie unterschiedlich die Menschen auf Autorität reagieren. Manche antworteten direkt. Andere gaben sich überheblich, was unter diesen Umständen nicht angebracht war. Die anwesenden Ärzte hielten es für geboten, sich selbst wie Autoritäten zu verhalten. Ein paar Leute waren eingeschüchtert. Andere hatten sichtlich Angst.

Als sie mit der Liste fast durch waren, bat Hank Bittner, auf die Toilette gehen zu dürfen.

»Sie werden warten müssen, bis ich hiermit fertig bin. Noch fünf Minuten. Wir sind gleich so weit.«

Bob Shoaf rief: »Vergessen Sie Fair Haristeen nicht.«

»Ich schicke einen Beamten, ihn suchen.« Ricks Stimme blieb ruhig. Er kam sich vor wie ein Lehrer mit einer Klasse ungezogener Kinder. Was er gewissermaßen auch war.

»Dennis Rablan fehlt auch.« Bonnie betrachtete prüfend die vertrauten, aber irgendwie älteren Gesichter. »Hey, hat jemand Dennis gesehen?«

»Als ich ihn zuletzt sah, kam er vom Klo«, gab Harry zu Protokoll, und andere bestätigten ihre Aussage.

»Ist er durch den Flur gegangen? Nach draußen, frische Luft schnappen?« Rick klopfte mit den Fingern auf seinen Schenkel. Er behielt die Beherrschung, aber er war äußerst beunruhigt. Dennis war vielleicht der Zeuge, den er brauchte, oder der Mörder.

Rundherum war alles in heller Aufregung. Schließlich rechnen die Leute nicht damit, dass auf ihrem Highschool-Jubiläum ein Mord geschieht. Sie kommen nicht auf die Idee, sich gegenseitig zu bespitzeln.

»Tucker, du bleibst bei Mom. Pewter und ich gehen Dennis suchen«, wies Mrs. Murphy die Corgihündin an.

Pewter war schon zur Tür hinaus, bevor Mrs. Murphy ihren Satz zu Ende gesprochen hatte.

Da die Abschlussklasse von 1950 nur aus sechsundvierzig Personen bestand, war Cynthia mit der Überprüfung der Namen bereits fertig und hatte alles notiert, was die Teilnehmer an Informationen beizusteuern hatten. Es war nichts Brauchbares dabei, weil alle, Tracy Raz eingeschlossen, zu den Begrüßungsfeierlichkeiten im Erfrischungsraum versammelt gewesen waren.

»Chef« – Cynthia ging zu Rick hinüber –, »wir können sie gehen lassen. Zumindest dürfen sie wieder in den Erfrischungsraum.«

»Ja, okay.«

Cynthia entließ die Klasse.

Martha Jones aus der Abschlussklasse von 1950 sagte zu einem untersetzten Herrn, der kahl war wie eine Billardkugel: »Ich weiß gar nicht, ob ich wieder in den Erfrischungsraum will.«

»Zu mehreren ist man sicherer«, erwiderte er. »Das hier ist deren Problem, nicht unseres.«

Als der Letzte aus der Klasse von 1950 draußen war, ging Cynthia zu Rick.

»Wir teilen sie in Zehnergruppen auf.« Er senkte die Stimme. »Ich glaube nicht, dass ich sie den ganzen Tag hier behalten kann. Am besten, wir ...«

Hank Bittner unterbrach ihn. »Sheriff, die fünf Minuten sind um.«

»Gehen Sie schon.« Rick schickte ihn hinaus. »Alle anderen bleiben hier.«

Fair Haristeen kam an Hank vorüber, als er zur Herrentoilette ging, vor der abgeriegelten stehen blieb, sich umdrehte und in die andere Richtung zu einer anderen Toilette begab.

Während Rick Fair befragte, der neben Bitsy, E. R. und Chris saß, strichen Mrs. Murphy und Pewter durch den Flur und steckten die Köpfe in jedes Klassenzimmer.

»Hier ist nichts. Wenn jemand tot und in einen Schrank gestopft wäre, könnten wir ihn riechen«, bemerkte Pewter. *»Frisches Blut dringt durch.«*

»Tja, wir haben zehnmal mehr Geruchsrezeptoren in unserer Nase als die Menschen«, sagte Murphy lässig. *»Und Jagdhunde sollen zwanzig Millionen Rezeptoren haben. Noch mehr als Tee Tucker.«*

»Das würde ich für mich behalten. Du weißt, wie stolz Tucker auf ihre Riechkünste ist.« Die Tigerkatze spähte in den Erfrischungsraum, wo sich die Abschlussklasse von 1950 wieder

einfand, so beunruhigt die Leute auch waren. *»Pewter, lass uns nach oben gehen.«*

Die Katzen kehrten um und gingen zu der Treppe, die in den ersten Stock führte. Es gab ein Treppenhaus am Ende des Gebäudes, aber sie nahmen die breite Haupttreppe, die sich in der Mitte des Flurs befand. Die Setzstufen waren abgestoßen von den unzähligen Tritten; die ausgetretenen Trittstufen gaben Zeugnis von unaufhörlich trampelnden Teenager-Füßen. Wohl wurden die Treppen einmal im Jahr abgeschmirgelt und poliert, doch das Holz war dünn geworden, stellenweise ausgehöhlt; die auffälligsten Spuren auf der abgetretenen Fläche hatten die schwarzen Gummisohlen von Turnschuhen hinterlassen.

Die Katzen gelangten in den ersten Stock. Eine Stuhlleiste verlief an den grünen Wänden entlang; kleine Stücke waren herausgebrochen und übermalt worden. Der Flur war so abgewetzt wie die Treppenstufen.

Mrs. Murphy ging in das erste Klassenzimmer, sprang auf die Fensterbank und blickte hinunter.

Pewter sprang an ihre Seite. Als sie hinunterblickte, sah sie einen Blauhäher aus einer majestätischen Blautanne schießen. *»Ich hasse diese Vögel.«*

»Sie mögen dich auch nicht.«

»Wonach suchen wir?« Pewter nieste. *»Staub«*, sagte sie.

»Dennis Rablan. Erster Punkt der Geschäftsordnung. Der zweite Punkt der Geschäftsordnung lautet, sich die Schule einprägen. Von hier aus können wir eine Menge sehen.«

»Ob Dennis tot ist?«

»Weiß ich nicht.« Mrs. Murphy stemmte die Pfoten an die Wand und rutschte vorsichtig hinunter. *»Er war durchschnittlich groß. Es gibt nicht allzu viele Stellen, wo ein Mörder so einen Kerl reinstopfen kann. Schränke. Gefriertruhen. Lass uns in allen Zimmern nachgucken, dann gehen wir die Hintertreppe runter und können die Autos überprüfen. Ich kann mich nicht erinnern, was für ein Auto Denny fuhr, du?«*

»Nein. War kein Pkw. Es war so ein Mini-Lieferwagen.«

Sie inspizierten alle Klassenzimmer, alle Toiletten, dann

trabten sie die Hintertreppe hinunter. Sie sprangen auf die Kühlerhaube jedes Autos auf dem Parkplatz, aber nirgends lag eine Leiche zusammengesackt auf dem Vordersitz.

»Spring nicht auf Moms Motorhaube. Sie kriegt die Krise, wenn sie Pfotenabdrücke sieht.« Pewter kicherte.

Ein Polizeiwagen fuhr auf den Parkplatz. Auf dem Vordersitz neben dem Beamten saß Dennis Rablan. Die Katzen sahen zu, wie der Beamte parkte, ausstieg, und wie Dennis, in Handschellen, sich aus dem Auto schälte.

»Nehmen Sie mir die bitte ab«, bat Dennis. »Ich bin kein Mörder. Lassen Sie mich nicht so zu dem Klassentreffen gehen.«

»Sie haben Ihr Treffen Hals über Kopf verlassen, Freundchen, jetzt können Sie ruhig mit diesen Manschetten wieder reingehen. Mit hundertdreißig Sachen am ConAgra-Gebäude vorbei. Wenn Sie nicht schuldig sind, dann haben Sie aber einen Mordsschiss.«

Die Katzen folgten den Menschen unbemerkt. Als der Beamte, ein junger Mann von vielleicht fünfundzwanzig Jahren, Dennis in die Turnhalle schob, drehten die Leute sich um. Der Ausdruck ihrer Mienen reichte von ungläubig bis leicht schockiert.

»Ich war's nicht!«, rief Dennis, bevor irgendjemand etwas sagen konnte.

»Sheriff, ich habe seinen Wagen untersucht und ein Jagdmesser und einen Strick gefunden. Keine Pistole.«

»Zeigen Sie mir den Strick.« Sheriff Shaw ging kurz hinaus und ließ Dennis mitten im Raum stehen.

Er war schnell wieder zurück. Er hatte dünne Gummihandschuhe übergezogen und hielt den Strick in der Hand. »Rablan, was ist das?«

»Weiß ich nicht. Heute Morgen hatte ich keinen Strick in meinem Wagen.«

»Aber jetzt haben Sie einen drin.«

»Ich war's nicht. Ich habe Rex Harnett für ein nichtswürdiges Exemplar von einem Menschen gehalten, jawohl. Für einen nutzlosen Parasiten.« Er wandte sich an seine Klassenkameraden. »Ich kann mich nicht erinnern, dass er jemals etwas für jemand anderen getan hätte als für sich selbst.«

»Kann sein, aber deswegen hat er es nicht verdient zu sterben«, sagte Hank Bittner, der von der Toilette zurück war, ruhig.

»Tucker«, rief Mrs. Murphy leise, *»riech an dem Strick.«*

Die schöne Corgihündin ging zum Sheriff hinüber; ihre Krallen klickten auf dem Turnhallenboden. Sie hob die Nase, bevor Rick es merkte. *»Talkumpuder.«*

Als der Sheriff hinuntersah zu dem Hund, der zu ihm hochsah, schien er etwas sagen zu wollen, ließ es aber bleiben. Stattdessen musterte er Harry, die nach Tucker pfiff. Das Tier gehorchte sofort.

»Ich war's nicht.« Dennis straffte das Kinn.

BoomBoom verschränkte die Arme. »Sheriff, er ist nicht der Typ dazu.«

»Wer dann?«, blaffte der Sheriff zurück. »Ich habe kleine alte Damen gesehen, die Betrug begingen, fünfzehnjährige Kinder, die ihre Eltern umgenietet haben, und Pfarrer, die ihre Schäfchen missbrauchten. Sagen Sie mir, wer ist der Typ dazu?«

»Wenn keiner von euch für mich eintritt, erzähl ich alles über unser Abschlussjahr, was ich weiß«, drohte Dennis den anderen höhnisch.

»Du Miststück!« Bittner sprang vor und war bei Dennis, bevor Cynthia ihn packen konnte. Mit einem vernichtenden Aufwärtshaken streckte er Dennis zu Boden.

Rick packte Hanks rechten Arm, der junge Beamte hielt den anderen fest.

»Er lügt. Er weiß nichts über niemand«, fauchte Hank.

Bob Shoaf sprang Hank bei. »Nur zu, Rablan, erfinde Geschichten, um deinen Arsch zu retten.«

Dennis, dem Cynthia auf die Beine geholfen hatte, feixte. »Ich erzähle, was ich will, wann ich will, und meine Rache wird groß sein. Es war nicht meine Idee. Ich war nur zufällig dabei.«

»Wo?«, fragte Rick.

»In der Dusche.«

»Augenblick mal.« Rick bedeutete Jason, dem jungen Beamten, die Handschellen aufzuschließen. »Sprechen Sie von heute? Oder von 1980?«

»Er hat wahnsinnige Angst«, flüsterte Pewter.

Dennis sah sich im Raum um, und seine Aufschneiderei schien zu versiegen. »Ich erinnere mich an gar nichts. Aber irgendwer hat den Strick in meinen Wagen gelegt.«

»Der Blödmann faselt von dem Strick, bevor der untersucht wurde.« Market Shiflett war über Dennis empört.

»Kann ich nach Hause gehen?«, seufzte Chris.

»Nein«, antwortete Rick knapp.

Harry, die neben Fair saß, fragte: »Was ist in meinem Abschlussjahr passiert?«

Susan, an ihrer anderen Seite, flüsterte: »Die es wissen, verschwinden zusehends.«

»Ja, alle gehörten zu der Insider-Clique.« Harry fühlte sich entsetzlich und halb benommen wegen der Morde und der lauernden Gegenwart vorsätzlichen Übels.

»Alles Männer«, flüsterte Susan.

»Bis jetzt«, sagte Fair. Er war um sie alle besorgt.

41

Na, dann wollen wir mal.« Rick stützte die Hände auf das schräge Holzpult und beugte sich vor.

Cynthia war in der Turnhalle geblieben und überprüfte sämtliche Hände nach Rückständen vom Abfeuern der Pistole. Sie durchsuchte außerdem alle Handtaschen, Kleider- und Hosentaschen nach OP-Handschuhen. Als die Mittagszeit näher rückte, entschied Rick, dass die Klasse von 1980 ihr Mittagessen einnehmen konnte wie geplant. Susan, die für die Speisen zuständig war, arrangierte mit Hilfe der anderen die Tische. Es würde eine trübsinnige Gruppe sein, die den Rostbraten verzehrte.

Rick hatte inzwischen ein Klassenzimmer mit Beschlag belegt. Er beabsichtigte, die Jahresbesten der Abschlussklassen zu befragen, da sie diejenigen waren, die wegstarben, jedenfalls die Männer.

Market war Nummer eins auf der Liste.

»Ich habe es aus zweiter – nein, dritter Hand gehört.« Market hüstelte hinter vorgehaltener Hand. »Ich habe nicht drüber nachgedacht – damals –, weil Charlie immer so furchtbar angab. Aber ...«

»Erzählen Sie mir einfach, was Sie gehört haben«, bat Rick geduldig.

»Sie wissen von den Jahrgangsbesten?«

»Ja.«

»An dem Tag, als die Abschlussklasse von 1980 ihre Jahrgangsbesten wählte, was Mitte Oktober gewesen sein dürfte, gab es die üblichen Aufregungen und Enttäuschungen, je nachdem, ob man gekürt worden war oder nicht. Aber ich habe gehört, dass Charlie Ashcraft, Leo Burkey, Bob Shoaf, Dennis Rablan und Rex Harnett Ron Brindell gepackt und vergewaltigt haben.« Market verzog das Gesicht. »Sie haben gesagt, wenn die Schwuchtel zum Beliebtesten gewählt würde, dann wollten sie ihn beliebt machen. Oder so ähnlich. Ron hat sie jedoch nie verpfiffen, und er blieb anscheinend mit diesen Kerlen befreundet. Auch bloß so ein Highschool-Gerücht wie das, dass Charlie ein Mädchen geschwängert hat.«

Rick seufzte. »Heranwachsende Jungs haben Angst vor Sex und ihrem Verhältnis dazu. Auf alles, was sie nicht verstehen, reagieren sie mit Gewalt.«

»Ich kann mich nicht erinnern, dass es mich derartig zur Gewalt gedrängt hätte«, erwiderte Market. »Aber ich kann nicht glauben, dass Ron nach so einem Vorfall mit ihnen befreundet geblieben wäre.«

»Kommt drauf an, was er glaubte tun zu müssen, um zu überleben. Vielen Männern fällt es schwer, sich vorzustellen, wie es ist, das Opfer sexueller Gewalt zu sein«, sagte Rick.

»Daran habe ich nie gedacht.« Market fragte sich, woran

er wohl sonst noch nie gedacht hatte auf Grund dessen, dass er ein Mann war, ein heterosexueller Mann.

»Wir verehren die Gewalt in diesem Land. Schalten Sie Ihren Fernsehapparat ein. Gehen Sie ins Kino. Ich kann Ihnen sagen, das erschwert mir meine Arbeit erheblich. Übrigens«, nahm Rick seine Befragung wieder auf, »wer hat Ihnen das erzählt?«

»Ich wünschte, ich könnte mich erinnern. Wie gesagt, ich habe die Geschichte abgetan und nie wieder etwas davon gehört. Ich glaube nicht, dass das Gerücht sich herumgesprochen hat, sonst hätte es sich länger gehalten. Verdammt, ich wollte, ich könnte mich erinnern, wer es mir erzählt hat.«

»Tja, wirklich bedauerlich.«

»Vielleicht war Ron gar nicht schwul. Womöglich war er nur weichlich.« Market überlegte einen Moment. »Als Schwuler auf der Highschool, das muss die Hölle sein.«

»Sonst noch was?«

»Nein. Hm, Ron Brindell hat sich umgebracht. Seine Eltern sind kurz danach gestorben. Aus Kummer. Er war ihr einziger Sohn. So viel Elend. Ich kann mir nicht vorstellen, mich umzubringen.«

»Selbsthass.« Rick bot Market eine Zigarette an, er lehnte ab. »Alles Mögliche lässt die Menschen ausrasten: Habgier, Begierde, Obsessionen, Sex, Rache und Selbsthass. Aber manchmal frage ich mich, ob manche Menschen nicht schon traurig auf die Welt kommen.« Er inhalierte. »Market, wir kennen uns schon so lange. Darf ich Ihnen verraten, dass wir auf einer Zeitbombe sitzen.«

»Weil alle hier versammelt sind?«

»Ja.«

»Aber zwei Morde sind vor dem Schultreffen geschehen.«

»Allerdings – mit Marcy Wiggins' 38er.«

»Ich nehme an, das war zu schön, um wahr zu sein.« Market hielt inne. »Ich meine nicht, schön, dass Marcy sich umgebracht hat, sondern ihre Pistole ... wir haben uns alle von der Fährte ablenken lassen.«

Rick nickte. »Unser erster Gedanke war ein Verbrechen

aus Leidenschaft. Bill war hinter die Affäre mit Charlie gekommen, worauf er Marcy erschoss und es wie Selbstmord aussehen ließ, und vorsichtshalber ließ er sie ein handschriftliches Geständnis ablegen. Doch Dr. Wiggins war an jenem Tag zufällig im Krankenhaus in Fredericksburg. Marcy hätte von jemand anderem ermordet worden sein können, aber das glaube ich nicht. Alle Anzeichen deuteten auf Selbstmord.«

»Aber ihre Pistole ...«

Rick unterbrach ihn. »Ich weiß. Ich habe tausend Theorien und nicht eine brauchbare Tatsache, aber ich wette mit Ihnen um hundert Dollar meines sauer verdienten Lohnes, dass unser Mörder in diesem Moment in der Turnhalle sitzt. Aus welchem Grund auch immer, dieses zwanzigste Jubiläum hat ihn schießwütig gemacht.«

»Jesses, ich will nichts wie weg hier.«

Rick runzelte die Stirn. »Eine normale Reaktion. Ich denke nicht, dass ich Sie und die anderen gehen lassen kann. Jedenfalls jetzt noch nicht.«

Als Market entlassen war, erwog Rick, Dennis als Nächsten hereinzuholen. Aber wenn Dennis in der Turnhalle blieb, würden die anderen unruhig. Vielleicht würde er mehr aus ihnen herausbekommen, wenn sie aufgewühlt blieben. Er beschloss, Hank Bittner als Nächsten hereinzurufen.

Market ging zurück in die Turnhalle. Cynthia hielt alle in Schach und ließ niemanden zu Market. Er setzte sich ans Ende des Tisches; seine grimmige Miene beunruhigte die anderen noch mehr. Market war sonst immer so fröhlich.

Walter Trevelyn fragte Cynthia: »Sind wir Gefangene in der Turnhalle oder was?«

»Sobald Rick mit den Befragungen fertig ist, wird er eine Entscheidung treffen.« Sie untersuchte immer noch Hände.

»Ich finde, wir sollten die Jubiläumsfeier vergessen«, meinte Linda Osterhoudt, die sich so auf dieses Treffen gefreut hatte. »Wie können wir weitermachen? Ich jedenfalls nicht.«

BoomBoom legte ihr Braten-Sandwich aus der Hand. »Wenn wir unsere Jubiläumsfeier absagen, hat der Mörder gewonnen. Er hat uns alles verdorben.«

»Mir ist lieber, er gewinnt, als dass ich tot bin«, erwiderte Market scharf.

Andere stimmten ihm zu.

Mike Alvarez widersprach. »Ich bin den ganzen Weg von Los Angeles hierher gekommen. Wenn wir eng zusammenbleiben, was kann er machen?«

»Ich habe etwas dazu zu sagen«, meldete sich Mikes attraktive Frau. »Wir sind den ganzen Weg von L.A. gekommen, und es wäre wunderbar, wenn wir den Rückweg lebendig antreten könnten – und zwar bald.«

Er weigerte sich, etwas zu erwidern.

»Wir könnten diese Sache vermarkten«, witzelte Bonnie. »Ihr kennt doch diese Krimi-Partyspiele? Wir bringen eins raus, Mord beim Klassentreffen. Man muss die Gelegenheit beim Schopfe packen.«

»Baltier, wie unsensibel«, schalt BoomBoom.

Hank Bittner kam zurück und schickte Bob Shoaf hinaus. Bob und Dennis funkelten sich wütend an. Dann machte Bob auf dem Absatz kehrt und ging zu Rick Shaw.

Chris setzte sich und vermied es, Dennis anzusehen. Market setzte sich an ihre andere Seite, wie um sie zu beruhigen.

Rick kam mit Bob Shoaf zurück, der nicht so aufgelöst wirkte wie Market bei seiner Rückkehr zu der Gruppe. Rick war noch nicht bereit, Dennis aus der Halle zu holen.

BoomBoom fing an zu weinen. »Meine ganze mühsame Arbeit …«

»Ach, um Himmels willen.« Harry knallte ihre Plastikgabel so fest auf den Tisch, dass sie zerbrach. »Hier geht es nicht um dich.«

»Ich weiß, aber ich wollte, dass es ganz schön wird. Es ist auch deine mühsame Arbeit und Susans und Mikes und Dennis'. Bestimmt hat er gar keine Fotos gemacht.«

»Doch, hab ich. Bis zu dem Mord.«

»Wie lange dauert es, den Film zu entwickeln?«, fragte Cynthia.

»Wenn ich ihn mit in mein Studio nehme, kann ich in einer Stunde zurück sein.«

»Sie werden ihn doch nicht gehen lassen?« Hank Bittner war fassungslos.

»Es gibt nicht genügend Beweise, um ihn einzusperren«, antwortete Cynthia.

»Er hat den Schauplatz des Verbrechens verlassen!«, brauste Hank auf.

»Ich war's nicht.«

Wieder sprachen alle aufgeregt durcheinander. Rick bat schreiend um Ruhe. »Wir haben Ihre Namen und Adressen, die Hotels, wo Sie abgestiegen sind. Wir setzen uns mit Ihnen in Verbindung, wenn wir Sie brauchen. Mir liegt nichts daran, dies alles noch unangenehmer als nötig zu machen.«

»Werden Sie Dennis einsperren?«, beharrte Hank.

»Nein, einsperren werde ich ihn nicht, aber ich begleite ihn in sein Studio«, erklärte Rick.

Dennis biss sich auf die Lippe, bis sie blutete, merkte, was er getan hatte und wischte sich mit einer Serviette den Mund ab.

Rick und Dennis gingen, Cynthia blieb. BoomBoom stand auf, dann setzte sie sich abrupt hin, weil Susan sie herunterzog. Sie flüsterten einen Moment.

Mrs. Murphy folgte Dennis und Rick hinaus zum Streifenwagen.

»Sie glauben mir nicht, oder?«, fragte Dennis.

»Schauen Sie, Dennis« – Rick legte dem Mann seine Hand auf die Schulter –, »ich weiß, dass Sie Angst haben. Ich weiß nicht, warum Sie Angst haben, und ich wollte, Sie würden es mir sagen. Überlegen Sie mal. Sie müssen in diesem Land leben. Was immer es ist, was Ihnen Angst macht, kann nicht so schlimm sein, wie tot zu enden.«

»Ich war's nicht.« Dennis blieb stur breitbeinig stehen. »Ich hab Ron Brindell nicht vergewaltigt.«

Rick schwieg einen Moment, da diese Antwort unerwartet kam. »Ich glaube Ihnen. Warum haben Sie solche Angst? Die Sache ist zwanzig Jahre her. Ich glaube, dass es passiert ist. Ich glaube *Ihnen*. Warum sind Sie heute abgehauen? Ich kann mir nur denken, dass Sie vor den anderen weggelaufen sind, die daran beteiligt waren. Oder weil Sie glauben, Sie sind der Nächste.«

Er murmelte: »Ich weiß nicht. Es ist verrückt. Menschen erstehen nicht von den Toten auf.«

»Nein, aber irgendjemand ist in der Turnhalle, der Ron Brindell geliebt hat. Eine Freundin, die Vergeltung für seine Leiden will. Vielleicht auch ein Mann. Er hätte einen Liebhaber haben können. Keiner von Ihnen wusste davon. Der Mann ist nach all den Jahren zurückgekommen, um Rache zu üben. Er könnte verheiratet sein und Kinder haben. Woher wollen Sie das wissen? Wir haben Rons Cousine in Lawrence, Kansas, angerufen, um zu sehen, ob sie irgendetwas weiß. Sie sagte, sie haben sich nie nahe gestanden. Nach der Highschool hat sie den Kontakt zu ihm verloren. Im Moment, Dennis, sind Sie meine einzige Hoffnung.«

Dennis ließ den Kopf hängen. Mrs. Murphy hüpfte zurück, um Pewter und Tucker Bericht zu erstatten. »Ich weiß nichts.«

Die Katze konnte den Lärm aus der Turnhalle hören, als sie noch nicht halb durch den Flur war. Sie sprang zu der offenen Flügeltür und erblickte die vielen Menschen, die alle auf den Beinen waren und riefen und schrien. BoomBoom war die Einzige, die saß, und sie war in Tränen aufgelöst.

Tucker rannte zu Mrs. Murphy und begrüßte sie. Pewter blieb auf dem Tisch, die Augen aufgerissen. Der Tumult lähmte sie. Sie stibitzte nicht mal Schinken und Rostbraten von den Tellern.

Die einzigen Menschen, die sich nicht stritten, waren Harry, Susan, Fair, Bitsy und Chris. Selbst E. R. brüllte die Leute an.

»Ich hatte gedacht, wir sind eine tolle Klasse.« Betrübt beobachtete Susan die Entladung von schlechten Manieren und aufgestauten Emotionen.

»Vielleicht sollten wir rübergehen zu Mirandas Treffen«, sagte Harry.

»Und es ihnen verderben?« Fair beugte sich nach vorn

und wischte über seine Drillichhose. »Ich schlage vor, wir gehen alle nach Hause. Niemand, der seine fünf Sinne beisammen hat, wird hier bleiben wollen, um heute Abend zu tanzen.«

»Himmel, Leute, was mache ich mit dem ganzen Essen? Es ist zu spät, um es abzubestellen. Irgendjemand muss das essen.«

»Das hatte ich ganz vergessen.« Harry trat beherzt mitten ins Gewühl. »Ruhe!« Keine Reaktion. Sie stellte sich auf den Tisch und schrie aus Leibeskräften: »Ruhe!«

Einer nach dem anderen verstummte, und alle wandten die Gesichter der Frau zu, die ihnen nie Anlass gegeben hatte, ihr zu misstrauen.

BoomBoom wollte nicht aufhören zu schluchzen.

»Boom.« Susan trat zu ihr und klopfte ihr auf den Rücken. »Wisch dir die Tränen ab. Komm schon. Wir müssen das Beste draus machen.«

Als aller Augen auf sie gerichtet waren, atmete Harry tief durch, denn sie redete nicht gern vor Publikum. »Es hilft nichts, wenn wir aufeinander losgehen. Gerade jetzt müssen wir uns gemeinsam nach Kräften bemühen. Wie ihr wisst, hat der Sheriff uns entlassen. Bevor wir uns in alle vier Himmelsrichtungen zerstreuen, was sollen wir mit den vielen Speisen machen, die von Susan bestellt und von euch bezahlt wurden? Wie ihr wisst, wollten wir heute vor dem Ball im Erfrischungsraum zu Abend essen. Wir können es nicht abbestellen. Wir haben dafür bezahlt. Was wollt ihr tun?«

»Gebt es der Klasse von 1950«, sagte Hank.

»Sie haben selbst ein Essen organisiert«, erwiderte Susan ihm.

»Können wir's nicht der Heilsarmee schicken?«, fragte Deborah Kingsmill.

»Ich rufe an und erkundige mich.« Susan ging zu ihrem Auto, wo sie ihr Handy gelassen hatte.

»Wir könnten unser Abendessen verzehren und dann gehen. Ich finde es obszön, unter diesen Umständen einen Ball zu veranstalten«, meinte Linda Osterhoudt. »Und ich finde es obszön, das viele Essen zu verschwenden, wenn die Heilsarmee es nicht nimmt.«

Die anderen murmelten beifällig.

»Sollen wir abstimmen?«, fragte Harry.

»Warte, bis Susan zurückkommt«, schlug Bonnie Baltier vor.

»Selbst wenn wir abstimmen, heißt das nicht, dass die Mehrheit entscheidet.« Market schüttelte den Kopf. »Man kann die Leute nicht zum Essen zwingen.«

»Wir können ja abzählen, wer teilnehmen will. Und was übrig bleibt, können wir denen mit nach Hause geben, die beschließen, zum Abendessen zu kommen.« Harry drehte sich zu Susan um, die gerade wieder hereinkam. »Was sagen sie?«

»Danke für unsere Großzügigkeit, aber sie haben im Augenblick nur sechs Personen zu versorgen.«

»Okay, wie viele wollen zum Abendessen im Erfrischungsraum kommen? Ohne Tanz.«

Füße schlurften, dann hoben sich schüchtern ein paar Hände. Wenig später schossen weitere in die Höhe.

Fair und Harry zählten.

»BoomBoom, du kommst doch bestimmt.« Susan reichte ihr ein Papiertaschentuch.

»Ja«, erwiderte sie matt.

»Kommst du auch, Cynthia?« Harry lächelte, als die Polizistin die Hand hob.

»Das möchte ich auf keinen Fall verpassen.«

»Dreißig.«

»Einunddreißig.« Fair war mit Zählen fertig.

»Wieso hab ich einen zu wenig?«, fragte Harry verwundert.

»Hast du nicht. Du hast bloß vergessen, dich mitzuzählen«, sagte er.

»Also gut. Wir sehen uns heute Abend zum Essen, um sechs im Erfrischungsraum. Bringt Kühltaschen und Behälter mit, damit ihr was mit nach Hause nehmen könnt.« Sie hielt sich mit der Hand an der Tischkante fest, sprang herunter und kam locker mit den Füßen auf dem Boden auf.

»Graziös – für einen Menschen«, bemerkte Mrs. Murphy.

»Wo ist Chris?« Susan sah sie nirgends.

»In dem Moment, wo Rick sagte, wir könnten gehen, ist sie hier rausgestürmt. Und zwar in der Sekunde, als alle anfingen, sich gegenseitig anzubrüllen«, bemerkte Harry.

»Kann ich ihr nicht verdenken. Sie wird vermutlich nie wieder mit uns sprechen.« Susan seufzte.

»Du konntest nichts dafür.« Fair lächelte Susan an.

»Irgendwie doch. Ich habe Chris eingespannt, auf Grund einer Wette, die wir diesen Sommer bei einer Golfpartie abgeschlossen hatten. Natürlich hoffte sie eigentlich, einen Mann kennen zu lernen, und sie hat Dennis gefunden. Im Moment bezweifle ich jedoch, dass sie darüber allzu glücklich ist.«

»Ich hab nicht ein Wort über die vielen überzähligen Speisen verloren.« Pewter wartete auf ein Lob.

»Ein Wunder. Ich habe ein Wunder erlebt.« Mrs. Murphy sauste fröhlich aus der Turnhalle.

Cynthia setzte sich in ihren Streifenwagen auf dem Parkplatz. In der Schule war es trotz der Heizung etwas kühl. Die Autoheizung wärmte sie. An niemandes Händen oder Kleidung waren Rückstände gefunden worden. Der Mörder hatte vermutlich Plastikhandschuhe getragen. Jeden Abfalleimer in der Schule hatte sie untersuchen lassen. Während sie alle in der Turnhalle festhielt, hatte Jason sich den Müllcontainer vorgenommen. Nichts – allerdings hätte man ein Paar dünne Handschuhe mühelos verschwinden lassen können.

42

Harry warf im Rückspiegel einen Blick auf den Backsteinbau der Crozet Highschool. Die vier weißen Säulen der Fassade verliehen dem ansonsten schlichten Gebäude einen vornehmen Anstrich. Das Buntglasfenster über dem Hauptportal zeigte die Initialen CHS in Blau auf gelbem Grund.

Auf einer sanften Erhebung gelegen, blickte die Schule im Osten auf ein weites Tal, eine Aussicht, die jetzt teils von der neuen, teuren Grundschule auf der gegenüberliegenden Seite der Staatsstraße verdeckt wurde. Die Berge im Westen bildeten den Hintergrund.

Wie die meisten, die eine Highschool besuchten, hatte Harry als Schülerin die Crozet Highschool als etwas Selbstverständliches empfunden. Über Architektur, die reizvolle Lage, die Nähe zu der Kleinstadt Crozet hatte sie sich keine Gedanken gemacht. Sie hatte nur Freundschaften, Footballspiele, Zensuren im Sinn gehabt.

Eine Erinnerung wehte in ihre Gedanken, eine sanfte Brise aus vergangener Zeit. Sie war in einem schönen fuchsienrosa Pullover erschienen, Fair in einem türkisgrünen. Die farbliche Abstimmung war nicht verabredet gewesen, doch die Wirkung war verblüffend.

Sie erinnerte sich, wie sie im ersten Highschool-Jahr in der Pause aus ihrem Klassenzimmer geeilt war in der Hoffnung, einen Blick auf Fair zu erhaschen, wenn er zur nächsten Unterrichtsstunde ging. Wenn sie ihn sah, machte ihr Herz einen Sprung wie in einem kitschigen Liebeslied. Sie hatte nicht genau gewusst, was sie fühlte oder warum sie es fühlte, nur, dass die Empfindung beunruhigend und angenehm zugleich war. Sie glaubte der einzige Mensch auf der Welt zu sein, der so etwas fühlte. Auf der Crozet Highschool wurde nicht viel über Emotionen gesprochen, und falls doch, dann hatte sie es nicht mitbekommen. Zudem war übertriebene Zurschaustellung von Gefühlen etwas für Leute, die anderswo lebten – nicht in Virginia. So jung sie alle waren, diese wichtige Lektion hatten sie gelernt. Und heute hatten die meisten sie vergessen, die guten Manieren waren in Furcht, Polizeiverhören und gegenseitigen Verdächtigungen ertränkt worden.

Harry brach in Tränen aus.

»Mom, was hast du?« Mrs. Murphy legte die Pfoten auf Harrys Schulter und leckte ihr die rechte Gesichtshälfte.

»Hab keine Angst, wir beschützen dich.« Tuckers sanfte braune Augen wirkten noch treuherziger als sonst.

»Ja, wir kratzen dem Mörder die Augen aus!« Pewter warf sich in die Brust.

»Verflixt, nie habe ich Kleenex im Auto.« Harry schniefte. »Ich weiß nicht, was mit mir los ist. Wehmütige Erinnerungen.« Sie streichelte zuerst Murphy, dann die beiden anderen Tiere. Sie bog rechts ab in die Straße, die nach Hause führte. »Warum kommt mir alles besser vor, wenn ich zurückblicke? Ich war so unschuldig, was bloß ein anderes Wort für blöd ist.« Sie schniefte wieder, doch die Tränen flossen weiter. »Ich habe mich in meinen Highschool-Freund verliebt und ihn geheiratet. Ich habe wirklich geglaubt, wir würden glücklich sein bis ans Ende aller Tage. Dachte nie an – hm – alltägliche Dinge. Mir kam nicht mal in den Sinn, dass Rechnungen bezahlt werden mussten. Ich nahm an, ich würde von der Luft leben.« Sie hielt am Straßenrand, schaltete die Blinklichter ein, zog den Lappen, mit dem sie immer die Windschutzscheibe putzte, unter dem Sitz hervor, wischte sich die Augen und schnäuzte sich. »Stinkt nach Öl. Hab ihn wohl benutzt, um den Ölstand zu prüfen. Zu dumm, ihn wieder in die Fahrerkabine zu legen.« Sie schloss die Augen. Vom Heulen um die vergangene Jugend hatte sie Kopfschmerzen bekommen.

»Wir lieben dich.« Tucker sprach für alle drei.

»Ich hab euch lieb, Kinder«, antwortete sie, dann heulte sie wieder los. Wie so viele Menschen hatte sie das Gefühl, dass einem die einzig wahre Liebe von seinen Haustieren entgegengebracht wird. »Ich liebe Fair, aber ist das echt? Oder sind es nur die Erinnerungen an früher? Dieses Ehemaligentreffen ist die Hölle.«

Mrs. Murphy versuchte es vernünftig zu sehen. *»Das wird sich mit der Zeit zeigen. Ob ihr zwei zusammen sein könnt, werdet ihr merken, wenn ihr es schön langsam angeht. Was eure Feier betrifft, wie sollte sich da einer nicht grässlich fühlen?«*

»Ein Verrückter«, sagte Pewter. *»Jemand, der sich jetzt sehr mächtig vorkommt.«*

Tucker stupste Harry mit der Schnauze. *»Mom, es ist das Ehemaligentreffen. Es wühlt Gefühle auf, gute und böse.«*

Harry schnäuzte sich noch einmal, legte einen Gang ein und fuhr weiter. »Auf der Highschool dachte ich vermutlich, dass Unglück nur andere trifft, nicht mich. Da war ich schief gewickelt.« Sie lachte wehmütig. »Aber wisst ihr, Kinder, die Liebe ist so rein, wenn man jung ist. Sie kommt nie wieder. Man mag sich wohl wieder verlieben, und es mag eine klügere und bessere Liebe sein, aber nie mehr jene reine, unkomplizierte Liebe.«

»Die Menschen machen sich zu viele Gedanken um die Zeit«, bemerkte Pewter. *»Sie können wohl nicht anders. Sie haben Wanduhren und Armbanduhren und Steuertermine. Mich würde das rasend machen.«*

»Hat ihnen kein bisschen genützt.« Tucker schmiegte sich an Harry und sah aus dem Fenster auf die vorbeiziehenden vertrauten kleinen Häuser und größeren Farmen.

Mrs. Murphy saß auf der Rückenlehne. Von hier hatte sie einen erhabeneren Ausblick.

»Ich sehe mir alle Leute auf dem Ehemaligentreffen an und frage mich, was mit ihnen passiert ist. Wie sind wir so schnell hier angelangt? Mit einem Mörder in unserer Mitte. Unsere Klasse? Ich habe irgendwo gelesen, ich weiß nicht mehr wo: ›Die Zeit siegt über die Zeit‹ – vielleicht stimmt es ja. Vielleicht kommt einmal die Zeit, wo ich alles ganz entspannt sehe. Oder ich mich seelisch oder sogar körperlich noch mal aufraffe und runderneuere.«

»Mom, du hast die Abbiegung verpasst!« Tucker führte sich auf wie eine besserwisserische Beifahrerin.

»Sie versucht, ihren Kopf klar zu kriegen. Immer, wenn sie ihr Inneres aufräumen muss, kurvt sie in der Gegend herum. Dass sie

in dem Dually rumkurvt, sagt was aus.« Mrs. Murphy hatte nichts dagegen; sie schätzte die Plüschpolsterung mit dem Schaffell darüber. *»Sie musste in diesem neuen Transporter bei ihrem Ehemaligentreffen aufkreuzen. Komisch, nicht? Der Wunsch zu glänzen.«*

Das warme Herbstlicht ließ die roten Scheunen noch dunkler, die lodernden Ahornbäume noch strahlender erscheinen.

Harry liebte die Jahreszeiten, hatte sie aber nie – eine abgedroschene, aber wirkungsvolle Metapher – auf ihr eigenes Leben bezogen. »Wisst ihr, was wirklich komisch ist? Kein Mensch glaubt, dass er mal alt wird. Irgendwann muss man es dann wohl akzeptieren, wie Mrs. Hogendobber.« Sie überlegte kurz. »Mim hat es nicht akzeptiert. Und sie ist genau so alt wie Miranda.« Sie wurde gesprächiger. Die Fahrt munterte sie auf. »Also, das versteh ich nicht. Zuerst bringt jemand Männer aus der Klasse von '80 um. Jemand führt wahrhaftig einen Racheplan aus. Ich war manchmal so wütend, dass ich jemanden hätte umbringen können, aber ich hab's nicht getan. Was wirft einen Menschen aus der Bahn? Und dann denke ich an den Tod. Der Tod ist da draußen, ein Schattenwesen, ein gefürchteter Bekannter. Er erwischt einen bei einem Verkehrsunfall oder durch Krebs. Aus Absicht oder Zufall. Aber er ist seltsam unpersönlich. Das ist es, was mich an dieser Geschichte so fertig macht. Sie ist grausam persönlich.«

43

Harry war kaum in der Küche, als das Telefon klingelte.

»Hallo«, sagte Fair. »Ich bin in der Klinik, aber ich kann in fünfzehn Minuten da sein.«

»Ich komm schon zurecht. Wir treffen uns zum Abendessen in der Schule. Mach dir keine Sorgen.« Sie legte auf, und es klingelte wieder.

»Hey«, meldete sich Susan, »ich habe Chris zwei Buchsbaumsträucher vorbeigebracht. Ich hab ein schlechtes Gewissen. Sie wird heute Abend wohl nicht zum Essen kommen. Sie war irgendwie komisch. Sie hat gesagt, wenn wir unser Ehemaligentreffen überleben, möchte sie nächstes Wochenende gerne Golf spielen. Oh, mit Dennis ist sie auch fertig, ist über sein Verhalten erschüttert. Das ist es, was sie wirklich aufgebracht hat.«

»Hm – ist vielleicht besser für sie. Ist dir irgendwas für Bitsy eingefallen? Eigentlich ist es ja E. R.s Sache, ihr für ihre Arbeit zu danken, aber, also ich hab gern mit ihr zusammengearbeitet.«

»Eine Ganzkörperbehandlung bei Vendome.« Susan sprach von dem exklusivsten Schönheitssalon der Stadt, wo man sich einen Haarschnitt, eine Massage, Haarentfernung, Maniküre, Pediküre sowie eine komplette Überholung angedeihen lassen konnte, aus der man verjüngt hervorging.

»Gute Idee. BoomBoom soll das Geld dafür rausrücken. Die zwei haben genauso fleißig für unsere Feier gearbeitet wie wir.«

»Die Buchsbäume habe ich bezahlt. Es war schließlich meine Wette. Wenn Boom nicht für Vendome bezahlen will, tu ich's. Es ist auf jeden Fall angebracht.«

»Ich übernehme die Hälfte.«

»Nein, das lässt du schön bleiben. Leg das Geld, das dir die Vermietung einbringt, auf die hohe Kante.«

»Ich nehme an, dass Tracy nach dem Treffen abreist. Gesagt hat er es allerdings noch nicht. Aber ich muss schon sagen, seine Mietzahlungen haben mir das Leben erleichtert.«

»Du bist die Transporter-Queen von Crozet.« Susan lachte, weil sie wusste, dass die Raten für den Transporter von dem Mietgeld bezahlt wurden.

»Susan, hast du Angst?«

»Wegen dem Abendessen?« Sie kannten sich von Kind an, deswegen waren ausführliche Erklärungen ebenso wenig nötig wie Überleitungen zwischen zwei Themen.

»Ja.«

»Nein. Ned ist ja bei mir. Außerdem glaube ich, dass uns nur die Zuschauerrolle zugedacht ist.«

»Es werden nicht so viele Leute da sein. Ob der Mörder wohl teilnimmt? Und ich frage mich, ob es richtig ist, was wir tun. Wir hatten ja nicht mal Zeit, Rex' Ermordung zu verarbeiten. Ich habe das Gefühl, als würden wir Stück für Stück reduziert.«

»Hast du Angst?«, fragte Susan.

»Ja. Ich hab keine Angst, dass ich ermordet werde, ich hab Angst vor dem, was ich fühlen werde.«

»Verdrängung.« Susan wollte damit sagen, dass Emotionen einen Menschen erdrücken können.

»Du auch?«

Es folgte eine lange Pause. »Ja. Ich hab Witze gemacht, wer denn das junge Ding auf dem Foto mit den Insgesamt Besten war, aber es war mir ernst. Und dann guck ich mir Danny und Brooks an.« Sie sprach von ihrem Sohn und ihrer Tochter. »Und mir wird klar, dass sie genau dieselben Gefühle und Verwirrungen erleben wie wir, nur in einer anderen Zeit. Ich glaube allmählich, dass die Geschichte der Menschheit sich ständig wiederholt, nur die Kulissen ändern sich.«

»Eine Eins in Geschichte.« Harry lachte.

Susan dachte an ihre Einsen in Geschichte zurück und auch an alles andere. »Der Unterschied ist, dass ich es jetzt verstehe – damals hab ich's nur gewusst.«

»Kannst du die Morde verstehen?«

»Nein. Ich weiß nicht mal, wie ich das nennen soll, was ich fühle. Anspannung … Verstörtheit? Nein. Ich verstehe es nicht, und ich erinnere mich an nichts Schreckliches auf der Highschool. Ich meine, nichts so Außergewöhnliches wie zwei Menschen, die sich so sehr hassen, dass es zwanzig Jahre anhält. Aber wir tappen im Dunkeln. Sogar Market scheint etwas zu wissen, was wir nicht wissen, und Dennis – guter Gott.«

»Meinst du, dass Denny Rablan sich blicken lässt?«

»Er wird sich nicht trauen.«

44

Denny saß selbstgefällig da, auf das Doppelte seines Umfangs aufgebläht. Niemand wollte neben ihm sitzen. Schließlich setzte Harry sich zu ihm, aber nur, weil Susan die Stühle genau abgezählt hatte. Die Tische bogen sich unter der Menge der Speisen: gewürzte Hühnerflügel, Maisbrot, auf den Punkt gegarter Rostbraten mit einer dünnen Pfefferkruste, saftiger gekochter Virginia-Schinken, Biscuits, Krabben-Remoulade, Senfsoße für den Braten, glasierte, orangegelb glänzende Süßkartoffeln. Drei verschiedene Salate beglückten diejenigen, die keine schwere Kost mochten. Die Frauen setzten sich hin mit dem Vorsatz, sich an die Salate zu halten. Nach fünf Minuten war der Vorsatz vergessen.

Nach dem Hauptgang lockten die Desserts, die abseits auf einem Tisch standen. Möhrentorte, kleine, gehaltvolle Brownies, Obstsalat, erlesene Käse aus Dänemark, England und Frankreich lagen zwischen hellgrünen Weintrauben. Wem das nicht genügte, der konnte das Menü mit einem dünnen, nahrhaften Früchtekuchen mit Vanillesoße abrunden.

Die Bar war geöffnet, was den Geräuschpegel ein wenig ansteigen ließ.

Die einunddreißig Personen, die sich eingefunden hatten, aßen bis zum Umfallen. Mike Alvarez war nicht wiedergekommen. Seine Frau hatte es mit einem Machtwort verhindert, aber er hatte die Kassetten dagelassen, zur Freude aller, sofern Freude das richtige Wort war. Während des Essens spielte BoomBoom die Bänder mit langsamer Musik. »Digestivmusik«, hatte Mike sie genannt.

Mrs. Murphy, Pewter und Tucker aßen von Papptellern auf dem Fußboden unter dem Tisch. Da so viel zu essen da war, glaubte Harry nicht, dass jemand es ihren Tieren missgönnen würde.

Fair saß links von Harry. Hank Bittner hatte sich geweigert, neben Dennis zu sitzen, obwohl er zu spät kam und alle anderen Stühle besetzt waren. Bonnie Baltier hatte den Platz mit Hank getauscht und saß nun auf der anderen Seite von Dennis.

»Hat sich im Labor was ergeben?«, fragte Bonnie Dennis, während sie ihre Gabel in die dampfende Süßkartoffel stieß.

»Nein. Rick Shaw hat die Bilder mitgenommen. Er sagte, er hat einen Verdacht, aber das sagen die ja immer. Ich hab bloß gesagt: ›Ja, die ganze Klasse ist verdächtig.‹«

»Ist auf den Fotos eine Zeitangabe?«

Dennis antwortete Harry: »Nein. Ich benutze eine dreißig Jahre alte Nikon. Ich hab nie einen besseren Apparat gefunden.«

»Oh.« Harry machte sich wieder über ihr Essen her.

Miranda und Tracy steckten die Köpfe durch die offene Tür. Susan winkte sie herein. Harry hatte sie nicht bemerkt.

»Miranda, Sie sehen umwerfend aus.« Fair hatte sich erhoben, um ihr dieses Kompliment zu machen.

»Setzen Sie sich, setzen Sie sich. Ich störe Sie beim Abendessen.« Sie wurde rot.

»Sie ist die Ballkönigin.« Tracy strahlte. »Betont das smaragdgrüne Kleid ihre Haare und Augen nicht wunderbar?«

»Ja«, stimmten sie zu.

»Mrs. Hogendobber, kommen Sie in diesem Outfit in mein Studio. Ich mache eine Aufnahme – umsonst. Ich hätte meinen Apparat mitbringen sollen, aber ich hab's vergessen.«

»Es wurde Ihnen ...« Miranda hielt inne »... vereitelt.«

»Mrs. Hogendobber, an Ihnen ist eine Diplomatin verloren gegangen«, sagte Hank Bittner lachend. »Und Sie sehen bezaubernd aus. Es wird mich freuen, wenn die Frauen bei unserem fünfzigsten Jubiläum so gut aussehen wie Sie.«

»Ihr Männer verdreht mir noch den Kopf.« Sie errötete noch mehr, und Tracy zwinkerte den Männern zu.

»Komm, Schönste. Ich trau diesen Burschen nicht.« Tracy legte ihr sanft seine Hand auf den Rücken und geleitete sie hinaus.

Susan, die sich gerade eine zweite Portion holen wollte,

sagte im Vorbeigehen zu Harry: »Ist das was Ernstes mit den beiden oder was? Sie sieht wirklich fabelhaft aus. Das Laufband hat Wunder gewirkt.«

»Tracy hat Wunder gewirkt.« Fair lächelte. »Das ist ein Zauber, der nie versagt.« Er wandte sich flüsternd an Harry: »Du wirst mich immer bezaubern, mein Herz.«

Harry errötete und murmelte: »Danke.«

BoomBoom hob ihr Glas. »Auf die Klasse von 1980!«

Die Gruppe zögerte, dann hoben alle ihre Gläser. »Hoch die Tassen!«

»Auf die, die von uns übrig sind.« Dennis hielt sein Glas zu einem zweiten Trinkspruch hoch.

»Halt den Mund, Rablan.« Bittner stand auf und hob sein Glas. »Auf die Organisatoren für ihre Arbeit und ihren mutigen Einsatz, als es nicht so lief, wie sie – oder wir alle – erwartet haben.«

Alle applaudierten.

»Ich wusste gar nicht, dass Hank so redegewandt ist«, bemerkte Fair.

»Er hat es irgendwann gelernt.« Bonnie beugte sich zu Dennis hinüber. »Einen ungeschliffenen Stein würde Brightwood Records nicht fördern. Ich könnte morden für seine Aktienbezugsrechte.«

Dennis lachte. »Das würdest du auch müssen.«

»Du hast nicht gerade ein Vermögen gemacht. Du hast eins verloren«, entgegnete Bonnie.

»Da hast du Recht.« Damit verstummte er.

Die Katzen und Tucker beschlossen, unter den Tischen herumzuwandern. Es war ein Spaziergang, keine Suche nach Krümeln. Sie hatten zu viel gegessen.

»Hihi.« Pewter stieß Mrs. Murphy an, als sie beobachtete, wie eine Dame, die ihre Schuhe ausgezogen hatte, mit dem Fuß über die Wade eines Herrn strich. Er trug eine anthrazitgraue Hose.

Mrs. Murphy steckte den Kopf unter der Tischdecke hervor. *»BoomBoom.«*

Pewter tauchte auf der anderen Seite hervor. *»Bob Shoaf.«*

»Sieh mal einer an«, bemerkte Murphy und verschwand wieder unterm Tisch.

»Ist er nicht verheiratet?« Tucker hätte ihnen gleich sagen können, dass es BoomBoom war, da Tucker sehr auf Schuhe und Gerüche achtete.

»Ja. Er hat seine Madam aber zu Hause gelassen«, erklärte Pewter.

Von ihrem Spaziergang gelangweilt, tauchten die Tiere bei den Büfett-Tischen auf.

»Ich könnte wohl noch ein Stück Fleisch essen.« Tucker blickte hinauf.

»Nicht. Du hast dich voll gestopft. Wenn du zu viel isst, wird dir auf dem Heimweg schlecht«, warnte Mrs. Murphy.

Sie führten ihr Gespräch nicht zu Ende, weil ein Ausbruch von Bonnie Baltier sie an deren Tisch lockte.

»Wovon redest du?« Sie schlug mit der Hand auf den Tisch, dass die Teller wackelten.

»Ich dachte du wüsstest es«, sagte Dennis erstaunt.

Hank beugte sich über Bonnie hinweg zu Dennis. »Von den Frauen wusste es keine, du Armleuchter!«

Bonnie stand auf, ging hinter Dennis vorbei zu Harry. »Wusstest du von einer Gruppenvergewaltigung an dem Tag, als die Jahrgangsbesten gewählt wurden?«

»Nein.« Harry und Susan verschlug es den Atem.

»Ist das wahr?« Bonnie wandte sich aufgebracht an Dennis. »Es muss wahr sein. Warum sollte sich jemand so etwas ausdenken!«

Bob Shoaf hörte auf, mit BoomBoom zu füßeln. Er kniff die Augen zusammen, schob seinen Stuhl zurück, ging zu Dennis und pflanzte sich vor ihm auf. »Rablan, du hast ’ne Macke. Ich würde ja sagen, du bist ein Wurm, wenn das nicht die Würmer beleidigen würde.« Er beugte sich drohend nach vorn, worauf Fair sich erhob, nur für alle Fälle. »Ich weiß nicht, warum du diese Geschichte erfindest, dass Ron Brindell in der Dusche vergewaltigt wurde, ich weiß aber, dass du derjenige warst, der Rex Harnett tot aufgefunden hat, und dass sonst niemand in der Toilette war. Für wie blöd hältst du uns eigentlich!«

Vor Wut zitternd, stand Dennis auf und stellte sich kampfbereit vor Bob. »Ich hab das nicht erfunden. Ich wünschte, ich wäre damals eingeschritten. Ich hatte damals ein schlechtes Gewissen und habe es bis heute.«

Bob wollte Dennis an die Gurgel, doch Fair packte Bobs Arme. Bob Shoaf war ein hervorragender Footballspieler gewesen, aber Fair Haristeen war einsneunzig groß und praktizierender Pferdearzt. Er war kräftig und hatte einen nicht unerheblichen Vorteil: Seine Knie waren noch gesund.

»Ihr werdet doch nicht auf ihn hören! Er ist der Schuldige, und der Sheriff wartet nur darauf, dass er einen Fehler macht«, ereiferte sich Bob.

»Warum hätte ich Charlie Ashcraft und Leo Burkey umbringen sollen?« Dennis wurde sonderbar ruhig.

»Du kannst mir viel erzählen«, höhnte Shoaf. »Es ist wie mit deiner Geschichte, du wüsstest, wen Charlie Ashcraft gebumst hat. Du weißt gar nichts. Du sagst das alles bloß, um dich wichtig zu machen. Du hast keinen blassen Schimmer.«

»Hab ich wohl. Und das weißt du genau.«

Inzwischen war Hank Bittner aufgestanden. Alle sahen zu.

»So, und wer ist die Mutter?« Bob trat zurück, er war schon fertig mit Dennis.

»Olivia Ulrich«, sagte Dennis laut.

»Das ist nicht wahr!« BoomBoom schnellte vom Stuhl hoch. »Du lügst. Ich bin nicht die Mutter.«

»Komm schon, Boom. Sein Arsch hat dir gefallen«, spottete Dennis.

Susan, die jetzt neben Harry war, sagte: »Ich habe Dennis noch nie so hämisch erlebt.«

»Ich auch nicht. Irgendwas muss es in ihm ausgelöst haben.«

»Angst«, sagte Mrs. Murphy.

»Wenn er sich fürchtet, hätte er zu Hause bleiben sollen.« Pewter rückte von den Menschen ab, falls wieder ein Streit ausbräche.

»Vielleicht ist er hier sicherer als zu Hause«, bemerkte Tucker

weise. *»Er hat keine Familie. Ist ganz allein. Der Mörder wird ihm vielleicht nicht die Kehle aufschlitzen wollen, aber einige Anwesende hier hätten nichts dagegen. Ich an Dennis' Stelle würde mir für ein paar Nächte ein Zimmer in einem Motel mieten.«*

»Oder er muss vielleicht hier sein«, meinte Murphy scharfsinnig.

BoomBoom deutete zitternd mit dem Finger auf Dennis' Gesicht. »Weil ich nicht mit dir ins Bett gegangen bin – dies ist deine Rache. Du hast zwanzig Jahre darauf gewartet. Mein Gott, bist du erbärmlich.«

»Aber du hast ein uneheliches Kind.«

»Hab ich nicht, und du kannst es nicht beweisen.«

»Ich mache Klassenfotos an den Schulen in der Stadt. Und ich erinnere mich an ein hübsches Mädchen, das vor drei Jahren den Abschluss gemacht hat. Western-Albemarle-Schule. Sie hatte deinen Teint und sah aus wie Charlie. Du hast das Mädchen zur Adoption freigegeben.«

»Niemals! Das würde ich nie tun.« BoomBoom war so wütend, dass sie sich nicht rühren konnte. Noch nie im Leben hatte sie eine so lähmende Wut empfunden.

»Mach dir doch nichts vor, Boom. Um die Konsequenzen kümmerst du dich nicht. Hast du nie getan. Du stiehlst anderen die Ehemänner.« Dennis sah Harry an, als er das sagte. »Du schiebst unbequeme Kinder ab. Wenn Kelly Craycroft von dem Mädchen gewusst hätte, hätte er dich nie geheiratet. Du wolltest sein Geld.«

»Ich habe Kelly Craycroft nach meinem College-Abschluss geheiratet. Meinst du, ich habe auf der Highschool daran gedacht, einen Geldsack zu heiraten? Du tickst ja nicht richtig.«

»Glaubst du, das stimmt?«, fragte Pewter Murphy.

»Ich weiß nicht.«

»Und außerdem hab ich keiner den Mann gestohlen. Männer sind keine Brieftaschen. Man kann sie nicht einfach an sich nehmen.« Sie stemmte die Hände in die Hüften. »Und ihr anderen alle, ich weiß, was ihr denkt. Ihr könnt mich mal. Ich tu, was mir passt. Weibliche Tugend wird maßlos überschätzt!«

Harry stieß einen Pfiff aus. »Na endlich, die wahre Boom-Boom!«

BoomBoom stolzierte hinaus. Bob Shoaf lief ihr nach, um sie zu beschwichtigen.

Hank Bittner setzte sich wieder hin und rief über die Schulter: »Dennis, Rex mag körperlich tot sein, aber Freundchen, du bist gesellschaftlich tot.«

Darauf fingen alle zugleich zu reden an.

Mrs. Murphy beobachtete, dass Dennis sich neben Hank setzte. Weil es so laut zuging, lief sie hin, um das Gespräch zu belauschen.

»Du bist ein noch größerer Feigling als ich, Bittner. Mir ist jetzt alles klar geworden. Sheriff Shaw hat heute etwas zu mir gesagt. Er hat gesagt, wenn diese Morde die Rache für Ron Brindells Vergewaltigung sind, dann muss jemand, der Ron geliebt hat, sie begangen haben, Ron hätte einen Liebhaber haben können, einen anderen Jungen von der Highschool, von dem niemand was wusste. Der Junge stand dabei und hat die Vergewaltigung nicht verhindert. Keiner sollte erfahren, dass er schwul war. Er hat keinen Finger gerührt, um Ron zu helfen. Und niemand hat Verdacht geschöpft. Du warst derjenige.«

Hank legte achtsam seine Gabel hin, wandte sich Dennis zu und sagte leise: »Dennis, wenn ich schwul wäre, dann möchte ich annehmen, dass ich den Mut hätte, mich dazu zu bekennen. Ich möchte annehmen, dass ich für Ron gekämpft hätte. Aber ich bin nicht schwul. Ich war nicht derjenige, und ich weiß nicht, was mit dir los ist – es sei denn, *du* bist der Feigling.«

45

Sheriff Shaw ließ Dennis Rablan bei dem Abendessen der Ehemaligen vorsichtshalber beschatten. Er hatte außerdem einen Beamten in Zivil abgestellt, der Dennis' Haus in Bentivar, einer Wohnsiedlung an der Route 29, beobachtete.

Er heftete ein neues Ablaufdiagramm an das lange schwarze Brett im Flur. Das Innere der Schule war akkurat skizziert. Die Aus- und Eingänge sowie sämtliche Fenster waren rot markiert.

Cynthia Cooper hätte an dem Abendessen teilnehmen sollen, aber dann hatte Rick anders entschieden: Er meinte, ihre Anwesenheit könnte sich hemmend auf die Leute auswirken. Aber kaum etwas hätte sich für die Gruppe als hemmend erweisen können, und Coop hoffte, dass Harry und Susan ihr die Reste aufheben würden. Sie bat sie inständig, jede Menge Gefrierbeutel und Behälter mitzunehmen.

»Glauben Sie, der Mörder wird zuschlagen?«

»Es ist sein oder ihr großer Abend, nicht? Wer immer es ist, hat zwanzig Jahre darauf gewartet.«

»Rechnen Sie damit, dass jemand auf dem Parkplatz abgeknallt wird?«

Er warf ihr einen strengen Blick zu. »Das ist unserem Täter glatt zuzutrauen.«

»Ich glaube, er genießt das Chaos – und die Angst in den Augen derjenigen, die noch auf seiner Abschussliste stehen. Ich glaube, er sitzt in der Turnhalle und kostet es voll aus.«

»Ich wollte, wir wüssten mehr über Brindell. Seine Eltern sind tot. Seine Cousine war uns keine Hilfe und obendrein noch patzig. Es muss doch jemanden geben, der uns sagen kann, wer sein Freund war – oder seine Freundin. Ein Mädchen hätte ihn lieben können, obwohl er schwul war. Die Menschen haben kaum Kontrolle über die Liebe. Mim Sanburne ist der Beweis dafür.« Er lächelte; die Queen von Crozet hatte nicht standesgemäß geheiratet, allerdings waren sich alle einig, dass Jim Sanburne in seiner Jugend ausgesprochen sexy war.

»Das ist es ja, was mir Sorgen macht.« Cynthia drückte nervös ihre Zigarette aus. »Der Mörder weiß, dass dies das große Wochenende ist. Er weiß, dass wir mit einem weiteren Vorfall beim Essen rechnen oder gleich danach, weil der Ball ausfällt. Er weiß es«, unterstrich sie noch einmal. »Wird er es riskieren? Er hat in diesem Sommer zwei Menschen umgebracht. Er hat heute Morgen gemordet. Vielleicht wartet er seelenruhig ab, genießt die Panik, und dann, wenn er es für günstig hält, schlägt er zu. Wer immer er oder sie ist – der oder die Geliebte, der beste Freund oder die beste Freundin –, hat uns zum Narren gehalten.«

»Sie kaufen mir nicht ab, dass es Dennis Rablan ist. Er hatte Zugang zu allen. Kein wasserdichtes Alibi, aber wir beide haben schon erlebt, wie vor Gericht plötzlich hieb- und stichfeste Alibis auftauchten, zusammen mit einem teuren Anwalt.« Der Sheriff rieb sich das Kinn, zog seine Schublade auf und holte einen schnurlosen Elektrorasierer heraus.

»Boss, machen Sie das im Auto. Lassen Sie uns hinfahren.«

»Jason ist auf dem Parkplatz.«

»Wie ein Neonsignal.«

»Was sind dann wir?«

»Ich weiß nicht, aber ich finde, wir sollten …« Das Klingeln des Telefons unterbrach sie.

»Sheriff Shaw«, meldete sich Rick, als das Gespräch durchgestellt wurde. »Gut, bleiben Sie dran an ihm.« Er legte auf. »Jason sagt, Dennis Rablan ist aus der Highschool gerannt, hat seinen Lieferwagen gestartet und fährt vom Parkplatz.«

»Jason kann an Dennis dranbleiben. Wir fahren zur Crozet Highschool.«

»Na okay.«

46

Herrgott, so ein Chaos.« Harry sah zu, wie das Ehemaligen-Abendessen sich auflöste. »Wir können gleich aufräumen und nach Hause gehen.«

»Ja.« Susan, die ebenso bedrückt war wie Harry, sammelte die Teller ein und warf sie in große Müllsäcke. »Nur gut, dass die Leute mehr gegessen haben, als ich dachte. Wir müssen zwar viel mit nach Hause nehmen, aber wenigstens haben sie sich's schmecken lassen.«

Fair, Hank Bittner, Bonnie Baltier, Market Shiflett und Linda Osterhoudt waren dageblieben. Nach anderthalb Stunden sah die Halle wieder picobello aus. Die vergrößerten Fotografien von den Jahrgangsbesten ließen sich mühelos entfernen. Market rollte sie zusammen und steckte sie in große Pappzylinder.

»Die kannst du eigentlich wegwerfen«, meinte Fair.

»Wer weiß, vielleicht wird unser dreißigstes Treffen ja besser? Ich hab jede Menge Platz auf dem Speicher.«

Mrs. Murphy, Pewter und Tucker, die müde waren von dem reichhaltigen Essen und der Hektik der Menschen, setzten sich unter das hochgeklappte Basketball-Korbbrett.

»So, das wäre geschafft.« Harry stemmte die Hände in die Hüften und betrachtete den blank gewienerten Turnhallenboden. »Zu schade, dass der Tanz ausfallen musste. Alvarez hat super Bänder aufgenommen. So was konnte er schon immer gut.«

»Seine Frau schreibt ihm bestimmt vor, was er zu tun hat«, meinte Hank Bittner lachend. »Ich hatte gedacht, er würde heimlich zum Abendessen zurückkommen.«

»Vermutlich hat sie ihn nach Monticello geschleppt. Das wollen alle besichtigen, die von auswärts kommen.« Susan drückte die Hand ins Kreuz, das ihr von dem vielen Bücken und Hochheben ein bisschen wehtat. »Ein Jammer, dass unser Treffen so enden muss.«

»Ja«, stimmten die anderen zu.

Harry fragte Hank: »Glaubst du die Geschichte, dass Bob, Rex, Charlie und Leo über Ron hergefallen sind?«

»Ja«, erwiderte Hank.

»War Dennis dabei?«, fragte Harry weiter.

»Ich glaube ja. Ich denke, er stand an der Tür, um aufzupassen, ob der Trainer kam. Ich kann nichts beweisen, aber ich glaube, dass es so gewesen ist.«

»Wie hast du davon erfahren?«, fragte Fair.

»Ron hat es mir erzählt«, sagte Hank. Er sah aufrichtig bekümmert drein.

»Warum bist du nicht zum Direktor gegangen oder zum Trainer oder sonst wem?«, fuhr Harry ihn an. Sie klang vorwurfsvoll, ohne es zu wollen.

»Weil Ron sagte, er würde abstreiten, was passiert war. Er wollte nicht, dass es irgendjemand erfuhr. Vor allem Deborah Kingsmill sollte nichts davon wissen. Er wollte mit ihr auf den Weihnachtsball. Er dachte, sie würde ihm absagen, wenn sie es erführe.« Hank hielt inne. »Und wenn er es erzählt hätte, wer weiß, was sie dann mit ihm gemacht hätten. Letztendlich war es eine kluge Entscheidung von ihm zu schweigen.«

»Wenn sie sich wirklich was aus ihm gemacht hätte, wäre sie trotzdem mit ihm gegangen«, meinte Susan.

»Deborah doch nicht.« Hank lächelte zaghaft. »Die hat sich aus niemandem was gemacht – weswegen die Jungs erst recht scharf auf sie waren. Und vergesst nicht, sie war Cheerleader mit dem ganzen Brimborium. Schon damals war sie eiskalt vor lauter Ehrgeiz. Ron hatte wohl das Gefühl, dass er, ich weiß nicht, auf dem aufsteigenden Ast war, weil er mit ihr eine Verabredung hatte.«

»Hast du gewusst, dass er schwul war?«, fragte Harry.

»So halbwegs.« Hank zuckte die Achseln. »Was weiß man denn schon in dem Alter? Ich bin nicht mal sicher, ob Ron selbst es überhaupt wusste. Ich weiß, dass Leo, Charlie, Bob und Rex ihn das ganze restliche Schuljahr gepiesackt haben, aber sie sind nicht noch mal gewalttätig geworden.«

»Vielleicht war Dennis sein Liebhaber?« Fair bückte sich,

um einen mit Speisen voll gepackten Karton hochzuheben. Er wollte Speisen und Getränke zu seinem Transporter, Harrys Transporter und Susans Pkw hinaustragen.

»Er hat zwei Kinder und eine Ex-Frau«, sagte Susan.

»Das heißt noch lange nicht, dass er nicht schwul ist.« Hank griff sich ebenfalls einen Karton. »Menschenskinder, ich hab dreimal geheiratet und bin dreimal geschieden – von derselben Frau. Das heißt noch lange nicht, dass ich plemplem bin.«

»Hank, danach wollte ich dich schon immer fragen.« Fair lächelte, als die Männer aus der Turnhalle gingen.

»Ich fahr nach Hause. Danke für das Essen, Susan.« Bonnie küsste Susan auf die Wange.

»Fahr vorsichtig.« Susan gab ihr auch einen Kuss. »Die hundertvierzig Kilometer sind eine tückische Strecke.«

»Auf nach Washington.« Linda Osterhoudt machte ihre Kussrunde. »Ruft mich an, wenn ihr raufkommt. Die Oper ist dieses Jahr eine Reise wert.«

»Machen wir«, sagten Harry und Susan. »Hey, willst du die Männer das nicht raustragen lassen?«

»Ich nehm nicht so viel mit nach Hause.« Sie hob ihren kleinen Karton hoch und ging.

Market kam herein und holte weitere Pappzylinder. Beim Hinausgehen winkte er bedrückt.

Harry und Susan seufzten gleichzeitig.

»Es ist zum Kotzen«, entfuhr es Harry.

»Ja. Rache kann ich ja noch verstehen. Aber warum allen das Treffen verderben?«

»Das Gehirn deformiert sich wohl nach einer Weile. Hey, Boom hat's uns aber gegeben, was? Und weißt du was, sie hat Recht. Es ist ihr Körper. Ein Ehemann ist keine Brieftasche. Man kann ihn sich nicht nehmen, wenn er sich nicht nehmen lassen will. Ich rechne es ihr hoch an, dass sie sich gewehrt hat.«

»Du bist nachsichtig geworden.«

Harry klatschte in die Hände, um die Tiere zu rufen. »Ich bin's leid. Nicht nachsichtig. Ich bin's leid, wütend zu sein, wütend auf sie, wütend auf ihn, wütend auf mich. Geschehen ist geschehen. Ich hab lange gebraucht, bis ich so weit war. Seltsam, irgendwie hat dieses Treffen mir geholfen.«

»Ich wüsste gern, wie?«, fragte Susan ehrlich interessiert.

»Mir ist sattsam bewiesen worden, was aus einem Menschen – wer immer er ist – werden kann, der Wut, Hass und den Wunsch nach Rache mit sich herumschleppt. Er gewinnt also. Was gewinnt er? Sein Leben ist auf dieses eine Thema beschränkt, einen sehr großen Schmerz, eine schreckliche Wunde und, scheint mir, einen ebenso schrecklichen Akt der Feigheit. Aber das Leben geht weiter. Unser Mörder hat sich nicht weiterentwickelt. Ich für mein Teil will nicht so sein.« Sie lächelte, als die drei Tiere zu ihr getrabt kamen. »Ich habe genug verbitterte Frauen gesehen, und ich will nicht wie eine von ihnen werden.«

Susan umarmte Harry innig. »Ich hab dich lieb.«

»Ich dich auch. Könnte mir keine bessere Freundin wünschen.«

Die zwei Frauen standen da und hatten Tränen in den Augen.

»Vielleicht war das Ehemaligentreffen alles in allem gar nicht so übel.« Susan wischte sich und Harry die Tränen fort. »Wollen wir?«

Sie hoben zwei Kartons hoch und gingen zur Tür hinaus. Harry blieb einen Augenblick stehen und blickte zurück, dann löschte sie das Licht. »Tschüs, Klasse von 1980.«

Mrs. Murphy und Pewter flitzten vor den Menschen her, vollführten ein paar elegante Katzenkreise und warteten an der Tür. Tucker bellte am Eingang; sie war ihnen vorausgesaust.

Harry setzte ihren Karton einen Moment ab. Leise Fünfziger-Jahre-Musik wehte aus dem Erfrischungsraum durch den Flur. Sie hätte gern den Kopf hineingesteckt und zugesehen, besann sich aber eines Besseren. Hank kam herein, um noch einen Karton zu holen.

»Wollen wir tanzen?« Er nickte in die Richtung, aus der die Musik kam.

»Nein. Das ist ihr Abend.«

»Hm, ich fliege erst Montag nach New York zurück. Wenn du dir das mit dem Tanzen anders überlegst, ruf mich an.« Er zwinkerte Harry zu, hob ihren Karton hoch und steuerte zur Tür. Harry drehte sich um und wollte ihm folgen, aber da meinte sie auf der Treppe ein Geräusch zu hören.

Im Treppenhaus brannte kein Licht. Sie ging eine Stufe hinauf und wollte Licht machen, um nachzusehen.

Eine schwarz behandschuhte Hand legte sich schwer auf die ihre.

Eine helle, bekannte Männerstimme knurrte: »Nicht, du Armleuchter!«

Ehe sie reagieren konnte, zog er seine Hand zurück und schlug Harry hart auf die Luftröhre. Sie taumelte röchelnd rückwärts, stürzte von der Stufe, sah flüchtig den Rücken eines schwarz gekleideten Mannes, der, eine Skimütze mit Sehschlitzen übers Gesicht gezogen, über sie hinweg sprang. Behände rannte er über den Flur.

Vor Schmerzen liefen ihr Tränen übers Gesicht; sie konnte nicht aufstehen. Sie rang schwer nach Atem.

Mrs. Murphy bemerkte es als Erste. *»Da ist was faul!«*

Die drei Tiere stürmten durch den Flur, ihre Pfoten berührten kaum den Boden. Sie rasten so schnell, dass sie unkontrolliert schlitterten.

Harry, auf Händen und Knien, schnappte keuchend nach Luft. Tucker leckte ihr das Gesicht.

»Den krall ich mir!« Pewter rannte den Flur entlang. Einer von den Menschen sah Harry.

»Harry? Harry!« Susan kam zu Harry gelaufen, das Geräusch ihrer Schritte verschmolz mit der Fünfziger-Jahre-Musik.

Murphy wich von Harrys Seite, raste mit Höchstgeschwindigkeit vorbei an Pewter, vorbei an dem rennenden Mann, flitzte in den Erfrischungsraum, schob ein Skatebord hinter der Tür hervor und stieß es dem Mann in den Weg.

Der sah das Skateboard nicht. Er stolperte im Laufen

darüber, stürzte und rutschte über den glatten Boden. Er rappelte sich hoch und lief weiter, obwohl er sich den Arm verrenkt hatte.

»Dennis Rablan! Es ist Dennis Rablan!«, brüllte Murphy, aber nur Pewter verstand sie, als sie Murphy einholte.

Die zwei Katzen folgten Dennis, der rannte wie verrückt; sein rechter Arm hing schlaff herunter. Er machte eine halbe Drehung, stieß mit der linken Körperhälfte die Tür auf und entkam.

Die Flügeltür schlug zu, die Katzen waren drinnen gefangen.

»Verdammt!«, fauchte Mrs. Murphy, die Schwanzhaare aufgeplustert, die Augen riesengroß.

Sobald Susan bei Harry angelangt war, stürmte Tucker, die ein zweites Paar Schritte hörte, die Treppe hinauf. Im ersten Stock angekommen, hörte sie auf der Treppe am anderen Ende Schritte herunterstampfen. Die Corgihündin lief den Flur entlang und erreichte den oberen Treppenabsatz, als der Mensch unten ankam, sich nach rechts wendete und, die Katzen knapp verfehlend, die Tür öffnete und entkam. Die Katzen entkamen mit ihm. Er steckte in einer schwarzem Trainingshose, eine Skimütze mit Sehschlitzen bedeckte sein Gesicht.

Sekunden später war Tucker am Fuß der Treppe. Mit ihrer größeren Körperfülle stieß sie einen Türflügel auf und folgte den Katzen.

Etwa hundert Meter vor sich hörten sie Schritte den Hang hinablaufen; sie folgten der Gestalt, die zu den Häusern hinter der Schule rannte. Der Mann verschwand, sie hörten eine Autotür knallen, und ein Wagen fuhr los, in westlicher Richtung, ohne Licht.

»Verdammt noch mal!«, fluchte Tucker.

»Es war Dennis Rablan«, keuchte Murphy.

»Aber wer war der Kerl oben?« Tucker beschnupperte unentwegt den Boden.

»Folgen wir den Spuren«, schlug Pewter klugerweise vor. Sie folgten zwei Spurenpaaren bis zum Ende des Schulhofes.

Als sie auf die Häuser hinuntersah, sagte Murphy: *»Ich hätte nie gedacht, dass Dennis zu diesen Morden imstande war. Ich kann es nicht glauben, aber ich habe ihn gerochen. Er war es.«*

»Gehen wir wieder rein«, sagte Tucker.

»Wir kriegen die Tür nicht auf.« Pewter setzte sich in das kühle Gras.

»Ich krieg sie auf. Kommt.«

Drinnen sahen sie sich im Flur um. Alle waren um Harry versammelt.

»Lasst uns nach oben gehen und uns von hinten heranarbeiten. Vielleicht ist da oben ein Geruch, der uns weiterhilft.« Pewter ging die Hintertreppe hinauf.

Die anderen zwei folgten ihr.

Die Nase am Boden, schlich Tucker durch den Flur. Die Pupillen im Dunkeln geweitet, untersuchten Pewter und Mrs. Murphy alle Zimmer.

»Englisch Leder«, identifizierte Tucker den Duft. *»Genug, um den Geruch eines ganzen Regiments zu überdecken. Komisch. Ein so aufdringlicher Duft, dass ihn sogar Menschen riechen können. Warum will einer unbedingt auf seine Anwesenheit aufmerksam machen?«*

»Was ist das?« Pewter blieb im Flur stehen und schlug auf ein dünnes Stück Kordel mit einem Pflock an jedem Ende.

»Eine Garotte!«, rief Mrs. Murphy aus, *»er wollte jemanden erdrosseln.«*

»Meint ihr, wir kriegen Susan oder einen anderen Menschen hier rauf?«, fragte Tucker.

»Nein, sie kümmern sich um Mom, und das sollten wir auch tun«, erwiderte Pewter.

»Wir können das nicht einfach hier liegen lassen.« Murphy überlegte kurz. *»Tucker, heb es auf. Wirf es vor ihre Füße. Wenn sich die Aufregung gelegt hat, wird ein Mensch es bemerken.«*

Ohne ein weiteres Wort hob Tucker die Garotte auf und lief die Treppe hinunter zu Harry.

Rick Shaw und Cynthia kümmerten sich um sie. Sie waren

gerade in die Schule gekommen. Hank, Fair und Susan knieten bei Harry.

»Sie ist nicht gequetscht, Gott sei Dank.« Cynthia befühlte vorsichtig Harrys Luftröhre.

Harry konnte noch nicht sprechen, aber mit dem Atmen ging es schon besser.

Mrs. Murphy, Pewter und Tucker gingen still die Treppe hinunter.

Tucker warf Rick die Garotte vor die Füße. Dieser zog ein Taschentuch hervor, bückte sich und hob sie auf. Er stieß einen leisen Pfiff aus.

Tucker blickte erwartungsvoll zu ihm hoch, dann drehte sie sich um und lief in Richtung Treppenhaus.

Harry flüsterte – ihre Kehle brannte: »Die Tiere haben ihn verfolgt.«

»Es waren zwei!«, heulte Pewter entmutigt.

Rick folgte Tucker die Treppe hinauf. Der Hund blieb stehen, wo Pewter die Kordel gefunden hatte. Obwohl es kalt war im ersten Stockwerk – die Heizung war übers Wochenende abgeschaltet –, schwitzte Rick. Er wusste, wie knapp Harry dem Tod entronnen war. Und er wusste auch von Jason, der ihn über Funk im Streifenwagen verständigt hatte, dass Dennis ihn an der Kreuzung Route 240 und Route 250 abgehängt hatte. Ein schwerer Sattelschlepper hatte die Kreuzung überquert, und als Jason endlich wenden konnte, war Dennis außer Sicht. Der Beamte war die Beaver Dam Road hinuntergefahren, hatte auf der 250 gewendet, um sich zu vergewissern, war dann von der 250 nach Westen abgebogen und schließlich auf der 240 umgekehrt. Keine Spur.

Langsam ging Rick durch den Flur, die Hintertreppe hinunter zur Tür. Er stieß sie auf, begleitet von Tucker, und ging auf die Anhöhe. Er kniete sich hin; das Gras war flach gedrückt. Er stand wieder auf und ging rasch zurück zur Schule. Rick und Cynthia hatten oben an beiden Treppenhäusern die Türen abgeschlossen. Er ging die Treppe hinauf. Die Tür war offen, ein Stopper drunter geschoben, damit sie nicht hin und her schwang. Das Schloss war mit einem Dietrich geöffnet worden. Rick ging durch den Flur zu der anderen Tür, die ebenfalls offen stand und mit einem Stopper fixiert war. Sie war von innen geöffnet worden. Dann ging er hinunter und sah wieder nach Harry.

Harry, die mit dem Rücken an der Wand saß, schob ein Glas Wasser weg, das Susan ihr zu trinken geben wollte. Sie atmete jetzt gleichmäßig.

Rick kniete sich neben sie. »Können Sie sprechen?«

»Es geht schon«, flüsterte sie. Sie erzählte ihm, dass sie ein Geräusch vernommen hatte, eine Stufe hinaufgegangen war, um Licht zu machen, und eine Männerstimme gehört hatte, die »nicht, du Armleuchter!« sagte. Dann hatte der Mann fest zugeschlagen, und sie war rückwärts gestürzt.

»Kam Ihnen die Stimme bekannt vor?«

»Schon … aber es war bloß ein Flüstern. Ich habe sie nicht erkannt, und doch war sie mir nicht ganz fremd. Unheimlich.«

»Größe?«

»So um einsfünfundsiebzig rum, durchschnittlich groß, würde ich sagen.«

»Figur?«

»Durchschnittlich.«

»Und das Gesicht konnten Sie nicht sehen?«

»Skimütze. Mit Sehschlitzen.« Jetzt griff sie nach dem Wasserglas. Susan reichte es ihr.

Rick stand wieder auf, fragte alle, wo sie gewesen waren. Jeder bestätigte, dass alle anderen auf dem Parkplatz anwesend gewesen waren, mit Ausnahme von Susan, die an der Tür auf Harry gewartet hatte.

»Hören Sie«, befahl Rick. »Lassen Sie kein Wort hierüber verlauten. Harry, wenn Sie die nächsten zwei Tage nicht normal sprechen können, erklären Sie, Sie haben Kehlkopfentzündung. Mal sehen, ob wir den Kerl nicht durcheinander bringen können. Er wird wissen wollen, was Sie gesehen haben.«

»Okay.«

»Noch was. Sehen Sie zu, dass immer jemand bei Ihnen ist.«

»*Wenn sie doch bloß zuhören würden. Dennis Rablan!*«, miaute Murphy und wusste, es war hoffnungslos.

»Ist schon gut, Mrs. Murphy.« Harry griff nach der Katze. Pewter kam auch zu ihr.

»Sie werden bei der Arbeit bewacht. Miranda ist da«, sagte Rick.

»Ich bleibe bei ihr«, erbot sich Fair nur zu gern.

»Bist du einverstanden?«, fragte Cynthia Harry. Cynthia hatte viel Gespür für die Situation.

Harry nickte. »Ja.«

»Meinen Sie, er hat im Treppenhaus auf Harry gewartet?« Susan schauderte.

»Das weiß ich nicht«, erwiderte Rick grimmig. »Wenn er während des Essens da oben war, hat er gesehen, wer ging und wer blieb. Wenn er vor dem Essen gegangen und nachher wiedergekommen ist, nun, vielleicht hat er gehofft, dass sein erwähltes Opfer noch da war.« Er wandte sich an Harry und dann an Fair: »Wir haben es mit einem hochintelligenten und furchtlosen Menschen zu tun. Man muss mit allem rechnen.« Rick kochte innerlich, weil er oben keinen Mann postiert hatte. Er hatte angenommen, mit dem Verschließen der Türen wäre es getan.

Die drei Tiere sahen sich an. Es war ihnen klar, dass auch sie rund um die Uhr Dienst tun mussten.

47

Wie fast alle eigensinnigen Menschen war Harry sich nicht bewusst, wie stark sich ein Schockerlebnis auf sie auswirkte. Sie dachte, ihr fehle weiter nichts. Sie war froh, nach Hause zu kommen, aber als sie in die Küchentür kam, schlug zu ihrem Erstaunen die Erschöpfung über ihr zusammen; außerdem verursachten die Kopfschmerzen ein unangenehmes Pochen. Sie wollte mit Fair reden, konnte aber die Augen nicht offen halten.

»Schatz, du gehörst ins Bett.« Er hob sie aus dem Sessel, in den sie gesunken war.

»Entschuldige. Ich weiß nicht, warum ich so kaputt bin. Vielleicht brauche ich noch eine Schmerztablette.«

»Nein, du hast genug genommen.«

Zu erledigt, um zu widersprechen, ließ sie sich brav von ihm ins Schlafzimmer bringen und warf sich aufs Bett.

»Ich schlafe an der Küchentür«, erklärte Tucker.

»Ich nehm die Haustür«, entschied Mrs. Murphy.

»Gut, dann penn ich im Schlafzimmer. Es könnte ja jemand durchs Fenster klettern.« Pewter sauste ins Schlafzimmer, ehe die anderen protestieren konnten.

Tracy kam um Mitternacht nach Hause. Pfeifend öffnete er die Küchentür. Fair, der sich auf das Sofa gelegt hatte, schwenkte seine langen Beine auf den Boden.

»Fair?«

»Schönen Abend gehabt?«

»Wunderbar. Ich fühle mich wieder wie ein Kind. Ich habe Miranda sogar vor ihrer Tür geküsst.« Er strahlte, dann sah er Fair auf dem Sofa an. »Störe ich?«

»Nein.« Fair ging in die Küche, zog eine Flasche Talisker Scotch unter dem Schrank an der Tür hervor und schenkte sich und Tracy einen Schlummertrunk ein. Sie gingen in das freundliche, wenn auch arg ramponierte Wohnzimmer, und dort erzählte Fair Tracy alles, was er von dem Abend wusste.

Es folgte ein langes Schweigen. Tracy betrachtete den blassgoldenen Whisky in seinem Glas. »Wir haben es uns gut gehen lassen, während sich Unheil zusammenbraute. Der Mistkerl muss die ganze Zeit über unseren Köpfen gewesen sein.«

»Harry hätte getötet werden können.« Fair legte einen Untersetzer auf den Couchtisch und stellte sein Glas darauf. »Und wer immer es ist, fürchtet womöglich, dass sie ihn an seiner Stimme oder an seinem Bewegungsschema erkannt hat.«

»Bewegungsschema?«

»Also«, erklärte Fair, »ein Pferd hat eine bestimmte Art,

sich zu bewegen, und ich oder jeder andere Pferdekenner kann es an seiner Gangart erkennen. Sie zum Beispiel bewegen sich wie ein Sportler. Ich könnte Sie selbst dann erkennen, wenn Sie verkleidet wären – oder BoomBoom Craycroft mit ihrem tänzelnden Gang.«

»Die Verfügung des Sheriffs, eine Kehlkopfentzündung vorzuschützen, ist gut, um den Kerl aus der Reserve zu locken, aber nicht so gut für Harry. Weiß sie, dass sie der Köder ist?«

»Natürlich. Rick postiert Männer in Zivil ums Postamt. Er lässt das Haus bewachen. Es gibt nur eine Ein- und Ausfahrt.«

»Das ist nicht sehr beruhigend.«

»Nein.« Fair griff wieder nach seinem Glas, hielt es mit beiden Händen.

»Haben Sie eine Ahnung, wer, was, warum?«

»Nein, nichts Genaues. Ich habe Ihnen von Rick Shaws Idee erzählt, dass es jemand war, der Ron Brindell geliebt hat. Oder ihn zumindest rächt.«

Tracy leerte sein Glas, dann beugte er sich zu Fair vor. »Wissen Sie was, mein Freund? Ich bin achtundsechzig Jahre alt und weiß nichts, gar nichts. Schnappt der Mensch über? Kann einer in einer bestimmten Situation überschnappen? Sind manche schwach und manche stark? Gibt es wirklich Heilige und Sünder? Ich weiß es nicht, aber ich weiß, sobald ein Mensch die Angst vor dem eigenen Tod verliert, sobald ihm die Zugehörigkeit zu anderen Menschen egal wird, ist er zu allem fähig. Mein Gott, denken Sie an Ruanda, Sarajewo, Belfast. Die morden Kinder. Die morden alles.«

»Diese Morde sind vermeintlich politisch motiviert.«

»Ja, das kommt noch erschwerend hinzu. Manche Menschen wollen einfach töten. Man muss ihnen einen Grund geben, um ihre Mordgier zu kaschieren. Die Kirche, der Staat kann ihnen einen Grund geben. Ich habe genug gesehen, um zu wissen, dass es keine guten Gründe gibt.«

»Ganz meine Meinung.«

»Wer immer es ist, es ist ihm egal. Menschen bedeuten ihm nichts mehr. Er hat nichts zu verlieren. Ich glaube auch, dass er vorhatte, seine Liste beim Ehemaligentreffen abzuhaken, und da wurde ihm ein Strich durch die Rechnung gemacht. Er ist wütend. Und vielleicht, nur vielleicht, macht er ja einen Fehler.«

Fair nickte. »Je mehr ich über diesen Mörder nachdenke, desto mehr deutet alles auf Dennis Rablan hin.«

»Drei sind noch übrig.« Tracy hielt drei Finger hoch.

»Zwei. Dennis Rablan und Bob Shoaf.«

»Drei. Hank Bittner.«

»Er hat gesagt, er war nicht im Umkleideraum.«

»Er weiß zu viel. Drei. Und die Wahrscheinlichkeit ist groß, dass einer von den Dreien der Mörder ist.«

»Ich möchte keiner von denen sein.« Fairs Stimme klang noch um ein paar Nuancen tiefer.

Wahrere Worte wurden nie gesprochen.

48

Grippe im Anzug?«, erkundigte sich Chris mitfühlend bei Harry, als sie an diesem Sonntagmorgen ihre Stimme am Telefon hörte.

»Kehlkopfentzündung«, antwortete Harry.

»Du klingst auch richtig kratzig. Ich rufe an, um mich zu entschuldigen. Ich habe mich einfach verdrückt. Hätte mich wenigstens verabschieden können.«

»Du brauchst dich nicht bei mir zu entschuldigen. Wenn ich in deiner Haut gesteckt hätte, ich wäre da rausgestürmt, ja regelrecht geflogen.«

»Du bist mir nicht böse?«

»Nein.«

»Weiß man schon was? Ich meine, gibt es irgendwelche Hinweise?«

»Nicht dass ich wüsste, aber Sheriff Shaw würde mir auch nichts sagen.«

»Ja, sicher. Er muss vorsichtig sein. Dann gute Besserung. Wir sehen uns morgen im Postamt.«

»Worauf du dich verlassen kannst.« Harry legte das Telefon in der Sattelkammer auf.

Sie und Fair waren bei der Stallarbeit. Sie hatten beschlossen, alle Boxen auszuräumen und die Stellen auszubessern, die die Pferde aufgescharrt hatten.

»Du brauchst Gummimatten oder einen Kunststoffboden.« Fair rollte eine Schubkarre mit einem Gemisch aus schwarzem Sand und Lehm herein.

»Der Kunststoffboden kostet mich vierhundertfünfzig Dollar pro Box.«

»Das ist teuer. Unser Experiment mit den Luzernecobs war ein voller Erfolg.«

»Bislang schon. Ich konnte die Futterrechnung dezimieren, trotzdem sind alle gut genährt. Vielleicht ein bisschen zu gut.« Lachend zeigte sie auf Tomahawk in der Koppel.

»Bei einem Menschen würde man das Bierbauch nennen.« Fair schaufelte das Sandgemisch in die Box. »Tracy war heute Morgen früh auf. Wenigstens ist sein Jubiläum ein voller Erfolg. Sie treffen sich zum Frühstück im Erfrischungsraum.«

»Chris wollte alles haargenau wissen. Vielleicht bin ich misstrauisch. Das ist wohl natürlich, nachdem sie und Dennis sich doch sehr nahe standen. Im Augenblick bin ich ...« Ein Automotor lenkte sie ab.

»Wer da!«, bellte Tucker und rannte aus dem Stall.

Pewter und Mrs. Murphy, die auf dem Heuboden saßen, sahen BoomBooms BMW durch die staubige Zufahrt rollen.

»Was sie wohl will?«, wunderte sich Mrs. Murphy.

»Fair«, antwortete Pewter sarkastisch.

»Das werden wir gleich wissen.« Die Tigerkatze schlich auf Zehenspitzen zum Rand des Heubodens. Mucksmäuschenstill spähte sie in den Mittelgang hinunter.

Sobald BoomBoom ihr Auto geparkt hatte und ausgestiegen war, heftete sich Pewter an ihre Fersen.

»Harry!«, rief BoomBoom.

»Hier drin!«, erhielt sie zur Antwort.

BoomBoom ging in den Stall, sah Harry auf dem Gang und bemerkte dann Fair, der aus der Box trat. Ihre Miene verzog sich ein bisschen. »Oh, hallo.«

»Hi«, sagte er.

»War Bob Shoaf hier?«

»Nein, wieso sollte er?«, fragte Harry.

»Ich dachte, er käme vielleicht vorbei, um sich zu verabschieden, ehe er wieder in den Norden fliegt. Er hatte dich immer gern.«

»BoomBoom, ich glaube dir kein Wort. Was ist los?« Harry lehnte den Rechen an die Boxentür.

BoomBooms Stimme schnellte eine halbe Oktave in die Höhe. »Ich hätte mich wirklich gern verabschiedet.«

»Wollt ihr nicht reingehen? Vielleicht unterhaltet ihr euch lieber ohne mich?« Fair warf eine Schaufel voll Sandgemisch in eine Box.

»Ah ... ja.« BoomBoom verzog sich aus dem Stall.

Mrs. Murphy und Pewter kletterten rückwärts die Heubodenleiter hinunter. Sie folgten den Frauen, die bei dem BMW stehen blieben.

BoomBoom sprach mit gesenkter Stimme. »Er ist weggegangen, ohne etwas zu sagen. Ich dachte, wenn er noch da wäre, würde ich rauskriegen, was los war.«

»Er ist ein Sport-Ass, Boom. Er ist es gewöhnt, umschmeichelt zu werden und zu kriegen, was er will. Solange er dir kein Geld auf die Kommode gelegt hat, würde ich mir keine Sorgen machen.« Harry erriet sofort, was wirklich passiert war.

BoomBoom lief rot an. »Harry, du kannst manchmal richtig ekelig sein.« Sie griff in ihre Rocktasche. »Das hier hat er dagelassen.« In ihrer Hand schimmerte eine schwere, teure goldene Rolex.

»Die kostet so viel wie mein neuer Transporter.«

»Ja, das ist anzunehmen. Ich muss die Uhr zurückgeben, aber ich kann sie ihm doch nicht nach Hause schicken, oder?«

»Ach …?« Harry hatte nicht an Bobs perfekte Frau und seine zwei perfekten Kinder gedacht. Sie nahm BoomBoom die Uhr aus der Hand. Viertel nach neun. Sie sah auf die alte Hamilton, die sie trug, die Armbanduhr ihres Vaters. Viertel nach neun.

»Noch was, ich muss in die Schule. Ich weiß, dass du und Susan gestern Abend aufgeräumt habt, aber ich trage die Verantwortung, und ich muss alles noch mal checken.«

»Schön, dann mach's.«

»Ich hab Angst.«

»Ach. Warum kommst du dann zu mir?«

»Weil Susan mit Ned und den Kindern in der Kirche ist und weil du – du hast vor fast nichts Angst.«

Zehn Minuten später waren Harry, Mrs. Murphy, Pewter, Tucker, BoomBoom und Fair an der Crozet Highschool.

Der Haupteingang war offen wegen des Frühstücks der Abschlussklasse von 1950, der letzten geplanten Veranstaltung. Zuerst wollten sie in der Turnhalle nachsehen, die abgeschlossen war. BoomBoom hatte die Schlüssel. Sie schloss die Tür auf. Sie sahen sich rasch um. Alles in Ordnung.

»Ich geh noch mal nach oben«, sagte Tucker. *»Vielleicht hab ich im Dunkeln was übersehen.«*

»Ich kann im Dunkeln sehen. Mir ist nichts aufgefallen«, meinte Pewter.

»Es war viel Betrieb.« Tucker ging die Treppe hinauf.

Pewter folgte ihr. Mrs. Murphy blieb bei Harry, als die Menschen die Flure und die Abfallbehälter kontrollierten.

»Ihr habt alles aufgeräumt. Ich habe nichts mehr zu tun«, sagte BoomBoom froh.

»Murphy!«, brüllte Pewter oben an der Treppe.

Murphy eilte hinauf zu Pewter und raste mit ihr über den gewienerten Boden zu dem Klassenzimmer neben dem Treppenhaus.

Tucker saß im Klassenzimmer. Das Fenster war offen. Die Jalousie, die ganz hochgezogen war, hatte eine weiße, vergilbte Schnur, die aus dem Fenster hing. Das war aber nicht alles, was aus dem Fenster hing.

Mrs. Murphy sprang auf die Fensterbank. Bob Shoaf, dessen Zunge fast sein Brustbein berührte, hing am Ende der Jalousienschnur.

»Soll ich Mom holen?«, fragte Pewter.

»Noch nicht.« Mrs. Murphy erfasste nüchtern die Situation. *»Die Menschen werden alles verwischen. Lasst es uns vorher gründlich untersuchen.«* Sie fragte die Hündin: *»Irgendwelche Spuren?«*

»Englisch Leder, nachlassend – und Dennis' Geruch.«

Pewter sprang neben Mrs. Murphy auf die Fensterbank. *»Sein Gesicht ist – ich kann die Farbe nicht beschreiben.«*

»Kümmer dich nicht um den.« Murphy bemerkte, dass das letzte Klassenzimmer zum Treppenabsatz herausragte. Die nebeneinander liegenden Fenster waren von der Straße vor dem Schulhaus zu sehen, aber das hintere Fenster, das im rechten Winkel zu den anderen lag, blieb dem Blick verborgen. Man hätte Bob vermutlich erst irgendwann am Montag entdeckt, wären sie nicht nach oben gekommen. Der Frost konservierte den Leichnam, doch auch ohne Frost hätten die Menschen ihn vierundzwanzig bis achtundvierzig Stunden lang nicht gerochen, je nachdem, wie warm es tagsüber wurde. Murphy bemerkte außerdem, dass die Leichenstarre eingesetzt hatte. Auf der Erde darunter lag nichts.

Die drei Tiere durchstreiften das Klassenzimmer. Sie wanderten über die Fensterbänke, sahen unter den Pulten nach, schnüffelten und stöberten. Dann teilten sie sich. Mrs. Murphy ging zu dem Treppenhaus am anderen Ende. Tucker und Pewter nahmen sich das Treppenhaus bei dem Klassenzimmer vor.

Sie trafen sich im unteren Flur. Keines hatte etwas Außergewöhnliches entdeckt.

»Glaubt ihr, der Mörder hätte das mit Mom gemacht?«, fragte Tucker.

»Nein. Ich glaube, er hätte sie umgebracht, wenn sie ihm zu nahe gekommen wäre. Ich weiß, dass er es getan hätte. Bob hing aber nicht da, als sie angegriffen wurde. Wer immer dies in den frühen Morgenstunden getan hat, hat ihn hierher geschleppt. Das

ist ein Haufen Arbeit.« Mrs. Murphy erspähte die Menschen, die aus dem Erfrischungsraum kamen. Einer aß ein Muffin vom Frühstück der Klasse von 1950.

»Sie werden wünschen, sie hätten nichts gegessen«, seufzte Pewter.

»So, lasst uns versuchen, sie nach oben zu kriegen.« Tucker wollte Fair am Hosenbein ziehen.

»BoomBoom wird sich verdammt schwer tun, die Sache mit der Uhr zu erklären.« Murphy ging zu der Gruppe.

49

Es gab einen Riesenrummel. Die Medien in ganz Virginia, Washington und Baltimore bauschten die Morde auf. Das Interesse wurde noch angeheizt, weil Rex und Bob an einem Wochenende ermordet worden waren, als die Nachrichten besonders spärlich flossen, und weil Bob eine Sport-Berühmtheit gewesen war.

Crozet, das von Übertragungswagen mit Satellitenschüsseln nahezu überrannt wurde, machte die Fensterläden dicht. Nur wenige Leute beschlossen, zu reden, doch untereinander waren sie sich einig, dass die Medien recht daran taten, diese Vorkommnisse als »Klassentreffenmorde« zu bezeichnen.

Die Reporter lauerten vor den diversen Kirchen und versuchten, sich die Gläubigen zu schnappen, die nach dem Spätgottesdienst herauskamen.

Die öffentlichen Gebäude waren geschlossen. Die Reporter hatten dort kein Glück, aber sie fielen in die Lebensmittelgeschäfte ein, auch in Market Shifletts Laden. Die Reporterin von Channel 29 hatte ihre Hausaufgaben gemacht und wusste, dass Market Schüler der bedrängten Klasse gewesen war. Da sie recht hübsch war, gelang es ihr, ihm eine Bemerkung zu entlocken, die sie nonstop in den Nachrichten brachte.

»In den großen Städten gibt es jede Menge Verrückte. Crozet war wohl jetzt an der Reihe«, sagte Market, der hinter der Registrierkasse stand und in die Kamera schaute.

Da kaum andere Zitate verfügbar waren, beherrschte Market die Ätherwellen am ganzen mittleren Atlantik.

Mim Sanburne berief bei sich zu Hause eine Versammlung ein. Geladen waren diejenigen, die sie für die Einflussreichen in der Stadt hielt. Harry und Miranda, die kraft Geburt und ihrer Jobs zu diesem Kreis gehörten, saßen mit Herb Jones, Jim Sanburne, Larry Johnson und Mim zusammen und besprachen, wie sich die schlechte Publicity vermeiden ließe.

»Das Problem wäre gelöst, wenn wir den Verbrecher festnehmen könnten«, flüsterte Harry, die nicht ganz auf dem Posten war, mit rauer Stimme.

Die älteren Leute hatten sich beruhigt. Sie konnten sich in Sicherheit wiegen, weil sie nicht der Abschlussklasse von 1980 angehörten.

»Sie haben vollkommen Recht.« Mim strich sich die Haare glatt.

50

Dennis Rablan war unauffindbar. Rick Shaw durchsuchte das Fotostudio und Rablans Haus, rief seine Eltern an und seine Freunde. Niemand hatte etwas von ihm gesehen oder gehört – das sagten sie jedenfalls Rick und Cynthia. Vor Dennis' Haus, vor dem Haus seiner Eltern und dem Haus seiner Ex-Frau hatte Rick Streifenwagen postiert.

Rick hatte sich an die Ecke gestellt, weil er sich der Hoffnung hingab, dass Dennis am Montagmorgen sein Geschäft öffnen würde. Er war überzeugt, dass Dennis etwas wusste, das er nicht preisgab – vorausgesetzt, er war am Leben.

»Dieser Mann ist an einer Kugel im Gehirn gestorben. Abgesehen von gebrochenen Fingern, zerschmetterten

Knien und einem doppelseitigen Schlüsselbeinbruch – die Folgen von zwölf Jahren Football –, war der Mann bei guter Gesundheit.« Der Gerichtsmediziner schüttelte den Kopf. »Am liebsten würde ich allen Highschool-Footballhelden zeigen, was passiert, wenn sie in der Collegezeit und dann als Profis weiterspielen. Sie kommen zu Geld und vielleicht zu Ruhm, aber um welchen Preis.«

»Wie lange war er schon tot, bevor er heute Morgen gefunden wurde?«

»Ich würde sagen, der Tod ist gegen vier Uhr früh eingetreten. Sie haben natürlich den Fundort untersucht.«

»Keine Anzeichen von einem Kampf.« Rick hoffte, dass es dem Balsamierer im Bestattungsinstitut gelingen würde, die dunkle Farbe aus Bobs Gesicht zu entfernen, und er fragte den Gerichtsmediziner, ob das möglich sei.

»Normalerweise ja. Wenn das Blut abgelassen wird, fließt es auch aus dem Gesicht, aber ich bin Gerichtsmediziner, kein Bestattungsunternehmer.« Er lächelte; er war mit Leichen vertraut. »Wenn es sich nicht machen lässt, rate ich zu einem geschlossenen Sarg. Der tiefe Einschnitt am Hals ist problematisch, aber wenn man den Kragen an die Haut im Nacken heftet, sollte er oben bleiben, sodass der Familie der leidvolle Anblick erspart bleibt. Ich erinnere mich an Bobs glanzvolle Zeit auf der Crozet Highschool.« Er linste über seine Halbbrille. »Und danach.«

»Ich auch.« Endlich sprach Cynthia. Autopsien stellten ihre große Gelassenheit auf die Probe.

»Die Zeiten sind vorbei«, erklärte Rick sachlich. »Komisch, wie sich ein ganzes Leben auf diesen letzten Augenblick reduziert. Bob dachte vermutlich, er könnte sich drücken, vor was oder wem auch immer. Sein Selbstvertrauen hat ihm nie Probleme bereitet.«

»Dieselben Tatumstände?« Der Gerichtsmediziner zog das Laken über Bobs verfärbtes Gesicht.

»Ja. Er wurde höchstwahrscheinlich nicht in der Schule erschossen. Seine Leiche wurde zur Highschool und dann die Treppe hinaufgetragen. Dabei ist er kein Federgewicht.«

»Hundertachtundachtzig Pfund, ein gutes Gewicht für einen Cornerback. Ihrem Mörder werden die Beine schmerzen, sofern er kein Gewichtheber ist.«

Als Rick und Cynthia wegfuhren, sagte Cynthia: »Harry, Boom und Fair haben einen regelrechten Schock erlitten. Sie wussten nicht, dass ihm zwischen die Augen geschossen wurde, bis wir die Leiche hochgehievt hatten. Dieser Moment, wenn man eine Leiche sieht, die körperlichen Verheerungen – den vergisst man nie.«

»Ich war erstaunt, dass BoomBoom nicht ohnmächtig geworden ist. Sie versäumt selten eine Gelegenheit, ihren innersten Gefühlen freien Lauf zu lassen«, erklärte Rick bissig.

»Bemerkenswert beherrscht.« Cynthia seufzte. »Wenn man bedenkt, dass sie keine sechs oder sieben Stunden vorher mit dem Mann geschlafen hat.«

»Wir haben ihre Aussage. Sie hat nicht rumgeschwafelt, das muss ich ihr lassen.« Rick schlug die Richtung zum Polizeirevier ein, dann wendete er und fuhr nach Crozet.

»Schule?«

»Nein. BoomBoom.«

Sie hielten in der Zufahrt des schönen weißen Backsteinhauses. BoomBooms verstorbener Mann hatte mit dem Kies- und Betonhandel viel Geld verdient. Das Geschäft gehörte ihr noch, sie kümmerte sich jedoch nicht um die täglichen Belange. So überdreht Boom auch sein konnte, einen Geschäftsbericht konnte sie so gut lesen wie alle anderen, und sie ließ es sich nicht nehmen, ein- oder zweimal die Woche im Steinbruch aufzukreuzen. Sie beabsichtigte, von dem Bauboom in Albemarle County beträchtlich zu profitieren.

Ein Toyota Camry parkte neben ihrem BMW.

BoomBoom wirkte durchaus erfreut, den Sheriff und Cynthia wiederzusehen. Ihre vom Weinen geröteten Augen blickten ängstlich.

Chris Sharpton und Bitsy Valenzuela standen auf, als Rick und Cynthia in das luxuriös eingerichtete Wohnzimmer traten.

»Sollen wir gehen?«

»Noch nicht«, sagte Rick.

Boom bot Erfrischungen an, sie lehnten dankend ab.

»Meine Damen, was tun Sie hier?«, fragte der Sheriff.

»Ich habe sie angerufen«, antwortete Boom.

»Schön und gut, aber Sie habe ich nicht gefragt.« Rick lächelte; er kannte Olivia Ulrich Craycroft, seit sie ein Kind war, und wusste, dass sie es ihm nicht übel nahm.

»Wie sie schon sagte, sie hat mich angerufen, sie weinte, und da bin ich hergefahren«, erklärte Chris. »Leider war ich ihr kein großer Trost. Ich habe ihr geraten, Urlaub zu machen. Alle aus ihrer Klasse sollten Urlaub machen.«

Bitsy bestätigte BoomBooms Aussage. »Mich hat sie auch angerufen. Ich habe E. R. gefragt, ob ich herkommen könnte. Er macht sich Sorgen wegen der Geschichte, aber er hat nachgegeben, weil Chris und ich zusammen hergefahren sind.«

»Die Opfer sind Männer.« Cynthia beugte sich zu Rick vor, der es sich in seinem Sessel bequem gemacht hatte. »BoomBoom scheint nicht in Gefahr zu sein.«

»Ich möchte ungern die Ausnahme sein, die die Regel bestätigt«, sagte BoomBoom.

Rick wartete, den Kopf auf die Hand gestützt.

Zuerst saß Boom still, dann zappelte sie herum. Schließlich redete sie. »Ich weiß, Sie denken, ich wüsste etwas, Sheriff, aber ich weiß nichts.« Sie stand unvermittelt auf, ging nach oben in ihr Schlafzimmer und kam mit Bobs goldener Rolex zurück. Sie ließ sie in Ricks Hand fallen. »Ich habe sie nicht gestohlen. Er hat sie gestern Abend hier gelassen. Könnten Sie sie seiner Witwe geben? Sie müssen es ihr ja nicht sagen. Warum sollte sie es erfahren?«

»In Ordnung.« Rick steckte die Uhr ein.

»Waren Sie beide auf der Highschool liiert?«, fragte Cynthia.

»Nein. Bei dem Abendessen haben wir uns bloß angesehen, und da hat's gefunkt. Man hatte mir erzählt, dass so etwas auf Ehemaligentreffen vorkommt, aber in diesem Fall war es nicht die Erfüllung eines alten Wunsches.«

»Mit wem waren Sie auf der Highschool zusammen? Mit einem von den Verstorbenen?«

»Coop, das habe ich Ihnen doch alles schon erzählt. Nein. In meinem Abschlussjahr war ich meistens mit Collegeschülern zusammen. Zu den Bällen, Moment mal, da bin ich mit Bittner hingegangen, wenn mein damaliger Freund nicht kommen konnte.«

»Und wo ist dieser Freund?« Cynthia machte sich Notizen.

»Vorstandsmitglied bei Coca-Cola in Atlanta. Ich denke, eines Tages wird er Vorstandsvorsitzender sein. Wie Sie wissen, habe ich einen hiesigen Jungen geheiratet, obwohl er acht Jahre älter war als ich.«

»Chris, manchmal sehen Außenstehende mehr als Einheimische. Was meinen Sie?«, fragte Cynthia die blonde Frau, die aufmerksam zugehört hatte.

»Ich bin froh, dass ich nichts damit zu tun habe.« Sie sah BoomBoom ängstlich an. »Auch wenn du eine Frau und vermutlich nicht in Gefahr bist, ich würde mich fürchten.«

Cynthia wandte sich an Bitsy. »Ist Ihnen etwas Ungewöhnliches aufgefallen, als Sie beim Ehemaligentreffen gearbeitet haben?«

»Ah ... nun ja, sie haben sich angegiftet. Niemand hat sich zurückgehalten.« Sie lächelte nervös. »Aber für einen Mord haben die Anfeindungen nicht gereicht.«

»Wurde über Charlies uneheliches Kind aus der Highschool-Zeit gesprochen?«

Bitsy antwortete: »Erst als Dennis ausgeflippt ist.«

Chris sah Cynthia direkt in die Augen. »Nein. Davon habe ich erst später gehört.«

»Sie wissen, dass Dennis Rablan behauptet hat, ich hätte das Kind von Charlie gekriegt. Das stimmt nicht. Ich schwöre, dass es nicht wahr ist.« BoomBoom runzelte die Stirn.

»Aber Sie wissen, wer es war?« Rick trieb sie langsam in die Enge.

Boom lief rot an, gleich darauf wich die Farbe aus ihren Gesicht. »O Gott, ich habe geschworen, es nie zu sagen.«

»Das hier konnten Sie nicht voraussehen, und die Information könnte mit dem Fall zusammenhängen.« Rick blieb ruhig und gelassen.

Aufgeregt sprang BoomBoom vom Sessel hoch. »Nein! Ich sage nichts. Sie hätte Charlie nicht umgebracht. Niemals. Und wieso Leo und die anderen? Was könnte das Motiv sein? Es ergibt keinen Sinn. Es kümmert mich nicht, was damals passiert ist, falls etwas passiert ist. Die Morde ergeben keinen Sinn.«

»Es ist unser Job, das herauszufinden.« Coop hockte jetzt auf der Kante. »Was Ihnen ohne jeglichen Zusammenhang erscheinen mag … nun, es könnte alle möglichen Gründe geben.«

»Aber ich dachte, diese Morde haben mit der angeblichen Vergewaltigung von Ron Brindell zu tun.« Boom schritt auf und ab. »Sagen das nicht alle?«

»Das ist es ja eben. Keiner gibt zu, dabei gewesen zu sein. Market Shiflett hat in der Schule davon gehört. Bittner sagt, er war nicht dabei, und Dennis Rablan sagt dasselbe.«

»Was denken Sie?«, fragte BoomBoom Cynthia.

»Es ist nicht meine Aufgabe, mit dem Finger zu zeigen, solange ich keine ausreichenden Beweise habe. Im Moment ist es unerheblich, was ich denke.«

»Für mich ist es nicht unerheblich.« BoomBoom zog einen Flunsch und ging schneller auf und ab. »Sie erwarten von mir, dass ich ein lebenslanges Vertrauen missbrauche, und ich weiß im Grunde meines Herzens, dass diese Frau mit den furchtbaren Morden nichts zu tun hat.« Sie setzte sich plötzlich hin. »Ich weiß, was Sie alle von mir denken. Sie halten mich für eine dumme Gans. Ich habe meine ›Leidenschaften‹, wie Mrs. Hogendobber es so höflich ausdrückt. Ich schlafe mit Männern, wenn mir danach ist. Deswegen bin ich für einige ein Flittchen. Für die meisten, nehme ich an. Sie denken alle, ich nehme mir jede Nacht einen neuen Liebhaber. Das stimmt natürlich nicht. Sie denken, ich bin übertrieben gefühlsbetont, sexbesessen und unterbemittelt.« Sie tippte sich an den Kopf. »Denken Sie, was Sie wollen. Ich habe trotzdem Ehrgefühl. Ich sage nichts.«

»Damit könnten Sie sich eine Menge Unannehmlichkeiten einhandeln«, erwiderte Rick leise.

»Äußerliche Unannehmlichkeiten, keine innerlichen.« Sie zeigte auf ihr Herz.

51

Rick hatte eine Viertelstunde am Telefon gehangen. Aus einer Eingebung heraus hatte er Cynthia bei der Polizei in San Francisco anrufen lassen.

Er wollte mit den Beamten sprechen, die in jener Nacht am Schauplatz gewesen waren. Tony Minton, inzwischen zum Captain befördert, erinnerte sich zum Glück an den Fall.

»... Sie sicher, dass der Zettel seine Handschrift trug?«

Captain Minton erwiderte: »Ja. Wir haben nach dem Selbstmord seine Wohnung durchsucht. Es war seine Handschrift. Unser Graphologe hat es bestätigt.«

Rick zitierte Rons Abschiedsworte: »Genug ist genug.«

»Das war alles.«

»Es gab drei verlässliche Zeugen.«

»Und weitere, die nicht angehalten haben. Sie berichteten von einem jungen Mann, der auf die Golden Gate Brücke kletterte, zum Abschied winkte und sprang. Die Leiche haben wir nie gefunden.«

»Und die Zeugen konnten das Opfer beschreiben?«

»Mittelgroß. Schlank. Jung. Dunkle Haare.«

»Ja.« Rick hielt sich einen Moment die Hand vor die Augen. »War er aktenkundig?«

»Nein.«

»Captain Minton, danke, dass Sie das alles noch mal durchgegangen sind. Wenn Ihnen noch etwas einfällt, rufen Sie mich bitte an.«

»In Ordnung.« Rick hängte ein. Er stand auf, stülpte sich seinen Hut auf den Kopf, winkte Cynthia zu sich, die wieder Laborberichte studierte. »Gehen wir«, sagte er.

Schweigend folgte sie ihm. Zwanzig Minuten später standen sie vor Dede Rablans Haustür.

Dede öffnete und ließ sie herein. Sie schickte die beiden Kinder, acht und zehn Jahre alt, in ihre Zimmer und bat sie, nicht zu stören.

»Es tut mir Leid, Sie noch einmal zu belästigen, Mrs. Rablan.«

»Sheriff, ich wünsche genau wie Sie, dass der Fall aufgeklärt wird. Dennis würde nie jemanden umbringen. Ich kenne ihn.«

»Hoffentlich haben Sie Recht.« Rick versicherte ihr durch seinen Tonfall, dass er genauso dachte. »Hat er sich heute gemeldet?«

»Nein. Meistens ruft er abends an, um nach den Kindern zu fragen. Er hat sie nächstes Wochenende.«

»Sie haben sich gleich nach dem College kennen gelernt?« Dies entnahm Cynthia ihren Notizen aus einer früheren Befragung.

»Ja. Ich habe bei einem Reisemagazin gearbeitet. Als Rechercheurin vor Ort.«

»Dede.« Cynthia beugte sich zu ihr vor. Sie kannten sich, weil sie dieselbe Tanzschule besucht hatten. »Haben Sie jemals das Gefühl gehabt, dass Dennis ein Geheimnis hatte?«

»Ich hatte eine Ahnung, dass er mir untreu war.« Sie schlug die Augen nieder.

»Kein dunkleres Geheimnis?«

»Nein, Cynthia. Ich wünschte, ich könnte Ihnen helfen, aber er ist nicht gewalttätig. Er ist unbesonnen. Verwöhnt. Wenn er ein dunkles Geheimnis hätte, dann hätte er es zwölf Jahre vor mir verborgen gehalten. Man muss schon ein sehr guter Schauspieler sein, um das durchzuziehen.«

Rick räusperte sich. »Sind Sie jemals auf den Gedanken gekommen, dass Ihr Mann homosexuell sein könnte?«

Dede blinzelte ein paarmal, dann lachte sie. »Sie machen wohl Witze.«

52

Der Montag wurde noch chaotischer als der Sonntag. Pressereporter behinderten die Menschen bei der Arbeit, Fernsehberichterstatter rollten in Übertragungswagen über die Route 240 und die Whitehall Road und hielten Ausschau nach möglichen Interview-Opfern.

Harry und Miranda weigerten sich, mit den Medienleuten zu sprechen. Ihre Geduld wurde auf eine harte Probe gestellt, als die Fernsehteams mit ihren Kameras trotzdem hereinkamen und die Interviewerin sich auf die Leute stürzte, die ihre Postfächer öffneten.

»*Frag mich*«, rief Pewter. »*Ich hab die Garotte entdeckt.*«

»*Ich hab die Leiche entdeckt. Ich hab sie gerochen!*«, sang Tucker ihr eigenes Lob.

»*Seid lieber still, ihr zwei. Dieser Ort ist Staatseigentum, und ich glaube nicht, dass Tieren erlaubt ist, in Postämtern zu arbeiten*«, murrte Murphy. »*Die hören nicht zu. Sie hören nie zu. Es war Dennis Rablan, ihr Trottel – Dennis und einer, der sich mit Englisch Leder-Cologne überschüttet hatte.*«

»*Quatsch! Der Staat hat das Gebäude gemietet. Solange es ihm nicht gehört, können wir tun und lassen, was wir wollen.*« Dies hatte Pewter von Miranda gelernt, die allerdings nicht bestätigt hatte, dass die Mieter tun konnten, was ihnen beliebte. Aber die Bundesregierung tat sowieso, was sie wollte, wobei sie vorgab, ihr läge das Wohl der Bürger am Herzen. Dass die Amerikaner das glaubten, erstaunte die graue Katze, für die sämtliche Regierungen nicht besser waren als selbstsüchtige Diebe. Katzen sind aus Instinkt und Neigung Anarchisten.

»*Pewter, wenn wir ins Fernsehen kommen, braucht es bloß einen übereifrigen Trottel, um uns das Leben schwer zu machen*«, warnte Murphy, die jetzt ruhiger war.

»*Ich werde kämpfen! Ich kämpfe mich durch bis zum Obersten Gericht!*«, protzte Pewter.

»*Tiere haben keine politischen oder sonstigen Rechte.*« Tucker saß unter dem Tisch. »*Menschen denken bloß an sich selbst.*«

»Sei froh.« Mrs. Murphy sah von der Trennklappe hinunter. *»Wenn Menschen beschlössen, Gesetze für Tiere zu schaffen, wo würde das hinführen? Würden Hühner Rechte haben? Würden wir jagen dürfen? Müssten die Menschen, mit denen wir zusammenleben, Jagdscheine für uns erwerben? Wenn wir einen Vogel töten, würden wir dann ins Gefängnis kommen? Denkt dran, wir haben es mit einer Spezies zu tun, die ihre animalische Natur leugnet und uns unsere verweigern will.«*

»Daran habe ich nicht gedacht«, murmelte Pewter, dann warf sie den Kopf zurück und trällerte: *»Zum Teufel mit dem Obersten Gericht! Zum Teufel mit allen Menschengesetzen. Kehren wir zurück zu Zähnen und Krallen!«*

»Einer hat's getan.« Murphy sprang herunter, als die Fernsehkamera auf sie schwenkte.

Bitsy Valenzuela öffnete die Tür, sah das Getümmel und schloss sie wieder. Einige andere machten es genauso, bis sich die Fernsehleute verzogen.

»Verdammt, das macht mich wahnsinnig!«, fluchte Harry. Ihre Stimme war noch heiserer als tags zuvor. Ihr Hals schmerzte auch mehr.

»Die hopsen herum wie die Grashüpfer.« Mrs. Hogendobber ging zum vorderen Fenster und sah zu, wie der Ü-Wagen sich rückwärts in den Verkehr einfädelte. Der Himmel war bedeckt. »Wenn aber jemand Hass trägt wider seinen Nächsten und lauert auf ihn und macht sich über ihn und schlägt ihn tot und flieht in dieser Städte eine, so sollen die Ältesten in seiner Stadt hinschicken und ihn von da holen lassen und ihn in die Hände des Bluträchers geben, dass er sterbe«, zitierte sie aus dem 5. Buch Mose, 19. Kapitel, Verse elf und zwölf.

»Wie sind Sie darauf gekommen?«

»Das weiß ich nicht genau.« Miranda klappte die Trennklappe hoch und ging in den Postraum. »Ein Leichentuch aus Gewalt liegt über dem Land, Unreinheit hüllt Amerika ein. Wir müssen das gewalttätigste Volk unter den zivilisierten Völkern der Erde sein.«

»Das kommt darauf an, wie man zivilisiert definiert. Sie meinen industrialisiert, nehme ich an.«

»Schon möglich.« Mrs. Hogendobber legte ihren Arm um Harry. »Sie hätten getötet werden können, Kind. Ich weiß nicht, was ich ohne Sie anfangen würde.«

Tränen traten ihnen in die Augen, und sie umarmten sich.

»Das Seltsame war, Mrs. H., dass ich erst Angst bekam, als ich zu Hause war. Ich war froh, dass Fair und Tracy da waren.«

»Tracy hat Sie sehr gern. Er ist ...« Sie sprach den Satz nicht zu Ende. Bitsy kam wieder herein, nachdem das Fernsehteam weg war.

»Hi.«

»Hi, Bitsy«, begrüßte Miranda sie.

»Will bloß meine Post holen.«

Chris stieß die Tür auf, sagte zu allen hallo, dann atmete sie heftig aus. »Das ist der reinste Zirkus da draußen. Glaubt ihr, es wären genauso viele Reporter da, wenn jemand aus der Stadt den Nobelpreis gewonnen hätte?«

»Nein. Das Gute ist nicht so interessant wie das Böse, scheint mir«, sagte Harry.

»Immer noch unpässlich?« Chris trat an den Schalter, gefolgt von Bitsy.

»Kehlkopfentzündung. Ich werde sie nicht los.«

»Du hast einen dunkelroten Striemen am Hals«, bemerkte Chris. »Du solltest lieber zum Arzt gehen. Das sieht mir nicht nach Kehlkopfentzündung aus. Komm, ich bring dich hin.«

»Nein, nein«, wehrte Harry höflich ab.

»Wenn du eine Verfärbung am Hals hast, Harry, könnte es was Ernstes sein. Du bist schrecklich leichtsinnig.«

»Chris, zähl mir nicht die sieben Warnzeichen für Krebs auf«, krächzte Harry, dann lachte sie.

»Das ist überhaupt nicht komisch!« Chris war todernst.

Miranda trat an den Schalter. »Ich bringe sie in der Mittagspause zum Arzt. Sie sind mit Recht besorgt. Harry ist ein Sturkopf – und das ist noch gelinde ausgedrückt.«

Die Tiere beobachteten, wie Chris und Bitsy gingen und jede in ihr Auto stieg.

»Meint ihr, die Anwesenden können darüber schweigen, was Mom Samstagabend wirklich passiert ist?«, sorgte sich Tucker.

»Sie sollen bloß den Mund halten. Mom hat eh schon genug Ärger.« Pewter setzte sich neben das Tiertürchen. Sie konnte sich nicht entscheiden, sollte sie drinnen bleiben, wo es behaglich war, oder einen kleinen Spaziergang machen. Sie hatte Hummeln im Hintern.

»Aber so ist es abgemacht. Der Mörder wird ins Postamt kommen. Er wird wissen, dass Mom keine Kehlkopfentzündung hat. Wenn sie vorschützt, dass sie daran leidet, könnte es ihn nervös machen. Mir will das absolut nicht gefallen, und es ist mir schnuppe, was die Menschen sagen – dieser Mensch wird zuschlagen wie eine Kobra. Sie glauben, weil die ganze Zeit ein Mensch bei ihr ist, ist sie in Sicherheit. Denkt daran, dieser Mörder kommt seinen Opfern ganz nahe. Sie werden nicht bedroht. Dann – wumm!« Tucker war tief besorgt. Wie konnten zwei Katzen und ein Hund Harry retten?

Murphy, die zuhörte, summte inbrünstig »The Old Gray Mare« vor sich hin.

53

Coop fuhr um fünf Uhr nachmittags allein in ihrem Streifenwagen zum Postamt. Sie klopfte an die Hintertür und trat ein.

»In den Bergen ballen sich immer mehr Wolken zusammen. Gegen Sonnenuntergang wird der Sturm die Blätter von den Bäumen fegen.« Sie bückte sich, um Tuckers Ohren zu kraulen. »Schade. Die Farben waren unglaublich. So einen herrlichen Herbst habe ich seit einer Ewigkeit nicht mehr erlebt.«

»Noch ist der Sturm nicht da.« Harry warf Abfälle in einen dunkelgrünen Müllbeutel mit gelbem Zugband. Sie betrachtete den Beutel. »Dämlich, aber ich mag nicht zu dem Müllcontainer rausgehen.«

»Überhaupt nicht dämlich. Wo ist Miranda?«

»Nebenan. Sie ist rübergelaufen, um Kaffeesahne zu holen.« Diät hin, Diät her, auf ihre Sahne im Kaffee wollte Miranda keineswegs verzichten.

»Merkwürdig.«

»Was?«

»Es ist so still. Das Postamt und Stille – passt irgendwie nicht zusammen.«

»Heute Morgen war's nicht still. Die halbe Stadt ist vor zehn reingeschlurft, aber der Medienrummel hat die Leute vergrault. Das Ungewöhnliche ist, dass niemand Angst hat außer meinen Mitschülern. Die Leute sind aufgebracht, wütend, voller Ideen, aber nicht verängstigt.«

»Hast du Angst?«

»Ja«, antwortete Harry, ohne zu zögern. »Ich wäre dumm, wenn ich keine hätte. Ich forsche in jedem Gesicht, das durch diese Tür kommt, und frage mich, welches in meinem forscht.« Sie seufzte. »Wenigstens haben wir keine blöden Briefe mehr gekriegt. Die scheinen das Signal zu sein.«

»Gab's irgendwelche anderweitigen Gespräche, ich meine, hat jemand dich auf deine Stimme angesprochen?«

»Alle, die reinkamen. Chris Sharpton wollte mich zu Larry Johnson schleppen, damit er meinen Hals untersucht. Sie war die Einzige, die einen Arzt hinzuziehen wollte. Big Mim empfahl mir Echinacea und danach einen Grog. Little Mim meint, Tabletten, Spritzen, nichts hilft. Es muss durch meinen Organismus durch. Die meisten Kommentare gingen in diese Richtung. Ich muss allerdings sagen, BoomBoom hat mich beeindruckt. Sie hat nichts ausgeplaudert – 'türlich, sie hat sicherlich allerhand andere Dinge im Kopf.«

»Stimmt …, aber Boom ist bei all ihrem Gewäsch nicht dumm. Sie wird dich nicht willentlich in Gefahr bringen.«

»Fair ruft alle halbe Stunde an. Er ist viermal vorbeigekommen. Seine Patienten werden begeistert sein.«

Coop lachte. »Zum Glück können sie sich nicht beschweren.«

»Sie nicht, aber ihre Besitzer.« Harry band den Sack zu

und stellte ihn an die Hintertür. »Gibt's was Neues von Dennis Rablan?«

»Keine einzige Spur. Wir haben die Flüge gecheckt, die Bahn, die Busse. Sein Wagen ist auch nicht aufgetaucht.«

»Coop, vielleicht ist er tot.«

»Der Gedanke ist mir auch schon gekommen.« Cynthia setzte sich an den Tisch, leckte ihren Zeigefinger an und klaubte Krümel auf.

»Du isst wie ein Spatz.« Harry öffnete den kleinen Kühlschrank und nahm zwei Buttermilchkekse heraus, die noch übrig waren. »Hier. Mirandas Delikatesse des Tages.«

Just in diesem Augenblick kam Mrs. H. durch den Vordereingang; die große braune Tüte auf ihrem Arm kündete davon, dass sie mehr gekauft hatte als ein Fläschchen Kaffeesahne. »Cynthia, wie geht's, wie steht's?«

»Ich bin frustriert.«

»Und hungrig ist sie auch. Sie hat die Krümel vom Tisch aufgesammelt.«

»Dem kann ich abhelfen.« Miranda nahm ein Riesensandwich aus der Tüte. »Das können Sie sich teilen. Ich habe mir einen Salat mitgebracht, aber wenn Sie den lieber mögen, Cynthia, teile ich ihn mit Ihnen.« Cynthia entschied sich für die Hälfte von Harrys Sandwich. Miranda schnitt das Vollweizenbrötchen mit Truthahnfleisch, Speck, Kopfsalat und Provolone in der Mitte durch.

»Ich bin froh, dass du hier bist.« Harry lächelte Cynthia an. »Du bewahrst mich davor, mich voll zu stopfen wie ein Schwein.«

Chris Sharpton fuhr vor, steckte den Kopf zum Vordereingang herein. »Warst du beim Arzt?«

»Miranda ist mit mir hingegangen«, log Harry.

»Und?«

»Kehlkopfentzündung. Er sagt, der rote Striemen ist nicht besorgniserregend. Ich hab mich gestoßen, kann mich aber nicht mehr besinnen, wo.«

»Pass auf dich auf.« Chris winkte den anderen zu, schloss die Tür und fuhr los.

Während Cynthia dankbar aß, stellte Miranda eine Tasse mit dampfendem Kaffee vor sie hin, halb Kaffee, halb Sahne, mit einer winzigen Spirale Orangenschale, ein beliebtes Getränk.

»Wenn ihr was übrig lasst, würde ich das gerne essen.« Tucker wedelte mit ihrem nicht vorhandenen Schwanz.

»Schwein« war alles, was Murphy sagte. Ihre Besorgnis dämpfte ihre Redseligkeit.

Pewter hatte schon zuvor zwei Kekse gegessen. Sie war prall wie eine Zecke. *»Murphy, meinst du, es würde uns gut tun, zur Highschool zu spazieren? Vielleicht haben wir was übersehen.«*

»Das Einzige, wo wir nicht nachgeguckt haben, ist der Heizungsraum, und da war der Hausmeister heute drin. Außerdem sind die Kinder wieder in der Schule. Keine Witterung. Ich weiß nicht weiter, Pewter. Ich habe keinen gescheiten Plan, wie wir vorgehen sollen. Ich weiß nicht mal, wo wir anfangen sollen.«

Als Tucker diese entmutigenden Worte hörte, sagte sie: *»Wir können heute Abend Harrys Jahrbuch lesen. Vielleicht bringt uns das weiter.«*

»Ich will alles versuchen.« Murphy warf sich auf die Seite, legte den Kopf auf das ausgestreckte Vorderbein. Sie fühlte sich so mies, dass es sie müde machte.

»Dennis?« war das Einzige, was Mrs. Hogendobber Cynthia fragte.

»Verschwunden. Ich wollte es Harry gerade erzählen. Sein Vermieter hat sein Büro und sein Labor aufgeschlossen. Wir haben alles gründlich durchsucht. Wir sind mit einem Schlosser in sein Haus gegangen. Nichts ist durcheinander, und er ist inzwischen nicht dort gewesen. Zum Glück hat er keine Haustiere, aber seine Pflanzen vertrocknen. Seine Nachbarn haben ihn nicht gesehen. Die Bundespolizei hat ihn nicht auf dem Highway gesehen.«

Cynthia trank ihren Kaffee. »Glauben Sie, es war Dennis?«

»Er ist der Einzige, der noch in Frage käme«, erwiderte Miranda.

»Hank Bittner«, erinnerte Harry sie. »Ein Glück für ihn, dass er wieder in New York ist.«

»Der Mörder hatte keine Gelegenheit, sich Hank zu schnappen«, sagte Cynthia. »Das nehme ich zumindest an.«

Harry schenkte sich eine Tasse Tee ein und gab ebenfalls ein Stückchen Orangenschale hinzu. Sie konnte keinen Kaffee trinken. Kaffee machte sie zappelig. »Vielleicht, vielleicht auch nicht. Rex Harnett wurde auf der Toilette ermordet. Man hat ihn nicht dorthin geschleppt. Ich habe nicht darauf geachtet, wann die Männer aufs Klo gingen, aber unser Mörder war vermutlich da drin oder hat beobachtet, dass Rex hinging und ist ihm gefolgt. Er hat schnell geschaltet. Wie er da ungesehen rausgekommen ist – er muss durchs Fenster geklettert sein. Die Toilette liegt im Erdgeschoss. Und er war auf jede Gelegenheit vorbereitet. Es ist erschreckend, wie gerissen und furchtlos er ist.«

Cynthia bestätigte Harrys Annahme. »Du hast Recht, er ist durchs Toilettenfenster geklettert.«

»Das hättest du uns sagen können.« Mrs. Murphy war verstimmt.

Als würde sie der Katze antworten, sagte Cynthia: »Wir können euch nicht alles sagen. Der Chef macht sich mehr Sorgen als ich. Ich weiß, dass es keiner von euch war. Jedenfalls, ja, er ließ sich auf die andere Seite fallen, vielleicht zwei Meter tief. Das Gras war nicht rausgerissen, keine deutlichen Abdrücke, aber der Boden war leicht eingedrückt. Er hat sich fallen lassen, hat sich gesäubert, hat die Waffe irgendwo versteckt und ist wieder in die Turnhalle marschiert.«

»Wenn wir nur wüssten, ob er zurückgekommen ist, bevor oder nachdem Dennis Rex gefunden hat.«

»Harry, Dennis könnte es getan haben; dann könnte er herumgelaufen, auf die Toilette gegangen sein und die Leiche ›entdeckt‹ haben. Das hätte die Leute irregeführt.« Miranda klopfte mit dem Griff ihres Messers auf den Tisch, als wollte sie ihre eigenen Worte widerlegen.

»Warum habt ihr ihn nicht verhaftet?«, fragte Harry Cynthia.

»Wir haben nicht genug Beweise. Harry, kommen wir auf Hank Bittner zurück. Du sagst, der Mörder hatte keine Gelegenheit, Hank umzubringen, falls er ein erkorenes Opfer war.«

»Erinnerst du dich, wie Hank fragte, ob er auf die Toilette gehen könnte?«

»Ja. Ich habe ihn warten lassen.«

»Und er hat gehorcht. Wenn der Mörder nicht bei uns in der Turnhalle, wenn er oben oder draußen oder im Keller gewesen wäre, dann hätte er womöglich gewusst, dass Hank allein war. Hm, im Keller vielleicht nicht. Aber oben hätte er die Geräusche hören können, die vom Flur heraufkamen.« Sie hob die Hand. »Eine vage Vermutung. Trotzdem, er hätte es wissen können. Wenn er bei uns in der Turnhalle war, konnte er niemandem folgen. Ihr habt uns alle festgehalten. Ihr hattet die Toilette abgesichert, wo Rex umgebracht worden war. Eure Männer waren draußen auf dem Parkplatz. Ihr habt das Gebäude und das Grundstück durchgekämmt, während wir uns nicht von der Stelle rühren durften, stimmt's? Ich meine, deswegen wolltest du Hank nicht auf die Toilette gehen lassen. Nicht, bevor eure Jungs fertig waren.«

»Harry, du bist wirklich schlau. Das vergesse ich manchmal.«

»Der Mörder wusste, was vorging, während wir dort saßen. Und er ist schlauer als wir. Es ist durchaus möglich, dass er wegrannte, nachdem er Rex umgebracht hatte, und später zurückkam. Aber das glaube ich nicht. Das hättet ihr gemerkt. Ihr habt die Schule überwachen lassen.«

»Ja.«

»Also. Später hatten wir unser Abendessen. Dennis macht sich total lächerlich und haut ab. Das wusstet ihr auch. Und ich glaube, Dennis' Verhalten war Teil eines Plans.«

»Du hast Recht. Wir hatten einen Mann auf dem Dach der Grundschule gegenüber, und wir hatten einen Mann in Tracy Raz' Auto auf dem Parkplatz. Wir haben Dennis von einem Beamten beschatten lassen, aber er hat ihn verloren.«

»Er hätte also zurückkommen können. Hätte sich hinter die Schule schleichen können.«

»Möglich wär's«, stimmte sie zu. »Aber deine Katzen und dein Hund sind aus dem Hintereingang der Schule gelaufen. Der Hund hat gebellt, und das hat unseren Mann in Tracys Auto alarmiert. Leider hat er zwei und zwei nicht schnell genug zusammengezählt, aber er kennt ja auch deine Tiere nicht so gut wie ich. Als er sich aufrappelte, hatte er nur bemerkt, dass jemand über den Rasen gerannt war.«

»Dennis hätte zurückkommen können.« Miranda beharrte auf ihrem Standpunkt.

»Es ist möglich, aber als wir die Autos auf die Suche nach seinem Wagen losschickten, war er auf den Straßen ringsum nirgends zu sehen.«

»Vielleicht ist er auf einen Feldweg abgebogen«, sagte Miranda, »oder er hat den Wagen von jemand anderem benutzt und sein Auto in einer geschlossenen Garage abgestellt.«

»Ja.« Cynthia setzte ihre Tasse ab.

»Als ich die Treppe hochgehen wollte, hat er gewartet. Ich glaube, er wartete auf Hank. Er wusste, dass Dennis gegangen war – das heißt, wenn Dennis es nicht selbst war. Er wollte das Schultreffen zu seinem Schlachtfeld machen – mit Charlie und Leo hat er uns eingestimmt. Sie waren die Ouvertüre. Das Treffen sollte die Galavorstellung werden. Ich schwöre es! Und dann war ich ihm plötzlich im Weg.«

»Aber die Klasse von 1950 war im Erfrischungsraum, und das fuchst mich.« Miranda schlug mit der Hand auf den Tisch. »Er war direkt über uns, und wir haben ihn nicht gehört. Wir haben ihn auch nicht hereinkommen sehen. Wir mögen zwar alt sein, aber wir sind nicht blind.«

»Er war nie weg«, sagte Harry. »Er ist vielleicht in sein Auto gestiegen, als alle weggefahren sind, hat aber nur eine Runde gedreht und sein Auto versteckt. Er ist seit Stunden da oben gewesen. Ich kann es nicht beweisen, aber es ist plausibel. Ihr habt das Gebäude beschatten lassen. Und selbst wenn ihr durch die Flure gegangen wärt, es gibt genügend

Verstecke: Besenschränke, Toiletten. Er hätte auf dem Klo stehen können. Ihr hättet ihn nicht gesehen. Ich sage dir, er ist die ganze Zeit dort gewesen.«

»Und du glaubst, dass er Hank Bittner töten wollte.« Cynthia wollte aufstehen, doch Miranda sprang hoch, schenkte ihr die Tasse wieder voll und reichte ihr die Kaffeesahne.

»Wenn die Geschichten stimmen, dann sind noch zwei Zeugen oder … zwei an der Vergewaltigung Beteiligte am Leben«, dachte Harry laut. »Wäre Hank Bittner getötet worden und Dennis am Leben geblieben, ich denke, dann hätten wir unsere Lösung.« Sie brach abrupt ab. »Dennis hat ein Autotelefon. Hat er es benutzt?«

»Nein. Auch das haben wir überprüft.«

»Und Sie haben natürlich Hank Bittner angerufen«, wollte Miranda wissen.

»Ja. Er ist mit der Maschine um sechs Uhr fünfundvierzig nach New York geflogen und zur Arbeit gegangen. Wir haben heute Nachmittag wieder angerufen, um festzustellen, ob jemand aus der Klasse bei ihm angerufen hat. Niemand. Er wirkte nicht ängstlich, aber das könnte ein Bluff gewesen sein.«

»Und wenn ihr ihn wieder hierher bringt, um den Täter aus der Reserve zu locken?«

»Nichts zu machen. Er kommt erst wieder nach Crozet, wenn wir den Mörder gefunden haben.«

»Was nicht heißt, dass der Mörder nicht zu ihm geht.« Harry verschränkte die Arme. »Noch was. Die Waffe, mit der Rex und Bob getötet wurden. War es eine andere als Marcy Wiggins'?«

»Ja.«

»Mit Schalldämpfer?«

»Genau.«

»Die sind verboten«, rief Miranda aus.

»Mord auch«, sagte Harry, und dann brachen sie in Lachen aus, was die Anspannung etwas lockerte.

54

An diesem Abend hielten Tracy Raz und Fair abwechselnd Wache, während Harry schlief. Pewter blieb wieder bei Harry im Schlafzimmer, Tucker ruhte an der Küchentür, und Mrs. Murphy rollte sich an der Haustür zusammen.

Um ein Uhr morgens schlug Mrs. Murphy ein Auge auf. Sie hörte das Knirschen von Reifen in etwa achthundert Metern Entfernung. Wäre sie hellwach gewesen, hätte sie es schon früher gehört. Blitzschnell glitt sie über den Flur, raste durchs Wohnzimmer und durch die Küche, sprang über Tuckers Kopf hinweg. Die Corgihündin, deren Augen jetzt weit offen waren, stürmte hinter Mrs. Murphy her durch das Tiertürchen. Die zwei Busenfreundinnen rannten unter dem Bretterzaun hindurch, die abschüssige Weide hinunter, übersprangen einen Graben und einen Bach, liefen im Zickzack durch den schützenden Waldsaum am Vordereingang und gelangten gerade rechtzeitig auf die gepflasterte Straße, um die Rücklichter eines Autos im Dunkeln verschwinden zu sehen.

»*Verdammt!*« Tucker schüttelte sich.

»Das kannst du laut sagen. Eine Minute früher, und wir hätten das Auto erkennen können. Das war bestimmt niemand, der sich verfahren hat und umgekehrt ist. Nein, es war unser Mörder, das steht fest. Ist in die Zufahrt gekommen. Und hat Tracys Wagen und Fairs Transporter gesehen.«

Sie machten kehrt, trabten über den mit silbrigen Raureif bedeckten Boden. Auf den Berggipfeln ballten sich immer noch dicke Wolken zusammen. In den Bergen ändert sich das Wetter von einer Minute zur anderen. Am Nachmittag hatte es den Anschein gehabt, dass der Sturm am frühen Abend ausbrechen würde, doch er wartete noch. Wenn der Wind wechselte, würde sich die pechschwarze Masse ins Tal hinab wälzen. Rehe, Waschbären, Füchse und Kaninchen hasteten umher und hofften ihre Bäuche zu füllen, bevor der Schneesturm sie lahm legte.

Als Katze und Hund auf die offene Weide rannten, veranlasste sie ein nahes Schwirren, sich flach auf die Erde zu legen. Mrs. Murphy drehte den Kopf und blickte nach oben. Ein riesiges, weit gespanntes Krallenpaar griff nach ihr.

»Haha!«, rief Plattgesicht, als sie Mrs. Murphys Fell streifte. Dann erhob sie sich wieder in die dunklen Lüfte.

»Die hat einen eigenartigen Sinn für Humor«, knurrte Tucker empört.

»Plattgesicht, Plattgesicht. Komm zurück«, rief Mrs. Murphy der gewaltigen Eule nach.

Riesige schattenhafte Schwingen stießen herab, die Eule legte sich in die Kurve, dann ließ sie sich stumm vor ihnen nieder. Selten waren die erdgebundenen Tiere der Eule so nahe, die gut dreimal so groß war wie sie, mit einem gewaltigen Brustkorb und Furcht einflößenden goldenen Augen. Gewöhnlich hockte sie in der Kuppel des Stalls, wenn sie mit ihr sprachen oder von ihr getadelt wurden.

Tucker, der es für einen Augenblick die Sprache verschlagen hatte, schluckte. *»Du hast uns erschreckt.«*

»Erdlinge«, kam die hochmütige Antwort.

»Hast du das Auto gesehen, das ein Stück in die Zufahrt kam?« Mrs. Murphy wich nicht zurück, obwohl Plattgesicht einen Schritt auf sie zu machte und den Kopf tief senkte, um Eindruck zu schinden.

»War kein Pkw. War ein Lieferwagen. Er hat kurz die Scheinwerfer eingeschaltet, als er in die Zufahrt einbog, dann hat er sie ausgemacht. Ist ohne Licht auf der Straße gefahren, der Trottel.«

»Hast du gesehen, wer am Steuer saß?«, fragte Murphy.

»Nein.«

»Wir glauben, wer immer den Wagen fährt, höchstwahrscheinlich Dennis Rablan, wird versuchen, Mom zu töten«, sagte Tucker, die Ohren nach vorn gelegt.

»Menschen kümmern mich nicht.«

»Sie ist anders.« Murphy plusterte ihr Fell ein bisschen auf.

Plattgesicht drehte den Kopf herum; eine Feldmaus bewegte sich unter den getrockneten Heuresten. Da die Eule gesättigt war, ließ sie das kleine Geschöpf davonkommen. *»Wenn du ein Katzenjunges wärst, würde ich dich zum Abendbrot verspeisen.«* Sie ließ ein leises Glucksen hören, dann breitete sie die Schwingen aus, ein Anblick, der sogar das Blut des vierzigpfündigen Rotluchses hätte gefrieren lassen, der dieses Gelände durchstreifte. Um ihre Macht noch zu unterstreichen, trat sie vor und baute sich drohend vor Katze und Hund auf.

Mrs. Murphy lachte. *»Erst musst du mich fangen. Vielleicht hab ich mir Pfeffer auf den Schwanz gestreut.«*

Plattgesicht faltete die Schwingen zusammen. Sie bewunderte den Mut der geschmeidigen Tigerkatze. *»Wie gesagt, Menschen kümmern mich nicht, aber ich fühl mich wohl im Stall. Neue Leute könnten die Gewohnheiten ändern. Man kann nie wissen. Zudem scheint Harry weniger menschlich zu sein als die meisten. Es wäre mir nicht recht, wenn sie getötet würde.«*

»Wenn du was siehst oder wenn der Lieferwagen wiederkommt, flieg runter und guck nach, wer am Steuer sitzt. Wir glauben, es ist Dennis Rablan«, meldete Tucker sich schließlich zu Wort.

»Ist gut.«

Der Wind drehte sich. Mrs. Murphy erspähte den ersten schwarzen Krakenarm des Sturmes, der den Berg hinunterglitt. *»Hattest du ein bisschen Glück und hast ein paar Stallmäuse gefangen?«*

Die Eule blinzelte. *»Nein – und sie singen ganz grässliche Lieder.«*

»Aha, dann hör nicht nur ich sie.« Murphy lächelte.

Plattgesicht stieß einen Schrei aus, entfaltete die Schwingen und erhob sich über ihre Köpfe; ein Luftstoß ihrer großen Schwingen blies über ihre Gesichter. Der Wind von Westen nahm zu.

Als sie die umzäunte Veranda erreichten, peitschte die erste Graupelladung vom Himmel. Sie schlug auf dem Blechdach des Stalles auf wie eine Maschinengewehrsalve.

Binnen Sekunden steigerte sich das *Rat-tat-tat* zu einem anhaltenden Dröhnen.

»*Das wird eine schlimme Nacht.*« Murphy schüttelte sich, Tucker ebenfalls.

»*Wo mag er bloß den Lieferwagen versteckt haben?*« Tucker schüttelte sich die Graupelkörner aus dem Fell.

»*Direkt vor unserer Nase.*«

»*Glaubst du, Pewter hat das alles verschlafen?*« Tucker war entsetzt.

»*Tracy ist hellwach.*« Murphy sah den älteren Herrn in Harrys Highschool-Jahrbuch vertieft.

»*Wenn es Dennis ist, dann weiß er, dass Tracy unser Mieter ist. Er nimmt ihn nicht ernst. Ich denke, es war Fairs Transporter, der ihn abgeschreckt hat.*«

»*Vielleicht wollte er uns auskundschaften, für später.*«

55

Die Graupeln wurden zu Eiskörnern, die sich am Vormittag in Schnee verwandelten. Der erste Schnee der Saison stellte sich pünktlich am ersten November ein.

Harry war vorbereitet. Sie war in ihrem F350 Dually mit Allradantrieb zur Arbeit gefahren.

Dies war auch der Tag des Begräbnisses von Bob Shoaf in Buffalo, New York, und von Rex Harnett in Columbia, South Carolina, wo seine Mutter lebte. In Crozet hatte niemand einen Gedenkgottesdienst organisiert. Beim Einkauf in Market Shifletts Laden legte Ted Smith, ein Mann in den Siebzigern, eine Spur Galgenhumor an den Tag: »Begräbnis. Ihr braucht einen Bulldozer, um Massengräber zu schaufeln.« Market fand das nicht komisch.

Er fand es auch nicht komisch, dass Chris Sharpton ihm auf seine Einladung ins Kino erwiderte, er sei gewiss ein netter Mensch, aber sie würde nie wieder mit einem aus seiner Highschool-Klasse ausgehen, und sollte sie Dennis Rablan jemals wiedersehen, so würde sie ihm so Einiges erzählen.

In einem Anfall von Einsamkeit fragte er Bitsy Valenzuela am selben Morgen, ob sie unverheiratete Freundinnen in ihrer Heimatstadt habe. Für eine Wochenendverabredung würde er eine Reise auf sich nehmen. Sie erklärte sehr liebenswürdig, dass ihr auf Anhieb keine einfiele, aber wenn, dann würde sie ihm Bescheid sagen.

Bedrückt wie er war, winkte er Harry zu, ohne zu lächeln, als sie einen Schneeball an sein Fenster warf. Sie trat ins Postamt, als Miranda gerade den Hörer auflegte.

»Man hat Dennis' Lieferwagen gefunden!«

»Wo?«

»In Yancys Karosseriewerkstatt.« Yancy betrieb auch eine Autolackiererei.

»Und er ist niemandem aufgefallen?« Harry war fassungslos.

»Yancy ist auf Jagdurlaub in Kanada. Die Werkstatt ist seit dem Wochenende geschlossen. Cynthia sagt, sie haben das Gelände abgeriegelt und suchen nach Fingerabdrücken und weiteren Beweisen.«

»Geschlossen! Gibt es etwa irgendjemanden in der Stadt, der nicht weiß, wo der Schlüssel liegt? Über dem Türpfosten. Da liegt er, seit wir Kinder waren.« Sie nahm ihren Schal ab. »Hey, es ist immerhin etwas.«

Tracy kam herein und brachte ihnen eine Zierpfefferpflanze. »Zur Aufheiterung am ersten Schneetag.«

»Tracy, ich finde es lieb, dass Sie sich um mich kümmern, aber ich habe doch die Tiere.«

Die drei pelzigen Geschöpfe lächelten.

»Ja, aber jetzt haben Sie mich obendrein. Und wenn mir was am Herzen liegt ...«

»Schatz, man hat Dennis Rablans Lieferwagen gefunden!«, unterbrach Miranda ihn und erzählte ihm alles, was sie soeben erfahren hatte.

Harry rief Susan an, die Bonnie Baltier in Richmond anrief. Einer nach dem anderen erfuhren die verbliebenen Jahresbesten der Abschlussklasse die Neuigkeit, einschließlich Mike Alvarez in Los Angeles. BoomBoom rief Hank Bittner in New York an. Beunruhigter als er zugeben mochte, dankte er ihr für ihre Umsicht.

»Dennis muss sich ganz in der Nähe versteckt halten.« Pewter fühlte sich schläfrig. Tiefdruckgebiete wirkten sich so auf sie aus.

»Im Untergrund.« Tucker bezog sich auf die Geheimorganisation »Underground Railway« aus der Zeit vor der Abschaffung der Sklaverei, die flüchtigen Sklaven Unterschlupf gewährte.

Wo er gewissermaßen auch war.

56

Der Morgen des nächsten Tages war klar, gegen Mittag zogen Wolken auf. Die schneidende Luft kündete Schnee an, viel Schnee. Schneestürme fielen gewöhnlich erst nach Weihnachten in Mittelvirginia ein und hielten bis Anfang April an. Dann erschien wie durch einen Zauber der Frühling. An einem Tag ist die Welt noch grau, beige, schwarz und weiß, und am folgenden sind die Hänge rosa, gelb, weiß und purpurrot überzogen.

Der früheste Schneesturm, an den Harry sich erinnern konnte, war ein Schneefall im Oktober. Die Blätter waren noch an den Bäumen, und das Gewicht des Schnees drückte in der ganzen Umgebung dicke Äste nieder. Sie erinnerte sich, dass sie an jenem Abend Hausaufgaben machte, während sie draußen die abbrechenden Zweige hörte, die förmlich weinten, weil noch Saft in ihnen war.

Market kam hereingeschneit, um seine Post zu holen. »Toilettenpapier ist ausverkauft. Miranda, ich habe ein Sechserpack an Ihren Hintereingang gelegt. Die Leute sind irre.

Man könnte meinen, der Sturm des Jahrhunderts ist im Anzug.« Er hielt inne. »Das Barometer fällt allerdings. Könnte 'ne Sache von ein paar Tagen werden oder ein einziger Riesenschlag.«

»Meine Schneeschaufel steht bereit.« Miranda blinzelte.

»Und Tracy zum Schaufeln.« Harry warf einen Haufen Pakete in den Leinenkarren.

»Er wird auch bei Ihnen schaufeln. Er ist eine Seele von Mensch.«

»Wetten, im Supermarkt gehen die Lebensmittelkonserven aus. Ich hätte letzte Woche mehr bestellen sollen. Aber wenn man heutzutage den Wetterbericht sieht, könnte man meinen, dass ein Vulkanausbruch, Tornado oder Hurrikan auf den anderen folgt. Das ist kein Wetter mehr – das ist ein Melodram. Ich höre gar nicht mehr richtig hin.«

»Ich richte mich nach meinem Schienbein.« Miranda griff auf der anderen Seite der Postfächer nach unten. »Hey, fast hätte ich's vergessen, Market, hier ist ein Paket von European Coffees.« Sie reichte es über den Schalter, der vom häufigen Gebrauch blank gerieben und ausgeblichen war.

»Danke. Huch, das scheint Bitsy zu sein, drüben im Laden. Ich muss zurück.«

Als er ging, winkte Harry ihm nach. Sie hatten über das Auffinden des Lieferwagens gestern gesprochen. Viel mehr gab es nicht zu sagen. Market war nicht gern allein im Laden, aber schließlich musste er Geld verdienen. Er sagte, er glaube nicht, dass er in Gefahr sei. Er hatte nicht zu der Ashcraft-Burkey-Shoaf-Insider-Clique gehört, aber es passierten so verrückte Sachen, wer konnte sich da noch sicher fühlen?

»Ich mache noch einen Spaziergang, bevor der Schnee kommt. Geht jemand mit?«

»Murphy, es sind drei Grad minus da draußen«, protestierte Pewter.

»Ich komm mit«, erbot sich Tucker.

»Ihr zwei gebt dauernd an, wie abgehärtet ihr seid.« Pewter sprang in einen leeren Postkarren, rollte sich zusammen, den Schwanz über die Nase drapiert.

»Bis dann!« Die zwei Tiere schoben sich durch das Tiertürchen im Hintereingang. Die Klappe fiel mit einem magnetischen Flappen zurück.

Als Harry hochblickte, sah sie gerade noch das graue Türchen zuklappen. Sie dachte, die Tiere müssten mal raus.

Mrs. Murphy hob den Kopf und atmete die scharfe kalte Luft ein. Sie und Tucker gingen schnell, weil ihnen dabei wärmer wurde. Ihr Ziel war Yancys Karosseriewerkstatt, die einen Häuserblock hinter der Eisenbahnunterführung lag. Sie hielten sich wohlweislich abseits der Straße; sie hatten genug zerquetschte Geschöpfe gesehen, um keinem Menschen am Steuer zu trauen.

Nach zehn Minuten gelangten sie zu der geschlossenen Werkstatt.

Rick Shaw hatte das gelbe Absperrband entfernt, aber ein paar Fetzen waren an dem großen Werkstatt-Tor kleben geblieben. Die Tiere umrundeten den Betonbau. Auf der Rückseite ragte ein ziehharmonikaartiges, schwarzes Kunststoffabflussrohr aus einer Ecke. Daneben hatte sich ein Schlackenstein gelockert; der Mörtel war vor Jahren zerbröckelt.

»Kannst du ihn nicht rausschieben? Du bist kräftiger als ich.«

»Ich versuch's mal.« Tucker stemmte sich mit der Schulter gegen den kalten Stein. Stückchen für Stückchen gab er nach.

»Gut!« Murphy schlängelte sich hinein und drehte sich um. *»Schaffst du's auch?«*

»Wenn ich den zweiten Stein rausschieben kann, dann schon.« Tucker zwängte den zweiten Stein gerade genug zur Seite, dass sie sich flachlegen und drunter durch robben konnte.

Das Licht schwand von Minute zu Minute, als die Wolken draußen sich metallgrau färbten. Mrs. Murphy blinzelte, weil der alte Geruch nach Schmiere, Öl und Benzin ihre Augen reizte. Die Tiere gingen dorthin, wo der Lieferwagen geparkt gewesen war. Die Stelle war leicht zu erkennen, weil jeder übrige Zentimeter des Raums mit Fahrzeugen in ver-

KEEP OUT

schiedenen Stadien der Auflösung oder Ausschlachtung voll gestopft war.

»Das muss ich ihnen lassen«, sagte Tucker, die Nase am Boden, *»meistens vermasseln sie die Witterung, aber es riecht, als ob nur zwei Leute hier waren.«*

»Tucker, ich kann gar nichts riechen. Das Benzin überdeckt alles. Mir wird schlecht davon.«

»Komisch, die Menschen stört es kaum.« Tucker hob die schwarze feuchte Nase, dann senkte sie sie wieder auf den Boden. *»Dennis war ganz bestimmt hier. Eine Spur Dunkelkammer und sein Parfüm. Kalte Witterung. Ich denke, dass überhaupt noch eine da ist, kommt daher, dass der geschlossene Lieferwagen sie bewahrt und die Feuchtigkeit, die durch den Betonboden aufsteigt, auch etwas aufgenommen hat.«* Sie seufzte. *»Ich habe große Fähigkeiten, aber wenn wir einen Bluthund hier hätten, dann würden wir viel mehr wissen. Es ist auch ein Geruch nach Englisch Leder da – derselbe, der mir oben in der Schule aufgefallen ist.«*

»Na toll«, sagte Mrs. Murphy sarkastisch; denn sie hatte gehofft, dass dieser Geruch nicht gefunden würde. Es war schwerer, vor zwei Menschen auf der Hut zu sein als vor einem.

Tucker, die dunkelbraunen Augen voller Besorgnis, sah Mrs. Murphy an. *»Zwei. Zwei, ganz bestimmt.«*

Murphy hätte sich gern einen Moment hingesetzt, aber der schmierige Boden hielt sie davon ab. *»Tucker, lass uns ins Postamt zurückgehen.«*

Sie rannten zum Postamt. Cynthia Coopers Streifenwagen parkte vor dem Eingang.

Als sie sich durch das Tiertürchen schoben, stürmte Pewter ihnen entgegen. *»Dennis Rablan hat angerufen! Er hat Mutter bedroht!«*

»Was?«, riefen Tucker und Murphy.

»Ja, ungefähr fünf Minuten nachdem ihr weg wart, hat er angerufen und gesagt: ›Halt dich raus und bau keinen Mist, Miststück.‹ Dann hat er gesagt: ›Ron Brindell lebt!‹ Mom hat den Sheriff angerufen, und Cynthia, die gleich um die Ecke war, ist in

weniger als zwei Minuten hier gewesen, sag ich euch. Keiner weiß, von wo er angerufen hat, aber Mom sagt, es hat sich angehört, als wäre er direkt nebenan.«

Miranda behielt die Tür im Auge. Wenn jemand hereinkäme, wollte sie an den Schalter gehen und bedienen, falls sie gebraucht würde. Cynthia und Harry saßen am Tisch.

»Er ist nicht weit weg. Und er hat kein Handy benutzt. Dafür war der Empfang zu klar«, sagte Harry erstaunlich ruhig. »Und Ron soll leben? Das glaube ich nicht.«

»Ich habe für alle Fälle bei 360° Communications angerufen und mit E. R. Valenzuela gesprochen. Er überprüft alle Anrufe der letzten zehn Minuten.«

»Geht das denn?«

»Ja. Die Technologie ist erstaunlich und entwickelt sich mit jeder Minute weiter. Sie arbeiten sich rückwärts vor, von deiner Nummer aus. Harry, geh das Gespräch noch mal durch. Vielleicht fällt dir nachträglich was auf, der Tonfall, ein Hintergrundgeräusch, irgendwas.«

Harry verschränkte die Hände auf dem Tisch. »Das Telefon hat geklingelt. Ich bin drangegangen. Hab Dennis' Stimme sofort erkannt. Seine Stimme war klar und fest, würde ich sagen. Er hat nicht geschrien oder so. Er sagte bloß: ›Halt dich raus und bau keinen Mist, Miststück‹ und ›Ron Brindell lebt‹, dann hat er aufgelegt.« Sie runzelte die Stirn. »Warte, er hat schwer ausgeatmet, und ich habe ein Klicken gehört. Ein metallisches Geräusch, aber was es genau war, kann ich dir nicht sagen. Wie Metall, das Metall berührt.«

»Er weiß offenbar, dass du ihn gesehen hast.« Coop fuhr sich mit den Fingern über die Stirn, dann kniff sie sich in den Nacken. Sie fühlte, dass vor lauter Anspannung mordsmäßige Kopfschmerzen im Anzug waren.

»Aber wir wissen, dass Dennis am Leben ist.«

»Ja, das macht es einfacher. Jetzt müssen wir ihn nur noch finden. Denkst du, seine Äußerung ›Ron Brindell lebt‹ ist wörtlich gemeint, oder ist sie Teil des Rachefeldzugs?«

»Das weiß ich nicht. Zeugen haben Ron von der Brücke springen sehen. Wie könnte er noch leben?«

Miranda kam wieder zu ihnen. »Es gab einige Überlebende seit dem Bau der Golden Gate Brücke, aber Dennis will Ihnen nichts Böses tun, Harry, ich glaube ehrlich, dass er Sie warnen will, wer weiß, was er mit ›Ron Brindell lebt‹ sagen wollte?«

Murphy heulte: *»The Old Gray Mare! Ich hab's. Ain't what she used to be – sie war nicht die, die sie einst war.«*

»Still, Süße.« Harry hob sie auf, um sie zu streicheln.

»Bleib wachsam!« Murphy legte die Pfoten auf den Tisch.

»Ich nehme an, Dennis war Ron Brindells Geliebter. Bittner hatte Recht.«

»Oh, da war noch was.« Coop sagte es zu Harry, dann sah sie Miranda an. »Dennis hat Bittner auch angerufen. Er hat ihm gesagt, er sei der Nächste.«

Reverend Herb Jones stampfte den Schnee von den Füßen, bückte sich, um etwas aufzuheben und öffnete die Tür. »Drei hübsche Damen. Hier bin ich richtig.« Er drehte den durchweichten weißen Umschlag um, den er draußen auf dem Boden gefunden hatte. »An Mrs. George Hogendobber adressiert. Miranda, der Absender muss jünger sein als wir. Man sollte wissen, dass man eine Witwe anders anschreibt. Es muss Mrs. Miranda Hogendobber heißen. Die alte Art ließ einen die wichtigen Dinge auf Anhieb erkennen. Kein Wunder, dass die jungen Leute so viel Zeit verschwenden. Sie straucheln immerzu bei dem Versuch, hinter das Wesentliche zu kommen.« Er lachte. »Nun hör mich einer an! Ich werde alt!«

»Sie doch nicht.« Miranda nahm den Umschlag.

»Muss aus der Tür gerutscht sein. Jemand ist draufgetreten.« Herb beugte sich über den Schalter, als Miranda den Brief öffnete.

Sie las: »Er hat die Macht zu strafen. Er ist Gottes Diener, ein Rächer zur Strafe über den, der Böses tut.« Sie überlegte einen Augenblick. »Römer, dreizehntes Kapitel, Vers vier.«

»Sie kennen die Bibel besser als ich!«, sagte Herb anerkennend.

Sie las den Brief noch einmal. »Cynthia, Sie wollen sich

das sicher anschauen. Es könnte ein Spinner sein oder Dennis, der sich rechtfertigen will.«

»Dennis?« Herb hob fragend die Augenbrauen.

»Er lebt.« Harry berichtete ihm, was soeben geschehen war.

Während sie den braven Reverend aufklärte, klingelte das Telefon.

Miranda nahm ab. »Cynthia, für Sie. E. R. Valenzuela.«

Cynthia hörte zu, dann legte sie auf. »Es war kein Handy.«

»Er ist hier«, sagte Harry überzeugt.

»Sie sind zu zweit, und einen von ihnen könnt ihr nicht sehen, ich meine, keiner von uns kann ihn sehen. Er ist uns so vertraut, dass wir ihn nicht wahrnehmen!«, heulte Murphy.

»Es geht los.« Herb wies auf die dicken Schneeflocken, die von dem sich verfinsternden Himmel fielen.

57

Fahr nicht nach New York. Wir bleiben im Schneesturm stecken«, flehte Dennis, der mit der rechten Hand an die Beifahrertür gefesselt war. Die linke Hand war an seinem Gürtel festgebunden. Seine Handgelenke waren aufgescheuert von den Handschellen, die er seit Samstag tragen musste.

Ron Brindell ließ den Wagen an. »Da könntest du Recht haben. Aber mir ist langweilig. Hey, ich schnapp mir Harry.«

»Sie hat dir nichts getan.«

»Sie hat dich gesehen«, sagte Ron, »das weißt du. Ist mir auch egal. Ich hab einfach Lust, noch jemand aus der schlechten alten Zeit zu töten.«

»Ich hatte eine Skimütze vorm Gesicht«, äußerte Dennis kraftlos. »Hör zu, töte mich und mach schnell. Dir kann es egal sein, ob sie mich gesehen hat oder nicht. Ich hab sie und Hank angerufen. Soll ich BoomBoom und Baltier auch noch anrufen?«, fragte er. »Los, töte mich. Am Ende bin ich sowieso geliefert.« Dennis machte sich keine Illusionen, dass Ron noch ein Fitzelchen Vernunft besaß, trotzdem versuchte er, ihm mit Vernunft beizukommen.

»Na, das ist aber mutig von dir«, erwiderte Ron sarkastisch.

»Also gut, fahren wir nach New York.«

»Ich *werde* Bittner kriegen. Vielleicht nicht heute Abend, aber ich krieg ihn.«

»Er hat nichts *getan.*« Mitgenommen von der Tortur, starrte Dennis auf das geschlossene Garagentor.

»Genau. Er hat die Tür aufgemacht, hat gesehen, was vorging und sie wieder zugemacht. Er hat akkurat nichts getan.«

»Vermutlich im Schock.«

»Er hätte den Trainer holen können.«

»Wir waren Kinder. Kinder handeln nicht logisch. Er war vermutlich auf seine Weise so verschreckt wie ich auf meine. Er ist jetzt Vater. Hast du kein Mitgefühl?«

»Nein.« Ron richtete seine kalten Augen auf Dennis. »Warum sollte ich? Ich wurde festgehalten und vergewaltigt – und sie haben gelacht. Faggot haben sie mich genannt – Schwuchtel. Ich war ein Faggot. Weißt du, was das Wort ›Faggot‹ ursprünglich bedeutet, Dennis? Es heißt Reisigbündel und kommt aus dem Mittelalter, als man Hexen verbrannte. Die Frau wurde an den Scheiterhaufen gebunden, und rings um sie waren homosexuelle Männer, die zuerst angezündet wurden. Anstelle von Reisigbündeln waren wir der Zündstoff. Ich habe *kein* Mitgefühl.«

Ron sah auf seine Uhr. »Leg dich hin. Ich will nicht, dass man deinen Kopf sieht.« Als Dennis sich duckte, stopfte Ron dem Ärmsten einen Lappen in den Mund. »Du hättest für mich eintreten sollen. Du hast einfach nur dagestanden. Oh, du hast ihnen gesagt, sie sollen aufhören. Ich glaube, du hast es ein Mal gesagt. Wenn du derjenige gewesen wärst, ich hätte gekämpft. Ich hätte mein Leben für dich gegeben. Jetzt kannst du deins für mich geben. Hinlegen, verdammt noch mal!«

Dennis sah ihn nicht an, als er so weit hinunterrutschte, wie er konnte. Da Ron gedroht hatte, Dennis' zwei Kinder zu töten, würde Dennis alles tun, was Ron sagte. Unterdessen lief sein Gehirn heiß in dem Versuch, einen Ausweg zu finden. Wenn es keinen Ausweg gab, war er entschlossen, Ron auszuschalten. Aber wie?

Ron drückte auf den elektronischen Knopf zum Öffnen des Garagentors, dann fuhr er hinaus in die verschneite Dunkelheit.

»Hei ho, hei ho, ich bin vergnügt und froh«, sang er auf der Fahrt durch die Stadt. Alle Leute saßen behaglich zu Hause, die Lichter schienen durch die fallenden Flocken.

58

Harry und Tracy wuselten durch die Küche und kochten Erbsensuppe, ein beliebtes Wintergericht. Fair rief an, er werde später kommen. In Mountain Stables hatte ein Pferd eine schlimme Schnittwunde im Hinterbein und musste genäht werden. Er meinte, es würde wohl noch anderthalb Stunden dauern, bis er käme, weil er einen Umweg über die Praxis machen und seinen Transporter mit Medikamenten beladen müsse. Er ahnte, dass er die nächsten paar Tage oft gerufen werden würde, weil die Leute ihre Pferde in den Boxen ließen und ihnen zu viel Kraftfutter gaben. Nach schweren Schneefällen folgten oft Koliken. Da Tracy im Haus war, glaubte er Harry in Sicherheit.

Tucker hob ruckartig den Kopf. *»Da kommt wer. Zu Fuß!«*

»Still, Tucker.« Harry hörte nichts.

Beide Katzen liefen zur Küchentür. Am Boden davor war ein Handtuch ausgebreitet, um die Zugluft abzuhalten.

Ein Klopfen an der Tür überraschte die Menschen.

»Chris, um Himmels willen, was machst du denn hier bei diesem Wetter?«

»Ich war auf dem Rückweg von Waynesboro. Ich hab bei Harris Teeter einen Großeinkauf gemacht, um für den Schneesturm vorzusorgen, und nun ist mein Auto verreckt. Absolut tote Hose. Kein Licht, kein gar nichts. Könntest du mich wohl mit deinem Transporter nach Hause fahren? Ich kann alles hinten reinschmeißen.«

»Na klar.«

»Ich mach das.« Tracy nahm seinen Mantel vom Haken.

»Vielen, vielen Dank«, sagte Chris lächelnd. »Tut mir Leid, dass ich Ihnen an einem so kalten Abend solche Umstände mache. Ich habe gesehen, dass Fairs Wagen bei Mountain Stables parkte, als ich den Berg runterkam. Er macht nie Pause, wie?«

»Nein.« Harry lächelte. »Das bringt die Gegend so mit sich.«

Die Hand am Türknauf, bat Tracy: »Rufen Sie Fair an, ja?« In Wirklichkeit meinte er, rufen Sie Rick Shaw an und informieren ihn, dass Sie allein sind, aber das wollte er vor Chris nicht aussprechen, weil der Sheriff ihnen eingeschärft hatte, Stillschweigen zu bewahren.

»Mach ich.« Sie winkte, als die zwei zur Tür hinausgingen.

Harry nahm den Hörer ab und wählte die Nummer des Sheriffs. »Hi«, sagte sie, doch ehe sie weitersprechen konnte, war Chris wieder in der Küche und richtete eine Pistole auf Harry.

»Auflegen. Rauskommen.«

Tucker packte Chris am Knöchel, aber sie bückte sich und schlug das treue Tier auf den Kopf. Tucker sackte auf der Stelle zu Boden.

»Tucker!«, schrie Mrs. Murphy.

Pewter stürmte geistesgegenwärtig aus der Küchentür und durch die Tür der umzäunten Veranda, die sich leicht öffnen ließ. So gern Mrs. Murphy ihrer gefallenen Freundin das Gesicht geleckt hätte, sie wusste, dass sie Pewter folgen musste.

Die zwei Katzen flitzten zum Stall. Es lagen schon fast

fünfzehn Zentimeter Schnee, und die Flocken fielen so dicht, dass man die Hand vor Augen nicht sehen konnte.

Tracy Raz lag mit dem Gesicht nach unten im Schnee, Blut sickerte aus seinem Hinterkopf.

Wieder konnten die Katzen nicht anhalten, um zu helfen. Sie rannten in den Stall, kletterten auf den Heuboden. Oben angekommen, stellte sich Mrs. Murphy auf die Hinterbeine und schob den Schnapper hoch. Sie stemmten ihre Pfoten an die Seite und stießen die Tür auf.

»Wenn sie hier lang kommt, springen wir auf sie runter. Durch die Höhe kriegen wir Wucht.«

»Und wenn sie nicht kommt?« Pewter atmete schwer.

»Dann folgen wir ihr und tun, was wir können.«

Simon watschelte herbei und sah Tracy. *»Oh.«*

»Simon, hilf uns, einen Heuballen zu der Öffnung zu schieben«, befahl Murphy.

Die drei kleinen Tiere versuchten es, schafften es aber nicht. Pewter lief unentwegt zwischen dem Heuballen und der Heubodenöffnung hin und her.

»Sie kommen!«

Chris ging hinter Harry. Wenigstens hatte sie Harry eine Jacke anziehen lassen. Als Harry Tracy vor dem Stall liegen sah, lief sie hin.

»Vergiss ihn!«

»Aber er ist …«

»Vergiss ihn.«

»So wie ich das sehe, bist du in Wirklichkeit nicht Chris Sharpton.« Harry sprach weiter, während sie sich hinkniete und Tracys Puls fühlte, der Gott sei Dank kräftig war.

»Nein. Komm jetzt.«

»Wo ist Dennis?«

»Das wirst du noch früh genug sehen.«

Murphy wackelte mit dem Hinterteil, dann stieß sie sich von der Heubodenöffnung ab. Sie segelte durch die Schneeflocken, dicht gefolgt von Pewter.

»Hoppla!« Chris stolperte rückwärts, als Mrs. Murphy ihr auf die Brust sprang. Sekunden später landete Pewter mitten in ihrem Gesicht. Chris rutschte im Schnee aus und fiel auf den Rücken.

Harry stürzte sich auf sie.

Aus der Pistole löste sich ein Schuss.

Die Katzen klammerten sich fest und bissen, konnten aber durch die Winterkleidung nicht viel ausrichten, zumal die Menschen sich im Schnee wälzten. Harry war kräftig, jedoch nicht so kräftig wie Chris. Harry biss Chris in die Hand, in der sie die Pistole hielt, doch Chris ließ die Waffe nicht fallen. Die Katzen sprangen von den beiden herunter, als sie sich auf der Erde wälzten. Sie standen auf, rutschten aus und fielen wieder hin, aber Harry ließ Chris' Hand mit der Pistole nicht los, egal, wie heftig Chris nach ihr schlug oder trat.

»Wir müssen uns die Pistole schnappen!«, brüllte Pewter.

Harry ließ nicht locker, als Chris sie so herumwarf, dass ihre Füße den Boden nicht mehr berührten. Harry zog Chris wieder hinunter, aber sie rappelten sich hoch. Die Katzen umkreisten die Menschen, während Simon entsetzt zusah und nicht wusste, was er tun sollte.

Schließlich stieß Chris Harry weit genug weg, um ihr einen linken Kinnhaken zu verpassen. Der Schlag verblüffte Harry dermaßen, dass sie ihren Griff lockerte. Chris schlug noch einmal zu. Als Harry in den Schnee rutschte und Blut aus ihrem Mund lief, ließ sie die Hand mit der Waffe los. Die Katzen kletterten an Chris' Beinen hoch, aber sie beachtete sie kaum.

Sie zielte mit ihrer Pistole auf Harry, die weder um ihr Leben bettelte noch zurückschreckte. Chris schoss und verfehlte sie, weil Plattgesicht plötzlich tief über ihr flog und ihr einen Moment Angst einjagte.

Murphy kletterte an Chris' Bein hoch, dann ihren Rücken hinauf, langte herum und grub die Krallen tief in ihr Gesicht. Chris zappelte, um die Katze abzuschütteln. Pewter kletterte hinauf und hängte sich an Chris' Hand mit der Pistole, schlug die Fangzähne in den fleischigen Teil des Handtellers. Chris versuchte abermals, die Katzen abzuschütteln, rutschte im Schnee aus und fiel hin, derweil die Katzen ihr das Gesicht und die Hände zerfetzten.

Harry rappelte sich auf und packte die Pistole, während Chris schreiend um sich trat und auf die Knie hochkam. Harry war aufgestanden und knallte ihr den Pistolengriff auf den Schädel. Chris fiel mit dem Gesicht nach unten in den Schnee. Harry trat ihr in die Rippen, trat noch einmal zu, wälzte sie herum. Chris war bewusstlos. Harry hätte sie töten mögen. Doch eine innere Stimme ermahnte sie, »du sollst nicht töten«, und bewahrte sie so vor ihrer eigenen Wut und einem Racheakt.

Sie blickte auf den fallenden Schnee; die Flocken blieben an ihren Wimpern haften. Selbst halb benommen, sank sie auf die Erde.

Mrs. Murphy stellte sich auf die Hinterbeine und leckte Harrys Gesicht. *»Komm, Mom. Du musst sie fesseln, bevor sie zu sich kommt – komm schon.«*

Pewter leckte die andere Seite ihres Gesichts.

Harry blinzelte und schüttelte den Kopf, dann stand sie auf, schwankte ein wenig, ging aber in den Stall, schnappte sich einen Führstrick, band Chris blitzschnell die Hände auf dem Rücken zusammen und fesselte ihre Füße, legte ihr den Strick auch um den Hals. Wenn Chris mit den Füßen zappelte, würde sie sich erdrosseln.

Harry eilte zu Tracy, der langsam zu sich kam. Sie rieb sein Gesicht mit Schnee ab. Er schlug die Augen auf.

»Tracy, können Sie aufstehen?«

Sie legte sich seinen Arm um die Schulter, und sie rutschten und schlitterten in die Küche, wo eine schwer angeschlagene Corgihündin sich wackelig erhob.

59

Harry, Miranda, Fair, Susan und Cynthia saßen an Harrys lodderndem Kaminfeuer im Wohnzimmer. Es war schon nach Mitternacht, trotzdem waren sie zusammengekommen. Draußen türmte sich der Schnee.

Fair behandelte die Beule an Tuckers Kopf, indem er sie auf dem Schoß hielt und regelmäßig einen Eisbeutel auflegte.

»Ihr wurdet durch die Gnade Gottes gerettet«, sagte Miranda, die immer noch schrecklich verstört war. »Er hat seine pelzigen Engel geschickt.« Sie fing wieder an zu weinen.

Tracy, der neben ihr auf dem Sofa saß, legte seinen Arm um sie. »Ist ja gut, Knuddel. Du hast Recht, unsere Schutzengel haben Überstunden gemacht.« Er hatte einen Verband um den Kopf, und ein Auge war zugeschwollen.

»Mrs. Murphy und Pewter sind Heldinnen.« Harry saß im Schneidersitz vor dem Kamin, die Katzen auf dem Schoß. »Wisst ihr was, ich wäre nie dahinter gekommen. Von wegen detektivische Fähigkeiten.«

»Wenn es dich beruhigt, ich glaube auch nicht, dass ich dahinter gekommen wäre«, tröstete Cynthia sie. »Wir haben auf einen Fehler gewartet, und endlich hat er einen gemacht. Ohne Pewter und Mrs. Murphy wärt ihr jetzt tot, und Ron wäre auf dem Weg nach New York, um sich Hank Bittner zu schnappen.«

»Hat er gestanden?«, fragte Fair, der Tucker mit beiden Händen hielt.

»Ja. Er hatte nicht vor, weiterzuleben. Sein Plan war, Dennis zu töten, dann Hank Bittner und schließlich sich selbst. Er hatte eigentlich nichts gegen Harry, aber am Ende ist ihm die Macht zu Kopf gestiegen. Er hat Dennis in seinem Keller angekettet und ihn zur Zusammenarbeit gezwungen. Er hat ihm gesagt, wenn er nicht mitmache, würde er Dennis' Kinder und weitere Ehemalige der Klasse von 1980 töten. Wenn Dennis mitmache – mit einer Pistole in den Rippen –, würde er sich mit den Jungs aus dem Umkleideraum begnügen. Er hat sein Versprechen freilich gebrochen.«

»Und die zwei Fußabdrücke am Müllcontainer?«, fragte Harry. »Du erinnerst dich, ein L.-L.-Bean-Profilabdruck und ein hoher Absatz. Du hast es uns erzählt, nachdem wir dich genervt hatten.«

»Er hatte seine Stiefel an. Der hohe Absatz war von jemand anders. Das war es ja eben. Trug er Männerkleidung, so konnte er immer noch als Mann durchgehen, ein etwas weibischer Mann. Er schwört, er hat Leo Burkey auf dem Outback-Parkplatz erwischt, ist zurückgekommen und hat ihn in den Wagen geschafft. Was Charlie betrifft: Ron ist als Mann angezogen die Hintertreppe runtergekommen, in den Umkleideraum gegangen und hat ihn erschossen. Er hat sich jedes Mal vorher zu erkennen gegeben. Er sagte, Charlie hat gelacht, und Leo ist kreidebleich geworden.«

»Was für ein ausgeklügeltes Racheritual.« In Tracys Kopf pochte es. »Den eigenen Tod vortäuschen. Er wusste, dass jeder, der von der Brücke sprang, ins Meer gespült wurde. Fast nie werden die Leichen der Menschen geborgen, die von der Golden Gate Brücke springen oder fallen.«

»Es war ein Verzweifelter, den er in einer Bar aufgegabelt hatte«, sagte Cynthia. »Sie haben einen Selbstmordpakt geschlossen, der andere ist gesprungen und Ron nicht. Ron hat den Zettel geschrieben: ›Genug ist genug.‹ Die Leute waren so erschüttert, einen Menschen auf der Brücke stehen zu sehen, dass sie nicht bemerkten, wie ein anderer sich fortschlich.«

»Aber das Jahrbuch!« Harry stand auf und strich sich über den Allerwertesten. Sie war wund von dem Kampf, und ihre linke Kinnbacke, die dunkelrot war, würde sich bald schwarzblau färben.

»Er hat in Antiquariaten gestöbert, stieß auf Jahrbücher, blätterte sie durch. Er sagte, er hat Hunderte durchgesehen, bis er ein Bild von einem großen, schlaksigen dunkelhaarigen Mädchen fand, das sich verwenden ließ. Die Leute sehen sich die Bilder in fremden Jahrbüchern nicht so genau an. Deshalb wusste er, dass ihr es nicht unter die Lupe nehmen würdet. Er beschloss, als Blondine zu leben und meinte, das würde euch zum Lachen bringen. Er sah Chris Sharpton ein bisschen ähnlich. Er kannte die Menschen genau. Vor allem kannte er den Höflichkeitskodex. Er wusste, dass die Leute in dieser Gegend ihn nicht ausforschen würden.«

»Ist Chris Sharpton am Leben?«

»Ja. Sie ist zum zweiten Mal verheiratet und lebt in Fort Wayne, Indiana. Sie hatte ihren Highschool-Freund geheiratet, sich scheiden lassen und in einem Anfall alles verkauft, was sie miteinander verband, einschließlich ihres Highschool-Jahrbuchs. Das Buch gelangte in ein Antiquariat in San Francisco. Manchmal kaufen die Händler ganze Posten von anderen Händlern auf. Wenigstens hat er Chris Sharpton nicht ermordet«, sagte Cynthia. »In dem Moment, wo er anfing zu reden, hat Rick unsere Jungs telefonieren und alles überprüfen lassen.«

»Hat er Marcy Wiggins' Selbstmord vorgetäuscht?« Susan war entsetzlich zumute bei dem Gedanken an die Tote.

»Nein, sie war wirklich verzweifelt, und sie war monatelang mit Antidepressiva behandelt worden. Sie hatte ihre Pistole im Handschuhfach ihres Autos aufbewahrt. Er hat sie gestohlen und später zurückgelegt. Ziemlich dreist. Hätte sie ihn erwischt, hätte er sich eine Ausrede einfallen lassen müssen.«

»Wann ist er eine Frau geworden?«, wollte Miranda wissen.

»Nach dem College. Er arbeitete in einem großen pharmazeutischen Betrieb, brachte über die Prozedur in Erfahrung, so viel er konnte, sparte sein Geld, zog nach San Francisco und ließ dort die Geschlechtsumwandlung vornehmen, die zeitaufwendig und teuer ist. Sie machte ihn aber keineswegs glücklicher. In all den Jahren seiner Verwandlung war er nur von dem Vorsatz getrieben, zurückzukehren und seine Peiniger zu bestrafen.«

»Für ihn war die Zeit stehen geblieben.« Zu Tuckers Erleichterung nahm Fair ihr den Eisbeutel einen Moment vom Kopf.

»Er kommt auf den elektrischen Stuhl«, erklärte Susan unverblümt.

»Er möchte sterben. Er bedauert bloß, dass er Hank Bittner und Dennis nicht töten konnte.«

»Was geschieht nun mit Dennis?«, fragte Harry. »War er von Anfang an dabei?«

»Nein. Dennis ist zu Chris gefahren, nachdem er unseren Beschatter abgehängt hatte. Er hat seinen Lieferwagen in Chris' Garage abgestellt – auf ihren Vorschlag. Oder sollte ich sagen, auf seinen? Er war durcheinander wegen des Ehemaligen-Abendessens und wollte reden. Sie hat ihn zu Sexspielchen verlockt. Er ist mit ihr ins Bett gegangen, und so konnte Chris – oder Ron – ihm kampflos die Handschellen anlegen. Danach war Ron ständig an seiner Seite, eine Pistole auf ihn gerichtet. Er war oben im Treppenhaus, als Dennis dir den Schlag verpasst hat, Harry. Sie hatten auf Hank gewartet.«

Cynthia zuckte die Achseln. »Dennis war ein Feigling, als er im Umkleideraum nichts gegen Leo, Charlie, Rex und Bob unternommen hat, aber vier gegen einen ist schließlich keine gute Position. Zwei gegen vier, sofern Ron sich gewehrt hätte, ist immer noch keine gute Position, aber Dennis hatte Angst, entdeckt zu werden. Er hatte ein sexuelles Verhältnis mit Ron. Jedenfalls bis zu der Vergewaltigung. Aber Dennis war kein Feigling mehr, als Chris preisgab, wer sie wirklich war. Er sagte, er war bereit zu sterben, um seine Kinder zu retten. Ron hat das bestätigt.«

»Ist Dennis schwul?«, fragte Fair.

»Ich weiß nicht. Ron war verrückt nach ihm, und Dennis sagte, zu jener Zeit in seinem Leben war bumsen das Wichtigste auf der Welt.«

»Irgendwie wundert es mich, dass nicht mehr Schwule durchdrehen und gewalttätig werden.« Fair hatte noch nie richtig darüber nachgedacht.

»Statistisch gesehen, sind sie eine der gewaltlosesten Gruppen, die wir in Amerika haben«, erwiderte Cynthia. »Trotzdem werden sie von vielen Leuten verachtet. In Rons Jugend war es noch schlimmer. Das rechtfertigt jedoch keinesfalls, was er getan hat. Und die Presse wird ein großes Trara darum machen. Jeder schwule Leitartikler im Land wird etwas dazu zu sagen haben, und jeder Reaktionär wird darauf hinweisen als sicheren Beweis, dass Schwule Teufelsbrut sind, und dabei übersehen, dass die meisten Gewaltverbrechen von heterosexuellen Männern zwischen fünfzehn und fünfundzwanzig Jahren begangen werden. Die Wahrheit ist unerheblich.«

»Das ist sie immer gewesen«, stimmte Susan zu. »Mein Mann kann ein Lied davon singen.«

Als Rechtsanwalt hatte Ned Tucker unzählige Lügner und Betrüger gesehen, die straflos davongekommen waren.

»Kein Wunder, dass wir nicht rauskriegen konnten, was da vor sich ging«, sagte Harry nachdenklich. »Ein Mann – von Rachegedanken verzehrt – verwandelt sich in eine Frau. Ein Leben ist deformiert, falls ihr das Wort ertragen könnt, und vier Männer müssen deswegen zwanzig Jahre später sterben. Ich wäre nie dahinter gekommen, dass Chris Sharpton Ron Brindell war. Ich bin nur froh, dass ich am Leben bin – auch wenn ich ein bisschen blöd bin.«

»Niemand von uns wäre dahinter gekommen.« Auch Susan wusste, dass es ihr nie gelungen wäre, die Puzzleteile zusammenzusetzen.

»Aber was war das für ein Theater wegen der Mutter von Charlie Ashcrafts unehelichem Kind?«, fragte Fair. »Ein paar von den Opfern haben das erwähnt – und na ja, es gab eine Menge dummes Gerede.«

»Das war ein Ablenkungsmanöver«, antwortete Cynthia. »Zu dem Zeitpunkt wusste außer den Opfern niemand, dass das mit Ron Brindell zusammenhing. Die Leute dachten, Charlies Ermordung könnte etwas mit seinen verflossenen Geliebten oder mit seinem unehelichen Kind zu tun haben.«

»Weiß jemand, wer die Frau ist?«, fragte Harry.

»Das hat nichts mit dem Fall zu tun«, antwortete Cynthia rasch.

»Ich würde es gern wissen.« Harry zuckte die Achseln. »Aus Neugierde.«

»Vergiss es.« Susan seufzte. »Es wird mit der Zeit rauskommen. Alle Geheimnisse von Crozet kommen am Ende ans Licht.«

»Ich kann's nicht fassen, dass ich andauernd mit Chris zusammen war und mir nichts dabei gedacht habe. Allerdings fand ich, dass sie schrecklich große Füße hatte«, erklärte Harry.

Cynthia meinte: »Er war auf seine Weise genial.«

»Und jetzt bin ich einem tapferen Hund und zwei Katzen, die mit größter Leichtigkeit durch die Luft flogen, zu Dank verpflichtet.« Harry küsste Mrs. Murphy und Pewter.

Tracy sagte: »Und ich danke ihnen auch. Ron hat mir einen schweren Schlag auf den Hinterkopf verpasst. Hätte er mich erschossen, hätte der Knall Sie gewarnt. Er würde mich erledigt haben, nachdem er Sie getötet hatte.«

»Tracy, Sie sind den ganzen Weg von Hawaii zu Ihrem Ehemaligentreffen gekommen. Es tut mir so Leid, dass es Ihnen verdorben wurde«, bedauerte Harry.

»Es hat mich nach Hause gebracht. Darüber bin ich froh. Ich werde vielleicht eine Weile bleiben.« Er drückte Miranda an sich.

»Ich glaub nicht, dass ich rausgekriegt hätte, dass Chris Ron war.« Mrs. Murphy rieb sich an Harrys Seite, nachdem sie auf den Boden gesetzt worden war.

»Sie war schrecklich nett, und sie wirkte nicht männlich oder so – außer dass sie einen kleinen Adamsapfel hatte. Ich hab mir nie was dabei gedacht«, meinte Pewter.

»Ich hätte es wissen müssen.« Tucker setzte sich in Fairs Schoß auf. *»Zu viel Parfüm. Sie hat ihren Geruch oder vielmehr sein Fehlen überdeckt. Man kann die Gestalt wechseln, aber kaum den Geruch. Deswegen hat er vermutlich seine schwarze Trainingshose und sein schwarzes Hemd mit Englisch Leder überschüttet. Es riecht männlich.«*

»Wir sollten jetzt lieber nach Simon sehen.« Mrs. Murphy verließ das Zimmer, gefolgt von Pewter und auch Tucker.

»Müsst ihr aufs Töpfchen, Kinder?«, fragte Harry.

»Gott, ich wünschte, sie würde das nicht sagen. Es klingt so

dämlich. Ich liebe sie, ich bin heilfroh, dass sie am Leben ist, aber wäre es wohl irgendwie möglich, ›Töpfchen‹ aus ihrem Wortschatz zu streichen?« Tucker legte die Ohren zurück.

»Sagt einfach ja und kommt«, empfahl Pewter.

Die kalte, erfrischende Luft, die sie draußen einatmeten, fühlte sich rein an. Der Schnee war jetzt gut zwanzig Zentimeter hoch. Tucker lief zum Stall, Schnee flog hinter ihr auf. Pewter und Mrs. Murphy, die sich mit großen Sprüngen bewegten, weil der Schnee fast über ihre Köpfe reichte, folgten dichtauf.

Simon spähte über die Heubodenkante. Die Pferde sprachen allen ihren Dank aus. Sie waren in ihren Boxen gewesen und hatten nicht helfen können.

»Danke, Simon«, miaute Murphy.

»Plattgesicht«, rief Pewter hinauf.

»Wer da?«, fragte die gewaltige Eule, die genau wusste, wer da war, als sie von ihrem hohen Nest hinabsah.

»Danke«, sagten sie im Chor, *»danke, dass du geholfen hast, Harry zu retten.«*

»Unfähige Erdlinge!«, lautete die hochmütige Antwort.

Liebe Leserinnen und Leser,
die Rache ist perfekt. Das muss ich euch erzählen. Heute ist das Thermometer auf 40 °C geklettert. Zugegeben, das ist grässlich für Mensch oder Tier, aber ich musste mal raus, ihr wisst schon. Mein Mensch meint, sie weiß, was gut für mich ist. So ist sie nun mal. Ich geb nicht vor zu wissen, was gut für sie ist, selbst wenn ich's weiß. Jedenfalls, sie wollte mich nicht rauslassen. Freilich liegt es mir fern, den Teppich zu besudeln. Ich bin auf mein Katzenklo gegangen, wie es sich für ein zivilisiertes Tier gehört. Aber es hat mich geärgert, dass ich nicht tun konnte, was ich wollte, als ich es wollte. Das werdet ihr sicher verstehen.

Später hat sie sich total aufgedonnert. Das allein ist schon erwähnenswert. Oh, die ganze Schönheitssinfonie: Haare gelockt, Lippenstift, Wimperntusche, Sommerbluse und Rock, Strumpfhose. Warum tragen Frauen Nylons? Um uns zu beglücken, nehme ich an.

Ich hab mich hinter dem Sessel versteckt, und als sie auf dem Weg zur Haustür vorbeikam, hab ich angegriffen und die Strumpfhose gekrallt, da hatte sie eine Laufmasche, und das Ding war ruiniert. Das Theater und Gefluche war eine Wohltat für meine Seele. Natürlich kam sie zu spät zu ihrer Verabredung. Sehr bedauerlich. Das wird sie lehren, auf meine Bedürfnisse/Forderungen einzugehen.

Ehe ich's vergesse. Meine Website ist www.ritamaebrown.com. Wir haben die Adresse vereinfacht. Keine Sorge, ihr braucht mit ihrem Kram keine Zeit zu verschwenden. Ihr könnt meine Seiten direkt anklicken und werdet es hoffentlich auch tun. Ihr könnt mich auch über P. O. Box 4671, Charlottesville, VA 22905 erreichen.

Ich würde mich riesig freuen, wenn ihr mir eure Racheakte schildern würdet – nur für alle Fälle.

Pewter ist übrigens auf Diät gesetzt. Das wirkt sich nicht positiv auf ihre Persönlichkeit aus. Nicht mal der Hund wagt sich in ihre Nähe, aber ich muss zugeben, es steht ihr gut. Sie war eine Zeit lang so fett, dass der Boden bebte, wenn sie drüber getrottet ist.

Lasst es euch gut gehen,

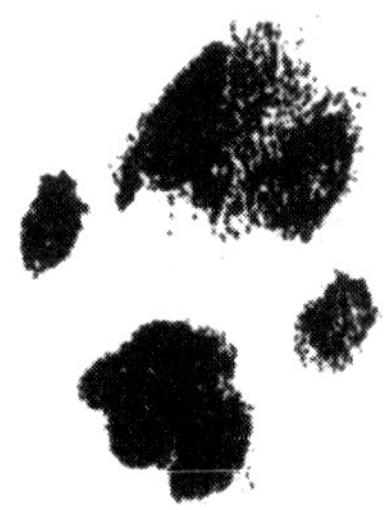

Sneaky Pie